KT-547-014

COLLECTION FOLIO

Georges Orwell

1984

Traduit de l'anglais
par Amélie Audiberti

Gallimard

Titre original :

NINETEEN EIGHTY-FOUR

© *Éditions Gallimard, 1950, pour la traduction française.*

George Orwell, de son vrai nom Eric Arthur Blair, est né aux Indes en 1903 et a fait ses études à Eton. Après avoir servi dans la police impériale des Indes, en Birmanie — expérience qu'il relate dans *Une histoire birmane* —, il revient en Europe et tente de vivre de sa plume. Au cours des années suivantes, il vit à Paris où il mène une existence de clochard, puis repart pour l'Angleterre comme professeur. C'est cette période difficile que raconte son livre *Dans la dèche à Paris et à Londres*. En 1936, il s'engage dans les rangs républicains lors de la guerre civile espagnole, où il est blessé. Pendant la guerre mondiale, il est présentateur à la BBC, puis devient le directeur de l'hebdomadaire *The Tribune* et, en 1945, envoyé spécial de *The Observer* en France et en Allemagne. Atteint de tuberculose depuis plusieurs années, il meurt dans une clinique de la banlieue londonienne en janvier 1950.

Écrivain, chroniqueur et journaliste politique, son œuvre, riche et variée, porte la marque de ses engagements. Orwell entendait faire «de l'écrit politique un art» et dénonça dans ses publications, notamment les deux fictions *1984* — écrit alors qu'il luttait contre la maladie — et *La ferme des animaux*, les désordres politiques du XXᵉ siècle, les dérives des totalitarismes et les dangers des manipulations de la pensée.

PREMIÈRE PARTIE

I

C'était une journée d'avril froide et claire. Les horloges sonnaient treize heures. Winston Smith, le menton rentré dans le cou, s'efforçait d'éviter le vent mauvais. Il passa rapidement la porte vitrée du bloc des « Maisons de la Victoire », pas assez rapidement cependant pour empêcher que s'engouffre en même temps que lui un tourbillon de poussière et de sable.

Le hall sentait le chou cuit et le vieux tapis. À l'une de ses extrémités, une affiche de couleur, trop vaste pour ce déploiement intérieur, était clouée au mur. Elle représentait simplement un énorme visage, large de plus d'un mètre : le visage d'un homme d'environ quarante-cinq ans, à l'épaisse moustache noire, aux traits accentués et beaux.

Winston se dirigea vers l'escalier. Il était inutile d'essayer de prendre l'ascenseur. Même aux meilleures époques, il fonctionnait rarement. Actuellement, d'ailleurs, le courant électrique était coupé dans la journée. C'était une des mesures d'économie prises en vue de la Semaine de la Haine.

Son appartement était au septième. Winston, qui avait trente-neuf ans et souffrait d'un ulcère variqueux au-dessus de la cheville droite, montait lentement. Il s'arrêta plusieurs fois en chemin pour se reposer. À chaque palier, sur une affiche collée au mur, face à la cage de l'ascenseur, l'énorme visage vous fixait du regard. C'était un de ces portraits arrangés de telle sorte que les yeux semblent suivre celui qui passe. Une légende, sous le portrait, disait : BIG BROTHER VOUS REGARDE.

À l'intérieur de l'appartement de Winston, une voix sucrée faisait entendre une série de nombres qui avaient trait à la production de la fonte. La voix provenait d'une plaque de métal oblongue, miroir terne encastré dans le mur de droite. Winston tourna un bouton et la voix diminua de volume, mais les mots étaient encore distincts. Le son de l'appareil (du télécran, comme on disait) pouvait être assourdi, mais il n'y avait aucun moyen de l'éteindre complètement. Winston se dirigea vers la fenêtre. Il était de stature frêle, plutôt petite, et sa maigreur était soulignée par la combinaison bleue, uniforme du Parti. Il avait les cheveux très blonds, le visage naturellement sanguin, la peau durcie par le savon grossier, les lames de rasoir émoussées et le froid de l'hiver qui venait de prendre fin.

Au-dehors, même à travers le carreau de la fenêtre fermée, le monde paraissait froid. Dans la rue, de petits remous de vent faisaient tourner en spirale la poussière et le papier déchiré. Bien que le soleil brillât et que le ciel fût d'un bleu dur, tout semblait décoloré, hormis les affiches collées partout. De tous les carrefours importants, le visage à la moustache noire vous fixait du regard. Il y en avait un sur le mur d'en face. BIG BROTHER VOUS REGARDE, répétait la légende, tandis que le regard des yeux noirs pénétrait les yeux de Winston. Au niveau de la rue, une autre affiche, dont un angle était déchiré, battait par à-coups dans le vent, couvrant et découvrant alternativement un seul mot : ANGSOC. Au loin, un hélicoptère glissa entre les toits, plana un moment, telle une mouche bleue, puis repartit comme une flèche, dans un vol courbe. C'était une patrouille qui venait mettre le nez aux fenêtres des gens. Mais les patrouilles n'avaient pas d'importance. Seule comptait la Police de la Pensée.

Derrière Winston, la voix du télécran continuait à débiter des renseignements sur la fonte et sur le dépassement des prévisions pour le neuvième plan triennal. Le télécran recevait et transmettait simultanément. Il captait tous les sons émis par Winston au-dessus d'un chuchotement très bas. De plus, tant que Winston demeurait dans le champ de vision de la plaque de métal, il pouvait être vu aussi bien qu'entendu. Naturellement, il n'y avait pas moyen de savoir si, à un moment donné, on était surveillé. Combien de fois, et suivant quel plan, la Police de la Pensée se branchait-elle sur une ligne individuelle quelconque, personne ne pouvait le savoir. On pouvait même imaginer qu'elle surveillait tout le monde, constamment. Mais de toute façon, elle pouvait mettre une prise sur votre ligne chaque fois qu'elle le désirait. On devait vivre, on vivait, car l'habitude devient instinct, en admettant que tout son émis était entendu et que, sauf dans l'obscurité, tout mouvement était perçu.

Winston restait le dos tourné au télécran. Bien qu'un dos, il le savait, pût être révélateur, c'était plus prudent. À un kilomètre, le ministère de la Vérité, où il travaillait, s'élevait vaste et blanc au-dessus du paysage sinistre. Voilà Londres, pensa-t-il avec une sorte de vague dégoût, Londres, capitale de la première région aérienne, la troisième, par le chiffre de sa population, des provinces de l'Océania. Il essaya d'extraire de sa mémoire quelque souvenir d'enfance qui lui indiquerait si Londres avait toujours été tout à fait comme il la voyait. Y avait-il toujours eu ces perspectives de maisons du XIXe siècle en ruine, ces murs étayés par des poutres, ce carton aux fenêtres pour remplacer les vitres, ces toits plâtrés de tôle ondulée, ces clôtures de jardin délabrées et penchées dans tous les sens ? Y avait-il eu toujours ces emplacements bombardés où la poussière de plâtre tourbillonnait, où l'épilobe grimpait sur des monceaux de décombres ? Et ces endroits où les bombes avaient dégagé un espace plus large et où avaient jailli de sordides colonies d'habitacles en bois semblables à des cabanes à lapins ? Mais c'était inutile, Winston n'arrivait pas à se souvenir. Rien ne lui restait de son enfance, hors une série de tableaux brillamment éclairés, sans arrière-plan et absolument inintelligibles.

Le ministère de la Vérité — Miniver, en novlangue [1] — frappait par sa différence avec les objets environnants. C'était une gigantesque construction pyramidale de béton d'un blanc éclatant. Elle étageait ses terrasses jusqu'à trois cents mètres de hauteur. De son poste d'observation, Winston pouvait encore déchiffrer sur la façade l'inscription artistique des trois slogans du Parti.

LA GUERRE C'EST LA PAIX
LA LIBERTÉ C'EST L'ESCLAVAGE
L'IGNORANCE C'EST LA FORCE

Le ministère de la Vérité comprenait, disait-on, trois mille pièces au-dessus du niveau du sol, et des

---

1. Le novlangue était l'idiome officiel de l'Océania. Sur le novlangue, voir l'appendice.

ramifications souterraines correspondantes. Disséminées dans Londres, il n'y avait que trois autres constructions d'apparence et de dimensions analogues. Elles écrasaient si complètement l'architecture environnante que, du toit du bloc de la Victoire, on pouvait les voir toutes les quatre simultanément. C'étaient les locaux des quatre ministères entre lesquels se partageait la totalité de l'appareil gouvernemental. Le ministère de la Vérité, qui s'occupait des divertissements, de l'information, de l'éducation et des beaux-arts. Le ministère de la Paix, qui s'occupait de la guerre. Le ministère de l'Amour qui veillait au respect de la loi et de l'ordre. Le ministère de l'Abondance, qui était responsable des affaires économiques. Leurs noms, en novlangue, étaient : Miniver, Minipax, Miniamour, Miniplein.

Le ministère de l'Amour était le seul réellement effrayant. Il n'avait aucune fenêtre. Winston n'y était jamais entré et ne s'en était même jamais trouvé à moins d'un kilomètre. C'était un endroit où il était impossible de pénétrer, sauf pour affaire officielle, et on n'y arrivait qu'à travers un labyrinthe de barbelés enchevêtrés, de portes d'acier, de nids de mitrailleuses dissimulés. Même les rues qui menaient aux barrières extérieures étaient parcourues par des gardes en uniformes noirs à face de gorille, armés de matraques articulées.

Winston fit brusquement demi-tour. Il avait fixé sur ses traits l'expression de tranquille optimisme qu'il était prudent de montrer quand on était en face du télécran. Il traversa la pièce pour aller à la minuscule cuisine. En laissant le ministère à cette heure, il avait sacrifié son repas de la cantine. Il n'ignorait pas qu'il n'y avait pas de nourriture à la cuisine, sauf un quignon de pain noirâtre qu'il devait garder pour le petit déjeuner du lendemain. Il prit sur l'étagère une bouteille d'un liquide incolore, qui portait une étiquette blanche où s'inscrivaient clairement les mots « Gin de la Victoire ». Le liquide répandait une odeur huileuse, écœurante comme celle de l'eau-de-vie de riz des Chinois. Winston en versa presque une pleine tasse, s'arma de courage pour supporter le choc et avala le gin comme une médecine.

Instantanément, son visage devint écarlate et des larmes lui sortirent des yeux. Le breuvage était comme de l'acide nitrique et, de plus, on avait en l'avalant la sensation d'être frappé à la nuque par une trique de caoutchouc. La minute d'après, cependant, la brûlure de son estomac avait disparu et le monde commença à lui paraître plus agréable. Il prit une cigarette dans un paquet froissé marqué « Cigarettes de la Victoire », et, imprudemment, la tint verticalement, ce qui fit tomber le tabac sur le parquet. Il fut plus heureux avec la cigarette suivante. Il retourna dans le living-room et s'assit à une petite table qui se trouvait à gauche du télécran. Il sortit du tiroir un porte-plume, un flacon d'encre, un in-quarto épais et vierge au dos rouge et à la couverture marbrée.

Le télécran du living-room était, pour une raison quelconque, placé en un endroit inhabituel. Au lieu de se trouver, comme il était normal, dans le mur du fond où il aurait commandé toute la pièce, il était dans le mur plus long qui faisait face à la fenêtre. Sur un de ses côtés, là où Winston était assis, il y avait une alcôve peu profonde qui, lorsque les appartements avaient été aménagés, était probablement destinée à recevoir des rayons de bibliothèque. Quand il s'asseyait dans l'alcôve, bien en arrière, Winston pouvait se maintenir en dehors du champ de vision du télécran. Il pouvait être entendu, bien sûr, mais aussi longtemps qu'il demeurait dans sa position actuelle, il ne pourrait être vu. C'était l'aménagement particulier de la pièce qui avait en partie fait naître en lui l'idée de ce qu'il allait maintenant entreprendre.

Mais cette idée lui avait aussi été suggérée par l'album qu'il venait de prendre dans le tiroir. C'était un livre spécialement beau. Son papier crémeux et lisse, un peu jauni par le temps, était d'une qualité qui n'était plus fabriquée depuis quarante ans au moins. Winston estimait cependant que le livre était beaucoup plus vieux que cela. Il l'avait vu traîner à la vitrine d'un bric-à-brac moisissant, dans un sordide quartier de la ville (lequel exactement, il ne s'en souvenait pas) et avait immédiatement été saisi du désir irrésistible de le posséder. Les membres du Parti, normalement, ne devaient pas entrer dans les boutiques ordinaires (cela s'appelait acheter au marché libre), mais la règle n'était pas strictement observée, car il y avait différents articles, tels que les lacets de souliers, les lames de rasoir, sur lesquels il était impossible de mettre la main autrement. Il avait d'un rapide coup d'œil parcouru la rue du haut en bas, puis s'était glissé dans la boutique et avait acheté le livre deux dollars cinquante. Il n'avait pas conscience, à ce moment-là, que son désir impliquât un but déterminé. Comme un criminel, il avait emporté dans sa serviette ce livre qui, même sans aucun texte, était compromettant.

Ce qu'il allait commencer, c'était son journal. Ce n'était pas illégal (rien n'était illégal, puisqu'il n'y avait plus de lois), mais s'il était découvert, il serait, sans aucun doute, puni de mort ou de vingt-cinq ans au moins de travaux forcés dans un camp. Winston adapta une plume au porte-plume et la suça pour en enlever la graisse. Une plume était un article archaïque, rarement employé, même pour les signatures. Il s'en était procuré une, furtivement et avec quelque difficulté, simplement parce qu'il avait le sentiment que le beau papier crémeux appelait le tracé d'une réelle plume plutôt que les éraflures d'un crayon à encre. À dire vrai, il n'avait pas l'habitude d'écrire à la main. En dehors de très courtes notes, il était d'usage de tout dicter au phonoscript, ce qui, naturellement, était impossible pour ce qu'il projetait. Il plongea la plume dans l'encre puis hésita une seconde. Un tremblement lui parcourait les entrailles. Faire un trait sur le papier était un acte décisif. En petites lettres maladroites, il écrivit :

4 avril 1984

Il se redressa. Un sentiment de complète impuissance s'était emparé de lui. Pour commencer, il n'avait aucune certitude que ce fût vraiment 1984. On devait être aux alentours de cette date, car il était sûr d'avoir trente-neuf ans, et il croyait être né en 1944 ou 1945. Mais, par les temps qui couraient, il n'était possible de fixer une date qu'à un ou deux ans près.

Pour qui écrivait-il ce journal ? Cette question, brusquement, s'imposa à lui. Pour l'avenir, pour des gens qui n'étaient pas nés. Son esprit erra un moment autour de la date approximative écrite sur la page, puis bondit sur un mot novlangue : *double-pensée*. Pour la première fois, l'ampleur de son entreprise lui apparut. Comment communiquer avec l'avenir. C'était impossible intrinsèquement. Ou l'avenir ressemblerait au présent, et on ne l'écouterait pas, ou il serait différent, et son enseignement, dans ce cas, n'aurait aucun sens.

Pendant un moment, il fixa stupidement le papier. L'émission du télécran s'était changée en une stridente musique militaire. Winston semblait non seulement avoir perdu le pouvoir de s'exprimer, mais avoir même oublié ce qu'il avait d'abord eu l'intention de dire. Depuis des semaines, il se préparait à ce moment et il ne lui était jamais venu à l'esprit que ce dont il aurait besoin, c'était de courage. Écrire était facile. Tout ce qu'il avait à faire, c'était transcrire l'interminable monologue ininterrompu qui, littéralement depuis des années, se poursuivait dans son cerveau. En ce moment, cependant, même le monologue s'était arrêté. Par-dessus le marché, son ulcère variqueux commençait à le démanger d'une façon insupportable. Il n'osait pas le gratter car l'ulcère s'enflammait toujours lorsqu'il y touchait. Les secondes passaient. Winston n'était conscient que du vide de la page qui était devant lui, de la démangeaison de sa peau au-dessus de la cheville, du beuglement de la musique et de la légère ivresse provoquée par le gin.

Il se mit soudain à écrire, dans une véritable panique, imparfaitement conscient de ce qu'il couchait sur le papier. Minuscule quoique enfantine, son écriture montait et descendait sur la page, abandonnant, d'abord les majuscules, finalement même les points.

4 avril 1984. Hier, soirée au ciné. Rien que des films de guerre. Un très bon film montrait un navire plein de réfugiés, bombardé quelque part dans la Méditerranée. Auditoire très amusé par les tentatives d'un gros homme gras qui essayait d'échapper en nageant à la poursuite d'un hélicoptère. On le voyait d'abord se vautrer dans l'eau comme un marsouin. Puis on l'apercevait à travers le viseur du canon de l'hélicoptère. Il était ensuite criblé de trous et la mer devenait rose autour de lui. Puis il sombrait aussi brusquement que si les trous avaient laissé pénétrer l'eau. Le public riait à gorge déployée quand il s'enfonça. On vit ensuite un canot de sauvetage plein d'enfants que survolait un hélicoptère. Une femme d'âge moyen, qui était peut-être une Juive, était assise à l'avant, un garçon d'environ trois ans dans les bras. petit garçon criait de frayeur et se cachait la tête entre les seins de sa mère comme s'il essayait de se terrer en elle et la femme l'entourait de ses bras et le réconfortait alors qu'elle était elle-même verte de frayeur, elle le recouvrait autant que possible comme si elle croyait que ses bras pourraient écarter de lui les balles, ensuite l'hélicoptère lâcha sur eux une bombe de vingt kilos qui éclata avec un éclair terrifiant et le bateau vola en éclats. il y eut ensuite l'étonnante projection d'un bras d'enfant montant droit dans l'air. un hélicoptère muni d'une caméra a dû le suivre et il y eut des applaudissements nourris venant des fauteuils mais une femme qui se trouvait au poulailler s'est mise brusquement à faire du bruit en frappant du pied et en criant on ne doit pas montrer cela pas devant les petits on ne doit pas ce n'est pas bien pas devant les enfants ce n'est pas jusqu'à ce que la police la saisisse et la mette à la porte je ne pense pas qu'il lui soit arrivé quoi que ce soit personne ne s'occupe de ce que disent les prolétaires les typiques réactions prolétaires jamais on —

Winston s'arrêta d'écrire, en partie parce qu'il souffrait d'une crampe. Il ne savait ce qui l'avait poussé à déverser ce torrent d'absurdités, mais le curieux était que, tandis qu'il écrivait, un souvenir totalement différent s'était précisé dans son esprit, au point qu'il se sentait presque capable de l'écrire. Il réalisait maintenant que c'était à cause de cet autre incident qu'il avait soudain décidé de rentrer chez lui et de commencer son journal ce jour-là.

Cet incident avait eu lieu le matin au ministère, si l'on peut dire d'une chose si nébuleuse qu'elle a eu lieu.

Il était presque onze heures et, au Commissariat aux Archives, où travaillait Winston, on tirait les chaises hors des bureaux pour les grouper au centre du hall, face au grand télécran afin de préparer les Deux Minutes de la Haine. Winston prenait place dans un des rangs du milieu quand deux personnes qu'il connaissait de vue, mais à qui il n'avait jamais parlé, entrèrent dans la salle à l'improviste. L'une était une fille qu'il croisait souvent dans les couloirs. Il ne savait pas son nom, mais il savait qu'elle travaillait au Commissariat aux Romans. Il l'avait parfois vue avec des mains huileuses et tenant une clef anglaise. Elle s'occupait probablement à quelque besogne mécanique sur l'une des machines à écrire des romans. C'était une fille d'aspect hardi, d'environ vingt-sept ans, aux épais cheveux noirs, au visage couvert de taches de rousseur, à l'allure vive et sportive. Une étroite ceinture rouge, emblème de la Ligue Anti-Sexe des Juniors, plusieurs fois enroulée à sa taille, par-dessus sa combinaison, était juste assez serrée pour faire ressortir la forme agile et dure de ses hanches. Winston l'avait détestée dès le premier coup d'œil. Il savait pourquoi. C'était à cause de l'atmosphère de terrain de hockey, de bains froids, de randonnées en commun, de rigoureuse propreté morale qu'elle s'arrangeait pour transporter avec elle. Il détestait presque toutes les femmes, surtout celles qui étaient jeunes et jolies. C'étaient toujours les femmes, et spécialement les jeunes, qui étaient les bigotes du Parti : avaleuses de slogans, espionnes amateurs, dépisteuses d'hérésies. Mais cette fille en particulier lui donnait l'impression qu'elle était plus dangereuse que les autres. Une fois, alors qu'ils se croisaient dans le corridor, elle lui avait lancé un rapide regard de côté qui semblait le transpercer et l'avait rempli un moment d'une atroce terreur. L'idée lui avait même traversé l'esprit qu'elle était peut-être un agent de la Police de la Pensée. C'était à vrai dire très improbable. Néanmoins, il continuait à ressentir un malaise particulier, fait de frayeur autant que d'hostilité, chaque fois qu'elle se trouvait près de lui quelque part.

L'autre personne était un homme nommé O'Brien, membre du Parti intérieur. Il occupait un poste si important et si élevé que Winston n'avait qu'une idée obscure de ce qu'il pouvait être. Un silence momentané s'établit dans le groupe des personnes qui entouraient les chaises quand elles virent approcher sa combinaison noire, celle d'un membre du Parti intérieur. O'Brien était un homme grand et corpulent, au cou épais, au visage rude, brutal et caustique. En dépit de cette formidable apparence, il avait un certain charme dans les manières. Il avait une façon d'assurer ses lunettes sur son nez qui était curieusement désarmante — et, d'une manière indéfinissable, curieusement civilisée. C'était un geste qui, si quelqu'un pouvait encore penser en termes semblables, aurait rappelé celui d'un homme du XVIIIe offrant sa tabatière. Winston avait vu O'Brien une douzaine de fois peut-être, dans un nombre presque égal d'années. Il se sentait vivement attiré par lui. Ce n'était pas seulement parce qu'il était intrigué par le contraste entre l'urbanité des manières d'O'Brien et son physique de champion de lutte. C'était, beaucoup plus, à cause de la croyance secrète — ce n'était peut-être même pas une croyance, mais seulement un espoir — que l'orthodoxie de la politique d'O'Brien n'était pas parfaite. Quelque chose dans son visage le suggérait irrésistiblement. Mais peut-être n'était-ce même pas la non-orthodoxie qui était inscrite sur son visage, mais, simplement, l'intelligence. De toute façon, il paraissait être quelqu'un à qui l'on pourrait parler si l'on pouvait duper le télécran et le voir seul. Winston n'avait jamais fait le moindre effort pour vérifier cette supposition ; en vérité, il n'y avait aucun moyen de la vérifier. O'Brien, à ce moment, regarda son bracelet-montre, vit qu'il était près de onze heures et décida, de toute évidence, de rester dans le Commissariat aux Archives jusqu'à la fin des Deux Minutes de la Haine. Il prit une chaise sur le même rang que Winston, deux places plus loin. Une petite femme rousse, qui travaillait dans la cellule voisine de celle de Winston, les séparait. La fille aux cheveux noirs était assise immédiatement derrière eux.

Un instant plus tard, un horrible crissement, comme celui de quelque monstrueuse machine tournant sans huile, éclata dans le grand télécran du bout de la salle. C'était un bruit à vous faire grincer des dents et à vous hérisser les cheveux. La Haine avait commencé.

Comme d'habitude, le visage d'Emmanuel Goldstein, l'Ennemi du Peuple, avait jailli sur l'écran. Il y eut des coups de sifflet çà et là dans l'assistance. La petite femme rousse jeta un cri de frayeur et de dégoût. Goldstein était le renégat et le traître. Il y avait longtemps (combien de temps, personne ne le savait exactement) il avait été l'un des meneurs du Parti presque au même titre que Big Brother lui-même. Il s'était engagé dans une activité contre-révolutionnaire, avait été condamné à mort, s'était mystérieusement échappé et avait disparu. Le programme des Deux Minutes de la Haine variait d'un jour à l'autre, mais il n'y en avait pas dans lequel Goldstein ne fût la principale figure. Il était le traître fondamental, le premier profanateur de la pureté du Parti. Tous les crimes subséquents contre le Parti, trahisons, actes de sabotage, hérésies, déviations, jaillissaient directement de son enseignement. Quelque part, on ne savait où, il vivait encore et ourdissait des conspirations. Peut-être au-delà des mers, sous la protection des maîtres étrangers qui le payaient. Peut-être, comme on le murmurait parfois, dans l'Océania même, en quelque lieu secret.

Le diaphragme de Winston s'était contracté. Il ne pouvait voir le visage de Goldstein sans éprouver un pénible mélange d'émotions. C'était un mince visage de Juif, largement auréolé de cheveux blancs vaporeux, qui portait une barbiche en forme de bouc, un visage intelligent et pourtant méprisable par quelque chose qui lui était propre, avec une sorte de sottise sénile dans le long nez mince sur lequel, près de l'extrémité, était perchée une paire de lunettes. Ce visage ressemblait à celui d'un mouton, et la voix, elle aussi, était du genre bêlant. Goldstein débitait sa venimeuse attaque habituelle contre les doctrines du Parti. Une attaque si exagérée et si perverse qu'un enfant aurait pu la percer à jour, et cependant juste assez plausible pour emplir chacun de la crainte que d'autres, moins bien équilibrés pussent s'y laisser prendre. Goldstein insultait Big Brother, dénonçait la dictature du Parti, exigeait l'immédiate conclusion de la paix avec l'Eurasia, défendait la liberté de parler, la liberté de la presse, la liberté de réunion, la liberté de pensée. Il criait hystériquement que la révolution avait été trahie, et cela en un rapide discours polysyllabique qui était une parodie du style habituel des orateurs du Parti et comprenait même des mots novlangue, plus de mots novlangue même qu'aucun orateur du Parti n'aurait normalement employés dans la vie réelle. Et pendant ce temps, pour que personne ne pût douter de la réalité de ce que recouvrait le boniment spécieux de Goldstein, derrière sa tête, sur l'écran, marchaient les colonnes sans fin de l'armée eurasienne, rang après rang d'hommes à l'aspect robuste, aux visages inexpressifs d'Asiatiques, qui venaient déboucher sur l'écran et s'évanouissaient, pour être immédiatement remplacés par d'autres exactement semblables. Le sourd martèlement rythmé des bottes des soldats formait l'arrière-plan de la voix bêlante de Goldstein.

Avant les trente secondes de la Haine, la moitié des assistants laissait échapper des exclamations de rage. Le visage de mouton satisfait et la terrifiante puissance de l'armée eurasienne étaient plus qu'on n'en pouvait supporter. Par ailleurs, voir Goldstein, ou même penser à lui, produisait automatiquement la crainte et la colère. Il était un objet de haine plus constant que l'Eurasia ou l'Estasia, puisque lorsque l'Océania était en guerre avec une de ces puissances, elle était généralement en paix avec l'autre. Mais l'étrange était que, bien que Goldstein fût haï et méprisé par tout le monde, bien que tous les jours et un millier de fois par jour, sur les estrades, aux télécrans, dans les journaux, dans les livres, ses théories fussent réfutées, écrasées, ridiculisées, que leur pitoyable sottise fût exposée aux regards de tous, en dépit de tout cela, son influence ne semblait jamais diminuée. Il y avait toujours de nouvelles dupes qui attendaient d'être séduites par lui. Pas un jour ne se passait que des espions et des saboteurs à ses ordres ne fussent démasqués par la Police de la Pensée. Il commandait une grande armée ténébreuse, un réseau clandestin de conspirateurs qui se consacraient à la chute de l'État. On croyait que cette armée s'appelait la Fraternité. Il y avait aussi des histoires que l'on chuchotait à propos d'un livre terrible, résumé de toutes les hérésies, dont Goldstein était l'auteur, et qui circulait clandestinement çà et là. Ce livre n'avait pas de titre. Les gens s'y référaient, s'ils s'y référaient jamais, en disant simplement *le livre*. Mais on ne savait de telles choses que par de vagues rumeurs. Ni la Fraternité, ni *le livre*, n'étaient des sujets qu'un membre ordinaire du Parti mentionnerait s'il pouvait l'éviter.

À la seconde minute, la Haine tourna au délire. Les gens sautaient sur place et criaient de toutes leurs forces pour s'efforcer de couvrir le bêlement affolant qui venait de l'écran. Même le lourd visage d'O'Brien était rouge. Il était assis très droit sur sa chaise. Sa puissante poitrine se gonflait et se contractait comme pour résister à l'assaut d'une vague. La petite femme aux cheveux roux avait tourné au rose vif, et sa bouche s'ouvrait et se fermait comme celle d'un poisson hors de l'eau. La fille brune qui était derrière Winston criait : « Cochon ! Cochon ! Cochon ! » Elle saisit soudain un lourd dictionnaire novlangue et le lança sur l'écran. Il atteignit le nez de Goldstein et rebondit. La voix continuait, inexorable. Dans un moment de lucidité, Winston se vit criant avec les autres et frappant violemment du talon contre les barreaux de sa chaise. L'horrible, dans ces Deux Minutes de la Haine, était, non qu'on fût obligé d'y jouer un rôle, mais que l'on ne pouvait, au contraire, éviter de s'y joindre. Au bout de trente secondes, toute feinte, toute dérobade devenait inutile. Une hideuse extase, faite de frayeur et de rancune, un désir de tuer, de torturer, d'écraser des visages sous un marteau, semblait se répandre dans l'assistance comme un courant électrique et transformer chacun, même contre sa volonté, en un fou vociférant et grimaçant.

Mais la rage que ressentait chacun était une émotion abstraite, indirecte, que l'on pouvait tourner d'un objet vers un autre comme la flamme d'un photophore. Ainsi, à un moment, la haine qu'éprouvait Winston n'était pas du tout dirigée contre Goldstein, mais contre Big Brother, le Parti et la Police de la Pensée. À de tels instants, son cœur allait au solitaire hérétique bafoué sur l'écran, seul gardien de la vérité et du bon sens dans un monde de mensonge. Pourtant, l'instant d'après, Winston était de cœur avec les gens qui l'entouraient et tout ce que l'on disait de Goldstein lui semblait vrai. Sa secrète aversion contre Big Brother se changeait alors en adoration. Big Brother semblait s'élever, protecteur invincible et sans frayeur dressé comme un roc contre les hordes asiatiques. Goldstein, en dépit de son isolement, de son impuissance et du doute qui planait sur son existence même, semblait un sinistre enchanteur capable, par le seul pouvoir de sa voix, de briser la structure de la civilisation.

On pouvait même, par moments, tourner le courant de sa haine dans une direction ou une autre par un acte volontaire. Par un violent effort analogue à celui par lequel, dans un cauchemar, la tête s'arrache de l'oreiller, Winston réussit soudain à transférer sa haine, du visage qui était sur l'écran, à la fille aux cheveux noirs placée derrière lui. De vivaces et splendides hallucinations lui traversèrent rapidement l'esprit. Cette fille, il la fouettait à mort avec une trique de caoutchouc. Il l'attachait nue à un poteau et la criblait de flèches comme un saint Sébastien. Il la violait et, au moment de la jouissance, lui coupait la gorge. Il réalisa alors, mieux qu'auparavant, pour quelle raison, exactement, il la détestait. Il la détestait parce qu'elle était jeune, jolie et asexuée, parce qu'il désirait coucher avec elle et qu'il ne le ferait jamais, parce qu'autour de sa douce et souple taille qui semblait appeler un bras, il n'y avait que l'odieuse ceinture rouge, agressif symbole de chasteté.

La Haine était là, à son paroxysme. La voix de Goldstein était devenue un véritable bêlement de mouton et, pour un instant, Goldstein devint un mouton. Puis le visage de mouton se fondit en une silhouette de soldat eurasien qui avança, puissant et terrible dans le grondement de sa mitrailleuse et sembla jaillir de l'écran, si bien que quelques personnes du premier rang reculèrent sur leurs sièges. Mais au même instant, ce qui provoqua chez tous un profond soupir de soulagement, la figure hostile fut remplacée, en fondu, par le visage de Big Brother, aux cheveux et à la moustache noirs, plein de puissance et de calme mystérieux, et si large qu'il occupa presque tout l'écran. Personne n'entendit ce que disait Big Brother. C'étaient simplement quelques mots d'encouragement, le genre de mots que l'on prononce dans le fracas d'un combat. Ils ne sont pas précisément distincts, mais ils restaurent la confiance par le fait même qu'ils sont dits. Le visage de Big Brother disparut ensuite et, à sa place, les trois slogans du Parti s'inscrivirent en grosses majuscules :

LA GUERRE C'EST LA PAIX
LA LIBERTÉ C'EST L'ESCLAVAGE
L'IGNORANCE C'EST LA FORCE

Mais le visage de Big Brother sembla persister plusieurs secondes sur l'écran, comme si l'impression faite sur les rétines était trop vive pour s'effacer immédiatement. La petite femme aux cheveux roux s'était jetée en avant sur le dos d'une chaise. Avec un murmure tremblotant qui sonnait comme « Mon Sauveur », elle tendit les bras vers l'écran. Puis elle cacha son visage dans ses mains. Elle priait.

L'assistance fit alors éclater en chœur un chant profond, rythmé et lent : B-B !... B-B !... B-B !... — encore et encore, très lentement, avec une longue pause entre le premier « B » et le second. C'était un lourd murmure sonore, curieusement sauvage, derrière lequel semblaient retentir un bruit de pieds nus et un battement de tam-tams. Le chant dura peut-être trente secondes. C'était un refrain que l'on entendait souvent aux moments d'irrésistible émotion. C'était en partie une sorte d'hymne à la sagesse et à la majesté de Big Brother, mais c'était, plus encore, un acte d'hypnose personnelle, un étouffement délibéré de la conscience par le rythme. Winston en avait froid au ventre. Pendant les Deux Minutes de la Haine, il ne pouvait s'empêcher de partager le délire général, mais ce chant sous-humain de « B-B !... B-B !... » l'emplissait toujours d'horreur. Naturellement il chantait avec les autres. Il était impossible de faire autrement. Déguiser ses sentiments, maîtriser son expression, faire ce que faisaient les autres étaient des réactions instinctives. Mais il y avait une couple de secondes durant lesquelles l'expression de ses yeux aurait pu le trahir. C'est exactement à ce moment-là que la chose significative arriva — si, en fait, elle était arrivée.

Son regard saisit un instant celui d'O'Brien. O'Brien s'était levé. Il avait enlevé ses lunettes et, de son geste caractéristique, il les rajustait sur son nez. Mais il y eut une fraction de seconde pendant laquelle leurs yeux se rencontrèrent, et dans ce laps de temps Winston sut — il en eut l'absolue certitude — qu'O'Brien pensait la même chose que lui. Un message clair avait passé. C'était comme si leurs deux esprits s'étaient ouverts et que leurs pensées avaient coulé de l'un à l'autre par leurs yeux. « Je suis avec vous » semblait lui dire O'Brien. « Je sais exactement ce que vous ressentez. Je connais votre mépris, votre haine, votre dégoût. Mais ne vous en faites pas, je suis avec vous ! » L'éclair de compréhension s'était alors éteint et le visage d'O'Brien était devenu aussi indéchiffrable que celui des autres.

C'était tout, et Winston doutait déjà que cela se fût passé. De tels incidents n'avaient jamais aucune suite. Leur seul effet était de garder vivace en lui la croyance, l'espoir, que d'autres que lui étaient les ennemis du Parti. Peut-être les rumeurs de vastes conspirations étaient-elles après tout exactes ! Peut-être la Fraternité existait-elle réellement ! Il était impossible, en dépit des innombrables arrestations, confessions et exécutions, d'être sûr que la Fraternité n'était pas simplement un mythe. Il y avait des jours où il y croyait, des jours où il n'y croyait pas. On ne possédait pas de preuves, mais seulement de vacillantes lueurs qui pouvaient tout signifier, ou rien : bribes entendues de conversations, griffonnages indistincts sur les murs des waters — une fois même, lors de la rencontre de deux étrangers, un léger mouvement des mains qui aurait pu être un signe de reconnaissance. Ce n'étaient que des suppositions. Il avait probablement tout imaginé. Il était retourné à son bureau sans avoir de nouveau regardé O'Brien. L'idée de prolonger leur contact momentané lui traversa à peine l'esprit. Cela aurait été tout à fait dangereux, même s'il avait su comment s'y prendre. Pendant une, deux secondes, ils avaient échangé un regard équivoque, et l'histoire s'arrêtait là. Même cela, pourtant, était un événement mémorable, dans la solitude fermée où chacun devait vivre.

Winston se réveilla et se redressa. Il éructa. Le gin lui remontait de l'estomac.

Son attention se concentra de nouveau sur la page. Il s'aperçut que pendant qu'il s'était oublié à méditer, il avait écrit d'une façon automatique. Ce n'était plus la même écriture maladroite et serrée. Sa plume avait glissé voluptueusement sur le papier lisse et avait tracé plusieurs fois, en grandes majuscules nettes, les mots :

À BAS BIG BROTHER
À BAS BIG BROTHER
À BAS BIG BROTHER
À BAS BIG BROTHER
À BAS BIG BROTHER

La moitié d'une page en était couverte.

Il ne put lutter contre un accès de panique. C'était absurde, car le fait d'écrire ces mots n'était pas plus dangereux que l'acte initial d'ouvrir un journal, mais il fut tenté un moment de déchirer les pages gâchées et d'abandonner entièrement son entreprise.

Il n'en fit cependant rien, car il savait que c'était inutile. Qu'il écrivît ou n'écrivît pas À BAS BIG BRO-THER n'avait pas d'importance. Qu'il continuât ou arrêtât le journal n'avait pas d'importance. De toute façon, la Police de la Pensée ne le raterait pas. Il avait perpétré — et aurait perpétré, même s'il n'avait jamais posé la plume sur le papier — le crime fondamental qui contenait tous les autres. Crime par la pensée, disait-on. Le crime par la pensée n'était pas de ceux que l'on peut éternellement dissimuler. On pouvait ruser avec succès pendant un certain temps, même pendant des années, mais tôt ou tard, c'était forcé, ils vous avaient.

C'était toujours la nuit. Les arrestations avaient

invariablement lieu la nuit. Il y avait le brusque sursaut du réveil, la main rude qui secoue l'épaule, les lumières qui éblouissent, le cercle de visages durs autour du lit. Dans la grande majorité des cas, il n'y avait pas de procès, pas de déclaration d'arrestation. Des gens disparaissaient, simplement, toujours pendant la nuit. Leurs noms étaient supprimés des registres, tout souvenir de leurs actes était effacé, leur existence était niée, puis oubliée. Ils étaient abolis, rendus au néant. *Vaporisés,* comme on disait.

Winston, un instant, fut en proie à une sorte d'hystérie.

Il se mit à écrire en un gribouillage rapide et désordonné :

ils me fusilleront ça m'est égal ils me troueront la nuque cela m'est égal à bas Big Brother ils visent toujours la nuque cela m'est égal À bas Big Brother.

Il se renversa sur sa chaise, légèrement honteux de lui-même et déposa son porte-plume. Puis il sursauta violemment. On frappait à la porte.

Déjà ! Il resta assis, immobile comme une souris, dans l'espoir futile que le visiteur, quel qu'il fût, s'en irait après un seul appel. Mais non, le bruit se répéta. Le pire serait de faire attendre. Son cœur battait à se rompre, mais son visage, grâce à une longue habitude, était probablement sans expression. Il se leva et se dirigea lourdement vers la porte.

II

Winston posait la main sur la poignée de la porte quand il s'aperçut qu'il avait laissé le journal ouvert sur la table. À BAS BIG BROTHER y était écrit de haut en bas en lettres assez grandes pour être lisibles de la porte. C'était d'une stupidité inconcevable, mais il comprit que, même dans sa panique, il n'avait pas voulu, en fermant le livre alors que l'encre était humide, tacher le papier crémeux.

Il retint sa respiration et ouvrit la porte. Instantanément, une chaude vague de soulagement le parcourut. Une femme incolore, aux cheveux en mèches, au visage ridé, et qui semblait accablée, se tenait devant la porte.

— Oh ! camarade, dit-elle d'une voix lugubre et geignarde, je pensais bien vous avoir entendu rentrer. Pourriez-vous jeter un coup d'œil sur notre évier ? Il est bouché et...

C'était Mme Parsons, la femme d'un voisin de palier. « Madame » était un mot quelque peu désapprouvé par le Parti. Normalement, on devait appeler tout le monde « camarade » — mais avec certaines femmes, on employait « Madame » instinctivement. C'était une femme d'environ trente ans, mais qui paraissait beaucoup plus âgée. On avait l'impression que, dans les plis de son visage, il y avait de la poussière. Winston la suivit le long du palier. Ces besognes d'amateur, pour des réparations presque journalières, l'irritaient chaque fois. Les appartements du bloc de la Victoire étaient anciens (ils avaient été construits en 1930 environ), et tombaient en morceaux. Le plâtre des plafonds et des murs s'écaillait continuellement, les conduites éclataient à chaque gelée dure, le toit crevait dès qu'il neigeait, le chauffage central marchait habituellement à basse pression, quand, par économie, il n'était pas fermé tout à fait. Les réparations, sauf celles qu'on pouvait faire soi-même, devaient être autorisées par de lointains comités. Elles étaient sujettes à des retards de deux ans, même s'il ne s'agissait que d'un carreau de fenêtre.

— Naturellement, si je viens, c'est que Tom n'est pas là, autrement... dit vaguement Mme Parsons.

L'appartement des Parsons était plus grand que celui de Winston. Il était médiocre d'une autre façon. Tout avait un air battu et piétiné, comme si l'endroit venait de recevoir la visite d'un grand et violent animal. Sur le parquet traînaient partout des instruments de jeu — des bâtons de hockey, des gants de boxe, un ballon de football crevé, un short à l'envers, trempé de sueur. Il y avait sur la table un fouillis de plats sales et de cahiers écornés. Sur les murs, on voyait des bannières écarlates des Espions et de la Ligue de la Jeunesse, et un portrait grandeur nature de Big Brother. Il y avait l'odeur habituelle de chou cuit, commune à toute la maison, mais qui était ici traversée par un relent de sueur plus accentué. Et cette sueur, on s'en apercevait dès la première bouffée — bien qu'il fût difficile d'expliquer comment — était la sueur d'une personne pour le moment absente.

Dans une autre pièce, quelqu'un essayait, à l'aide d'un peigne et d'un bout de papier hygiénique, d'harmoniser son chant avec la musique militaire que continuait à émettre le télécran.

— Ce sont les enfants, dit Mme Parsons, en jetant un regard à moitié craintif vers la porte. Ils ne sont pas sortis aujourd'hui et, naturellement...

Elle avait l'habitude de s'arrêter au milieu de ses phrases. L'évier de la cuisine était rempli, presque jusqu'au bord, d'une eau verdâtre et sale qui sentait plus que jamais le chou. Winston s'agenouilla et examina le joint du tuyau. Il détestait se servir de ses mains, il détestait se baisser, ce qui pouvait le faire tousser. Mme Parsons regardait, impuissante.

— Naturellement, dit-elle, si Tom était là, il aurait réparé cela tout de suite. Il aime ce genre de travaux. Il est tellement adroit de ses mains, Tom.

Parsons était un collègue de Winston au ministère de la Vérité. C'était un homme grassouillet mais actif, d'une stupidité paralysante, un monceau d'enthousiasmes imbéciles, un de ces esclaves dévots qui ne mettent rien en question et sur qui, plus que sur la Police de la Pensée, reposait la stabilité du Parti. À trente-cinq ans, il venait, contre sa volonté, d'être évincé de la Ligue de la Jeunesse et avant d'obtenir le grade qui lui avait ouvert l'accès de cette ligue, il s'était arrangé pour passer parmi les Espions une année de plus que le voulait l'âge réglementaire. Au ministère, il occupait un poste subalterne où l'intelligence n'était pas nécessaire, mais il était, par ailleurs, une figure directrice du Comité des Sports et de tous les autres comités organisateurs de randonnées en commun, de manifestations spontanées, de campagnes pour l'économie et, généralement, d'activités volontaires. Il pouvait, entre deux bouffées de sa pipe, vous faire savoir avec une fierté tranquille que, pendant ces quatre dernières années, il s'était montré chaque soir au Centre communautaire. Une accablante odeur de sueur, inconscient témoignage de l'ardeur qu'il déployait, le suivait partout et, même, demeurait derrière lui alors qu'il était parti.

— Avez-vous une clef anglaise ? demanda Winston qui tournait et retournait l'écrou sur le joint.

— Une clef anglaise, répéta Mme Parsons immédiatement devenue amorphe. Je ne sais pas, bien sûr. Peut-être que les enfants...

Il y eut un piétinement de souliers et les enfants entrèrent au pas de charge dans le living-room, en soufflant sur le peigne. Mme Parsons apporta la clef anglaise. Winston fit couler l'eau et enleva avec dégoût le tortillon de cheveux qui avait bouché le tuyau. Il se nettoya les doigts comme il put sous l'eau froide du robinet et retourna dans l'autre pièce.

— Haut les mains ! hurla une voix sauvage. Un garçon de neuf ans, beau, l'air pas commode, s'était brusquement relevé de derrière la table et le menaçait de son jouet, un pistolet automatique. Sa sœur, de deux ans plus jeune environ, faisait le même geste avec un bout de bois. Ils étaient tous deux revêtus du short bleu, de la chemise grise et du foulard rouge qui composaient l'uniforme des Espions.

Winston leva les mains au-dessus de sa tête, mais l'attitude du garçon était à ce point malveillante qu'il en éprouvait un malaise et le sentiment que ce n'était pas tout à fait un jeu.

— Vous êtes un traître, hurla le garçon. Vous trahissez par la pensée ! Vous êtes un espion eurasien ! Je vais vous fusiller, vous vaporiser, vous envoyer dans les mines de sel !

Les deux enfants se mirent soudain à sauter autour

de lui et à crier : « Traître ! Criminel de la Pensée ! »
La petite fille imitait tous les mouvements de son
frère. C'était légèrement effrayant, cela ressemblait à
des gambades de petits tigres qui bientôt grandiraient
et deviendraient des mangeurs d'hommes. Il y avait
comme une férocité calculée dans l'œil du garçon, un
désir tout à fait évident de frapper Winston des mains
et des pieds, et la conscience d'être presque assez
grand pour le faire. C'était une chance pour Winston
que le pistolet ne fût pas un vrai pistolet.

Les yeux de Mme Parsons voltigèrent nerveusement
de Winston aux enfants et inversement. Winston,
dans la lumière plus vive du living-room, remarqua
avec intérêt qu'elle avait véritablement de la poussière
dans les plis de son visage.

— Ils sont si bruyants ! dit-elle. Ils sont désappoin-
tés parce qu'ils ne peuvent aller voir la pendaison.
C'est pour cela. Je suis trop occupée pour les conduire
et Tom ne sera pas rentré à temps de son travail.

— Pourquoi ne pouvons-nous pas aller voir la pendaison ? rugit le garçon de sa voix pleine.

— Veux voir la pendaison ! Veux voir la pendaison !
chanta la petite fille qui gambadait encore autour
d'eux.

Winston se souvint que quelques prisonniers eurasiens, coupables de crimes de guerre, devaient être
pendus dans le parc cet après-midi-là. Cela se répétait
chaque mois environ et c'était un spectacle populaire.
Les enfants criaient pour s'y faire conduire.

Winston salua Mme Parsons et sortit. Mais il n'avait
pas fait six pas sur le palier que quelque chose le
frappait à la nuque. Le coup fut atrocement douloureux. C'était comme si on l'avait transpercé avec un
fil de fer chauffé au rouge. Il se retourna juste à temps
pour voir Mme Parsons tirer son fils pour le faire ren-

trer tandis que le garçon mettait une fronde dans sa poche.

« Goldstein ! » hurla le garçon, tandis que la porte se refermait sur lui. Mais ce qui frappa le plus Winston, ce fut l'expression de frayeur impuissante du visage grisâtre de la femme.

De retour dans son appartement, il passa rapidement devant l'écran et se rassit devant la table, tout en se frottant le cou. La musique du télécran s'était tue. Elle était remplacée par une voix coupante et militaire qui lisait, avec une sorte de plaisir brutal, une description de la nouvelle forteresse flottante qui venait d'être ancrée entre la Terre de Glace et les îles Féroé.

Cette pauvre femme, pensa Winston, doit vivre dans la terreur de ses enfants. Dans un an ou deux, ils surveilleront nuit et jour chez elle les symptômes de non-orthodoxie. Presque tous les enfants étaient maintenant horribles. Le pire c'est qu'avec des organisations telles que celle des Espions, ils étaient systématiquement transformés en ingouvernables petits sauvages. Pourtant cela ne produisait chez eux aucune tendance à se révolter contre la discipline du Parti. Au contraire, ils adoraient le Parti et tout ce qui s'y rapportait : les chansons, les processions, les bannières, les randonnées en bandes, les exercices avec des fusils factices, l'aboiement des slogans, le culte de Big Brother. C'était pour eux comme un jeu magnifique. Toute leur férocité était extériorisée contre les ennemis de l'État, contre les étrangers, les traîtres, les saboteurs, les criminels par la pensée. Il était presque normal que des gens de plus de trente ans aient peur de leurs propres enfants. Et ils avaient raison. Il se passait en effet rarement une semaine sans qu'un paragraphe du *Times* ne relatât comment un petit mouchard quelconque — « enfant héros », disait-on — avait, en écoutant aux portes, entendu une remarque compromettante et dénoncé ses parents à la Police de la Pensée.

La brûlure causée par le projectile s'était éteinte. Winston prit sa plume sans entrain. Il se demandait s'il trouverait quelque chose de plus à écrire dans son journal. Tout d'un coup, sa pensée se reporta vers O'Brien.

Il y avait longtemps — combien de temps ? sept ans, peut-être, — il avait rêvé qu'il traversait une salle où il faisait noir comme dans un four. Quelqu'un, assis dans cette salle, avait dit, alors que Winston passait devant lui : « Nous nous rencontrerons là où il n'y a pas de ténèbres. » Ce fut dit calmement, comme par hasard. C'était une constatation, non un ordre. Winston était sorti sans s'arrêter. Le curieux était qu'à ce moment, dans le rêve, les mots ne l'avaient pas beaucoup impressionné. C'est seulement plus tard, et par degrés, qu'ils avaient pris tout leur sens. Il ne pouvait maintenant se rappeler si c'était avant ou après ce rêve qu'il avait vu O'Brien pour la première fois. Il ne pouvait non plus se rappeler à quel moment il avait identifié la voix comme étant celle d'O'Brien. L'identification en tout cas était faite. C'était O'Brien qui avait parlé dans l'obscurité.

Winston n'avait jamais pu savoir avec certitude si O'Brien était un ami ou un ennemi. Même après le coup d'œil de ce matin, il était encore impossible de le savoir. Cela ne semblait pas d'ailleurs avoir une grande importance. Il y avait entre eux un lien basé sur la compréhension réciproque, qui était plus important que l'affection ou le rattachement à un même parti. « Nous nous rencontrerons là où il n'y a pas de ténèbres », avait dit O'Brien. Winston ne savait pas ce que cela signifiait, il savait seulement que, d'une façon ou d'une autre, cela se réaliserait.

La voix du télécran se tut. Une sonnerie de clairon, claire et belle, flotta dans l'air stagnant. La voix grinçante reprit :

— Attention ! Attention ! je vous prie. Un télégramme vient d'arriver du front de Malabar. Nos forces ont remporté une brillante victoire dans le sud de l'Inde. Je suis autorisé à vous dire que cet engagement pourrait bien rapprocher le moment où la guerre prendra fin. Voici le télégramme...

« Cela présage une mauvaise nouvelle », pensa Winston. En effet, après une description réaliste de l'anéantissement de l'armée eurasienne et la proclamation du nombre stupéfiant de tués et de prisonniers, la voix annonça qu'à partir de la semaine suivante, la ration de chocolat serait réduite de trente à vingt grammes.

Winston éructa encore. Le gin s'évaporait, laissant une sensation de dégonflement. Le télécran, peut-être pour célébrer la victoire, peut-être pour noyer le souvenir du chocolat perdu, se lança dans le chant : *Océania, c'est pour toi !* On était censé être au garde-à-vous. Mais là où il se tenait, Winston était invisible.

Océania, c'est pour toi ! fit place à une musique plus légère. Winston alla à la fenêtre, le dos au télécran. C'était une journée encore froide et claire. Quelque part, au loin, une bombe explosa avec un grondement sourd qui se répercuta. Il y avait chaque semaine environ vingt ou trente de ces bombes qui tombaient sur Londres.

Dans la rue, le vent faisait claquer de droite à gauche l'affiche déchirée et le mot ANGSOC apparaissait et disparaissait tout à tour. Angsoc. Les principes sacrés de l'Angsoc. Novlangue, double-pensée, mutabilité du passé. Winston avait l'impression d'errer dans les forêts des profondeurs sous-marines, perdu dans un monde monstrueux dont il était lui-même le monstre. Il était seul. Le passé était mort, le futur inimaginable. Quelle certitude avait-il qu'une seule des créatures humaines actuellement vivantes pensait comme lui ? Et comment savoir si la souveraineté du Parti ne durerait pas éternellement ? Comme une réponse, les trois slogans inscrits sur la façade blanche du ministère de la Vérité lui revinrent à l'esprit.

LA GUERRE C'EST LA PAIX
LA LIBERTÉ C'EST L'ESCLAVAGE
L'IGNORANCE C'EST LA FORCE

Il prit dans sa poche une pièce de vingt-cinq cents. Là aussi, en lettres minuscules et distinctes, les mêmes slogans étaient gravés. Sur l'autre face de la pièce, il y avait la tête de Big Brother dont les yeux, même là, vous poursuivaient. Sur les pièces de monnaie, sur les timbres, sur les livres, sur les bannières, sur les affiches, sur les paquets de cigarettes, partout ! Toujours ces yeux qui vous observaient, cette voix qui vous enveloppait. Dans le sommeil ou la veille, au travail ou à table, au-dedans ou au-dehors, au bain ou au lit, pas d'évasion. Vous ne possédiez rien, en dehors des quelques centimètres cubes de votre crâne.

Le soleil avait tourné et les myriades de fenêtres du ministère de la Vérité qui n'étaient plus éclairées par la lumière paraissaient sinistres comme les meurtrières d'une forteresse. Le cœur de Winston défaillit devant l'énorme construction pyramidale. Elle était trop puissante, on ne pourrait la prendre d'assaut. Un millier de bombes ne pourraient l'abattre.

Winston se demanda de nouveau pour qui il écrivait son journal. Pour l'avenir ? Pour le passé ? Pour un âge qui pourrait n'être qu'imaginaire ? Il avait devant lui la perspective, non de la mort, mais de l'anéantissement. Son journal serait réduit en cendres et lui-même en vapeur. Seule, la Police de la Pensée lirait ce qu'il aurait écrit avant de l'effacer de l'existence et de la mémoire. Comment pourrait-on faire appel au futur alors que pas une trace, pas même un mot anonyme griffonné sur un bout de papier ne pouvait matériellement survivre ?

Le télécran sonna quatorze heures. Winston devait partir dans dix minutes. Il lui fallait être à son travail à quatorze heures trente.

Curieusement, le carillon de l'heure parut lui communiquer un courage nouveau. C'était un fantôme solitaire qui exprimait une vérité que personne n'entendrait jamais. Mais aussi longtemps qu'il l'exprimerait, la continuité, par quelque obscur processus, ne serait pas brisée. Ce n'était pas en se faisant entendre, mais en conservant son équilibre que l'on portait plus loin l'héritage humain. Winston retourna à sa table, trempa sa plume et écrivit :

Au futur ou au passé, au temps où la pensée est libre, où les hommes sont dissemblables mais ne sont pas solitaires, au temps où la vérité existe, où ce qui est fait ne peut être défait,

De l'âge de l'uniformité, de l'âge de la solitude, de l'âge de Big Brother, de l'âge de la double pensée.

Salut !

Il réfléchit qu'il était déjà mort. Il lui apparut que c'était seulement lorsqu'il avait commencé à être capable de formuler ses idées qu'il avait fait le pas décisif. Les conséquences d'un acte sont incluses dans l'acte lui-même. Il écrivit :

Le crime de penser n'entraîne pas la mort. Le crime de penser est la mort.

Maintenant qu'il s'était reconnu comme mort, il devenait important de rester vivant aussi longtemps que possible. Deux doigts de sa main droite étaient tachés d'encre. C'était exactement le genre de détail qui pouvait vous trahir. Au ministère, quelque zélateur au flair subtil (une femme, probablement, la petite femme rousse ou la fille brune du Commissariat aux Romans) pourrait se demander pourquoi il avait écrit à l'heure du déjeuner, pourquoi il s'était servi d'une plume démodée, et surtout ce qu'il avait écrit, puis glisser une insinuation au service compétent. Winston alla dans la salle de bains et frotta soigneusement avec du savon l'encre de son doigt. Ce savon, brun foncé, était granuleux et râpait la peau comme du papier émeri. Il convenait donc parfaitement.

Winston rangea ensuite le journal dans son tiroir. Il était absolument inutile de chercher à le cacher, mais Winston pourrait au moins savoir s'il était découvert ou non. Un cheveu au travers de l'extrémité des pages serait trop visible. Du bout de son doigt, il ramassa un grain de poussière blanchâtre qu'il pourrait reconnaître, et le déposa sur un coin de la couverture. Le grain serait ainsi rejeté si le livre était déplacé.

III

Winston rêvait de sa mère.

Il devait avoir dix ou onze ans, croyait-il, quand sa mère avait disparu. Elle était grande, sculpturale, plutôt silencieuse, avec de lents mouvements et une magnifique chevelure blonde. Le souvenir qu'il avait de son père était plus vague. C'était un homme brun et mince, toujours vêtu de costumes sombres et nets, qui portait des lunettes. (Winston se rappelait surtout les minces semelles des chaussures de son père.) Tous deux avaient probablement été engloutis dans l'une des premières grandes épurations des années 50.

Sa mère, dans ce rêve, était assise en quelque lieu profond au-dessous de Winston, avec, dans ses bras, la jeune sœur de celui-ci. Il ne se souvenait pas du tout de sa sœur, sauf que c'était un bébé petit, faible, toujours silencieux, aux grands yeux attentifs. Toutes les deux le regardaient. Elles étaient dans un endroit souterrain — le fond d'un puits, par exemple, ou une tombe très profonde — mais c'était un endroit qui, bien que déjà très bas, continuait à descendre. Elles se trouvaient dans le salon d'un bateau qui sombrait et le regardaient à travers l'eau de plus en plus opaque. Il y avait de l'air dans le salon, ils pouvaient encore se voir les uns les autres, mais elles s'enfonçaient de plus en plus dans l'eau verte qui bientôt les cacherait pour jamais. Il était dehors, dans l'air et la lumière tandis qu'elles étaient aspirées vers la mort. Et elles étaient là *parce que* lui était en haut.

Il le savait et il pouvait voir sur leurs visages qu'elles le savaient. Il n'y avait de reproche ni sur leurs visages, ni dans leurs cœurs. Il y avait seulement la certitude qu'elles devaient mourir pour qu'il vive et que cela faisait partie de l'ordre inévitable des choses.

Il ne pouvait se souvenir de ce qui était arrivé, mais il savait dans son rêve que les vies de sa mère et de sa sœur avaient été sacrifiées à la sienne. C'était un de ces rêves qui, tout en offrant le décor caractéristique du rêve, permettent et prolongent l'activité de l'intelligence. Au cours de tels rêves, on prend conscience de faits et d'idées qui gardent leur valeur quand on s'est réveillé. Ce qui frappa soudain Winston, c'est que la mort de sa mère, survenue il y avait près de trente ans, avait été d'un tragique et d'une tristesse qui seraient actuellement impossibles. Il comprit que le tragique était un élément des temps anciens, des temps où existaient encore l'intimité, l'amour et l'amitié, quand les membres d'une famille s'entraidaient sans se demander au nom de quoi. Le souvenir de sa mère le déchirait parce qu'elle était morte en l'aimant, alors qu'il était trop jeune et trop égoïste pour l'aimer en retour. C'était aussi parce qu'elle s'était sacrifiée, il ne se rappelait plus comment, à une conception, personnelle et inaltérable, de la loyauté. Il se rendait compte que de telles choses ne pouvaient plus se produire. Aujourd'hui, il y avait de la peur, de la haine, de la souffrance, mais il n'y avait aucune dignité dans l'émotion. Il n'y avait aucune profondeur, aucune complexité dans les tristesses. Il lui semblait voir tout cela dans les grands yeux de sa mère et de sa sœur qui, à des centaines de brasses de profondeur, le regardaient à travers les eaux vertes et s'enfonçaient encore.

Il se trouva soudain debout sur du gazon élastique, par un soir d'été, alors que les rayons obliques du soleil dorent la terre. Le paysage qu'il regardait revenait si souvent dans ses rêves qu'il n'était jamais tout à fait sûr de ne pas l'avoir vu dans le monde réel. Lorsque à son réveil il s'en souvenait, il l'appelait le Pays Doré. C'était un ancien pâturage, dévoré par les lapins et que traversait un sentier sinueux. Des taupinières l'accidentaient çà et là. Dans la haie mal taillée qui se trouvait de l'autre côté du champ, des branches d'ormes se balançaient doucement dans la brise et leurs feuilles se déplaçaient par masses épaisses comme des chevelures de femmes. Quelque part, tout près, bien que caché au regard, il y avait un ruisseau lent et clair. Il formait, sous les saules, des étangs dans lesquels nageaient des poissons dorés.

La fille aux cheveux noirs se dirigeait vers Winston à travers le champ. D'un seul geste, lui sembla-t-il, elle déchira ses vêtements et les rejeta dédaigneusement. Son corps était blanc et lisse, mais il n'éveilla aucun désir chez Winston, qui le regarda à peine. Ce qui en cet instant le transportait d'admiration, c'était le geste avec lequel elle avait rejeté ses vêtements. La grâce négligente de ce geste semblait anéantir toute une culture, tout un système de pensées, comme si Big Brother, le Parti, la Police de la Pensée, pouvaient être rejetés au néant par un unique et splendide mouvement du bras. Cela aussi était un geste de l'ancien temps.

Winston se réveilla avec sur les lèvres le mot « Shakespeare ».

Le télécran émettait un coup de sifflet assourdissant sur une note unique qui dura trente secondes. Il était sept heures un quart, heure du lever des employés de bureau. Winston s'arracha du lit. Il était nu, car les membres du Parti Extérieur ne recevaient annuellement que trois mille points textiles, et il en fallait six cents pour un pyjama. Il attrapa sur une chaise un médiocre gilet de flanelle et un short. L'heure de culture physique allait commencer dans trois minutes. Une violente quinte de toux, qui presque toujours le prenait tout de suite après son réveil, l'obligea à se plier en deux. L'air lui manquait à tel point qu'il ne put reprendre son souffle qu'après une série de profondes inspirations, couché sur le dos. Ses veines s'étaient gonflées dans l'effort qu'il avait fait pour tousser et son ulcère variqueux commençait à le démanger.

— Groupe trente à quarante ! glapit une voix perçante de femme. Groupe trente à quarante ! En place, s'il vous plaît. Les trente à quarante.

Winston se mit rapidement au garde-à-vous en face du télécran sur lequel venait d'apparaître l'image d'une femme assez jeune, fine, mais musclée, vêtue d'une tunique et chaussée de sandales de gymnastique.

— Flexion et extension des bras ! lança-t-elle. En même temps que moi. *Un*, deux, trois, quatre ! *Un*, deux, trois, quatre ! Allons, camarades ! un peu d'énergie ! *Un*, deux, trois, quatre ! *Un*, deux, trois, quatre !...

La souffrance causée par sa quinte n'avait pas tout à fait effacé de l'esprit de Winston l'impression faite par son rêve, et les mouvements rythmés de l'exercice la ravivèrent. Tandis qu'il lançait mécaniquement ses bras en arrière et en avant et maintenait sur son visage l'expression de satisfaction et de sérieux que l'on considérait comme normale pendant la culture physique, il luttait pour retourner mentalement à la période imprécise de sa petite enfance. C'était extrêmement difficile. Au-delà des dernières années 50, tout se décolorait. Lorsque quelqu'un n'a pas de points de repère extérieurs à quoi se référer, le tracé même de sa propre vie perd de sa netteté. Il se souvient d'événements importants qui n'ont probablement pas eu lieu, il retrouve le détail d'incidents dont il ne peut recréer l'atmosphère, et il y a de longues périodes vides à quoi rien ne se rapporte. Tout était alors différent. Même les noms des pays et leur forme sur la carte étaient différents. La première Région Aérienne, par exemple, était appelée autrement dans ce temps-là. On l'appelait Angleterre, ou Grande-Bretagne. Mais la ville de Londres, il en était sûr, avait toujours été nommée Londres.

Winston ne pouvait se souvenir avec précision d'une époque pendant laquelle son pays n'avait pas été en guerre. Il était évident cependant que, durant son enfance, il y avait eu un assez long intervalle de paix. Un de ses plus anciens souvenirs, en effet, était celui d'un raid aérien qui avait paru surprendre tout le monde. Peut-être était-ce à l'époque où la bombe atomique était tombée sur Colchester. Il ne se souvenait pas du raid lui-même, mais il se rappelait l'étreinte sur la sienne de la main de son père, tandis qu'ils dégringolaient toujours plus bas, vers le centre de la terre, un escalier sonore en spirale qui fuyait sous leurs pieds et lui fatigua tellement les jambes qu'il se mit à pleurnicher. Ils durent s'arrêter pour se reposer. Sa mère, à sa manière lente et rêveuse, les suivait très loin en arrière. Elle portait la petite sœur, ou peut-être était-ce seulement un paquet de couvertures ? Winston n'était pas certain que sa sœur fût déjà née. Ils émergèrent à la fin dans un endroit bruyant et bondé de gens. C'était, il le comprit, une station de métro.

Partout, sur le sol dallé, il y avait des gens assis. D'autres se pressaient les uns contre les autres sur des banquettes de métal. Winston, son père et sa mère trouvèrent une place sur le sol. Près d'eux, deux vieillards étaient assis côte à côte sur une couchette. L'homme était décemment vêtu d'un costume sombre. Une casquette de drap, noire, repoussée en arrière, découvrait ses cheveux très blancs. Son visage était écarlate, ses yeux étaient bleus et pleins de larmes. Il sentait le gin à plein nez. L'odeur semblait sourdre de sa peau à la place de la sueur et l'on pouvait imaginer que les larmes qui jaillissaient de ses yeux étaient du gin pur. Mais, bien que légèrement ivre, il était sous le coup d'un chagrin sincère et intolérable. Winston, d'une manière enfantine, comprit qu'un événement terrible, un événement impardonnable et pour lequel il n'y avait pas de remède, venait de se passer. Il lui sembla aussi qu'il savait ce que c'était. Quelqu'un que le vieillard aimait, une petite fille peut-être, avait été tué. Le vieillard répétait toutes les deux minutes : « Nous n'aurions pas dû leur faire confiance. Je l'avais dit, maman, n'est-ce pas ? C'est ce qui arrive quand on leur fait confiance. Je l'ai toujours dit. Nous n'aurions pas dû faire confiance à ces types. »

Mais à quels types ils n'auraient pas dû se fier, Winston ne s'en souvenait plus.

À partir de ce moment, la guerre, pour ainsi dire, n'avait jamais cessé, mais, à proprement parler, ce n'était pas toujours la même guerre. Pendant plusieurs mois de l'enfance de Winston, il y avait eu des combats de rue confus dans Londres même, et il se souvenait avec précision de quelques-uns d'entre eux.

Mais retrouver l'histoire de toute la période, dire qui combattait contre qui à un moment donné était absolument impossible. Tous les rapports écrits ou oraux ne faisaient jamais allusion qu'à l'événement actuel. En ce moment, par exemple, en 1984 (si c'était bien 1984) l'Océania était alliée à l'Estasia et en guerre avec l'Eurasia. Dans aucune émission publique ou privée il n'était admis que les trois puissances avaient été, à une autre époque, groupées différemment. Winston savait fort bien qu'il y avait seulement quatre ans, l'Océania était en guerre avec l'Estasia et alliée à l'Eurasia. Mais ce n'était qu'un renseignement furtif et frauduleux qu'il avait retenu par hasard parce qu'il ne maîtrisait pas suffisamment sa mémoire. Officiellement, le changement de partenaires n'avait jamais eu lieu. L'Océania était en guerre avec l'Eurasia. L'Océania avait, par conséquent, toujours été en guerre avec l'Eurasia. L'ennemi du moment représentait toujours le mal absolu et il s'ensuivait qu'aucune entente passée ou future avec lui n'était possible.

L'effrayant, pensait Winston pour la dix millième fois, tandis que d'un mouvement douloureux il forçait ses épaules à tourner en arrière (mains aux hanches, ils faisaient virer leurs bustes autour de la taille, exercice qui était bon, paraît-il, pour les muscles du dos), l'effrayant était que tout pouvait être vrai. Que le Parti puisse étendre le bras vers le passé et dire d'un événement : *cela ne fut jamais*, c'était bien plus terrifiant que la simple torture ou que la mort.

Le Parti disait que l'Océania n'avait jamais été l'alliée de l'Eurasia. Lui, Winston Smith, savait que l'Océania avait été l'alliée de l'Eurasia, il n'y avait de cela que quatre ans. Mais où existait cette connaissance ? Uniquement dans sa propre conscience qui, dans tous les cas, serait bientôt anéantie. Si tous les autres acceptaient le mensonge imposé par le Parti — si tous les rapports racontaient la même chose —, le mensonge passait dans l'histoire et devenait vérité. « Celui qui a le contrôle du passé, disait le slogan du Parti, a le contrôle du futur. Celui qui a le contrôle du présent a le contrôle du passé. » Et cependant le passé, bien que par nature susceptible d'être modifié, n'avait jamais été retouché. La vérité actuelle, quelle qu'elle fût, était vraie d'un infini à un autre infini. C'était tout à fait simple. Ce qu'il fallait à chacun, c'était avoir en mémoire une interminable série de victoires. Cela s'appelait « Contrôle de la Réalité ». On disait en novlangue, *double pensée*.

— Repos ! aboya la monitrice, un peu plus cordialement.

Winston laissa tomber ses bras et remplit lentement d'air ses poumons. Son esprit s'échappa vers le labyrinthe de la double-pensée. Connaître et ne pas connaître. En pleine conscience et avec une absolue bonne foi, émettre des mensonges soigneusement agencés. Retenir simultanément deux opinions qui s'annulent alors qu'on les sait contradictoires et croire à toutes deux. Employer la logique contre la logique. Répudier la morale alors qu'on se réclame d'elle. Croire en même temps que la démocratie est impossible et que le Parti est gardien de la démocratie. Oublier tout ce qu'il est nécessaire d'oublier, puis le rappeler à sa mémoire quand on en a besoin, pour l'oublier plus rapidement encore. Surtout, appliquer le même processus au processus lui-même. Là était l'ultime subtilité. Persuader consciemment l'inconscient, puis devenir ensuite inconscient de l'acte d'hypnose que l'on vient de perpétrer. La compréhension même du mot « double pensée » impliquait l'emploi de la double pensée.

La monitrice les avait rappelés au garde-à-vous.

— Voyons maintenant, dit-elle avec enthousiasme, quels sont ceux d'entre nous qui peuvent toucher leurs orteils. Droits sur les hanches, camarades ! *Un*-deux ! *Un*-deux !...

Winston détestait cet exercice qui provoquait, des talons aux fesses, des élancements douloureux et finissait par provoquer une autre quinte de toux. Ses méditations en perdirent leur agrément mitigé. Le passé, réfléchit-il, n'avait pas été seulement modifié, il avait été bel et bien détruit. Comment en effet établir, même le fait le plus patent, s'il n'en existait aucun enregistrement que celui d'une seule mémoire ? Il essaya de se rappeler en quelle année il avait pour la première fois entendu parler de Big Brother. Ce devait être vers les années 60, mais comment en être sûr ? Dans l'histoire du Parti, naturellement, Big Brother figurait comme chef et gardien de la Révolution depuis les premiers jours. Ses exploits avaient été peu à peu reculés dans le temps et ils s'étendaient maintenant jusqu'au monde fabuleux des années 40 et 30, à l'époque où les capitalistes, coiffés d'étranges chapeaux cylindriques, parcouraient les rues de Londres dans de grandes automobiles étincelantes ou dans des voitures vitrées tirées par des chevaux. Il était impossible de savoir jusqu'à quel point la légende de Big Brother était vraie ou inventée. Winston ne pouvait même pas se rappeler à quelle date le Parti lui-même était né. Il ne croyait pas avoir jamais entendu le mot Angsoc avant 1960, mais il était possible que sous la forme « Socialisme anglais » qu'il avait dans l'Ancien Langage, il eût existé plus tôt. Tout se fondait dans le brouillard. Parfois, certainement, on pouvait poser le doigt sur un mensonge précis. Il était faux, par exemple, que le Parti, ainsi que le clamaient les livres d'histoire, eût inventé les aéroplanes. Winston se souvenait d'avoir vu des aéroplanes dès sa plus tendre enfance. Mais on ne pouvait rien prouver. Il n'y avait jamais de témoignage. Une seule fois, dans toute son existence, Winston avait tenu entre les mains la preuve écrite indéniable de la falsification d'un fait historique. Et cette fois-là...

— Smith ! cria la voix acariâtre dans le télécran, 6079 Smith W ! Oui, vous-même ! Baissez-vous plus bas, s'il vous plaît ! Vous pouvez faire mieux que cela. Vous ne faites pas d'efforts. Plus bas, je vous prie ! Cette fois c'est mieux, camarade. Maintenant, repos, tous, et regardez moi.

Le corps de Winston s'était brusquement recouvert d'une ondée de sueur chaude, mais son visage demeura absolument impassible. Ne jamais montrer d'épouvante ! Ne jamais montrer de ressentiment ! Un seul frémissement des yeux peut vous trahir. Winston resta debout à regarder tandis que la monitrice levait les bras au-dessus de la tête et, on ne pouvait dire avec grâce, mais avec une précision et une efficacité remarquables, se courba et rentra sous ses orteils la première phalange de ses doigts.

— Voilà, camarades ! Voilà comment je veux vous voir faire ce mouvement. Regardez-moi. J'ai trente-neuf ans et j'ai quatre enfants. Maintenant, attention ! — Elle se pencha de nouveau. — Vous voyez que mes genoux ne sont pas pliés. Vous pouvez tous le faire, si vous voulez, ajouta-t-elle en se redressant. N'importe qui, au-dessous de quarante-cinq ans, est parfaitement capable de toucher ses orteils. Nous n'avons pas tous le privilège de nous battre sur le front, mais nous pouvons au moins nous garder en forme. Pensez à nos garçons qui sont sur le front de Malabar ! Pensez aux marins des Forteresses flottantes ! Imaginez ce qu'ils ont, eux, à endurer. Maintenant, essayez encore. C'est mieux, camarade, beaucoup mieux, ajouta-t-elle sur un ton encourageant, comme Winston, pour la première fois depuis des années, réussissait, d'un brusque mouvement, à toucher ses orteils sans plier les genoux.

IV

Avec le soupir inconscient et profond que la proximité même du télécran ne pouvait l'empêcher de pousser lorsqu'il commençait son travail journalier, Winston rapprocha de lui le phonoscript, souffla la poussière du microphone et mit ses lunettes.

Il déroula ensuite et agrafa ensemble quatre petits cylindres de papier qui étaient déjà tombés du tube pneumatique qui se trouvait à la droite du bureau.

Il y avait trois orifices aux murs de la cabine. À droite du phonoscript se trouvait un petit tube pneumatique pour les messages écrits. À gauche, il y avait un tube plus large pour les journaux. Dans le mur de côté, à portée de la main de Winston, il y avait une large fente ovale protégée par un grillage métallique. On se servait de cette fente pour jeter les vieux papiers. Il y avait des milliers et des milliers de fentes semblables dans l'édifice. Il s'en trouvait, non seulement dans chaque pièce mais, à de courts intervalles, dans chaque couloir. On les surnommait trous de mémoire. Lorsqu'un document devait être détruit, ou qu'on apercevait le moindre bout de papier qui traînait, on soulevait le clapet du plus proche trou de mémoire, l'action était automatique, et on laissait tomber le papier, lequel était rapidement emporté par un courant d'air chaud jusqu'aux énormes fournaises cachées quelque part dans les profondeurs de l'édifice.

Winston examina les quatre bouts de papier qu'il avait déroulés. Ils contenaient chacun un message d'une ou deux lignes seulement, dans le jargon abrégé employé au ministère pour le service intérieur. Ce n'était pas exactement du novlangue, mais il comprenait un grand nombre de mots novlangue. Ces messages étaient ainsi rédigés :

times 17-3-84 discours malreporté afrique rectifier
times 19-12-83 prévisions 3 ap 4ᵉ trimestre 83 erreurs typo vérifier numéro de ce jour.
times 14-2-84 miniplein chocolat malcoté rectifier
times 3-12-83 report ordrejour bb trèsmauvais ref unpersonnes récrire entier soumettrehaut anteclassement.

Avec un léger soupir de satisfaction, Winston mit de côté le quatrième message. C'était un travail compliqué qui comportait des responsabilités et qu'il valait mieux entreprendre en dernier lieu. Les trois autres ne demandaient que de la routine, quoique le second impliquât probablement une fastidieuse étude de listes de chiffres.

Winston composa sur le télécran les mots : « numéros anciens » et demanda les numéros du journal le *Times* qui lui étaient nécessaires. Quelques minutes seulement plus tard, ils glissaient du tube pneumatique. Les messages qu'il avait reçus se rapportaient à des articles, ou à des passages d'articles que, pour une raison ou pour une autre, on pensait nécessaire de modifier ou, plutôt, suivant le terme officiel, de rectifier.

Par exemple, dans le *Times* du 17 mars, il apparaissait que Big Brother dans son discours de la veille, avait prédit que le front de l'Inde du Sud resterait calme. L'offensive eurasienne serait bientôt lancée contre l'Afrique du Nord. Or, le haut commandement eurasien avait lancé son offensive contre l'Inde du Sud et ne s'était pas occupé de l'Afrique du Nord. Il était donc nécessaire de réécrire le paragraphe erroné du discours de Big Brother afin qu'il prédise ce qui était réellement arrivé.

De même, le *Times* du 19 décembre avait publié les prévisions officielles pour la production de différentes sortes de marchandises de consommation au cours du quatrième trimestre 1983 qui était en même temps le sixième trimestre du neuvième plan triennal. Le journal du jour publiait un état de la production réelle. Il en ressortait que les prévisions avaient été, dans tous les cas, grossièrement erronées. Le travail de Winston était de rectifier les chiffres primitifs pour les faire concorder avec les derniers parus.

Quant au troisième message, il se rapportait à une simple erreur qui pouvait être corrigée en deux minutes. Il n'y avait pas très longtemps, c'était au mois de février, le ministère de l'Abondance avait publié la promesse (en termes officiels, l'*engagement catégorique*) de ne pas réduire la ration de chocolat durant l'année 1984. Or, la ration, comme le savait Winston, devait être réduite de trente à vingt grammes à partir de la fin de la semaine. Tout ce qu'il y avait à faire, c'était de substituer à la promesse primitive l'avis qu'il serait probablement nécessaire de réduire la ration de chocolat dans le courant du mois d'avril.

Dès qu'il avait fini de s'occuper de l'un des messages, Winston agrafait ses corrections phonoscriptées au numéro correspondant du *Times* et les introduisait dans le tube pneumatique. Ensuite, d'un geste autant que possible inconscient, il chiffonnait le message et les notes qu'il avait lui-même faites et les jetait dans le trou de mémoire afin que le tout fût dévoré par les flammes.

Que se passait-il dans le labyrinthe où conduisaient les pneumatiques ? Winston ne le savait pas en détail, mais il en connaissait les grandes lignes. Lorsque toutes les corrections qu'il était nécessaire d'apporter à un numéro spécial du *Times* avaient été rassemblées et collationnées, le numéro était réimprimé. La copie originale était détruite et remplacée dans la collection par la copie corrigée.

Ce processus de continuelles retouches était appliqué, non seulement aux journaux, mais aux livres, périodiques, pamphlets, affiches, prospectus, films, enregistrements sonores, caricatures, photographies. Il était appliqué à tous les genres imaginables de littérature ou de documentation qui pouvaient comporter quelque signification politique ou idéologique. Jour par jour, et presque minute par minute, le passé était mis à jour. On pouvait ainsi prouver, avec documents à l'appui, que les prédictions faites par le Parti s'étaient trouvées vérifiées. Aucune opinion, aucune information ne restait consignée, qui aurait pu se trouver en conflit avec les besoins du moment. L'Histoire tout entière était un palimpseste gratté et réécrit aussi souvent que c'était nécessaire. Le changement effectué, il n'aurait été possible en aucun cas de prouver qu'il y avait eu falsification.

La plus grande section du Commissariat aux Archives, bien plus grande que celle où travaillait Winston, était simplement composée de gens dont la tâche était de rechercher et rassembler toutes les copies de livres, de journaux et autres documents qui avaient été remplacées et qui devaient être détruites. Un numéro du *Times* pouvait avoir été réécrit une douzaine de fois, soit par suite de changement dans la ligne politique, soit par suite d'erreurs dans les prophéties de Big Brother. Mais il se trouvait encore dans la collection avec sa date primitive. Aucun autre exemplaire n'existait qui pût le contredire. Les livres aussi étaient retirés de la circulation et plusieurs fois réécrits. On les rééditait ensuite sans aucune mention de modification. Même les instructions écrites que recevait Winston et dont il se débarrassait invariablement dès qu'il n'en avait plus besoin, ne déclaraient ou n'impliquaient jamais qu'il s'agissait de faire un faux. Il était toujours fait mention de fautes, d'omissions, d'erreurs typographiques, d'erreurs de citation, qu'il était nécessaire de corriger dans l'intérêt de l'exactitude.

À proprement parler, il ne s'agit même pas de falsification, pensa Winston tandis qu'il rajustait les chiffres du ministère de l'Abondance. Il ne s'agit que de la substitution d'un non-sens à un autre. La plus grande partie du matériel dans lequel on trafiquait n'avait aucun lien avec les données du monde réel, pas même cette sorte de lien que contient le mensonge direct. Les statistiques étaient aussi fantaisistes dans leur version originale que dans leur version rectifiée. On comptait au premier chef sur les statisticiens eux-mêmes pour qu'ils ne s'en souvinssent plus.

Ainsi, le ministère de l'Abondance avait, dans ses prévisions, estimé le nombre de bottes fabriquées dans le trimestre à cent quarante-cinq millions de paires. Le chiffre indiqué par la production réelle était soixante-deux millions. Winston, cependant, en récrivant les prévisions donna le chiffre de cinquante-sept millions, afin de permettre la déclaration habituelle que les prévisions avaient été dépassées. Dans tous les cas, soixante-deux millions n'était pas plus près de la vérité que cinquante-sept millions ou que cent quarante-cinq millions. Très probablement, personne ne savait combien, dans l'ensemble, on en avait fabriqué. Il se pouvait également que pas une seule n'ait été fabriquée. Et personne, en réalité, ne s'en souciait. Tout ce qu'on savait, c'est qu'à chaque trimestre un nombre astronomique de bottes étaient produites, sur le papier, alors que la moitié peut-être de la population de l'Océania marchait pieds nus.

Il en était de même pour le report des faits de tous ordres, qu'ils fussent importants ou insignifiants. Tout s'évanouissait dans une ombre dans laquelle, finalement, la date même de l'année devenait incertaine.

Winston jeta un coup d'œil à travers la galerie. De l'autre côté, dans la cabine correspondant à la sienne, un petit homme d'aspect méticuleux, au menton bleu, nommé Tillotson, travaillait avec ardeur. Il avait un journal plié sur les genoux et sa bouche était placée tout contre l'embouchure du phonoscript, comme s'il essayait de garder secret entre le télécran et lui ce qu'il disait. Il leva les yeux et ses verres lancèrent un éclair hostile dans la direction de Winston.

Winston connaissait à peine Tillotson et n'avait aucune idée de la nature du travail auquel il était employé. Les gens du Commissariat aux Archives ne parlaient pas volontiers de leur travail. Dans la longue galerie sans fenêtres où l'on voyait une double rangée de cabines où l'on entendait un éternel bruit de papier froissé et le bourdonnement continu des voix qui murmuraient dans les phonoscripts, il y avait bien une douzaine de personnes. Winston ne savait même pas leurs noms, bien qu'il les vît chaque jour se dépêcher dans un sens ou dans l'autre dans les couloirs ou gesticuler pendant les Deux Minutes de la Haine.

Il savait que, dans la cabine voisine de la sienne, la petite femme rousse peinait, un jour dans l'autre, à rechercher dans la presse et à éliminer les noms des gens qui avaient été vaporisés et qui étaient par conséquent, considérés comme n'ayant jamais existé. Il y avait là un certain à-propos puisque son propre mari, deux ans plus tôt, avait été vaporisé.

Quelques cabines plus loin, se trouvait une créature douce, effacée, rêveuse, nommée Ampleforth, qui avait du poil plein les oreilles et possédait un talent surprenant pour jongler avec les rimes et les mètres. Cet Ampleforth était employé à produire des versions inexactes — on les appelait « textes définitifs » — de poèmes qui étaient devenus idéologiquement offensants mais que pour une raison ou pour une autre, on devrait conserver dans les anthologies.

Et cette galerie, avec ses cinquante employés environ, n'était qu'une sous-section, un seul élément, en somme, de l'infinie complexité du Commissariat aux Archives. Plus loin, au-dessus, au-dessous, il y avait d'autres essaims de travailleurs engagés dans une multitude inimaginable d'activités.

Il y avait les immenses ateliers d'impression, avec leurs sous-éditeurs, leurs experts typographes, leurs studios soigneusement équipés pour le truquage des photographies. Il y avait la section des programmes de télévision, avec ses ingénieurs, ses producteurs, ses équipes d'acteurs spécialement choisis pour leur habileté à imiter les voix. Il y avait les armées d'archivistes dont le travail consistait simplement à dresser les listes des livres et des périodiques qu'il fallait retirer de la circulation. Il y avait les vastes archives où étaient classés les documents corrigés et les fournaises cachées où les copies originales étaient détruites. Et quelque part, absolument anonymes, il y avait les cerveaux directeurs qui coordonnaient tous les efforts et établissaient la ligne politique qui exigeait que tel fragment du passé fût préservé, tel autre falsifié, tel autre encore anéanti.

Et le Commissariat aux Archives n'était lui-même, en somme, qu'une branche du ministère de la Vérité, dont l'activité essentielle n'était pas de reconstruire le passé, mais de fournir aux citoyens de l'Océania des journaux, des films, des manuels, des programmes de télécran, des pièces, des romans, le tout accompagné de toutes sortes d'informations, d'instructions et de distractions imaginables, d'une statue à un slogan, d'un poème lyrique à un traité de biologie et d'un alphabet d'enfant à un nouveau dictionnaire novlangue. De plus, le ministère n'avait pas à satisfaire seulement les besoins du Parti, il avait encore à répéter toute l'opération à une échelle inférieure pour le bénéfice du prolétariat.

Il existait toute une suite de départements spéciaux qui s'occupaient, pour les prolétaires, de littérature, de musique, de théâtre et, en général, de délassement. Là, on produisait des journaux stupides qui ne traitaient presque entièrement que de sport, de crime et d'astrologie, de petits romans à cinq francs, des films juteux de sexualité, des chansons sentimentales composées par des moyens entièrement mécaniques sur un genre de kaléidoscope spécial appelé versificateur.

Il y avait même une sous-section entière — appelée, en novlangue, Pornosex — occupée à produire le genre le plus bas de pornographie. Cela s'expédiait en paquets scellés qu'aucun membre du Parti, à part ceux qui y travaillaient, n'avait le droit de regarder.

Trois autres messages étaient tombés du tube pneumatique pendant que Winston travaillait. Mais ils traitaient de questions simples et Winston les avait liquidés avant d'être interrompu par les Deux Minutes de la Haine.

Lorsque la Haine eut pris fin, il retourna à sa cellule. Il prit sur une étagère le dictionnaire novlangue, écarta le phonoscript, essuya ses verres et s'attaqua au travail principal de la matinée.

C'est dans son travail que Winston trouvait le plus grand plaisir de sa vie. Ce travail n'était, le plus souvent, qu'une fastidieuse routine. Mais il comprenait aussi des parties si difficiles et si embrouillées, que l'on pouvait s'y perdre autant que dans la complexité d'un problème de mathématique.

Il y avait de délicats morceaux de falsification où l'on n'avait pour se guider que la connaissance des principes Angsoc et sa propre estimation de ce que le Parti attendait de vous. Winston était bon dans cette partie. On lui avait même parfois confié la rectification d'articles de fond du journal le *Times*, qui étaient écrits entièrement en novlangue. Il déroula le message qu'il avait mis de côté plus tôt. Ce message était ainsi libellé :

times 3-12-83 report ordrejour bb plusnonsatisf. ref nonêtres récrire entier soumhaut avantclassement

En ancien langage (en anglais ordinaire) cela pouvait se traduire ainsi :

Le compte-rendu de l'ordre du jour de Big Brother, dans le numéro du journal le *Times* du 3 décembre 1983, est extrêmement insatisfaisant et fait allusion à des personnes non existantes. Récrire en entier et soumettre votre projet aux autorités compétentes avant d'envoyer au classement.

Winston parcourut l'article incriminé. L'ordre du jour de Big Brother avait, semblait-il, principalement consisté en éloges adressés à une organisation connue sous les initiales C. C. F. F. qui fournissait des cigarettes et autres douceurs aux marins des Forteresses Flottantes. Un certain camarade Withers, membre éminent du Parti intérieur, avait été distingué, spécialement cité et décoré de la seconde classe de l'ordre du Mérite Insigne.

Trois mois plus tard, le C. C. F. F. avait brusquement été dissous. Aucune raison n'avait été donnée de cette dissolution. On pouvait présumer que Withers et ses associés étaient alors en disgrâce, mais il n'y avait eu aucun commentaire de l'événement dans la presse ou au télécran. Ce n'était pas étonnant, car il était rare que les criminels politiques fussent jugés ou même publiquement dénoncés. Les grandes épurations embrassant des milliers d'individus, accompagnées du procès public de traîtres et de criminels de la pensée qui faisaient d'abjectes confessions de leurs crimes et étaient ensuite exécutés, étaient des spectacles spéciaux, montés environ une fois tous les deux ans. Plus communément, les gens qui avaient encouru le déplaisir du Parti disparaissaient simplement et on n'entendait plus jamais parler d'eux. On n'avait jamais le moindre indice sur ce qui leur était advenu. Dans quelques cas, ils pouvaient même ne pas être morts. Il y avait trente individus, personnellement connus de Winston qui, sans compter ses parents, avaient disparu à une époque ou à une autre.

Winston se gratta doucement le nez avec un trombone. Dans la cabine d'en face, le camarade Tillotson, ramassé sur son phonoscript, y déversait encore des secrets. Il leva un moment la tête. Même éclair hostile des lunettes. Winston se demanda si le camarade Tillotson faisait en ce moment le même travail que lui. C'était parfaitement plausible. Un travail si délicat n'aurait pu être confié à une seule personne. D'autre part, le confier à un comité eût été admettre ouvertement qu'il s'agissait d'une falsification. Il y avait très probablement, en cet instant, une douzaine d'individus qui rivalisaient dans la fabrication de versions sur ce qu'avait réellement dit Big Brother. Quelque cerveau directeur du Parti intérieur sélectionnerait ensuite une version ou une autre, la ferait rééditer et mettrait en mouvement le complexe processus de contre-corrections et d'antéréférences qu'entraînerait ce choix. Le mensonge choisi passerait ensuite aux archives et deviendrait vérité permanente.

Winston ne savait pas pourquoi Withers avait été disgracié. Peut-être était-ce pour corruption ou incompétence. Peut-être Big Brother s'était-il simplement débarrassé d'un subordonné trop populaire. Peut-être Withers ou un de ses proches avait-il été suspect de tendances hérétiques. Ou, ce qui était plus probable, c'était arrivé simplement parce que les épurations et les vaporisations font nécessairement partie du mécanisme de l'État.

Le seul indice réel reposait sur les mots : *ref nonêtres*, qui indiquaient que Withers était actuellement mort. On ne pouvait toujours présumer que tel était le cas chaque fois que des gens étaient arrêtés. Quelquefois, ils étaient relâchés et on leur permettait de rester en liberté pendant un an ou même deux avant de les exécuter. Parfois, très rarement, un individu qu'on avait cru mort depuis longtemps réapparaissait comme un fantôme dans quelque procès public, impliquait par son témoignage une centaine d'autres personnes puis disparaissait, cette fois pour toujours.

Withers, cependant, était déjà un *nonêtre*. Il n'existait pas, il n'avait jamais existé. Winston décida qu'il ne serait pas suffisant de se borner à inverser le sens de l'allocution de Big Brother. Il valait mieux la faire rouler sur un sujet sans aucun rapport avec le sujet primitif.

Il aurait pu faire de ce discours l'habituelle dénonciation des traîtres et des criminels par la pensée, mais ce serait trop flagrant. Inventer une victoire sur le front ou quelque triomphe de la surproduction dans le Neuvième Plan triennal compliquerait trop le travail des Archives. Ce qu'il fallait, c'était un morceau de pure fantaisie. L'image, toute prête, d'un certain camarade Ogilvy, qui serait récemment mort à la guerre en d'héroïques circonstances, lui vint soudain à l'esprit.

En effet, Big Brother, en certaines circonstances, consacrait son ordre du jour à la glorification de quelque humble et simple soldat, membre du Parti, dont la vie aussi bien que la mort offrait un exemple digne d'être suivi. Cette fois, Big Brother glorifierait le camarade Ogilvy. À la vérité, il n'y avait pas de camarade Ogilvy, mais quelques lignes imprimées et deux photographies maquillées l'amèneraient à exister.

Winston réfléchit un moment, puis rapprocha de lui le phonoscript et se mit à dicter dans le style familier à Big Brother. Un style à la fois militaire et pédant, facile à imiter à cause de l'habitude de Big Brother de poser des questions et d'y répondre tout de suite. (« Quelle leçon pouvons-nous tirer de ce fait, camarades ? La leçon... qui est aussi un des principes fondamentaux de l'Angsoc... que... » et ainsi de suite.)

À trois ans, le camarade Ogilvy refusait tous les jouets. Il n'acceptait qu'un tambour, une mitraillette et un hélicoptère en miniature. À six ans, une année à l'avance, par une dispense toute spéciale, il rejoignait les Espions. À neuf, il était chef de groupe. À onze, il dénonçait son oncle à la Police de la Pensée. Il avait entendu une conversation dont les tendances lui avaient paru criminelles. À dix-sept ans, il était moniteur d'une section de la Ligue Anti-Sexe des Juniors. À dix-neuf ans, il inventait une grenade à main qui était adoptée par le ministère de la Paix. Au premier essai, cette grenade tuait d'un coup trente prisonniers eurasiens. À vingt-trois ans, il était tué en service commandé. Poursuivi par des chasseurs ennemis, alors qu'il survolait l'océan Indien avec d'importantes dépêches, il s'était lesté de sa mitrailleuse, et il avait sauté, avec les dépêches et tout, de l'hélicoptère dans l'eau profonde.

C'était une fin, disait Big Brother, qu'il était impossible de contempler sans un sentiment d'envie. Big Brother ajoutait quelques remarques sur la pureté et la rectitude de la vie du camarade Ogilvy. Il avait renoncé à tout alcool, même au vin et à la bière. Il ne fumait pas. Il ne prenait aucune heure de récréation, sauf celle qu'il passait chaque jour au gymnase. Il avait fait vœu de célibat. Le mariage et le soin d'une famille étaient, pensait-il, incompatibles avec un dévouement de vingt-quatre heures par jour au devoir. Il n'avait comme sujet de conversation que les principes de l'Angsoc. Rien dans la vie ne l'intéressait que la défaite de l'armée eurasienne et la chasse aux espions, aux saboteurs, aux criminels par la pensée, aux traîtres en général.

Winston débattit s'il accorderait au camarade Ogilvy l'ordre du Mérite Insigne. Il décida que non, à cause du supplémentaire renvoi aux références que cette récompense aurait entraîné.

Il regarda une fois encore son rival de la cabine d'en face. Quelque chose lui disait que certainement Tillotson était occupé à la même besogne que lui. Il n'y avait aucun moyen de savoir quelle rédaction serait finalement adoptée, mais il avait la conviction profonde que ce serait la sienne. Le camarade Ogilvy, inexistant une heure plus tôt, était maintenant une réalité. Une étrange idée frappa Winston. On pouvait créer des morts, mais il était impossible de créer des vivants. Le camarade Ogilvy, qui n'avait jamais existé dans le présent, existait maintenant dans le passé, et quand la falsification serait oubliée, son existence aurait autant d'authenticité, autant d'évidence que celle de Charlemagne ou de Jules César.

V

Dans la cantine au plafond bas, située dans un sous-sol profond, la queue pour le lunch avançait lentement par saccades. La pièce était déjà comble et le bruit assourdissant. À travers le grillage du comptoir, la fumée du ragoût se répandait avec une aigre odeur métallique qui nc couvrait pas entièrement le fumet du gin de la Victoire. À l'extrémité de la pièce, il y avait un petit bar. C'était un simple trou dans le mur où l'on pouvait acheter du gin à dix cents le grand verre à liqueur.

« Voilà tout juste l'homme que je cherchais » dit une voix derrière Winston.

Celui-ci se retourna. C'était son ami Syme, qui travaillait au Service des Recherches. Peut-être « ami » n'était-il pas tout à fait le mot juste. On n'avait pas d'amis, à l'heure actuelle, on avait des camarades. Mais il y avait des camarades dont la société était plus agréable que celle des autres. Syme était un philologue, un spécialiste en novlangue. À la vérité, il était un des membres de l'énorme équipe d'experts occupés alors à compiler la onzième édition du dictionnaire novlangue. C'était un garçon minuscule, plus petit que Winston, aux cheveux noirs, aux yeux grands et globuleux, tristes et ironiques à la fois. Il paraissait scruter de près, en parlant, le visage de ceux à qui il s'adressait.

— Je voulais vous demander si vous avez des lames de rasoir, dit-il.

— Pas une, répondit Winston avec une sorte de hâte qui dissimulait un sentiment de culpabilité. J'ai cherché partout, il n'en existe plus.

Tout le monde demandait des lames de rasoir. Il en avait actuellement deux neuves qu'il gardait précieusement. Depuis des mois, une disette de lames sévissait. Il y avait toujours quelque article de première nécessité que les magasins du Parti étaient incapables de fournir. Parfois c'étaient les boutons, parfois la laine à repriser. D'autres fois, c'étaient les lacets de souliers. C'étaient maintenant les lames de rasoir qui manquaient. On ne pouvait mettre la main dessus, quand on y arrivait, qu'en trafiquant plus ou moins en cachette au marché « libre ».

— Il y a six semaines que je me sers de la même lame, ajouta Winston qui mentait.

La queue avançait d'une autre saccade. Lorsqu'elle s'arrêta, Winston se retourna encore vers Syme. Chacun d'eux préleva, dans une pile qui se trouvait au bord du comptoir, un plateau de métal graisseux.

— Êtes-vous allé voir hier la pendaison des prisonniers ? demanda Syme.

— Je travaillais, répondit Winston avec indifférence. Je verrai cela au télé, je pense.

— C'est un succédané tout à fait insuffisant, dit Syme.

Ses yeux moqueurs dévisageaient Winston. « Je vous connais, semblaient-ils dire. Je vous perce à jour. Je sais parfaitement pourquoi vous n'êtes pas allé voir ces prisonniers. »

Intellectuellement, Syme était d'une orthodoxie

venimeuse. Il pouvait parler, avec une désagréable jubilation satisfaite, des raids d'hélicoptères sur les villages ennemis, des procès et des confessions des criminels de la pensée, des exécutions dans les caves du ministère de l'Amour. Pour avoir avec lui une conversation agréable, il fallait avant tout l'éloigner de tels sujets et le pousser, si possible, à parler de la technicité du novlangue, matière dans laquelle il faisait autorité et se montrait intéressant. Winston tourna légèrement la tête pour éviter le regard scrutateur des grands yeux sombres.

— C'était une belle pendaison, dit Syme, qui revoyait le spectacle. Mais je trouve qu'on l'a gâchée en attachant les pieds. J'aime les voir frapper du pied. J'aime surtout, à la fin, voir la langue se projeter toute droite et bleue, d'un bleu éclatant. Ce sont ces détails-là qui m'attirent.

— Aux suivants, s'il vous plaît ! glapit la « prolétaire » en tablier bleu qui tenait une louche.

Winston et Syme passèrent leurs plateaux sous le grillage. Sur chacun furent rapidement amoncelés les éléments du déjeuner réglementaire : un petit bol en métal plein d'un ragoût d'un gris rosâtre, un quignon de pain, un carré de fromage, une timbale de café de la Victoire, sans lait, et une tablette de saccharine.

— Il y a une table là-bas, sous le télécran, dit Syme. Nous prendrons un gin en passant.

Le gin leur fut servi dans des tasses chinoises sans anse. Ils se faufilèrent à travers la salle encombrée et déchargèrent leurs plateaux sur la surface métallique d'une table. Sur un coin de cette table, quelqu'un avait laissé une plaque de ragoût, immonde brouet liquide qui ressemblait à une vomissure. Winston saisit sa tasse de gin, s'arrêta un instant pour prendre son élan et avala le liquide médicamenteux à goût d'huile. Des larmes lui firent clignoter les yeux. Il s'aperçut soudain, quand il les eut essuyées, qu'il avait faim. Il se mit à avaler des cuillerées de ce ragoût qui montrait, au milieu d'une abondante lavasse, des cubes d'une spongieuse substance rosâtre qui était probablement une préparation de viande. Aucun d'eux ne parla avant qu'ils n'eussent vidé leurs récipients. À la table qui se trouvait à gauche, un peu en arrière de Winston, quelqu'un parlait avec volubilité sans arrêt. C'était un baragouinage discordant presque analogue à un caquetage d'un canard, qui perçait à travers le vacarme ambiant.

— Comment va le dictionnaire ? demanda Winston en élevant la voix pour dominer le bruit.

— Lentement, répondit Syme. J'en suis aux adjectifs. C'est fascinant.

Le visage de Syme s'était immédiatement éclairé au seul mot de dictionnaire. Il poussa de côté le récipient qui avait contenu le ragoût, prit d'une main délicate son quignon de pain, de l'autre son fromage et se pencha au-dessus de la table pour se faire entendre sans crier.

— La onzième édition est l'édition définitive, dit-il. Nous donnons au novlangue sa forme finale, celle qu'il aura quand personne ne parlera plus une autre langue. Quand nous aurons terminé, les gens comme vous devront le réapprendre entièrement. Vous croyez, n'est-ce pas, que notre travail principal est d'inventer des mots nouveaux ? Pas du tout ! Nous détruisons chaque jour des mots, des vingtaines de mots, des centaines de mots. Nous taillons le langage jusqu'à l'os. La onzième édition ne renfermera pas un seul mot qui puisse vieillir avant l'année 2050.

Il mordit dans son pain avec appétit, avala deux bouchées, puis continua à parler avec une sorte de pédantisme passionné. Son mince visage brun s'était animé, ses yeux avaient perdu leur expression moqueuse et étaient devenus rêveurs.

— C'est une belle chose, la destruction des mots. Naturellement, c'est dans les verbes et les adjectifs qu'il y a le plus de déchets, mais il y a des centaines de noms dont on peut aussi se débarrasser. Pas seulement les synonymes, il y a aussi les antonymes. Après tout, quelle raison d'exister y a-t-il pour un mot qui n'est que le contraire d'un autre ? Les mots portent en eux-mêmes leur contraire. Prenez « bon », par exemple. Si vous avez un mot comme « bon » quelle nécessité y a-t-il à avoir un mot comme « mauvais » ? « Inbon » fera tout aussi bien, mieux même, parce qu'il est l'opposé exact de bon, ce que n'est pas l'autre mot. Et si l'on désire un mot plus fort que « bon », quel sens y a-t-il à avoir toute une chaîne de mots vagues et inutiles comme « excellent », « splendide » et tout le reste ? « Plusbon » englobe le sens de tous ces mots, et, si l'on veut un mot encore plus fort, il y a « double-plusbon ». Naturellement, nous employons déjà ces formes, mais dans la version définitive du novlangue, il n'y aura plus rien d'autre. En résumé, la notion complète du bon et du mauvais sera couverte par six mots seulement, en réalité un seul mot. Voyez-vous, Winston, l'originalité de cela ? Naturellement, ajouta-t-il après coup, l'idée vient de Big Brother.

Au nom de Big Brother, une sorte d'ardeur froide flotta sur le visage de Winston. Syme, néanmoins, perçut immédiatement un certain manque d'enthousiasme.

— Vous n'appréciez pas réellement le novlangue, Winston, dit-il presque tristement. Même quand vous écrivez, vous pensez en ancilangue. J'ai lu quelques-uns des articles que vous écrivez parfois dans le *Times*.

Ils sont assez bons, mais ce sont des traductions. Au fond, vous auriez préféré rester fidèle à l'ancien langage, à son imprécision et ses nuances inutiles. Vous ne saisissez pas la beauté qu'il y a dans la destruction des mots. Savez-vous que le novlangue est la seule langue dont le vocabulaire diminue chaque année ?

Winston l'ignorait, naturellement. Il sourit avec sympathie, du moins il l'espérait, car il n'osait se risquer à parler.

Syme prit une autre bouchée de pain noir, la mâcha rapidement et continua :

— Ne voyez-vous pas que le véritable but du novlangue est de restreindre les limites de la pensée ? À la fin, nous rendrons littéralement impossible le crime par la pensée car il n'y aura plus de mots pour l'exprimer. Tous les concepts nécessaires seront exprimés chacun exactement par un seul mot dont le sens sera rigoureusement délimité. Toutes les significations subsidiaires seront supprimées et oubliées. Déjà, dans la onzième édition, nous ne sommes pas loin de ce résultat. Mais le processus continuera encore longtemps après que vous et moi nous serons morts. Chaque année, de moins en moins de mots, et le champ de la conscience de plus en plus restreint. Il n'y a plus, dès maintenant, c'est certain, d'excuse ou de raison au crime par la pensée. C'est simplement une question de discipline personnelle, de maîtrise de soi-même. Mais même cette discipline sera inutile en fin de compte. La Révolution sera complète quand le langage sera parfait. Le novlangue est l'angsoc et l'angsoc est le novlangue, ajouta-t-il avec une sorte de satisfaction mystique. Vous est-il jamais arrivé de penser, Winston, qu'en l'année 2050, au plus tard, il n'y aura pas un seul être humain vivant capable de comprendre une conversation comme celle que nous tenons maintenant ?

— Sauf..., commença Winston avec un accent dubitatif, mais il s'interrompit.

Il avait sur le bout de la langue les mots : « Sauf les prolétaires », mais il se maîtrisa. Il n'était pas absolument certain que cette remarque fût tout à fait orthodoxe. Syme, cependant, avait deviné ce qu'il allait dire.

— Les prolétaires ne sont pas des êtres humains, dit-il négligemment. Vers 2050, plus tôt probablement, toute connaissance de l'ancienne langue aura disparu. Toute la littérature du passé aura été détruite. Chaucer, Shakespeare, Milton, Byron n'existeront plus qu'en versions novlangue. Ils ne seront pas changés simplement en quelque chose de différent, ils seront changés en quelque chose qui sera le contraire de ce qu'ils étaient jusque-là. Même la littérature du Parti changera. Même les slogans changeront. Comment pourrait-il y avoir une devise comme « La Liberté c'est l'esclavage » alors que le concept même de la liberté aura été aboli ? Le climat total de la pensée sera autre. En fait, il n'y aura pas de pensée telle que nous la comprenons maintenant. Orthodoxie signifie non-pensant, qui n'a pas besoin de pensée. L'orthodoxie, c'est l'inconscience.

« Un de ces jours, pensa soudain Winston avec une conviction certaine, Syme sera vaporisé. Il est trop intelligent. Il voit trop clairement et parle trop franchement. Le Parti n'aime pas ces individus-là. Un jour, il disparaîtra. C'est écrit sur son visage. »

Winston avait fini son pain et son fromage. Il se tourna un peu de côté sur sa chaise pour boire son café. À la table qui se trouvait à sa gauche, l'homme à la voix stridente continuait impitoyablement à parler. Une jeune femme, qui était peut-être sa secrétaire et qui tournait le dos à Winston, l'écoutait et semblait approuver avec ardeur tout ce qu'il disait. De temps en temps, Winston saisissait quelques remarques comme « Je pense que vous avez raison à un tel point ! », « Si vous saviez comme je vous approuve », émises d'une voix féminine jeune et plutôt sotte. Mais l'autre ne s'arrêtait jamais, même quand la fille parlait. Winston connaissait l'homme de vue. Tout ce qu'il savait, c'est qu'il occupait un poste important au Commissariat aux Romans. C'était un homme d'environ trente ans, au cou musclé, à la bouche large et frémissante. Sa tête était légèrement rejetée en arrière et, à cause de l'angle sous lequel il était assis, ses lunettes réfractaient la lumière et présentaient, à la place des yeux, deux disques vides. Ce qui était légèrement horrible, c'est qu'il était presque impossible de distinguer un seul mot du flot de paroles qui se déversait de sa bouche. Une fois seulement, Winston perçut une phrase (« complète et finale élimination de Goldstein ») lancée brusquement, avec volubilité et d'un bloc, semblait-il, comme une ligne de caractères typographiques composée pleine. Le reste n'était qu'un bruit, qu'un caquetage. Pourtant, bien qu'on ne pût entendre, on ne pouvait avoir aucun doute sur la nature générale de ce que disait l'homme. Peut-être dénonçait-il Goldstein et demandait-il des mesures plus sévères contre les criminels par la pensée et les saboteurs ; peut-être fulminait-il contre les atrocités de l'armée eurasienne ; peut-être encore glorifiait-il Big Brother et les héros du front de Malabar. Peu importait. Quel que fût le sujet de sa conversation, on pouvait être sûr que tous les mots en étaient d'une pure orthodoxie, d'un pur angsoc.

Tandis qu'il regardait le visage sans yeux dont la

mâchoire manœuvrait rapidement dans le sens vertical, Winston avait l'étrange impression que cet homme n'était pas un être humain réel, mais quelque chose comme un mannequin articulé : ce n'était pas le cerveau de l'homme qui s'exprimait, c'était son larynx. La substance qui sortait de lui était faite de mots, mais ce n'était pas du langage dans le vrai sens du terme. C'était un bruit émis en état d'inconscience, comme le caquetage d'un canard.

Syme, depuis un moment, était silencieux et traçait des dessins avec le manche de sa cuiller dans la flaque de ragoût. La voix, à l'autre table, continuait son caquetage volubile, aisément audible en dépit du vacarme environnant.

— Il y a un mot en novlangue, dit Syme, je ne sais si vous le connaissez : *canelangue*, « caquetage du canard ». C'est un de ces mots intéressants qui ont deux sens opposés. Appliqué à un adversaire, c'est une insulte. Adressé à quelqu'un avec qui l'on est d'accord, c'est un éloge.

« Indubitablement, Syme sera vaporisé », pensa de nouveau Winston. Il le pensa avec une sorte de tristesse, bien qu'il sût que Syme le méprisait et éprouvait pour lui une légère antipathie. Syme était parfaitement capable de le dénoncer comme criminel par la pensée s'il voyait une raison quelconque de le faire. Il y avait quelque chose qui clochait subtilement chez Syme. Quelque chose lui manquait. Il manquait de discrétion, de réserve, d'une sorte de stupidité restrictive. On ne pouvait dire qu'il ne fût pas orthodoxe. Il croyait aux principes de l'angsoc, il vénérait Big Brother, il se réjouissait des victoires, il détestait les hérétiques, et pas simplement avec sincérité, mais avec une sorte de zèle incessant, un savoir chaque jour révisé dont n'approchaient pas les membres ordinaires du Parti. Cependant, une équivoque et bizarre atmosphère s'attachait à lui. Il disait des choses qu'il aurait mieux valu taire, il avait lu trop de livres, il fréquentait le café du Châtaignier, rendez-vous de peintres et de musiciens. Il n'y avait pas de loi, même pas de loi verbale, qui défendît de fréquenter le café du Châtaignier, cependant, y aller constituait en quelque sorte un mauvais présage. Les vieux meneurs discrédités du Parti avaient l'habitude de se réunir là avant qu'ils fussent finalement emportés par l'épuration. Goldstein lui-même, disait-on, avait parfois été vu là, il y avait des dizaines d'années. Le sort de Syme n'était pas difficile à prévoir.

C'était un fait, pourtant, que s'il soupçonnait, ne fût-ce que trois secondes, la nature des opinions de Winston, il le dénoncerait instantanément à la Police de la Pensée. Ainsi, d'ailleurs, ferait n'importe qui, mais Syme, plus sûrement que tout autre. Ce zèle, cependant, était insuffisant. La suprême orthodoxie était l'inconscience.

Syme leva les yeux. « Voilà Parsons », dit-il.

Quelque chose dans le son de sa voix sembla ajouter : « Ce bougre d'imbécile. »

Parsons, colocataire de Winston au bloc de la Victoire, se faufilait en effet à travers la salle. C'était un gros homme de taille moyenne, aux cheveux blonds et au visage de grenouille. À trente-cinq ans, il prenait déjà de la graisse et montrait des rouleaux au cou et à la taille, mais ses gestes étaient vifs et puérils. Toute son apparence rappelait celle d'un petit garçon trop poussé, si bien qu'en dépit de la combinaison réglementaire qu'il portait, il était presque impossible de l'imaginer autrement que vêtu du short bleu, de la chemise grise et du foulard rouge des Espions. Lorsqu'on l'évoquait, on se représentait toujours des genoux à fossettes et des manches roulées sur des avant-bras dodus. Parsons, en fait, revenait invariablement au short chaque fois qu'une sortie collective ou une autre activité physique lui en fournissait le prétexte.

Il les salua tous deux d'un joyeux « holà ! » et s'assit à leur table. Il dégageait une forte odeur de sueur. Des gouttes recouvraient tout son visage rosé. Son pouvoir dc transpiration était extraordinaire. Au Centre communautaire, on pouvait toujours, par l'humidité du manche de la raquette, savoir s'il avait joué au ping-pong.

Syme avait sorti une bande de papier sur laquelle il y avait une longue colonne de mots et il étudiait, un crayon à encre à la main.

— Regardez-le travailler à l'heure du déjeuner, dit Parsons en poussant Winston du coude. C'est du zèle, hein ? Qu'est-ce que vous avez là, vieux frère ? Quelque chose d'un peu trop savant pour moi, je suppose. Smith, mon vieux, je vais vous dire pourquoi je vous poursuis. C'est à cause de cette cotisation que vous avez oublié de me payer.

— Quelle cotisation ? demanda Winston en se tâtant les poches automatiquement pour trouver de la monnaie.

Un quart environ du salaire de chaque individu était réservé aux souscriptions volontaires, lesquelles étaient si nombreuses qu'il était difficile d'en tenir une comptabilité.

— Pour la Semaine de la Haine. On collecte maison par maison, vous savez ce que c'est. Je suis le trésorier de notre immeuble. Nous faisons un effort prodigieux. Nous allons pouvoir en mettre plein la vue. Ce ne sera pas ma faute, je vous le dis, si ce vieux bloc de la Victoire n'a pas le plus bel assortiment de drapeaux de toute la rue. C'est deux dollars que vous m'avez promis.

Winston trouva deux dollars graisseux et sales qu'il tendit à Parsons. Celui-ci, de l'écriture nette des illettrés, nota le montant de la somme sur un petit carnet.

— À propos, vieux, dit-il, on m'a raconté que mon petit coquin de garçon a lâché sur vous hier un coup de son lance-pierres. Je lui ai pas mal lavé la tête. En fait, je lui ai dit que je lui enlèverais son engin s'il recommençait.

— Je crois qu'il était un peu bouleversé de ne pas aller à l'exécution, dit Winston.

— Ah ! Oui ! Je veux dire, il montre un bon esprit, n'est-ce pas ? Des petits galopins, bien turbulents, tous les deux, mais vous parlez d'une ardeur ! Ils ne pensent qu'aux Espions. À la guerre aussi, naturellement. Savez-vous ce qu'a fait mon numéro de petite fille samedi dernier, quand elle était avec sa troupe sur la route de Bukhamsted ? Elle et deux autres petites filles se sont échappées pendant la marche. Elles ont passé tout l'après-midi, figurez-vous, à suivre un type. Pendant deux heures, elles n'ont pas quitté ses talons, droit dans le bois et, quand elles sont arrivées à Amersham, elles l'ont fait prendre par une patrouille.

— Pourquoi ont-elles fait cela ? demanda Winston un peu abasourdi.

Parsons continua sur un ton triomphant :

— La gosse était convaincue qu'il était une sorte d'agent de l'ennemi. Il avait pu être parachuté, par exemple. Mais là est le point, mon vieux. Qu'est-ce que vous croyez qui a en premier lieu éveillé ses soupçons ? Elle avait remarqué qu'il portait de drôles de chaussures. Elle dit qu'elle n'avait jamais vu personne porter des chaussures pareilles. Il y avait donc des chances pour qu'il soit un étranger. Assez fort, pas ? pour une gamine de sept ans.

— Qu'est-ce qui est arrivé à l'homme ? demanda Winston.

— Ça, je ne pourrais pas vous le dire, naturellement, mais je ne serais pas du tout surpris si...

Ici Parsons fit le geste d'épauler un fusil et fit claquer sa langue pour imiter la détonation.

— Bien, dit Syme distraitement, sans lever les yeux de sa bande de papier.

— Naturellement, nous devons nous méfier de tout, convint Winston.

— Ce que je veux dire, c'est que nous sommes en guerre, dit Parsons.

Comme pour confirmer ces mots, un appel de clairon fut lancé du télécran juste au-dessus de leurs têtes. Cette fois, pourtant, ce n'était pas la proclamation d'une victoire militaire, mais simplement une annonce du ministère de l'Abondance.

— Camarades ! cria une jeune voix ardente. Attention, camarades ! Nous avons une grande nouvelle pour vous. Nous avons gagné la bataille de la production ! Les statistiques, maintenant complètes, du rendement dans tous les genres de produits de consommation, montrent que le standard de vie s'est élevé de rien moins que vingt pour cent au-dessus du niveau de celui de l'année dernière. Il y a eu ce matin, dans tout l'Océania, d'irrésistibles manifestations spontanées de travailleurs qui sont sortis des usines et des bureaux et ont défilé avec des bannières dans les rues. Ils criaient leur gratitude à Big Brother pour la vie nouvelle et heureuse que sa sage direction nous a procurée. Voici quelques-uns des chiffres obtenus : Denrées alimentaires...

La phrase, « notre vie nouvelle et heureuse », revint

plusieurs fois. C'était, depuis peu, une phrase favorite du ministère de l'Abondance. Parsons, son attention éveillée par l'appel du clairon, écoutait bouche bée, avec une sorte de solennité, de pieux ennui. Il ne pouvait suivre les chiffres, mais il n'ignorait pas qu'ils étaient une cause de satisfaction. Il avait sorti une pipe énorme et sale, déjà bourrée à moitié de tabac noirci. Avec la ration de cent grammes par semaine de tabac, il était rarement possible de remplir une pipe jusqu'au bord. Winston fumait une cigarette de la Victoire qu'il tenait soigneusement horizontale. La nouvelle ration ne serait pas distribuée avant le lendemain et il ne lui restait que quatre cigarettes. Il avait pour l'instant fermé ses oreilles au bruit de la salle et écoutait les balivernes qui ruisselaient du télécran. Il apparaissait qu'il y avait même eu des manifestations pour remercier Big Brother d'avoir augmenté jusqu'à vingt grammes par semaine la ration de chocolat.

Et ce n'est qu'hier, réfléchit-il, qu'on a annoncé que la ration allait être *réduite* à vingt grammes par semaine. Est-il possible que les gens avalent cela après vingt-quatre heures seulement ? Oui, ils l'avalaient. Parsons l'avalait facilement, avec une stupidité animale. La créature sans yeux de l'autre table l'avalait passionnément, fanatiquement, avec un furieux désir de traquer, de dénoncer et de vaporiser quiconque s'aviserait de suggérer que la ration était de trente grammes, il n'y avait de cela qu'une semaine. Syme lui aussi avalait cela, par des cheminements, toutefois, plus complexes qui impliquaient la double-pensée. Winston était-il donc le seul à posséder une mémoire ?

Les fabuleuses statistiques continuaient à couler du télécran. Comparativement à l'année précédente, il y avait plus de nourriture, plus de maisons, plus de meubles, plus de casseroles, plus de combustible, plus de navires, plus d'hélicoptères, plus de livres, plus de bébés, plus de tout en dehors de la maladie, du crime et de la démence. D'année en année, de minute en minute, tout, les choses, les gens, tout s'élevait, dans un bourdonnement.

Winston, comme Syme l'avait fait plus tôt, avait prit sa cuiller et barbotait dans la sauce pâle qui coulait sur la table. Il étirait en un dessin une longue bande de cette sauce et songeait avec irritation aux conditions matérielles de la vie. Est-ce qu'elle avait toujours été ainsi ? Est-ce que la nourriture avait toujours eu ce goût-là ? Il jeta un regard circulaire dans la cantine. Une salle comble, au plafond bas, aux murs salis par le contact de corps innombrables. Des tables et des chaises de métal cabossé, placées si près les unes des autres que les coudes des gens se touchaient. Des cuillers tordues. Des plateaux bosselés. De grossières tasses blanches. Toutes les surfaces graisseuses et de la crasse dans toutes les fentes. Une odeur composite et aigre de mauvais gin, de mauvais café, de ragoût métallique et de vêtements sales. On avait toujours dans l'estomac et dans la peau une sorte de protestation, la sensation qu'on avait été dupé, dépossédé de quelque chose à quoi on avait droit.

Il était vrai que Winston ne se souvenait de rien qui fût très différent. À aucune époque dont il pût se souvenir avec précision, il n'y avait eu tout à fait assez à manger. On n'avait jamais eu de chaussettes ou de sous-vêtements qui ne fussent pleins de trous. Le mobilier avait toujours été bosselé et branlant, les pièces insuffisamment chauffées, les rames de métro bondées, les maisons délabrées, le pain noir. Le thé était une rareté, le café avait un goût d'eau sale, les cigarettes étaient en nombre insuffisant. Rien n'était bon marché et abondant, à part le gin synthétique. Cet état de chose devenait plus pénible à mesure que le corps vieillissait mais, de toute façon, que quelqu'un fût écœuré par l'inconfort, la malpropreté et la pénurie, par les interminables hivers, par les chaussettes gluantes, les ascenseurs qui ne marchaient jamais, l'eau froide, le savon gréseux, les cigarettes qui tombaient en morceaux, les aliments infects au goût étrange, n'était-ce pas un signe que l'ordre naturel des choses était violé. Pourquoi avait-il du mal à supporter la vie actuelle, si ce n'est qu'il y avait une sorte de souvenir ancestral d'une époque où tout était différent ?

Encore une fois, Winston fit du regard le tour de la cantine. Presque tous étaient laids et ils auraient encore été laids, même s'ils avaient été vêtus autrement que de la combinaison bleue d'uniforme. À l'extrémité de la pièce, assis seul à une table, un petit homme, qui ressemblait curieusement à un scarabée, buvait une tasse de café. Ses petits yeux lançaient des regards soupçonneux de chaque côté. Comme il est facile à condition d'éviter de regarder autour de soi, pensa Winston, de croire que le type physique idéal fixé par le Parti existait, et même prédominait : garçons grands et musclés, filles à la poitrine abondante, blonds, pleins de vitalité, bronzés par le soleil, insouciants. Actuellement, autant qu'il pouvait en juger, la plupart des gens de la première Région aérienne étaient petits, bruns et disgracieux. Il était curieux de constater combien le type scarabée proliférait dans les ministères. On y voyait de petits hommes courtauds qui, très tôt, devenaient corpulents. Ils avaient de petites jambes, des mouvements rapides et précipités, des visages gras sans expression, de très petits yeux. C'était le type qui semblait prospérer le mieux sous la domination du Parti.

L'annonce du ministère de l'Abondance s'acheva sur un autre appel de clairon et fit place à une musique criarde. Parsons, que le bombardement des chiffres avait animé d'un vague enthousiasme, enleva sa pipe de sa bouche.

— Le ministère de l'Abondance a certainement fait du bon travail cette année, dit-il en secouant la tête d'un air entendu. À propos, vieux Smith, je suppose que vous n'avez aucune lame de rasoir à me céder ?

— Pas une, répondit Winston. Il y a six semaines que je me sers de la même lame moi-même.

— Ah ! bon. Je voulais seulement tenter ma chance, vieux.

— Je regrette, dit Winston.

La voix cancanante, à l'autre table, momentanément réduite au silence pendant l'annonce du ministère, avait recommencé à se faire entendre plus forte que jamais.

Winston se surprit soudain à penser à Mme Parsons. Il revoyait ses cheveux en mèches, la poussière des plis de son visage. D'ici deux ans, ses enfants la dénonceraient à la Police de la Pensée. Mme Parsons serait vaporisée. Syme serait vaporisé. Winston serait vaporisé. O'Brien serait vaporisé. D'autre part, Parsons, lui, ne serait jamais vaporisé. La créature sans yeux à la voix de canard ne serait jamais vaporisée. Les petits hommes scarabées qui se hâtaient avec tant d'agilité dans le labyrinthe des couloirs du ministère ne seraient jamais, eux non plus, vaporisés. Et la fille aux cheveux noirs, la fille du Commissariat aux Romans, elle non plus, ne serait jamais vaporisée. Il semblait à Winston qu'il savait, instinctivement, qui survivrait et qui périrait, bien qu'il ne fût pas facile de dire quel élément entraînait la survivance.

Il sortit à ce moment de sa rêverie avec un violent sursaut. La fille assise à la table voisine s'était à demi retournée et le regardait. C'était la fille aux cheveux noirs. Elle le regardait du coin de l'œil, mais avec une curieuse intensité. Dès que leurs regards se rencontrèrent, elle détourna les yeux.

Winston eut le dos mouillé de sueur. Un horrible frisson de terreur l'étreignit. La souffrance disparut presque aussitôt, mais non sans laisser une sorte de malaise irritant. Pourquoi le surveillait-elle ? Pourquoi s'obstinait-elle à le poursuivre ? Il ne pouvait malheureusement pas se rappeler si elle était déjà à cette table quand il était arrivé ou si elle y était venue après. Mais la veille, de toute façon, elle s'était assise immédiatement derrière lui quand il n'y avait pour cela aucune raison. Très probablement, son but réel avait été de l'écouter pour savoir s'il criait assez fort.

Sa première idée lui revint. Elle n'était probablement pas réellement un membre de la Police de la Pensée, mais c'était précisément l'espion amateur qui était le plus à craindre de tous. Il ne savait pas depuis combien de temps elle le regardait. Peut-être était-ce depuis cinq bonnes minutes et il était possible que Winston n'ait pas maîtrisé complètement l'expression de son visage. Il était terriblement dangereux de laisser les pensées s'égarer quand on était dans un lieu public ou dans le champ d'un télécran. La moindre des choses pouvait vous trahir. Un tic nerveux, un inconscient regard d'anxiété, l'habitude de marmonner pour soi-même, tout ce qui pouvait suggérer que l'on était anormal, que l'on avait quelque chose à cacher. En tout cas, porter sur son visage une expression non appropriée (paraître incrédule quand une victoire était annoncée, par exemple) était en soi une offense punissable. Il y avait même en novlangue un mot pour désigner cette offense. On l'appelait *face-crime*.

La fille lui avait de nouveau tourné le dos. Peut-être après tout ne le suivait-elle pas réellement. Peut-être n'était-ce qu'une coïncidence si elle s'était assise si près de lui deux jours de suite.

Sa cigarette s'était éteinte. Il la déposa avec précaution au bord de la table. Il finirait de la fumer après son travail s'il pouvait garder le tabac qui restait. Il était tout à fait possible que la personne assise à la table voisine fût une espionne. Il était tout à fait possible qu'avant trois jours il se trouvât dans les caves du ministère de l'Amour, mais un bout de cigarette ne devait pas être gâché.

Syme avait plié sa bande de papier et l'avait rangée dans sa poche. Parsons recommença à parler.

— Est-ce que je vous ai déjà raconté, vieux, commença-t-il en tapotant autour de lui le tuyau de sa pipe, que mes deux gamins ont mis le feu à la jupe d'une vieille du marché ? Ils l'avaient vue envelopper du saucisson dans une affiche de B. B. Ils se sont glissés derrière elle et ils ont mis le feu à sa jupe avec une boîte d'allumettes. Ils lui ont fait une très mauvaise brûlure, je crois. Quels petits coquins, pas ? mais malins comme des renards ! C'est une éducation de premier ordre qu'on leur donne maintenant, aux Espions, meilleure même que de mon temps. Dites, que croyez-vous qu'on leur ait donné dernièrement ? Des cornets acoustiques pour écouter par les trous des serrures ! Ma petite fille en a apporté un à la maison l'autre soir. Elle l'a essayé sur la porte de notre salon et elle estime qu'elle peut entendre deux fois mieux qu'avec son oreille sur le trou. Naturellement, vous savez, ce n'est qu'un jouet, mais cela leur donne de bonnes idées, pas ?

Le télécran, à ce moment, émit un coup de sifflet perçant. C'était le signal de la reprise du travail. Les trois hommes bondirent sur leurs pieds et se joignirent à la bousculade autour des ascenseurs. Le reste du tabac tomba de la cigarette de Winston.

VI

Winston écrivait dans son journal :

Il y a de cela trois ans. C'était par un sombre après-
midi, dans une étroite rue de traverse, près de l'une des
grandes gares de chemin de fer. Elle était debout près d'un
porche, sous un réverbère qui éclairait à peine. Elle avait
un visage jeune, recouvert d'une épaisse couche de fard.
C'est en réalité le fard qui m'attire, sa blancheur analogue
à celle d'un masque, et le rouge éclatant des lèvres. Les
femmes du Parti ne fardent jamais leur visage. Il n'y avait
personne d'autre dans la rue, pas de télécran. Elle dit deux
dollars. Je...

Il était pour l'instant trop difficile de continuer.
Winston ferma les yeux et les pressa de ses doigts,
pour essayer d'en expurger le tableau qui s'obstinait
à revenir. Il sentait le désir, presque irrésistible, de
proférer à tue-tête un chapelet d'injures, ou de se
cogner la tête contre le mur, ou de donner des coups
de pieds à la table et de lancer l'encrier par la fenêtre,
de faire n'importe quoi de violent, de bruyant ou de
douloureux qui pourrait brouiller et effacer le souvenir qui le tourmentait.

« Le pire ennemi, réfléchit-il, est le système nerveux. À n'importe quel moment, la tension intérieure peut se manifester par quelque symptôme visible. » Il pensa à un homme qu'il avait croisé dans la rue il y avait quelques semaines, un homme d'aspect tout à fait quelconque, un membre du Parti, de trente-cinq ans ou quarante ans, assez grand, mince, qui portait une serviette. Ils étaient à quelques mètres l'un de l'autre. Le côté gauche du visage de l'homme fut soudain tordu par une sorte de spasme. Cela se produisit encore juste quand ils se croisaient. Ce n'était qu'une crispation, un frémissement, aussi rapide que le déclic d'un obturateur de caméra, mais visiblement habituel. Winston se souvint d'avoir pensé à ce moment : ce pauvre diable est perdu. L'effrayant était que ce tic était peut-être inconscient. Le danger le plus grand était celui de parler en dormant. Mais, autant que pouvait le savoir Winston, il n'y avait aucun moyen de se garantir contre ce danger-là.

Il reprit son souffle et continua à écrire :

Je la suivis à travers le porche et une cour intérieure jusqu'à une cuisine en sous-sol. Il y avait un lit contre le mur et, sur la table, une lampe dont la flamme était très basse. Elle...

Les dents de Winston étaient glacées. Il aurait aimé cracher. En même temps qu'à la femme du sous-sol, il pensait à Catherine, sa femme. Il était marié, ou, tout au moins, s'était marié. Il était probablement encore marié car, pour autant qu'il le sût, sa femme n'était pas morte. Il lui sembla respirer encore la chaude odeur lourde de la cuisine du sous-sol, une odeur composée de punaises, de vêtements sales, de mauvais parfums à bon marché, mais pourtant attirante, parce que les femmes du Parti ne se servaient jamais de parfum et on ne pouvait les imaginer parfumées. Seuls, les prolétaires se servaient de parfums. Dans son esprit, l'odeur était inextricablement mêlée à l'idée de fornication.

Son aventure avec cette femme avait été son premier écart après deux ans environ. Fréquenter les prostituées était naturellement défendu, mais c'était une de ces règles qu'on pouvait parfois prendre sur soi de transgresser. C'était dangereux, mais ce n'était pas une question de vie ou de mort. Être pris avec une prostituée pouvait signifier cinq ans de travaux forcés, pas plus, si l'on n'avait commis aucune autre offense. Et c'était assez facile, pourvu qu'on pût éviter d'être pris sur le fait. Les quartiers pauvres fourmillaient de femmes prêtes à se vendre. Quelques-unes pouvaient même être achetées avec une bouteille de gin, liquide que les prolétaires étaient censés ne pas boire.

Tacitement, le Parti était même enclin à encourager la prostitution pour laisser une soupape aux instincts qui ne pouvaient être entièrement refoulés. La simple débauche n'avait pas beaucoup d'importance aussi longtemps qu'elle était furtive et sans joie et n'engageait que les femmes d'une classe méprisée et déshéritée. Le crime impardonnable était le contact sexuel entre membres du Parti. Mais, bien que ce fût l'un des crimes que les accusés confessaient invariablement lors des grandes épurations, il était difficile d'imaginer qu'un tel contact pourrait survenir actuellement.

Le but du Parti n'était pas simplement d'empêcher les hommes et les femmes de se vouer une fidélité qu'il pourrait être difficile de contrôler. Son but inavoué, mais réel, était d'enlever tout plaisir à l'acte sexuel. Ce n'était pas tellement l'amour, mais l'érotisme qui était l'ennemi, que ce fût dans le mariage ou hors du mariage.

Tous les mariages entre membres du Parti devaient être approuvés par un comité appointé et, bien que le principe n'en eût jamais été clairement établi, la permission était toujours refusée quand les membres du couple en question donnaient l'impression d'être physiquement attirés l'un vers l'autre.

La seule fin du mariage qui fût admise était de faire naître des enfants pour le service du Parti. Le commerce sexuel devait être considéré comme une opération sans importance, légèrement dégoûtante, comme de prendre un lavement. Cela non plus n'avait jamais été exprimé franchement mais, d'une manière indirecte, on le rabâchait dès l'enfance à tous les membres du Parti. Il y avait même des organisations, comme celle de la ligue Anti-Sexe des Juniors, qui plaidaient en faveur du célibat pour les deux sexes. Tous les enfants devraient être procréés par insémination artificielle (*artsem*, en novlangue) et élevés dans des institutions publiques. Winston savait que ce n'était pas avancé tout à fait sérieusement, mais ce genre de concept s'accordait avec l'idéologie générale du Parti.

Le Parti essayait de tuer l'instinct sexuel ou, s'il ne pouvait le tuer, de le dénaturer et de le salir. Winston ne savait pas pourquoi il en était ainsi, mais il semblait naturel qu'il en fût ainsi et, en ce qui concernait les femmes, les efforts du Parti étaient largement couronnés de succès.

Il pensa de nouveau à Catherine. Il devait y avoir neuf, dix, peut-être onze ans qu'ils s'étaient séparés. Qu'il pensât si peu à elle, c'était tout de même curieux. Il était capable d'oublier pendant des jours qu'il avait jamais été marié. Ils étaient restés ensemble environ quinze mois seulement. Le Parti ne permettait pas le divorce, mais il encourageait plutôt les séparations lorsqu'il n'y avait pas d'enfants.

Catherine était une fille grande, blonde, très droite, aux gestes magnifiques. Elle avait un visage hardi, aquilin, un visage que l'on aurait pu qualifier de noble si l'on ne découvrait que, derrière ce visage, il n'y avait à peu près rien. Tout au début de leur vie conjugale, il avait décidé (mais peut-être était-ce seulement parce qu'il la connaissait plus intimement) qu'elle avait, sans contredit, l'esprit le plus stupide, le plus vulgaire, le plus vide qu'il eût jamais rencontré. Elle n'avait pas une idée dans la tête qui ne fût un slogan et il n'y avait aucune imbécillité, absolument aucune, qu'elle ne fût capable d'avaler si le Parti la lui suggérait. Il la surnomma mentalement : « L'enregistrement sonore. » Cependant, il aurait supporté de vivre avec elle s'il n'y avait eu, précisément, le sexe. Dès qu'il la touchait, elle semblait reculer et se roidir. L'embrasser était comme embrasser une image de bois articulée. Ce qui était étrange, c'est que même quand elle semblait le serrer contre elle, il avait l'impression qu'elle le repoussait en même temps de toutes ses forces. C'était la rigidité de ses muscles qui produisait cette impression. Elle restait étendue, les yeux fermés, sans résister ni coopérer, mais en se *soumettant*. C'était extrêmement embarrassant et, après quelque temps, horrible. Même alors, il aurait supporté pourtant de vivre avec elle s'il avait été entendu qu'il y avait entre eux une séparation de corps. Mais, assez curieusement, c'est Catherine qui avait refusé. Ils devaient, disait-elle, donner naissance à un enfant, s'ils le pouvaient. La performance continua donc une fois par semaine, régulièrement. Elle avait même l'habitude, chaque fois que ce n'était pas impossible, de la lui rappeler le matin, comme une chose qui devait être faite le soir et qu'on ne devait pas oublier. Elle avait deux phrases pour désigner cela. L'une était : « fabriquer un bébé » et l'autre : « Notre devoir envers le Parti. » (Oui, elle avait réellement employé cette phrase.) Il se mit très vite à éprouver un véritable sentiment de frayeur chaque fois que le jour fixé revenait. Heureusement, aucun enfant n'apparut et, à la fin, elle accepta de renoncer à essayer. Bientôt après, ils se séparaient.

Winston soupira sans bruit. Il reprit sa plume et écrivit :

Elle se jeta sur le lit et, tout de suite, sans aucune sorte de préliminaire, de la façon la plus grossière et la plus horrible que l'on puisse imaginer, elle releva sa jupe.

Il se vit là, debout dans la lumière obscure avec, dans les narines, l'odeur de punaises et du parfum à bon marché et, dans le cœur, un sentiment de défaite et de rancune qui, même alors, était mêlé au souvenir du corps blanc de Catherine, figé à jamais par le pouvoir hypnotique du Parti. Pourquoi devait-il toujours en être ainsi ? Pourquoi ne pouvait-il avoir une femme à lui et non, à des années d'intervalle, ces immondes mégères ? Mais une réelle aventure d'amour était un événement presque inimaginable. Les femmes du Parti étaient toutes semblables. La chasteté était aussi profondément enracinée chez elles que la fidélité au Parti. Le sentiment naturel leur avait été arraché par des conditions de vie spéciales, appliquées très tôt, par des jeux et par l'eau froide, par les absurdités qu'on leur cornait aux oreilles à l'école, chez les Espions, à la Ligue de la Jeunesse, par des lectures, des parades, des chansons, des slogans, de la musique martiale. Sa raison lui disait qu'il devait y avoir des exceptions, mais son cœur n'en croyait rien. Elles étaient toutes imprenables, telles que le Parti entendait qu'elles fussent et ce qu'il désirait plus encore que d'être aimé, c'était, une seule fois dans sa vie, abattre ce mur de vertu. L'acte sexuel accompli avec succès était un acte de rébellion. Le désir était un crime de la pensée. Éveiller les sens de Catherine, bien qu'elle fût sa femme, eût été, s'il avait pu y parvenir, comme une violation.

Mais le reste de son histoire valait d'être écrit. Il continua :

Je tournai le bouton de la lampe. Quand je la vis en pleine lumière...

Après l'obscurité, la faible lumière de la lampe à pétrole avait paru très brillante. Pour la première fois, il avait pu voir la femme distinctement. Il s'était avancé d'un pas vers elle puis s'était arrêté, plein de convoitise et de terreur. Il était douloureusement conscient du risque qu'il courait en venant là. Il était parfaitement possible que les policiers le cueillent à la sortie. À bien y penser, ils étaient peut-être en ce moment en train de l'attendre de l'autre côté de la porte. S'il s'en allait sans même faire ce qu'il était venu faire ?...

Il devait l'écrire, il devait le confesser. Ce qu'il avait soudain vu à la lumière de la lampe, c'est que la femme était *vieille*. Son visage était plâtré d'une telle épaisseur de fard qu'il semblait pouvoir craquer comme un masque de carton. Il y avait des raies blanches dans sa chevelure, mais le détail vraiment horrible est que sa bouche, qui s'était un peu ouverte, ne révélait qu'une noirceur caverneuse. Elle n'avait pas de dents du tout.

Winston écrivit rapidement, d'une écriture griffonnée :

À la lumière, je vis qu'elle était tout à fait une vieille femme, de cinquante ans au moins. Mais j'allai de l'avant et le fis tout de même.

Il pressa de nouveau ses paupières de ses doigts. Il l'avait enfin écrit, mais cela ne changeait rien. La thérapeutique n'avait pas agi. Le besoin de crier des mots sales à tue-tête était aussi violent que jamais.

VII

S'il y a un espoir, écrivait Winston, il réside chez les prolétaires.

S'il y avait un espoir, il devait en effet se trouver chez les prolétaires car là seulement, dans ces fourmillantes masses dédaignées, quatre-vingt-cinq pour cent de la population de l'Océania, pourrait naître la force qui détruirait le Parti. Le Parti ne pouvait être renversé de l'intérieur. Ses ennemis, s'il en avait, ne possédaient aucun moyen de se grouper ou même de se reconnaître les uns les autres. Si même la légendaire Fraternité existait, ce qui était possible, il était inconcevable que ses membres puissent se rassembler en nombre supérieur à deux ou trois. La rébellion, chez eux, c'était un regard des yeux, une inflexion de voix, au plus, un mot chuchoté à l'occasion. Mais les prolétaires n'auraient pas besoin de conspirer, si seulement ils pouvaient, d'une façon ou d'une autre, prendre conscience de leur propre force. Ils n'avaient qu'à se dresser et se secouer comme un cheval qui s'ébroue pour chasser les mouches. S'ils le voulaient, ils pouvaient dès le lendemain souffler sur le Parti et le mettre en pièces. Sûrement, tôt ou tard, il leur viendrait à l'idée de le faire ? Et pourtant !

Il se souvint qu'une fois, alors qu'il descendait une rue bondée de gens, une effrayante clameur d'une centaine de voix, des voix de femmes, avait éclaté un peu plus loin, dans une rue transversale. C'était un formidable cri de colère et de désespoir, un « Oh-o-o-oh ! » profond et retentissant dont l'écho se prolongeait comme le son d'une cloche. Son cœur avait bondi. « On a commencé, avait-il pensé. Une émeute ! À la fin, les prolétaires brisent leurs chaînes. »

Quand il arriva à l'endroit du vacarme, ce fut pour voir une cohue de deux ou trois cents femmes pressées autour des étals d'un marché en plein air. Elles avaient des visages aussi tragiques que si elles avaient été les passagers condamnés d'un bateau en train de sombrer. Mais à ce moment, le désespoir général se brisa en une multitude de querelles individuelles. Il apparut qu'à un des étals on vendait des casseroles de fer-blanc. C'était une camelote misérable, mais les ustensiles de cuisine étaient toujours difficiles à obtenir. Le stock s'était brusquement épuisé. Les femmes qui avaient réussi à en avoir, poussées et bousculées par les autres, essayaient de se retirer avec leurs casseroles, tandis que des douzaines d'autres criaient autour de l'étal, accusaient le vendeur de favoritisme et prétendaient qu'il avait des casseroles en réserve quelque part.

Il y eut une nouvelle explosion de glapissements. Deux femmes énormes, dont l'une avait les cheveux défaits, s'étaient emparées de la même casserole et essayaient de se l'arracher l'une l'autre des mains. Elles tirèrent violemment toutes deux un moment, puis le manche se détacha : Winston les regarda avec dégoût.

Pourtant, quelle puissance presque effrayante avait un moment sonné dans ce cri jailli de quelques centaines de gosiers seulement. Comment se faisait-il qu'ils ne pouvaient jamais crier ainsi pour des raisons importantes ? Winston écrivit :

Ils ne se révolteront que lorsqu'ils seront devenus conscients et ils ne pourront devenir conscients qu'après s'être révoltés.

« Cela, pensa-t-il, pourrait presque être une transcription de l'un des manuels du Parti. » Le Parti prétendait, naturellement, avoir délivré les prolétaires de l'esclavage. Avant la Révolution, ils étaient hideusement opprimés par les capitalistes. Ils étaient affamés et fouettés. Les femmes étaient obligées de travailler dans des mines de charbon (des femmes, d'ailleurs, travaillaient encore dans des mines de charbon). Les enfants étaient vendus aux usines à l'âge de six ans. Mais en même temps que ces déclarations, en vertu des principes de la double-pensée, le Parti enseignait que les prolétaires étaient des inférieurs naturels, qui devaient être tenus en état de dépendance, comme les animaux, par l'application de quelques règles simples. En réalité, on savait peu de chose des prolétaires. Il n'était pas nécessaire d'en savoir beaucoup. Aussi longtemps qu'ils continueraient à travailler et à engendrer, leurs autres activités seraient sans importance. Laissés à eux-mêmes, comme le bétail lâché dans les plaines de l'Argentine, ils étaient revenus à un style de vie qui leur paraissait naturel, selon une sorte de canon ancestral. Ils naissaient, ils poussaient dans la rue, ils allaient au travail à partir de douze ans. Ils traversaient une brève période de beauté florissante et de désir, ils se mariaient à vingt ans, étaient en pleine maturité à trente et mouraient, pour la plupart, à soixante ans. Le travail physique épuisant, le souci de la maison et des enfants, les querelles mesquines entre voisins, les films, le football, la bière et, surtout, le jeu, formaient tout leur horizon et comblaient leurs esprits. Les garder sous contrôle n'était pas difficile. Quelques agents de la Police de la Pensée circulaient constamment parmi eux, répandaient de fausses rumeurs, notaient et éliminaient les quelques individus qui étaient susceptibles de devenir dangereux.

On n'essayait pourtant pas de les endoctriner avec l'idéologie du Parti. Il n'était pas désirable que les prolétaires puissent avoir des sentiments politiques profonds. Tout ce qu'on leur demandait, c'était un patriotisme primitif auquel on pouvait faire appel chaque fois qu'il était nécessaire de leur faire accepter plus d'heures de travail ou des rations plus réduites. Ainsi, même quand ils se fâchaient, comme ils le faisaient parfois, leur mécontentement ne menait nulle part car il n'était pas soutenu par des idées générales. Ils ne pouvaient le concentrer que sur des griefs personnels et sans importance. Les maux plus grands échappaient invariablement à leur attention. La plupart des prolétaires n'avaient même pas de télécrans chez eux. La police civile elle-même se mêlait très peu de leurs affaires. La criminalité, à Londres, était considérable. Il y avait tout un État dans l'État, fait de voleurs, de bandits, de prostituées, de marchands de drogue, de hors-la-loi de toutes sortes. Mais comme cela se passait entre prolétaires, cela n'avait aucune importance. Pour toutes les questions de morale, on leur permettait de suivre leur code ancestral. Le puritanisme sexuel du Parti ne leur était pas imposé. L'inversion sexuelle n'était pas punie, le divorce était autorisé. Entre parenthèses, la dévotion religieuse elle-même aurait été autorisée si les prolétaires avaient manifesté par le moindre signe qu'ils la désiraient ou en avaient besoin. Ils étaient au-dessous de toute suspicion. Comme l'exprimait le slogan du Parti : « Les prolétaires et les animaux sont libres. »

Winston se baissa et gratta avec précaution son ulcère variqueux qui commençait à le démanger. Ce à quoi on revenait invariablement, était l'impossibilité de savoir ce qu'avait réellement été la vie avant la Révolution. Il prit dans son tiroir un exemplaire d'un manuel d'histoire à l'usage des enfants, qu'il avait emprunté à Mme Parsons, et se mit à en copier un passage dans son journal. Le voici :

Anciennement, avant la glorieuse Révolution, Londres n'était pas la superbe cité que nous connaissons aujourd'hui. C'était une ville sombre, sale, misérable, où presque personne n'avait suffisamment de nourriture, où des centaines et des milliers de pauvres gens n'avaient pas de chaussures aux pieds, ni même de toit sous lequel ils pussent dormir. Des enfants, pas plus âgés que vous, devaient travailler douze heures par jour pour des maîtres cruels qui les fouettaient s'ils travaillaient trop lentement et ne les nourrissaient que de croûtes de pain rassis et d'eau. Au milieu de cette horrible pauvreté, il y avait quelques belles maisons, hautes et larges, où vivaient des hommes riches qui avaient pour les servir jusqu'à trente domestiques. C'étaient des hommes gras et laids, aux visages cruels, comme celui que vous voyez sur l'image de la page ci-contre. Vous pouvez voir qu'il est vêtu d'une longue veste noire appelée redingote et qu'il est coiffé d'un étrange chapeau luisant, en forme de tuyau de poêle, qu'on appelait haut-de-forme. C'était l'uniforme des capitalistes, et personne d'autre n'avait la permission de le porter.

Les capitalistes possédaient tout et tous les autres hommes étaient leurs esclaves. Ils possédaient toute la terre, toutes les maisons, toutes les usines, tout l'argent. Ils pou-

vaient, si quelqu'un leur désobéissait, le jeter en prison, ou lui enlever son gagne-pain et le faire mourir de faim. Quand une personne ordinaire parlait à un capitaliste, elle devait prendre une attitude servile, saluer, enlever sa casquette et donner du « Monseigneur ». Le chef de tous les capitalistes s'appelait le Roi et...

Mais Winston savait le reste de l'énumération. On mentionnerait les évêques et leurs manches de fine batiste, les juges dans leurs robes d'hermine, les piloris de toutes sortes, les moulins de discipline, le chat à neuf queues, le banquet du Lord Maire, la coutume d'embrasser l'orteil du pape. Il y avait aussi, ce qu'on appelait le *droit de cuissage* qui n'était probablement pas mentionné dans un livre pour enfants. C'était la loi qui donnait aux capitalistes le droit de coucher avec n'importe laquelle des femmes qui travaillaient dans leurs usines.

Comment, dans ce récit, faire la part du mensonge ? Ce pouvait être vrai, que le niveau humain fût plus élevé après qu'avant la Révolution. La seule preuve du contraire était la protestation silencieuse que l'on sentait dans la moelle de ses os, c'était le sentiment instinctif que les conditions dans lesquelles on vivait étaient intolérables et, qu'à une époque quelconque, elles devaient avoir été différentes.

L'idée lui vint que la vraie caractéristique de la vie moderne était, non pas sa cruauté, son insécurité, mais simplement son aspect nu, terne, soumis.

La vie, quand on regardait autour de soi, n'offrait aucune ressemblance, non seulement avec les mensonges qui s'écoulaient des télécrans, mais même avec l'idéal que le Parti essayait de réaliser. D'importantes tranches de vie, même pour un membre du Parti, étaient neutres et en dehors de la politique : peiner à des travaux ennuyeux, se battre pour une place dans le métro, repriser des chaussettes usées, mendier une tablette de saccharine, mettre de côté un bout de cigarette. L'idéal fixé par le Parti était quelque chose d'énorme, de terrible, de rayonnant, un monde d'acier et de béton, de machines monstrueuses et d'armes terrifiantes, une nation de guerriers et de fanatiques qui marchaient avec un ensemble parfait, pensaient les mêmes pensées, clamaient les mêmes slogans, qui perpétuellement travaillaient, luttaient, triomphaient et persécutaient, c'étaient trois cents millions d'êtres aux visages semblables.

La réalité montrait des cités délabrées et sales où des gens sous-alimentés traînaient çà et là des chaussures crevées, dans des maisons du dix-neuvième siècle rafistolées qui sentaient toujours le chou et les cabinets sans confort.

Winston avait, de Londres, la vision d'une cité vaste et en ruine, peuplée d'un million de poubelles et, mêlé à cette vision, il voyait un portrait de Mme Parsons, d'une femme au visage ridé et aux cheveux en mèches, farfouillant sans succès dans un tuyau de vidange bouché.

Il se baissa et gratta encore son cou-de-pied. Tout au long du jour et de la nuit, les télécrans vous cassaient les oreilles avec des statistiques qui prouvaient que les gens, aujourd'hui, avaient plus de nourriture, plus de vêtements, qu'ils avaient des maisons plus confortables, des distractions plus agréables, qu'ils vivaient plus longtemps, travaillaient moins d'heures, étaient plus gros, en meilleure santé, plus forts, plus heureux, plus intelligents, mieux élevés que les gens d'il y avait cinquante ans. Pas un mot de ces statistiques ne pouvait jamais être prouvé ou réfuté. Le Parti prétendait, par exemple, qu'aujourd'hui quarante pour cent des prolétaires adultes savaient lire et écrire. Avant la Révolution, disait-on, leur nombre était seulement de quinze pour cent. Le Parti clamait que le taux de mortalité infantile était maintenant de cent soixante pour mille seulement, tandis qu'avant la Révolution il était de trois cents pour mille. Et ainsi de tout. C'était comme si on avait une seule équation à deux inconnues.

Il se pouvait fort bien que littéralement tous les mots des livres d'histoire, même ce que l'on acceptait sans discussion, soient purement fantaisistes. Pour ce qu'on en savait, il se pouvait qu'il n'y eût jamais eu de loi telle que le *droit de cuissage*, ou de créature telle que le capitaliste, ou de chapeau tel que le haut-de-forme.

Tout se perdait dans le brouillard. Le passé était raturé, la rature oubliée et le mensonge devenait vérité. Une seule fois, au cours de sa vie — après l'événement, c'est ce qui comptait —, il avait possédé la preuve palpable, irréfutable, d'un acte de falsification. Il l'avait tenue entre ses doigts au moins trente secondes. Ce devait être en 1973. En tout cas, c'était à peu près à l'époque où Catherine et lui s'étaient séparés. Mais la date à considérer était antérieure de sept ou huit années.

L'histoire commença en vérité vers 1965, à l'époque des grandes épurations par lesquelles les premiers meneurs de la Révolution furent balayés pour toujours. Vers 1970, il n'en restait aucun, sauf Big Brother lui-même. Tous les autres, à ce moment, avaient été démasqués comme traîtres et contre-révolutionnaires. Goldstein s'était enfui, et se cachait nul ne savait où. Pour ce qui était des autres, quelques-uns avaient simplement disparu. Mais la plupart avaient été exécutés après de spectaculaires procès publics au cours desquels ils confessaient leurs crimes.

Parmi les derniers survivants, il y avait trois hommes nommés Jones, Aaronson et Rutherford. Ce devait être en 1965 que ces trois-là avaient été arrêtés. Comme il arrivait souvent, ils avaient disparu pendant plus d'un an, de sorte qu'on ne savait pas s'ils étaient vivants ou morts puis, soudain, on les avait ramenés à la lumière afin qu'ils s'accusent, comme à l'ordinaire.

Ils s'étaient accusés d'intelligence avec l'ennemi (à cette date aussi, l'ennemi c'était l'Eurasia), de détournement des fonds publics, du meurtre de divers membres fidèles au Parti, d'intrigues contre la direction de Big Brother, qui avaient commencé longtemps avant la Révolution, d'actes de sabotage qui avaient causé la mort de centaines de milliers de personnes. Après ces confessions, ils avaient été pardonnés, réintégrés dans le Parti et nommés à des postes honorifiques qui étaient en fait des sinécures. Tous trois avaient écrit de longs et abjects articles dans le *Times* pour analyser les raisons de leur défection et promettre de s'amender.

Quelque temps après leur libération, Winston les avait vus tous trois au Café du Châtaignier. Il se rappelait cette sorte de fascination terrifiée qui l'avait incité à les regarder du coin de l'œil.

C'étaient des hommes beaucoup plus âgés que lui, des reliques de l'ancien monde, les dernières grandes figures peut-être des premiers jours héroïques du Parti. Le prestige de la lutte clandestine et de la guerre civile s'attachait encore à eux dans une faible mesure. Winston avait l'impression, bien que déjà à cette époque, les faits et les dates fussent confus, qu'il avait su leurs noms bien des années avant celui de Big Brother. Mais ils étaient aussi des hors-la-loi, des ennemis, des intouchables, dont le destin, inéluctable, était la mort dans une année ou deux. Aucun de ceux qui étaient tombés une fois entre les mains de la Police de la Pensée, n'avait jamais, en fin de compte, échappé. C'étaient des corps qui attendaient d'être renvoyés à leurs tombes.

Aux tables qui les entouraient, il n'y avait personne. Il n'était pas prudent d'être même seulement vu dans le voisinage de telles personnes. Ils étaient assis silencieux, devant des verres de gin parfumé au clou de girofle qui était la spécialité du café. Des trois, c'était Rutherford qui avait le plus impressionné Winston.

Rutherford avait, à un moment, été un caricaturiste fameux dont les dessins cruels avaient aidé à enflammer l'opinion avant et après la Révolution. Maintenant encore, à de longs intervalles, ses caricatures paraissaient dans le *Times*. Ce n'étaient que des imitations de sa première manière. Elles étaient curieusement sans vie et peu convaincantes. Elles n'offraient qu'un rabâchage des thèmes anciens : logements des quartiers sordides, enfants affamés, batailles de rues, capitalistes en hauts-de-forme (même sur les barricades, les capitalistes semblaient encore s'attacher à leurs hauts-de-forme). C'était un effort infini et sans espoir pour revenir au passé. Rutherford était un homme monstrueux, aux cheveux gris, graisseux, en crinière, au visage couturé, à la peau flasque, aux épaisses lèvres négroïdes. Il devait avoir été extrêmement fort. Mais son grand corps s'affaissait, s'inclinait, devenait bossu, s'éparpillait dans tous les sens. Il semblait s'effondrer sous les yeux des gens comme une montagne qui s'émiette.

Il était trois heures de l'après-midi, heure où il n'y a personne. Winston ne pouvait maintenant se souvenir comment il avait pu se trouver au café à cette heure-là. L'endroit était presque vide. Une musique douce coulait lentement des télécrans. Les trois hommes étaient assis dans leur coin, presque sans bouger, et sans parler. Le garçon, sans attendre la commande, apporta des verres de gin frais. Il y avait à côté d'eux, sur la table, un jeu d'échecs dont les pièces étaient en place, mais aucun jeu n'avait commencé. Il arriva alors un accident au télécran, pendant peut-être une demi-minute. L'air qui se jouait changea et le ton de la musique aussi. Il y eut alors... mais c'était un son difficile à décrire, c'était une note spéciale, syncopée, dans laquelle entrait du braiement et du rire. Winston l'appela en lui-même une note jaune. Une voix, ensuite, chanta dans le télécran :

> *Sous le châtaignier qui s'étale,*
> *Je vous ai vendu, vous m'avez vendu.*
> *Ils reposent là-bas. Nous sommes étendus,*
> *Sous le châtaignier qui s'étale.*

Les trois hommes n'avaient pas bougé, mais quand Winston regarda le visage ravagé de Rutherford, il vit que ses yeux étaient pleins de larmes. Et il remarqua pour la première fois, avec comme un frisson intérieur, mais sans savoir pourtant pourquoi il frissonnait, qu'Aaronson et Rutherford avaient tous deux le nez cassé.

Un peu plus tard, tous trois furent arrêtés. Il apparut qu'ils s'étaient engagés dans de nouvelles conspirations dès l'instant de leur libération. À leur second procès, ils confessèrent encore leurs anciens crimes ainsi que toute une suite de nouveaux. Ils furent exécutés et leur vie fut consignée dans les annales du Parti, pour servir d'avertissement à la postérité.

Environ cinq ans après, en 1973, Winston déroulait une liasse de documents qui venait de tomber du tube pneumatique sur son bureau quand il tomba sur un fragment de papier qui avait probablement été glissé parmi les autres puis oublié. Il ne l'avait pas étalé que, déjà, il avait vu ce qu'il signifiait. C'était une demi-page déchirée d'un numéro du *Times* d'il y avait dix ans — comme c'était la moitié supérieure de la page, elle portait la date. Cette page présentait une photo des délégués à une réunion du Parti qui se tenait à New York. Au milieu du groupe, on pouvait remarquer Jones, Aaronson et Rutherford. On ne pouvait se tromper. D'ailleurs leurs noms figuraient dans la légende, au-dessous de la photo.

Le fait était qu'aux deux procès les trois hommes avaient confessé qu'à cette date ils se trouvaient sur le sol eurasien. Ils avaient pris l'avion à un aérodrome secret du Canada pour aller à un rendez-vous quelque part en Sibérie. Là, ils avaient conféré avec des membres de l'état-major eurasien à qui ils avaient confié d'importants secrets militaires. La date s'était fixée dans la mémoire de Winston parce qu'il se trouvait que, par hasard, c'était le jour de la Saint-Jean. Mais l'histoire complète devait se retrouver sur d'innombrables autres documents. Il n'y avait qu'une seule conclusion possible, les confessions étaient des mensonges.

Naturellement, cette conclusion n'était pas en elle-même une découverte. Même à cette époque, Winston n'imaginait pas que les gens qui étaient anéantis au cours des épurations avaient réellement commis les crimes dont on les accusait. Mais ceci était une preuve concrète. C'était un fragment du passé aboli. C'était le fossile qui, découvert dans une couche de terrain où on ne croyait pas le trouver, détruit une théorie géologique. Ce document, s'il avait pu être publié et expliqué, aurait suffi pour faire sauter le Parti et le réduire en poussière.

Winston avait continué à travailler. Sitôt qu'il avait vu ce qu'était la photographie et ce qu'elle signifiait, il l'avait recouverte d'une autre feuille de papier. Heureusement, quand il l'avait déroulée, elle s'était trouvée à l'envers par rapport au télécran.

Il posa son sous-main sur ses genoux et recula sa chaise pour se placer aussi loin que possible du télécran. Garder un visage impassible n'était pas difficile et avec un effort, on peut contrôler jusqu'au rythme de sa respiration. Mais on ne peut maîtriser les battements de son cœur et le télécran était assez sensible pour les relever.

Il laissa passer, autant qu'il put en juger, dix minutes, pendant lesquelles il fut tourmenté par la crainte que ne le trahisse quelque accident — un courant d'air inattendu, par exemple, qui soufflerait sur son bureau. Ensuite, sans la découvrir, il jeta la photographie avec d'autres vieux papiers dans le trou de mémoire. En moins d'une minute peut-être, elle avait dû être réduite en cendres.

L'incident avait eu lieu dix, onze ans plus tôt. Aujourd'hui, probablement, Winston aurait gardé la photographie. Il était curieux que le fait de l'avoir tenue entre ses doigts semblait constituer pour lui une différence, même à cette heure où la photographie elle-même, aussi bien que l'événement qu'elle rappelait, n'était qu'un souvenir. « L'emprise du Parti sur le passé était-elle moins forte, se demanda-t-il, du fait qu'une pièce qui n'existait plus avait à un moment existé ? »

Mais à l'heure actuelle, en supposant qu'elle eût pu être, d'une manière quelconque ressuscitée de ses cendres, la photographie n'aurait même pas constitué une preuve.

Au moment où Winston l'avait découverte, déjà l'Océania n'était plus en guerre contre l'Eurasia, et il aurait fallu que ce fût en faveur des agents de l'Estasia que les trois hommes trahissent leur pays. Depuis, il y avait eu d'autres changements. Deux ? Trois ? Winston ne pouvait se rappeler combien. Très probablement, les confessions avaient été récrites et récrites encore, si bien que les faits et dates primitifs n'avaient plus la moindre signification. Le passé, non seulement changeait, mais changeait continuellement.

Ce qui affligeait le plus Winston et lui donnait une sensation de cauchemar, c'est qu'il n'avait jamais clairement compris pourquoi cette colossale imposture était entreprise. Les avantages immédiats tirés de la falsification du passé étaient évidents, mais le mobile final restait mystérieux. Il reprit sa plume et écrivit :

Je comprends comment. *Je ne comprends pas* pourquoi.

Il se demanda, comme il l'avait fait plusieurs fois déjà, s'il n'était pas lui-même fou. Peut-être un fou n'était-il qu'une minorité réduite à l'unité. À une certaine époque, c'était un signe de folie que de croire aux révolutions de la terre autour du soleil. Aujourd'hui, la folie était de croire que le passé était immuable. Peut-être était-il le seul à avoir cette croyance. S'il était le seul, il était donc fou. Mais la pensée d'être fou ne le troublait pas beaucoup. L'horreur était qu'il se pouvait qu'il se trompât.

Il prit le livre d'Histoire élémentaire et regarda le portrait de Big Brother qui en formait le frontispice. Les yeux hypnotiseurs le regardaient dans les yeux.

C'était comme si une force énorme exerçait sa pression sur vous. Cela pénétrait votre crâne, frappait contre votre cerveau, vous effrayait jusqu'à vous faire renier vos croyances, vous persuadant presque de nier le témoignage de vos sens.

Le Parti finirait par annoncer que deux et deux font cinq et il faudrait le croire. Il était inéluctable que, tôt ou tard, il fasse cette déclaration. La logique de sa position l'exigeait. Ce n'était pas seulement la validité de l'expérience, mais l'existence même d'une réalité extérieure qui était tacitement niée par sa philosophie. L'hérésie des hérésies était le sens commun. Et le terrible n'était pas que le Parti tuait ceux qui pensaient autrement, mais qu'il se pourrait qu'il eût raison.

Après tout, comment pouvons-nous savoir que deux et deux font quatre ? Ou que la gravitation exerce une force ? Ou que le passé est immuable ? Si le passé et le monde extérieur n'existent que dans l'esprit et si l'esprit est susceptible de recevoir des directives ? Alors quoi ?

Mais non. De lui-même, le courage de Winston se durcit. Le visage d'O'Brien, qu'aucune association d'idée évidente n'avait évoqué, se présenta à son esprit. Il sut, avec plus de certitude qu'auparavant, qu'O'Brien était du même bord que lui. Il écrivait son journal pour O'Brien, *à* O'Brien. C'était comme une interminable lettre que personne ne lirait jamais mais qui, adressée à une personne particulière, prendrait de ce fait sa couleur.

Le Parti disait de rejeter le témoignage des yeux et des oreilles. C'était le commandement final et le plus essentiel. Son cœur faiblit quand il pensa à l'énorme puissance déployée contre lui, à la facilité avec laquelle n'importe quel intellectuel du Parti le vaincrait dans une discussion, aux subtils arguments qu'il serait incapable de comprendre, et auxquels il serait encore moins capable de répondre. Et cependant, il était dans le vrai. Le Parti se trompait et lui était dans le vrai. L'évidence, le sens commun, la vérité, devaient être défendus. Les truismes sont vrais. Il fallait s'appuyer dessus. Le monde matériel existe, ses lois ne changent pas. Les pierres sont dures, l'eau humide, et les objets qu'on laisse tomber se dirigent vers le centre de la terre.

Avec la sensation qu'il s'adressait à O'Brien, et aussi qu'il posait un important axiome, il écrivit :

La liberté, c'est la liberté de dire que deux et deux font quatre. Lorsque cela est accordé, le reste suit.

VIII

Un parfum de café grillé — de vrai café, pas de café de la Victoire — venait de quelque part au bas d'un passage et flottait dans la rue. Winston s'arrêta involontairement. Il retrouva, peut-être deux secondes, le monde à moitié oublié de son enfance. Puis une porte claqua, qui sembla couper l'odeur aussi brusquement que s'il s'agissait d'un son.

Il avait, pendant plusieurs kilomètres, marché sur des pavés, et son ulcère variqueux lui donnait des élancements. C'était la seconde fois, en trois semaines, qu'il manquait une soirée au Centre communautaire. C'était une grave imprudence, car on pouvait être certain que les présences au Centre étaient soigneusement contrôlées.

En principe, un membre du Parti n'avait pas de loisirs et n'était jamais seul, sauf quand il était au lit. On tenait pour acquis que lorsqu'il ne travaillait, ne mangeait ou ne dormait pas, il prenait part à quelque distraction collective. Faire n'importe quoi qui pourrait indiquer un goût pour la solitude, ne fût-ce qu'une promenade, était toujours légèrement dangereux. Il y avait, en novlangue, un mot pour désigner ce goût. C'était *egovie*, qui signifiait individualisme et excentricité. Mais ce soir-là, quand il était sorti du ministère, le parfum de l'air d'avril l'avait tenté. Le ciel était d'un bleu plus chaud qu'il ne l'avait encore été de l'année et, soudain, la longue soirée bruyante au Centre, les jeux assommants et fatigants, les conférences, la camaraderie criarde, facilitée par le gin, lui avaient paru intolérables. D'un mouvement impulsif, il s'était détourné de l'arrêt de l'autobus et avait erré dans le labyrinthe londonien, d'abord au Sud, puis à l'Est, puis au Nord. Il s'était égaré dans des rues inconnues, se préoccupant à peine de la direction qu'il prenait.

S'il y a un espoir, avait-il écrit dans son journal, *il est chez les prolétaires.*

Ces mots, affirmation d'une vérité mystique, mais d'une palpable absurdité, le hantèrent pendant sa promenade. Il se trouvait quelque part dans les quartiers sordides et vagues, peints de brun, vers le nord-est de ce qui, à une époque, avait été la gare de Saint-Pancrace. Il remontait une rue grossièrement pavée, bordée de petites maisons à deux étages dont les portes délabrées ouvraient directement sur le trottoir et donnaient curieusement l'impression de trous de rats. Il y avait çà et là, au milieu des pavés, des flaques d'eau sale. À l'intérieur et à l'extérieur des porches sombres et le long d'étroites ruelles latérales qui s'ouvraient de chaque côté de l'artère principale un nombre étonnant de gens fourmillaient : filles en pleine floraison, aux lèvres violemment rougies, garçons qui poursuivaient les filles, femmes enflées à la démarche lourde, images de ce que seraient les filles dans dix ans, créatures vieilles et courbées traînant des pieds plats, enfants pieds nus et haillonneux qui jouaient dans les flaques d'eau et s'égaillaient aux cris furieux de leur mère. Un quart peut-être des fenêtres de la rue était réparé au moyen de planches. La plupart des gens ne faisaient pas attention à Winston. Quelques-uns le regardaient avec une sorte de curiosité circonspecte. Deux femmes monstrueuses, aux avant-bras d'un rouge brique croisés sur leur tablier, bavardaient devant une porte. Winston saisit en passant des bribes de conversation.

— Oui, que je lui ai dit, tout ça c'est très bien, oui, mais à ma place, vous auriez fait comme moi. C'est facile de critiquer, je lui ai dit, mais vous n'avez pas les mêmes ennuis que moi.

— Ah ! répondait l'autre, c'est tout juste comme vous dites, c'est là que ça cloche.

Les voix stridentes s'arrêtèrent brusquement. Les femmes l'examinèrent au passage dans un silence hostile. Ce n'était pas exactement de l'hostilité. C'était plutôt une sorte de circonspection, de raidissement momentané, comme au passage d'un animal non familier. On ne devait pas voir souvent, dans une telle rue, la combinaison bleue du Parti.

Il était en vérité imprudent de se montrer dans de tels lieux à moins que l'on y fût appelé par une affaire précise. On pouvait être arrêté par des patrouilles. « Puis-je voir vos papiers, camarade ? Que faites-vous là ? À quelle heure avez-vous laissé votre travail ? Est-ce votre chemin habituel pour rentrer chez vous ? » Et ainsi de suite. Non qu'il y eût aucune règle interdisant de rentrer chez soi par un chemin inhabituel, mais cela suffisait pour attirer sur vous l'attention, si la Police de la Pensée était prévenue.

Brusquement, toute la rue fut en ébullition. Le cri de sauve-qui-peut fusa de tous côtés. Les gens filaient chez eux comme des lapins. Une jeune femme jaillit d'une porte, s'empara d'un petit enfant qui jouait dans une flaque, l'enveloppa vivement de son tablier et rentra chez elle d'un bond.

Au même instant, un homme vêtu d'un habit noir en accordéon, qui avait surgi d'une rue transversale, courut à Winston et, d'un air bouleversé, lui montra du doigt le ciel.

— Marmites ! hurla-t-il. Attention, patron ! patron ! Pan ! sur la tête. À plat ventre ! Vite !

« Marmites » était le nom donné, on ne savait pourquoi, par les prolétaires, aux bombes-fusées. Winston se jeta promptement sur le sol. Les prolétaires ne se trompaient presque jamais quand ils vous donnaient de tels avis. Ils semblaient posséder une sorte d'instinct qui les prévenait plusieurs secondes à l'avance de l'approche d'une fusée, bien que celle-ci soit censée voyager plus vite que le son. Winston se couvrit la tête de ses bras repliés. On entendit un grondement sourd qui sembla soulever le pavé. Une pluie d'objets légers lui tombèrent en grêle sur le dos. Quand il se releva, il vit qu'il avait été couvert de fragments de vitre tombés d'une fenêtre voisine.

Il reprit sa marche. La bombe avait démoli un groupe de maisons à deux cents mètres dans le haut de la rue. Une colonne de fumée noire pendait du ciel et, au-dessous, il y avait un nuage de poussière de plâtre dans lequel, autour des décombres, une foule se groupait déjà. Il vit devant lui, sur le pavé, un petit morceau de plâtre rayé d'un brillant trait rouge. Quand il l'atteignit, il identifia une main, sectionnée au poignet. La coupure était rouge, mais la main était si blême qu'elle ressemblait à un moulage de plâtre.

Il poussa la chose du pied dans le caniveau puis, pour éviter la foule, tourna à droite dans une rue transversale. En trois ou quatre minutes, il était hors de la zone sinistrée et les rues sordides avaient repris leur animation grouillante, comme s'il ne s'était rien passé.

Il était près de huit heures et les cafés que fréquentaient les prolétaires (on les appelait des « bistrots ») étaient combles. Par leurs crasseuses portes tournantes, qui s'ouvraient et se refermaient sans cesse, venait une odeur d'urine, de sciure de bois et de bière aigre. Dans un angle formé par une façade en saillie, trois hommes étaient groupés. Celui du milieu tenait un journal plié que les deux autres étudiaient par-dessus son épaule. Avant même qu'il fût assez près pour déchiffrer l'expression de leurs visages, Winston put constater leur état de tension par toutes les lignes de leurs corps. C'étaient évidemment des nouvelles sérieuses qu'ils lisaient. Il les avait dépassés de quelques pas quand, soudain, le groupe se disloqua et deux hommes entrèrent dans une violente altercation. Ils semblèrent, un moment, presque sur le point d'en venir aux mains.

— Est-ce que vous ne pouvez pas, bon sang, écouter ce que je vous dis ? Je vous dis qu'aucun nombre terminé par sept n'a gagné depuis au moins quatorze mois.

— Oui, il a gagné !

— Non, il n'a pas gagné ! À la maison, j'ai tous les numéros gagnants depuis au moins deux ans, inscrits sur un papier. Je les note aussi régulièrement qu'une horloge. Et je vous le dis, aucun nombre terminé par sept...

— Oui, un sept a gagné. Je pourrais presque vous dire ce sacré nombre. Il finissait par quatre, zéro, sept. C'était en février, la deuxième semaine de février.

— Des prunes, votre février. J'ai tout noté, noir sur blanc. Et je vous dis, aucun nombre...

— Oh ! la ferme ! dit le troisième homme.

Ils parlaient de la loterie. Winston, trente mètres plus loin, se retourna. Ils discutaient encore avec des visages pleins d'ardeur et de passion. La loterie et les énormes prix qu'elle payait chaque semaine, était le seul événement public auquel les prolétaires portaient une sérieuse attention. Il y avait probablement quelques millions de prolétaires pour lesquels c'était la principale, sinon la seule raison de vivre. C'était leur plaisir, leur folie, leur calmant, leur stimulant intellectuel. Quand il s'agissait de loterie, même les gens qui savaient à peine lire et écrire, semblaient capables de calculs compliqués et de prodiges de mémoire déconcertants. Il y avait toute une classe de gens qui gagnaient leur vie simplement en vendant des systèmes, des prévisions, des amulettes porte-bonheur. Winston n'avait rien à voir avec le mécanisme de la loterie qui était dirigé par le ministère de l'Abondance. Mais il savait, en vérité tout le monde dans le Parti le savait, que les prix étaient pour la plupart fictifs. Il n'y avait que les petites sommes qui fussent réellement payées. Les gagnants des gros prix étaient des gens qui n'existaient pas. Ce n'était pas difficile à arranger, vu l'absence de toute réelle communication entre une partie et l'autre de l'Océania.

Mais s'il y avait un espoir, il se trouvait chez les prolétaires. Il fallait s'accrocher à cela. La formule, exprimée en mots, paraissait raisonnable. C'est quand on regardait les êtres humains qui vous croisaient sur le pavé qu'elle devenait un acte de foi. La rue dans laquelle Winston avait tourné descendait une colline. Il avait l'impression de s'être déjà trouvé dans ces parages et qu'il y avait, pas très loin, une artère importante. Un vacarme de voix criardes venait de quelque part en avant. La rue fit un coude brusque puis se termina par un escalier qui menait à une allée encaissée où quelques marchands vendaient en plein air des légumes fanés.

Winston, alors, reconnut l'endroit. L'allée s'ouvrait sur la rue principale et au premier tournant, à moins de cinq minutes, se trouvait le magasin d'antiquités où il avait acheté le livre neuf qui était maintenant son journal. Pas très loin, dans une petite papeterie, il avait acheté son porte-plume et sa bouteille d'encre.

Il s'arrêta un instant en haut de l'escalier. De l'autre côté de l'allée, il y avait un petit bistrot sale dont les fenêtres paraissaient couvertes de givre, mais qui étaient simplement, en réalité, enduites de poussière. Un très vieil homme, courbé, mais actif, dont les moustaches blanches se hérissaient comme celles d'une crevette, poussa la porte tournante et entra. Tandis que Winston le regardait, il lui vint à l'idée que le vieillard, qui devait avoir au moins quatre-vingts ans, était déjà un homme mûr au moment de la Révolution. Lui, et quelques autres comme lui, étaient les derniers liens existant actuellement avec le monde capitaliste disparu. Dans le Parti lui-même, il ne restait pas beaucoup de gens dont les idées avaient été formées avant la Révolution. La vieille génération avait en grande partie été balayée au cours des grandes épurations qui avaient eu lieu entre mil neuf cent cinquante et mil neuf cent soixante-dix. Le petit nombre de ceux qui avaient survécu avait depuis long-temps été amené, terrifié, à une complète abdication intellectuelle. S'il y avait quelqu'un au monde capable de faire un exposé exact des conditions de vie dans la première partie du siècle, ce ne pouvait être qu'un prolétaire.

Winston se remémora soudain le passage du livre d'Histoire qu'il avait copié dans son journal et une folle impulsion s'empara de lui. Il irait dans le bistrot, il réussirait à entrer en relation avec le vieillard, puis il le questionnerait. Il lui dirait : « Parlez-moi de votre vie quand vous étiez un petit garçon. À quoi ressemblait-elle à cette époque ? Les choses étaient-elles meilleures, ou pires qu'à présent ? »

Il pressa le pas pour ne pas se donner le temps d'avoir peur, puis descendit les marches et traversa la rue étroite. C'était une folie, naturellement.

Comme d'habitude, il n'y avait pas de règle précise interdisant de parler aux prolétaires et de fréquenter leurs cafés, mais c'était un acte beaucoup trop inhabituel pour qu'il ne fût pas remarqué. Si la patrouille apparaissait, il alléguerait une faiblesse subite, mais il était peu probable qu'on dût y ajouter foi.

Il poussa la porte et une horrible odeur caséeuse de bière aigre le frappa au visage. Comme il entrait, le bruit des voix diminua de la moitié environ de son volume. Il sentit derrière lui tous les regards fixés sur sa combinaison bleue. Une partie de flèches qui était en train à l'autre extrémité de la pièce fut interrompue pendant trente secondes au moins. Le vieillard qu'il avait suivi était au bar où il discutait avec le barman, un jeune homme grand, corpulent, au nez en bec d'aigle, aux avant-bras énormes. Un groupe de consommateurs, des verres à la main, les entouraient et suivaient la scène.

— Je vous parle assez poliment, pas ? disait le vieillard en redressant les épaules d'un air batailleur. Vous dites que vous n'avez pas un verre d'une pinte dans tout votre bon sang de bistrot ?

— Eh nom de nom ! qu'est-ce que c'est qu'une pinte ? demanda le barman en se penchant en avant, l'extrémité de ses doigts appuyée au comptoir.

— Entendez-moi ça ! Ça s'appelle barman et ça n'sait pas c'que c'est qu'une pinte. Quoi ! Une pinte, c'est un d'mi quart et il y a quatre quarts dans un gallon. La prochaine fois, faudra vous apprendre l'A B C.

— Jamais entendu parler de ça, répondit brièvement le barman. Litres et demi-litres, c'est tout ce que nous servons. Voilà les verres sur l'étagère devant vous.

— J'veux une pinte, persista le vieillard. Vous pouvez bien me soutirer une pinte. Nous n'avions pas ces bon sang de litres quand j'étais un jeune homme.

— Quand vous étiez jeune, nous vivions tous au sommet des arbres, dit le barman avec un coup d'œil aux autres consommateurs.

Il y eut un bruyant éclat de rire et le malaise causé par l'entrée de Winston sembla disparaître. Le visage au poil blanc du vieillard s'était enflammé. Il se détourna en marmonnant et se heurta à Winston qui le prit gentiment par le bras.

— Un verre ? demanda-t-il.

— Vous êtes un homme, dit l'autre en redressant les épaules.

Il ne paraissait pas avoir remarqué la combinaison bleue de Winston.

— Une pinte ! ajouta-t-il agressivement à l'adresse du barman. Une pinte de wallop.

Le barman ouvrit et versa deux demi-litres de bière d'un brun sombre dans des verres épais qu'il avait rincés dans un baquet sous le comptoir. La bière était la seule boisson qu'on pût obtenir dans les cafés de prolétaires. Les prolétaires n'étaient pas censés boire du gin, mais en pratique, ils pouvaient en obtenir assez facilement.

Le jeu de va-et-vient des flèches battait son plein et le groupe qui était au bar s'était mis à parler de billets de loterie. La présence de Winston, pour un moment, était oubliée. Il y avait sous une fenêtre une table de bois blanc où le vieil homme et lui pouvaient parler sans crainte d'être entendus. C'était extrêmement dangereux mais, en tout cas, il n'y avait pas de télécran dans la pièce. Winston s'en était assuré aussitôt entré.

— J'aurais pu m'tirer une pinte, grommelait le vieillard en s'installant devant son verre. Un d'mi-titre, c'est pas assez. On n'a pas son content. Et tout un litre, c'est trop. Ça fait travailler ma vessie. Sans compter l'prix.

— Vous avez dû voir de grands changements, depuis que vous étiez jeune, dit timidement Winston.

Les yeux bleu pâle du vieillard erraient de la cible des flèches au bar et du bar à la porte, comme s'il pensait que c'était dans le bar que les changements avaient eu lieu.

— La bière était meilleure, dit-il finalement. Et moins chère ! Quand j'tais jeune, la bière blonde, nous l'appelions wallop, elle coûtait quatre sous la pinte. C'tait avant la guerre, bien sûr.

— Quelle guerre était-ce ? demanda Winston.

— C'est tout des guerres, répondit vaguement le vieillard.

Il prit son verre, redressa de nouveau les épaules.

— À la vôtre !

Dans son cou étroit, la pomme d'Adam saillante fit un rapide et surprenant mouvement de va-et-vient, et la bière disparut. Winston alla au bar et revint avec deux autres demi-litres. Le vieillard parut avoir oublié sa prévention contre l'absorption d'un litre entier.

— Vous êtes beaucoup plus vieux que moi, dit Winston. Vous deviez être déjà un homme fait quand je suis né. Vous pouvez vous rappeler comment était la vie avant la Révolution. Les gens de mon âge ne connaissent réellement rien de ce temps-là. Nous pouvons seulement nous renseigner en lisant des livres, mais ce que disent les livres peut ne pas être vrai. Je voudrais avoir votre opinion là-dessus. Les livres d'Histoire content que la vie avant la Révolution était absolument différente de ce qu'elle est maintenant. Il y avait une oppression, une injustice, une pauvreté, terribles, pires que tout ce que nous pouvons imaginer. Ici, à Londres, la grande masse du peuple n'avait jamais rien à manger, de la naissance à la mort. On travaillait douze heures par jour, on laissait l'école à neuf ans, on couchait dix dans une pièce. À la même époque, il y avait un tout petit nombre de gens, seulement quelques milliers, les capitalistes, disait-on, qui étaient riches et puissants. Ils possédaient tout ce qu'il y avait à posséder. Ils vivaient dans de grandes maisons somptueuses avec trente serviteurs, ils se promenaient en automobile ou en voiture à quatre chevaux, buvaient du champagne, portaient des hauts-de-forme.

Le visage du vieillard s'éclaira soudain.

— Haut-de-forme, répéta-t-il. C'est drôle qu'vous en parlez. La même chose m'est v'nue dans l'esprit, seul'ment hier, j'sais pas pourquoi. J'm'disais justement, y a du temps qu'j'ai pas vu un haut-de-forme. Tous partis, oui. La dernière fois qu'j'en portais un, c'était à l'enterrement d'ma sœur. Et c'tait... non, j'pourrais pas vous dire la date, mais ça d'vait être y a cinquante ans. Bien sûr, on l'avait seulement loué pour la circonstance, vous comprenez.

— Ce n'est pas très important, les hauts-de-forme, dit Winston patiemment. Le point est que ces capitalistes, et quelques hommes de loi et quelques prêtres qui vivaient d'eux, étaient les seigneurs de la terre. Tout était pour eux. Vous, les gens ordinaires, les travailleurs, vous étiez leurs esclaves. Ils pouvaient faire de vous ce qu'ils voulaient. Ils pouvaient vous embarquer pour le Canada comme des bestiaux. Ils pouvaient coucher avec vos filles s'ils le désiraient. Ils pouvaient vous faire fouetter avec quelque chose qu'on appelait le chat à neuf queues. Quand vous passiez devant eux, vous deviez enlever vos casquettes. Tous les capitalistes ne se déplaçaient qu'entourés d'une bande de laquais qui...

Le visage du vieillard s'éclaira encore.

— Laquais, dit-il. Ça c'est un mot qu'j'ai pas entendu'y a bien longtemps. Laquais ! Ça me ramène en arrière, vrai ! Ça m'revient, oh !'y a combien d'années, j'sais pas. Quéquefois, j'allais à Hyde Park l'dimanche après-midi entendre les types parler. L'armée du Salut, les catholiques romains, les Juifs, les Indiens.'Y en avait de toutes sortes. Et'y avait un type, non j'peux pas vous dire son nom, mais un vrai bon orateur, c'était, et éloquent ! I'mâchait pas les mots.'Laquais ! i'disait.'Laquais d'la bourgeoisie ! Valets d'la classe dirigeante ! « Parasite » aussi, était un d'ses mots. Et aussi hyènes !'i les appelait, juste des hyènes. Bien sûr,'i parlait du parti travailliste, vous comprenez !

Winston avait l'impression qu'il jouait aux propos interrompus.

— Ce que je voudrais réellement savoir est ceci... dit-il. Pensez-vous que vous avez maintenant plus de liberté qu'à cette époque ? Est-ce que vous êtes davantage traité comme un être humain ? Dans l'ancien temps, les gens riches, les gens qui dirigeaient...

Le vieillard eut une réminiscence.

— La chambre des Lords, jeta-t-il.

— La chambre des Lords, si vous voulez. Ce que je vous demande est si ces gens pouvaient vous traiter en inférieurs, simplement parce qu'ils étaient riches et vous pauvres. Est-ce vrai, par exemple, que vous deviez les appeler « Monseigneur » et enlever votre casquette quand vous les croisiez ?

Le vieillard parut réfléchir profondément. Il but environ le quart de sa bière avant de répondre.

— Oui, dit-il. Ils aimaient qu'on les salue. Cela montrait l'respect. J'aimais pas ça moi-même, mais j'l'faisais assez souvent. Il fallait, comm'on pourrait dire.

— Et est-ce que c'était l'habitude, je répète seulement ce que j'ai lu dans les livres d'Histoire, est-ce que c'était l'habitude que ces gens et leurs domestiques vous fassent descendre du trottoir dans le caniveau ?

— Un d'eux m'a poussé un'fois, dit le vieillard. J'm'souviens comme si c'était d'hier. C'était l'soir des régates. I'étaient toujours bien tapageurs, les soirs d'régates, et j'rentre dans un jeun'type dans l'av'nue d'Shaftesbury. Tout à fait chic, qu'i était. Chemise, tuyau de poêle, par'dessus noir. Et comme i zigzaguait su'l'trottoir j'lui ai rentré d'dans sans faire attention. I'dit : « Vous pouvez pas r'garder où vous allez, non ? » J'dis : « Vous l'avez acheté, l'bon sang d'trottoir ? » I'dit : « J'vais vous tordre l'cou si vous prenez c'ton. » J'dis : « V'zêtes ivre, j'vais vous aplatir dans une demi-minute ! » Et vous n'croirez pas, i'a mis sa main su'ma poitrine et m'a donné un'poussée qui m'a envoyé presqu'sous les roues d'un bus. Mais j'étais jeune en c'temps-là et j'lui en aurais lancé une, mais...

Un sentiment d'impuissance s'empara de Winston. La mémoire du vieil homme n'était qu'un monceau de détails, décombres de sa vie. On pourrait l'interroger toute une journée sans obtenir aucune information réelle. Les histoires du Parti pouvaient encore être vraies à leur façon. Elles pouvaient même être complètement vraies. Il fit une dernière tentative :

— Peut-être ne me suis-je pas exprimé clairement, dit-il. Ce que je veux dire est ceci : Vous avez vécu longtemps. Vous avez vécu la moitié de votre vie avant la Révolution. En 1925, par exemple, vous étiez déjà un homme. Diriez-vous, d'après vos souvenirs, que la vie en 1925 était meilleure qu'elle ne l'est maintenant ? Ou était-elle pire ? Si vous pouviez choisir, préféreriez-vous vivre alors, ou maintenant ?

— J'sais c'que vous attendez d'moi, répondit-il. Vous attendez qu'je dise que j'voudrais être encore jeune. Beaucoup d'gens diraient qu'ils préféreraient être jeunes, si on leur d'mandait. Quand on arrive à mon âge, on n'est jamais bien. J'ai un'vilain'chose aux pieds qui m'font souffrir et ma vessie est terrible. Ell'm'fait sortir du lit six, même sept fois dans la nuit. D'aut'part, y a d'grands avantages à être un vieillard. On n'a plus les mêmes embêtements. Pas d'trucs de femmes et c't'un grand avantage. J'n'ai pas vu un'femme d'puis au moins trente ans, vous pouvez m'croire. Je n'l'ai pas désiré, c'qui est plus.

Winston s'adossa à l'appui de la fenêtre. Il était inutile de continuer. Il allait acheter encore de la bière quand le vieillard se leva et se traîna en toute hâte vers l'urinoir puant qui était à côté de la salle. Le demi-litre supplémentaire le travaillait déjà. Winston resta assis une minute ou deux, les yeux fixés sur son verre vide et remarqua à peine ensuite à quel moment ses pieds le ramenèrent dans la rue.

En moins de vingt ans au plus, réfléchit-il, on aura cessé de pouvoir répondre à cette simple et importante question : « La vie était-elle meilleure avant la

Révolution qu'à présent ? » En fait, on ne pouvait déjà pas y répondre, puisque les quelques survivants épars de l'ancien monde étaient incapables de comparer une époque à l'autre. Ils se rappelaient un millier de choses sans importance : une querelle avec un collègue, la recherche d'une pompe à bicyclette perdue, l'expression de visage d'une sœur morte depuis longtemps, les tourbillons de poussière par un matin de vent d'il y avait soixante-dix ans, mais tous les faits importants étaient en dehors du champ de leur vision. Ils étaient comme des fourmis. Elles peuvent voir les petits objets, mais non les gros.

La mémoire était défaillante et les documents falsifiés, la prétention du Parti à avoir amélioré les conditions de la vie humaine devait alors être acceptée, car il n'existait pas et ne pourrait jamais exister de modèle à quoi comparer les conditions actuelles.

Le cours des réflexions de Winston fut brusquement interrompu. Il s'arrêta et leva les yeux. Il se trouvait dans une rue étroite bordée de quelques petites boutiques sombres, disséminées parmi des maisons d'habitation. Trois globes de métal décoloré, qui paraissaient avoir dans le temps été dorés, étaient suspendus immédiatement au-dessus de sa tête. Il lui semblait reconnaître l'endroit. Naturellement ! Il se trouvait devant le magasin d'antiquités où il avait acheté l'album. Un frisson de peur le traversa. Acheter l'album avait d'abord été un acte suffisamment imprudent, et il s'était juré de ne jamais revenir dans les environs du magasin. Mais sitôt qu'il avait laissé vagabonder sa pensée, ses pieds l'avaient d'eux-mêmes ramené là. C'était précisément contre ces sortes d'impulsions qui étaient de véritables suicides, qu'il avait espéré se garder en écrivant son journal. Il remarqua au même instant que le magasin était encore ouvert, bien qu'il fût près de neuf heures. Avec l'impression qu'il serait moins remarqué à l'intérieur que s'il traînait sur le trottoir, il passa la porte. Si on le questionnait, il pourrait dire avec vraisemblance qu'il essayait d'acheter des lames de rasoir.

Le propriétaire venait d'allumer une suspension à pétrole qui répandait une odeur trouble, mais amicale. C'était un homme de soixante ans, peut-être, frêle et courbé, au nez long et bienveillant, dont les yeux au regard doux étaient déformés par des lunettes épaisses. Ses cheveux étaient presque blancs, mais ses sourcils broussailleux étaient encore noirs. Ses lunettes, ses gestes affairés et courtois et le fait qu'il portait une jaquette de velours noir usé, lui prêtaient un vague air d'intellectualité, comme s'il avait été quelque homme de lettres, ou peut-être un musicien. Sa voix était douce, comme désuète, et son accent moins vulgaire que celui de la plupart des prolétaires.

— Je vous ai reconnu sur le trottoir, dit-il immédiatement. Vous êtes le monsieur qui avez acheté l'album de souvenirs de jeune femme. C'était un superbe morceau, certes. Vergé blanc, on appelait ce papier. On n'en a pas fabriqué comme cela depuis... Oh ! je puis dire cinquante ans ! — Il regarda Winston par-dessus ses lunettes. — Désirez-vous quelque chose ? Ou voulez-vous seulement jeter un coup d'œil ?

— Je suis entré en passant, répondit vaguement Winston. Je ne désire rien de spécial.

— Tant mieux, dit l'autre, car je ne pense pas que je pourrais vous satisfaire. — Il fit un geste d'excuse de sa main à la paume grassouillette. — Vous voyez comment c'est. On pourrait dire un magasin vide. De vous à moi, le commerce d'antiquités est mort. Plus aucune demande, plus de marchandises. Meubles, porcelaine, verres, tout s'est cassé au fur et à mesure.

Et, naturellement, la marchandise en métal, en grande partie, a été fondue. Il y a des années que je n'ai vu un bougeoir en cuivre, des années !

L'intérieur étroit du magasin était, en fait, bourré jusqu'à être inconfortable, mais il n'y avait presque rien qui eût la moindre valeur. L'espace du parquet libre était très réduit car, tout autour, sur les murs, d'innombrables cadres poussiéreux étaient empilés.

Il y avait en devanture des plateaux d'écrous et de boulons, des ciseaux usés, des canifs aux lames cassées, des montres ternies qui n'avaient même pas la prétention de pouvoir marcher, et d'autres bricoles de tous genres. Seul, un fouillis d'objets dépareillés et de morceaux qui se trouvait dans un coin, sur une petite table — tabatières laquées, broches en agate et autres — pouvait contenir quelque chose d'intéressant.

Winston se dirigeait vers la table quand son regard fut attiré par un objet rond et lisse qui brillait doucement à la lumière de la lampe. Il s'en saisit.

C'était un lourd bloc de verre, courbe d'un côté, aplati de l'autre, qui formait presque un hémisphère. Il y avait une douceur particulière, rappelant celle de l'eau de pluie, à la fois dans la couleur et la texture du verre. Au milieu du bloc, magnifié par la surface courbe, se trouvait un étrange objet, rose et convoluté, qui rappelait une rose ou une anémone de mer.

— Qu'est-ce que c'est ? demanda Winston fasciné.

— C'est du corail, répondit le vieillard. Il doit provenir de l'océan Indien. On l'encastrait d'ordinaire dans du verre. Il y a au moins cent ans que cet objet a été fabriqué. Plus même, d'après son aspect.

— C'est une superbe chose, dit Winston.

— C'est une belle chose, approuva l'autre. Mais il n'y a pas beaucoup de gens qui le diraient, aujourd'hui. — Il toussa. — Eh bien, si vous désiriez par hasard l'acheter, il vous coûterait quatre dollars. Je me souviens d'un temps où un objet comme celui-là aurait atteint huit livres, et huit livres, c'était... je ne peux le calculer, mais c'était pas mal d'argent. Mais qui, aujourd'hui, s'intéresse aux antiquités authentiques, même au peu qui en existe encore ?

Winston paya immédiatement les quatre dollars et glissa dans sa poche l'objet convoité. Ce qui lui plaisait dans cet objet, ce n'était pas tellement sa beauté, que son air d'appartenir à un âge tout à fait différent de l'âge actuel. Le verre doux et couleur d'eau de pluie ne ressemblait à aucun verre qu'il eût jamais vu. L'apparente inutilité de l'objet le rendait doublement attrayant. Winston, pourtant, devinait qu'il devait avoir été fabriqué pour servir de presse-papier. Il était très lourd dans sa poche mais, heureusement, la bosse qu'il formait n'était pas très apparente. C'était un objet étrange, même compromettant, pour un membre du Parti. Tout ce qui était ancien, en somme, tout ce qui était beau, était toujours vaguement suspect. Le vieillard, après avoir reçu les quatre dollars, était devenu beaucoup plus enjoué. Winston comprit qu'il en aurait accepté trois, ou même deux.

— Il y a une autre pièce là-haut qui pourrait vous intéresser, dit-il. Elle ne contient pas grand-chose, quelques objets seulement. Nous prendrons une lampe pour monter.

Il alluma une lampe et précéda Winston dans un escalier aux marches raides et usées puis le long d'un passage étroit. La pièce dans laquelle ils entrèrent ne donnait pas sur la rue. Elle avait vue sur une cour pavée de galets et une forêt de cheminées. Winston remarqua que les meubles étaient encore disposés comme si la pièce devait être habitée. Il y avait une carpette sur le parquet, un tableau ou deux aux murs, et, tiré près de la cheminée, un fauteuil profond et usé. Une horloge ancienne en verre, qui n'avait que douze chiffres sur son cadran, faisait entendre son tic-tac sur la cheminée. Sous la fenêtre, un grand lit sur lequel se trouvait encore un matelas, occupait près du quart de la pièce.

— Nous avons vécu ici jusqu'à la mort de ma femme, dit le vieillard en s'excusant à demi. Je vends le mobilier petit à petit. Voilà un beau lit de mahogany, ou du moins, ce serait un beau lit si on pouvait en enlever les punaises. Mais j'ose dire que vous le trouveriez un peu encombrant.

Il soulevait la lampe pour éclairer toute la pièce et, dans la chaude lumière douteuse, l'endroit paraissait curieusement hospitalier. L'idée traversa l'esprit de Winston qu'il serait probablement très facile de louer la pièce pour quelques dollars par semaine, s'il osait s'y risquer. C'était une idée folle et impossible qui devait être abandonnée aussitôt que pensée, mais la pièce avait éveillé en lui une sorte de nostalgie, une sorte de mémoire ancestrale. Il lui semblait savoir exactement ce que l'on ressentait en s'asseyant dans une pièce comme celle-ci, dans ce fauteuil auprès du feu, avec les pieds sur le garde-feu et une bouilloire à côté du foyer. Être absolument seul, dans une paix complète, sans personne qui vous surveille, sans voix qui vous poursuive, n'entendre que le chant de la bouilloire et le tic-tac amical de l'horloge.

— Il n'y a pas de télécran, ne put-il s'empêcher de murmurer.

— Oh ! fit le vieil homme, je n'en ai jamais eu. C'est trop cher. Et je n'en ai d'ailleurs jamais senti le besoin. Voilà une jolie table pliante, dans ce coin. Mais naturellement, si vous vouliez vous servir des battants, il vous faudrait mettre de nouveaux gonds.

Il y avait une toute petite bibliothèque dans l'autre coin et, déjà Winston se dirigeait de ce côté. Elle ne contenait que des livres sans intérêt. La chasse aux livres et leur destruction avaient été faites avec autant de soin dans les quartiers prolétaires que partout ailleurs. Il était tout à fait improbable qu'il existât, quelque part dans l'Océania, un exemplaire de livre imprimé avant 1960.

Le vieil homme, qui portait toujours la lampe, était debout devant un tableau encadré de bois de rose qui était suspendu en face du lit, de l'autre côté de la cheminée.

— Si par hasard vous vous intéressiez aux vieux tableaux, commença-t-il délicatement.

Winston traversa la pièce pour examiner le tableau. C'était une gravure sur acier représentant un édifice de forme ovale aux fenêtres rectangulaires, avec une petite tour en avant. Une grille entourait l'édifice et, en arrière, on voyait quelque chose qui semblait être une statue. Winston regarda un moment la gravure. Le tableau lui semblait vaguement familier, bien qu'il ne se souvînt pas de la statue.

— Le cadre est fixé au mur, dit le vieillard, mais je pourrais vous le dévisser, si vous le désiriez.

— Je connais cet édifice, dit finalement Winston. C'est maintenant une ruine. Il est au milieu de la rue qui se trouve de l'autre côté du Palais de justice.

— C'est exact. Il a été bombardé en... oh ! il y a pas mal d'années. À un moment, c'était une église. On l'appelait l'église Saint-Clément. — Il eut un sourire d'excuse, comme conscient de dire quelque chose de légèrement ridicule, et ajouta : — Oranges et citrons, disent les cloches de Saint-Clément.

— Qu'est-ce que cela ? demanda Winston.

— Oh ! « Oranges et citrons, disent les cloches de

Saint-Clément. » C'est une chanson que l'on chantait quand j'étais un petit garçon. Je ne me souviens pas de la suite, mais je sais qu'elle se terminait ainsi : Voici une bougie pour aller au lit, voici un couperet pour vous couper la tête. Les enfants levaient les bras pour que vous passiez en dessous et quand on arrivait à : Voici un couperet pour vous couper la tête, ils baissaient les bras et vous attrapaient. Toutes les églises de Londres y passaient. Les principales, du moins.

Winston se demanda vaguement de quel siècle était l'église. Il était toujours difficile de déterminer l'âge d'un édifice de Londres. Tous ceux qui étaient vastes et imposants étaient automatiquement classés parmi les constructions d'après la Révolution s'ils étaient d'aspect raisonnablement nouveau. Mais tous ceux qui, visiblement, étaient plus anciens, étaient imputés à une période mal définie appelée Moyen Age. On considérait que les siècles du capitalisme n'avaient rien produit qui eût quelque valeur. On ne pouvait pas plus étudier l'histoire par l'architecture que par les livres. Les statues, les inscriptions, les pierres commémoratives, les noms de rues, tout ce qui aurait pu jeter une lumière sur le passé, avait été systématiquement changé.

— Je ne savais pas qu'elle avait été une église, dit Winston.

— Il y en a en réalité encore pas mal, dit le vieillard, mais on leur a donné une autre affectation. Quelle était donc la suite de cette chanson ? Ah ! Je sais. « Oranges et citrons, disent les cloches de Saint-Clément. Tu me dois trois farthings, disent les cloches de Saint-Martin. » Là, maintenant, je ne peux aller plus loin. Un farthing était une petite pièce de cuivre qui ressemblait un peu à un cent.

— Où était Saint-Martin ? demanda Winston.

— L'église de Saint-Martin ? Elle est encore debout. C'est au square de la Victoire, contigu à la galerie de peinture ; un édifice qui a une sorte de porche triangulaire, des piliers en avant et un escalier monumental.

Winston connaissait bien l'endroit. C'était un musée affecté à des expositions de propagande de diverses sortes : modèles réduits de bombes volantes et de Forteresses flottantes, tableaux en cire illustrant les atrocités de l'ennemi, et ainsi de suite.

— On l'appelait Saint-Martin-des-Champs, ajouta le vieillard, bien que je ne me souvienne d'aucun champ de ce côté.

Winston n'acheta pas le tableau. Le posséder eût été encore plus incongru que posséder le presse-papier de verre, et Winston n'aurait pu le transporter chez lui, à moins de l'enlever de son cadre. Mais il s'attarda quelques minutes de plus à parler au vieillard. Il découvrit que le nom de celui-ci n'était pas Weeks, comme on aurait pu le croire d'après l'inscription de la façade du magasin, mais Charrington.

M. Charrington était, semblait-il, un veuf de soixante-trois ans et habitait ce magasin depuis trente ans. Il avait toujours eu l'intention de changer le nom qui était au-dessus de la fenêtre, mais ne s'y était jamais décidé. Pendant qu'ils causaient, la moitié de la chanson rappelée continua à trotter dans le cerveau de Winston. « Oranges et citrons, disent les cloches de Saint-Clément. Tu me dois trois farthings, disent les cloches de Saint-Martin. » C'était curieux, mais quand on se le disait, on avait l'illusion d'entendre réellement des cloches, les cloches d'un Londres perdu qui existerait encore quelque part, déguisé et oublié. D'un clocher fantôme à un autre, il lui semblait les entendre sonner à toute volée. Pourtant, autant qu'il pouvait s'en souvenir, il n'avait jamais entendu, dans la vie réelle, sonner des cloches d'église.

Il laissa M. Charrington et descendit seul l'escalier, pour que le vieillard ne le vît pas étudier la rue avant de franchir la porte. Il avait déjà décidé qu'après un laps de temps raisonnable, disons un mois, il se risquerait à faire une nouvelle visite au magasin. Ce n'était peut-être pas plus dangereux que d'esquiver une soirée au Centre. L'acte de folie le plus grave avait été d'abord de revenir là après avoir acheté l'album et sans savoir s'il pouvait se fier au propriétaire du magasin. Cependant !...

« Oui, pensa-t-il encore, je reviendrai. J'achèterai d'autres échantillons de beaux laissés pour compte, j'achèterai la gravure de Saint-Clément, je l'enlèverai du cadre et la rapporterai chez moi cachée sous le haut de ma combinaison. J'extrairai le reste de la chanson de la mémoire de M. Charrington. »

Même le projet fou de louer la chambre du premier traversa encore son esprit. Pendant cinq secondes, peut-être, l'exaltation le rendit inattentif et il sortit sur le trottoir sans même un coup d'œil préliminaire par la fenêtre. Il avait même commencé à fredonner sur un air improvisé :

Oranges et citrons, disent les cloches de Saint-Clément,
Tu me dois trois farthings, disent les...

Son cœur se glaça soudain, et il sentit ses entrailles se fondre. Une silhouette revêtue de la combinaison bleue descendait le trottoir à moins de dix mètres. C'était la fille du Commissariat aux Romans, la fille aux cheveux noirs. La lumière baissait, mais il n'était pas difficile de la reconnaître. Elle le regarda en face, puis continua rapidement, comme si elle ne l'avait pas vu.

Pendant quelques secondes, Winston se trouva trop paralysé pour se mouvoir. Puis il tourna à droite et s'en alla lourdement, sans remarquer à ce moment qu'il s'engageait dans une mauvaise direction. De toute façon, une question était réglée. Il ne pouvait plus douter que la fille l'espionnait. Elle devait l'avoir suivi. Il n'était pas vraisemblable, en effet, qu'un pur hasard ait conduit sa promenade, le même après-midi, dans la même rue obscure et écartée que Winston, à des kilomètres de distance des quartiers où vivaient les membres du Parti. C'était une coïncidence trop grande. Qu'elle fût réellement un agent de la Police de la Pensée, ou simplement un espion amateur poussé par un zèle indiscret, importait peu. Le principal était qu'elle le surveillait. Elle l'avait probablement aussi vu entrer dans le café.

Il lui fallait faire un effort pour marcher. Dans sa poche, le morceau de verre lui frappait la cuisse à chaque pas et il eut presque envie de le jeter. Le pire était le mal au ventre. Pendant deux secondes, il sentit qu'il mourrait s'il n'arrivait pas tout de suite à un water. Mais il ne devait pas y avoir de water public dans un tel quartier. Puis le spasme disparut, laissant une douleur sourde.

La rue était une impasse. Winston s'arrêta, resta quelques secondes immobile à se demander vaguement ce qu'il allait faire, puis revint sur ses pas. Il pensa alors que la fille l'avait croisé il n'y avait que trois minutes, et qu'en courant il pourrait la rattraper. Il la suivrait jusqu'à ce qu'ils fussent en quelque endroit désert et il lui briserait le crâne avec un pavé. Le morceau de verre qu'il avait dans la poche serait assez lourd. Mais il abandonna tout de suite cette idée, car même la pensée d'un effort physique quelconque était insupportable. Il ne pourrait courir, il ne pourrait assener un coup. En outre, elle était jeune et robuste et se défendrait.

Winston pensa aussi à se rendre rapidement au Centre communautaire et à y rester jusqu'à la fermeture pour établir un alibi partiel pour l'après-midi. Mais cela aussi était impossible. Une lassitude mortelle l'avait saisi. Tout ce qu'il voulait, c'était rentrer vite chez lui, puis s'asseoir et être tranquille.

Il était plus de dix heures quand il arriva à son appartement. La lumière devait être éteinte au plus tard à onze heures et demie. Il alla à la cuisine et avala une tasse presque remplie de gin de la Victoire. Puis il s'assit à la table de l'alcôve et sortit le livre du tiroir. Mais il ne l'ouvrit pas tout de suite.

Au télécran, une voix de femme claironnante braillait un chant patriotique. Il était assis, les yeux fixés sur la couverture marbrée du livre, et il essayait sans succès de ne pas écouter la voix.

C'était toujours la nuit qu'ils venaient vous prendre. Toujours la nuit ! La seule chose à faire était de se tuer avant. Sans doute, quelques personnes le faisaient. Beaucoup de disparitions étaient réellement des suicides. Mais il fallait un courage désespéré pour se tuer dans un monde où on ne pouvait se procurer ni arme à feu, ni poison rapide et sûr. Il pensa avec une sorte d'étonnement à l'inutilité biologique de la souffrance et de la frayeur, à la perfidie du corps humain qui toujours se fige et devient inerte à l'instant précis où un effort spécial est nécessaire. Il aurait pu réduire au silence la fille aux cheveux noirs si seulement il avait agi assez vite. Mais c'était précisément l'imminence du danger qui lui avait fait perdre le pouvoir d'agir. Il pensa qu'aux moments de crise, ce n'est pas contre un ennemi extérieur qu'on lutte, mais toujours contre son propre corps. En cet instant même, en dépit du gin, la douleur sourde qu'il sentait au ventre rendait impossibles des réflexions suivies.

Il en est de même, comprit-il, dans toutes les situations qui semblent héroïques ou tragiques. Sur le champ de bataille, dans la chambre de torture, dans un bateau qui sombre, les raisons pour lesquelles on se bat sont toujours oubliées, car le corps s'enfle jusqu'à emplir l'univers, et même quand on n'est pas paralysé par la frayeur, ou qu'on ne hurle pas de douleur, la vie est une lutte de tous les instants contre la faim, le froid ou l'insomnie, contre des aigreurs d'estomac ou contre un mal aux dents.

Il ouvrit son journal. Il fallait y écrire quelque chose. La femme du télécran avait commencé une autre chanson. Sa voix semblait s'enfoncer dans le cerveau comme des éclats pointus de verre brisé. Il essaya de penser à O'Brien pour qui ou à qui il écrivait, mais sa pensée se porta sur ce qui lui arriverait après son arrestation par la Police de la Pensée. Si on était tué tout de suite, cela n'aurait pas d'importance. Être tué était ce à quoi on s'attendait. Mais avant la mort, (personne n'en parlait, mais tout le monde le savait), il fallait passer par l'habituelle routine de la confession : ramper sur le sol en criant grâce, sentir le craquement des os que l'on brise, des dents que l'on émiette et des touffes de cheveux sanguinolents que l'on vous arrache. Pourquoi devait-on supporter cela, puisque la fin était toujours la même ? Pourquoi n'était-il pas possible de supprimer de sa vie quelques jours, ou quelques semaines ? Personne n'échappait à la surveillance et personne ne manquait de se confesser. Lorsqu'on avait une fois succombé au crime par la pensée, on pouvait être certain qu'à une date donnée on serait mort. Pourquoi cette horreur, qui ne changeait rien, devait-elle être comprise dans l'avenir ?

Il essaya, cette fois avec un peu plus de succès, d'évoquer l'image d'O'Brien.

— Nous nous rencontrerons là où il n'y a pas de ténèbres, lui avait dit O'Brien.

Il savait ce que cela signifiait, ou pensait le savoir. Le lieu où il n'y avait pas de ténèbres était un avenir imaginé qu'on ne verrait jamais mais que la pensée permettait d'imaginer.

La voix du télécran qui criaillait dans son oreille l'empêcha de suivre plus loin le fil de sa pensée. Il porta une cigarette à sa bouche. La moitié du tabac lui tomba tout de suite sur la langue. C'était une poussière amère qu'il eut du mal à recracher. Le visage de Big Brother se glissa dans son esprit, effaçant celui d'O'Brien. Comme il l'avait fait quelques jours plus tôt, il tira une pièce de monnaie de sa poche et la regarda. Dans le visage lourd, calme, protecteur, les yeux regardaient Winston. Mais quelle sorte de sourire se cachait sous la moustache noire ? Comme le battement lourd d'un glas, les mots de la devise lui revinrent :

LA GUERRE C'EST LA PAIX
LA LIBERTÉ C'EST L'ESCLAVAGE
L'IGNORANCE C'EST LA FORCE

DEUXIÈME PARTIE

I

C'était le milieu de la matinée et Winston avait laissé sa cabine pour aller aux lavabos.

Une silhouette solitaire venait vers lui de l'extrémité du long couloir brillamment éclairé. C'était la fille aux cheveux noirs. Quatre jours étaient passés depuis l'après-midi où il l'avait inopinément rencontrée devant le magasin d'antiquités. Lorsqu'elle fut plus près de lui, il vit qu'elle avait le bras droit en écharpe, mais l'écharpe ne se voyait pas de loin parce qu'elle était de la même couleur que sa combinaison. Sa main s'était probablement prise tandis qu'elle tournait autour de l'un des énormes kaléidoscopes sur lesquels s'obtenaient les brouillons des plans de romans. C'était un accident commun au Commissariat aux Romans.

Ils étaient peut-être à quatre mètres l'un de l'autre quand la fille trébucha et tomba presque à plat sur le sol. La douleur lui arracha un cri aigu. Elle avait dû tomber en plein sur le bras blessé. Winston s'arrêta net. La fille s'était relevée sur ses genoux. Son visage avait pris une teinte jaunâtre de lait, sur laquelle tranchait la couleur de sa bouche plus rouge que jamais. Ses yeux étaient fixés sur les siens avec une expression de prière qui paraissait traduire plus de frayeur que de souffrance.

Le cœur de Winston fut remué d'une étrange émotion. Devant lui se trouvait un ennemi qui essayait de le tuer. Devant lui, aussi, était une créature humaine en détresse qui avait peut-être un os brisé. Déjà, il s'était instinctivement avancé pour l'aider. Quand il l'avait vue tomber sur son bras bandé, il avait cru sentir la douleur dans son propre corps.

— Vous êtes blessée ? demanda-t-il.

— Ce n'est rien. Mon bras. Cela ira mieux dans une seconde.

Elle parlait comme si elle avait eu des palpitations. Elle était assurément devenue très pâle.

— Vous n'avez rien de cassé ?

— Non. Je vais très bien. J'ai eu mal sur le moment, c'est tout.

Elle tendit vers lui sa main valide et il l'aida à se relever. Elle avait repris des couleurs et paraissait beaucoup mieux.

— Ce n'est rien, répéta-t-elle brièvement. Je me suis simplement un peu foulé le poignet. Merci, camarade.

Sur ces mots, elle s'éloigna dans la direction qu'elle avait jusque-là suivie, aussi alerte que si réellement ce n'avait été rien. L'incident avait duré moins d'une demi-minute.

Ne pas laisser les sentiments apparaître sur le visage était une habitude qui était devenue un instinct et, en tout cas, ils étaient debout juste devant un télécran quand l'incident avait eu lieu. Néanmoins, il avait été très difficile à Winston de ne pas trahir une surprise momentanée car, pendant les deux ou trois secondes qu'il avait employées à la relever, la fille lui avait glissé quelque chose dans la main. Il n'y avait pas à douter qu'elle ne l'ait fait intentionnellement. C'était quelque chose de petit et de plat. En passant la porte des lavabos, il le mit dans sa poche et le tâta du bout des doigts. C'était un bout de papier plié en quatre.

Pendant qu'il était debout devant l'urinoir, il s'arrangea pour le déplier avec ses doigts. Il y avait sans doute, écrit dessus, un message quelconque. Il fut un moment tenté de rentrer dans un water et de le lire tout de suite. Mais il savait bien que cela aurait été une épouvantable folie. C'était l'endroit où on était le plus certain d'être continuellement surveillé par les télécrans.

Il revint à sa cabine et, d'un geste désinvolte, jeta le fragment de papier parmi ceux qui se trouvaient sur le bureau. Puis il mit ses lunettes et, d'une secousse, rapprocha le télécran. « Cinq minutes, se dit-il, cinq minutes au bas mot ! » Son cœur battait dans sa poitrine avec un bruit effrayant. Heureusement, le travail qu'il avait en train était un travail de simple routine. C'était la rectification d'une longue liste de chiffres qui ne nécessitait pas une attention soutenue.

Quoi que pût être ce qui était écrit sur le papier, cela devait avoir un sens politique. Autant que pouvait en juger Winston, il y avait deux possibilités. L'une, la plus vraisemblable, était que la fille fût, comme il l'avait justement craint, un agent de la Police de la Pensée. Il ne comprenait pas pourquoi la Police de la Pensée choisissait une telle manière de délivrer ses messages, mais elle avait peut-être ses raisons. La chose écrite sur le papier pouvait être une menace, une convocation, un ordre de suicide, un traquenard quelconque.

Mais il y avait une autre possibilité plus folle qui lui faisait relever la tête, bien qu'il essayât, mais vainement, de n'y pas penser. C'était que le message ne vînt pas de la Police de la Pensée, mais de quelque organisation clandestine. Peut-être la Fraternité existait-elle, après tout ! Peut-être la fille en faisait-elle partie.

L'idée était sans aucun doute absurde, mais elle lui avait jailli dans l'esprit à l'instant même où il avait senti dans sa main le fragment de papier. Ce n'est que deux minutes plus tard que l'autre explication, la plus vraisemblable, lui était venue à l'idée. Et même en cet instant, alors que son intelligence lui disait que le message représentait, signifiait la mort, il n'y croyait pas et l'espoir déraisonnable persistait. Son cœur battait. Il arrivait difficilement à empêcher sa voix de trembler tandis qu'il murmurait des chiffres au phonoscript.

Il fit un rouleau de toute la liasse de son travail et la glissa dans le tube pneumatique. Huit minutes s'étaient écoulées. Il ajusta ses lunettes sur son nez, soupira et rapprocha de lui le paquet de travail suivant sur lequel se trouvait le fragment de papier. Il le mit à plat. D'une haute écriture informe, ces mots étaient tracés : « Je vous aime. »

Pendant quelques secondes, il fut trop abasourdi même pour jeter le papier incriminé dans le trou de mémoire. Quand il le fit, bien qu'il sût fort bien le danger de montrer trop d'intérêt, il ne put résister à la tentation de le lire encore, juste pour s'assurer qu'il avait bien lu.

Durant le reste de la matinée, il lui fut très difficile de travailler. Cacher son agitation au télécran était plus difficile encore que de concentrer son attention sur une série de travaux minutieux. Il sentait comme du feu lui brûler les entrailles.

Le déjeuner dans la cantine chaude, bondée de

gens, pleine de bruits, fut un supplice. Il avait espéré être seul un moment pendant l'heure du déjeuner, mais la mauvaise chance voulut que cet imbécile de Parsons s'assît lourdement à côté de lui. L'odeur de sa sueur dominait presque l'odeur métallique du ragoût et il déversa un flot de paroles au sujet des préparatifs faits pour la Semaine de la Haine. Il était particulièrement enthousiaste au sujet d'une reproduction en papier mâché de la tête de Big Brother, de deux mètres de large. Elle était fabriquée pour l'occasion par la troupe d'Espions à laquelle appartenait sa fille. L'irritant était que, dans le vacarme des voix, Winston pouvait à peine entendre ce que disait Parsons et devait constamment lui demander de répéter quelque sotte remarque. Il entrevit une fois seulement la fille qui se trouvait assise à une table, avec deux autres filles semblables, à l'autre bout de la salle. Elle ne parut pas l'avoir vu et il ne regarda pas dans sa direction.

L'après-midi fut plus supportable. Immédiatement après le déjeuner, il lui arriva un travail difficile et délicat qui l'occupa plusieurs heures, et pour lequel il dut mettre de côté tout le reste.

Il consistait à falsifier une série d'exposés sur la production d'il y avait deux ans, de façon à jeter le discrédit sur un membre éminent du Parti intérieur, qui était actuellement en disgrâce. C'était un genre de travail dans lequel il était bon et, pendant plus de deux heures, il réussit à chasser complètement la fille de sa pensée. Puis le souvenir de son visage lui revint et, avec lui, un désir lancinant, intolérable, d'être seul. La soirée était une de celles qu'il passait au Centre communautaire. Il engloutit un autre repas sans goût à la cantine, se dépêcha de se rendre au Centre, prit part à la solennelle niaiserie d'une « discussion de groupe », joua deux parties de ping-pong, avala plusieurs verres de gin et lut pendant une demi-heure un livre intitulé : *Rapports entre l'Angsoc et les échecs.*

L'ennui lui contractait l'âme mais, pour une fois, il n'avait pas éprouvé le désir d'esquiver sa soirée au Centre. À la vue des mots : « Je vous aime », le désir de rester en vie avait jailli en lui et prendre des risques secondaires lui avait soudain paru stupide. Il ne put réfléchir d'une manière suivie qu'après onze heures du soir, chez lui et au lit, dans la sécurité de l'ombre qui fait que l'on n'a même pas à craindre le télécran, pourvu que l'on demeure silencieux.

C'était un problème matériel qu'il avait à résoudre. Comment toucher la fille et arranger une rencontre ? Il ne pensait plus à la possibilité qu'il pût y avoir là, pour lui, une sorte de piège. Il savait qu'il n'en était rien, à cause de l'agitation réelle qu'elle avait montrée en lui remettant le papier. Visiblement, elle avait été effrayée et hors d'elle autant qu'elle pouvait l'être. L'idée de refuser ses avances ne lui traversa même pas l'esprit non plus. Cinq jours auparavant seulement, il avait envisagé de lui écraser la tête sous un pavé. Mais cela n'avait aucune importance. Il pensa à son corps jeune et nu, comme il l'avait vu dans son rêve. Il avait cru qu'elle était une sotte comme les autres, que sa tête était farcie de mensonges et de haine, que ses entrailles étaient glacées. Une sorte de fièvre le saisit à l'idée qu'il pourrait la perdre, que son jeune corps blanc pourrait s'éloigner de lui. Ce qu'il craignait le plus, c'est qu'elle changeât simplement d'idée s'il ne la rencontrait rapidement. Mais la difficulté matérielle de se rencontrer était énorme. C'était essayer de bouger un pion aux échecs alors qu'on est déjà échec et mat. Quelque chemin que l'on prît, on avait le télécran devant soi. En réalité, toutes les manières possibles de communiquer avec elle lui étaient passées par l'esprit moins de cinq minutes après avoir lu la note. Mais maintenant qu'il avait le temps de réfléchir, il les examina l'une après l'autre comme une rangée d'instruments qu'il disposerait sur une table.

Le genre de rencontre qui avait eu lieu le matin ne pouvait évidemment se répéter. Si elle travaillait au Commissariat aux Archives, cela aurait pu être relativement simple, mais il n'avait qu'une vague idée de la situation, dans l'édifice, du Commissariat aux Romans et il n'avait aucun prétexte pour s'y rendre.

S'il savait où elle habitait et à quelle heure elle laissait son travail, il aurait pu s'arranger pour la rencontrer quelque part sur le chemin du retour. Mais essayer de la suivre chez elle était imprudent car il faudrait traîner aux alentours du ministère, ce qui pourrait être remarqué.

Lui envoyer une lettre par la poste était hors de question. Suivant une routine qui n'était même pas un secret, toutes les lettres étaient ouvertes en route. Peu de gens, actuellement, écrivaient des lettres. Pour les messages qu'on avait parfois besoin d'envoyer, il y avait des cartes postales sur lesquelles étaient imprimées de longues listes de phrases, et l'on biffait celles qui étaient inutiles. Dans tous les cas, sans compter son adresse, il ne savait pas le nom de la fille.

Il décida finalement que l'endroit le plus sûr était la cantine. S'il pouvait la voir seule à une table quelque part au milieu de la pièce, pas trop près des télécrans, avec un bourdonnement suffisant de conversations tout autour, et que ces conditions soient réunies pendant, disons trente secondes, il pourrait, peut-être, échanger avec elle quelques mots.

La vie, après cela, fut pendant une semaine comme

un rêve agité. Le jour suivant, elle n'apparut à la cantine qu'au moment où il la laissait. Le coup de sifflet avait déjà retenti. Ses heures de travail avaient peut-être changé. Ils se croisèrent sans un regard. Le deuxième jour, elle était à la cantine à l'heure habituelle, mais avec trois autres filles, et immédiatement sous un télécran. Puis, pendant trois horribles jours, elle n'apparut pas du tout.

Il sembla à Winston qu'il souffrait, d'esprit et de corps, d'une insupportable sensibilité, d'une sorte de transparence qui faisait de chaque mouvement, de chaque son, de chaque contact, de chaque mot qu'il devait prononcer ou écouter une agonie.

Même en dormant, il ne pouvait échapper complètement au visage de la fille. Ces jours-là, il ne toucha pas à son journal. Il ne trouvait de soulagement, quand il en avait un, que dans son travail. Parfois il pouvait oublier pendant dix minutes d'affilée. Il n'avait absolument aucune idée de ce qui avait pu lui arriver. Il ne pouvait faire d'enquête. Elle avait pu être vaporisée, elle avait pu se suicider, elle avait pu être transférée à l'autre bout de l'Océania. Pire, et plus probablement, elle avait simplement pu changer d'idée et décider de l'éviter.

Le jour suivant, elle reparut. Son bras n'était plus en écharpe et elle avait une bande de diachylon autour du poignet. Le soulagement qu'il éprouva à la voir fut si grand qu'il ne put s'empêcher de la regarder en face plusieurs secondes.

Le lendemain, il réussit presque à lui parler. Quand il entra dans la cantine, elle était assise à une table assez loin du mur et était absolument seule. Il était tôt et la cantine n'était pas comble. La queue avançait et Winston était presque au comptoir. Le mouvement fut arrêté une minute par quelqu'un qui se plaignait de n'avoir pas reçu sa tablette de saccharine. Mais la fille était encore seule quand Winston reçut son plateau et avança vers sa table. Il se dirigeait comme par hasard dans sa direction, en cherchant des yeux une place à une table plus éloignée. Elle était peut-être à trois mètres de lui. En deux secondes il y serait.

Une voix, derrière lui, appela : « Smith ! » Il fit semblant de ne pas entendre. « Smith ! » répéta la voix plus haut. C'était inutile. Il se retourna. Un jeune homme blond, au visage inintelligent, nommé Wilsher, qu'il connaissait à peine, l'invitait avec un sourire à occuper une place libre à sa table. Il était imprudent de refuser. Il ne pouvait, ayant été reconnu, s'en aller s'asseoir à une table près d'une fille seule. Cela se remarquerait trop.

Il s'assit avec un sourire amical. Le blond visage inintelligent sourit largement en le regardant. Winston, dans une hallucination, se vit lui lançant une pioche en plein visage. La table de la fille, quelques minutes plus tard, était complètement occupée.

Mais elle devait l'avoir vu se diriger vers elle, et peut-être agirait-elle en conséquence ? Le jour d'après, il eut soin d'arriver tôt. Naturellement, elle était à une table à peu près au même endroit, et de nouveau seule. Winston était précédé dans la queue par un petit homme scarabée aux mouvements rapides, au visage plat, aux yeux minuscules et soupçonneux. Tandis que Winston s'éloignait du comptoir avec son plateau, il vit le petit homme se diriger tout droit vers la table de la fille. Son espoir, de nouveau, tomba. Il y avait une place libre à une table plus éloignée, mais quelque chose dans l'apparence du petit homme suggérait qu'il devait être assez attentif à son confort pour choisir la table la moins encombrée. Winston le suivit, le cœur glacé. Il y eut à ce moment un violent fracas. Le petit homme était étalé les quatre fers en l'air. Son plateau lui avait échappé et deux ruisseaux de soupe et de café coulaient sur le parquet. Il se remit sur pied avec un regard méchant à l'adresse de Winston qu'il soupçonnait de lui avoir fait un croc-en-jambe. Mais il n'en était rien. Cinq secondes plus tard, le cœur battant, Winston était assis à la table de la fille.

Il ne la regarda pas. Il délesta son plateau et commença à manger. Il fallait surtout parler tout de suite, avant que personne ne vînt, mais une terrible frayeur s'était emparée de lui. Une semaine s'était écoulée depuis qu'elle l'avait approché. Elle pouvait avoir changé, elle devait avoir changé ! Il était impossible que cette affaire puisse se terminer avec succès. De telles choses ne se passent pas dans la vie réelle. Il aurait complètement flanché et n'aurait pas parlé s'il n'avait à ce moment vu Ampleforth, le poète aux oreilles poilues, qui errait mollement à travers la salle avec un plateau, à la recherche d'une place libre. Ampleforth, à sa manière vague, était attaché à Winston et s'assiérait certainement à sa table s'il l'apercevait. Il restait peut-être une minute pour agir. Winston et la fille mangeaient tous deux sans broncher. La substance qu'ils avalaient était un ragoût clair, plutôt une soupe, de haricots. Winston se mit à murmurer tout bas. Aucun d'eux ne leva les yeux. Ils portaient régulièrement à leur bouche des cuillerées de substance liquide et, entre les cuillerées, échangeaient les quelques mots nécessaires d'une voix basse et inexpressive.

— À quelle heure laissez-vous le travail ?

— À six heures et demie.

— Où pouvons-nous nous rencontrer ?

— Au square de la Victoire, près du monument.

— Il y a plein de télécrans.

— Cela n'a pas d'importance s'il y a foule.

— Me ferez-vous signe ?

— Non. Ne vous approchez de moi que lorsque vous me verrez parmi un tas de gens. Et ne me regardez pas. Tenez-vous seulement près de moi.

— À quelle heure ?

— À sept heures.

— Entendu.

Ampleforth ne vit pas Winston et s'assit à une autre table. Ils ne parlèrent plus et, autant que cela était possible à deux personnes assises en face l'une de l'autre à la même table, ils ne se regardèrent pas. La fille termina rapidement son repas et s'en alla, tandis que Winston restait pour fumer une cigarette.

Winston se trouva au square de la Victoire avant le moment fixé. Il se promena autour du socle de l'énorme colonne cannelée au sommet de laquelle la statue de Big Brother regardait, vers le Sud, les cieux où il avait vaincu les aéroplanes eurasiens (qui étaient, quelques années plus tôt, des aéroplanes estasiens) dans la bataille de la première Région aérienne.

Dans la rue qui se trouvait vis-à-vis de la colonne, se dressait la statue d'un homme à cheval qui était censée représenter Olivier Cromwell.

Cinq minutes après l'heure fixée, la fille n'était pas encore arrivée. L'angoisse terrible s'empara de nouveau de Winston. Elle ne venait pas. Elle avait changé d'idée. Il se dirigea lentement vers le côté nord du square et éprouva un vague plaisir à identifier l'église Saint-Martin, dont les cloches, quand elle en avait, avaient carillonné : « Tu me dois trois farthings. »

Il vit alors la fille debout au pied du monument de Big Brother. Elle lisait, ou faisait semblant de lire une affiche qui s'élevait en spirale autour de la colonne. Il n'était pas prudent de se rapprocher d'elle tant qu'il n'y aurait pas plus de gens réunis. Tout autour du fronton, il y avait des télécrans. Un vacarme de voix se fit entendre et il y eut, quelque part sur la gauche, un démarrage de lourds véhicules. Tout le monde se mit soudain à courir à travers le square. La fille coupa lestement autour des lions qui étaient à la base du monument et se joignit à la foule qui se précipitait. Winston suivit. Pendant qu'il courait, quelques remarques jetées à haute voix lui firent comprendre qu'un convoi de prisonniers eurasiens passait.

Déjà une masse compacte de gens bloquait le côté sud du square. Winston qui, en temps normal, était le genre d'individu qui gravite à la limite extérieure de tous les genres de bousculade, joua des coudes, de la tête, se glissa en avant, au cœur de la foule. Il fut bientôt à une longueur de bras de la fille. Mais le chemin était fermé par un prolétaire énorme et par une femme presque aussi énorme que lui, probablement sa femme, qui paraissaient former un mur de chair impénétrable. Winston, en se tortillant, se tourna sur le côté et, d'un violent mouvement en avant, s'arrangea pour passer son épaule entre eux. Il crut un moment que ses entrailles étaient broyées et transformées en bouillie par les deux hanches musclées, puis il les sépara et passa en transpirant un peu. Il était à côté de la fille. Ils se trouvaient épaule contre épaule, tous deux regardaient fixement devant eux.

Une longue rangée de camions, portant, dressés à chaque coin, des gardes au visage de bois, armés de mitrailleuses, descendait lentement la rue. Dans les camions, de petits hommes jaunes, vêtus d'uniformes verdâtres usés, étaient accroupis, serrés les uns contre les autres. Leurs tristes visages mongols, absolument indifférents, regardaient par-dessus les bords des camions. Parfois, au cahot d'un camion, il y avait un cliquetis de métal. Tous les prisonniers avaient des fers aux pieds. Des camions et des camions défilèrent, chargés de visages mornes. Winston savait qu'ils étaient là, mais il ne les voyait que par intermittence. L'épaule de la fille, et son bras droit, nu jusqu'au coude, étaient pressés contre son bras. Sa joue était presque assez proche de la sienne pour qu'il en sentît la chaleur. Elle avait immédiatement pris en charge la situation, exactement comme elle l'avait fait à la cantine. Elle se mit à parler de la même voix sans expression, les lèvres bougeant à peine, d'un simple murmure aisément noyé dans le vacarme des voix et le fracas des camions qui roulaient.

— M'entendez-vous ?

— Oui.

— Pouvez-vous vous rendre libre dimanche après-midi ?

— Oui.

— Alors, écoutez-moi bien. Vous aurez à vous rappeler ceci. Allez à la gare de Paddington...

Avec une précision militaire qui étonna Winston, elle lui indiqua la route qu'il devait suivre. Un trajet en chemin de fer d'une demi-heure. Au sortir de la station, tourner à gauche. Marcher sur la route pendant deux kilomètres. Une porte dont la barre supérieure manque. Un chemin à travers champs, un sentier couvert d'herbe, un passage dans des buissons, un arbre mort couvert de mousse. C'était comme si elle avait eu une carte dans la tête.

— Pourrez-vous vous souvenir de tout cela ? murmura-t-elle à la fin.

— Oui.

— Vous tournez à gauche, puis à droite, puis de nouveau à gauche, et la porte n'a pas de barre supérieure.

— Oui. Quelle heure ?

— À trois heures environ. Peut-être aurez-vous à attendre. J'irai par un autre chemin. Êtes-vous sûr de tout vous rappeler ?

— Oui.

— Alors éloignez-vous de moi aussi vite que vous le pourrez.

Elle n'avait pas besoin de le lui dire. Mais pendant un instant ils ne purent se dégager de la foule. Les camions défilaient encore, et les gens insatiables regardaient bouche bée. Il y avait eu au début quelques huées et quelques coups de sifflet, mais ils venaient de membres du Parti qui étaient dans la foule et s'étaient bientôt arrêtés. Le sentiment qui dominait était une simple curiosité. Les étrangers, qu'ils fussent Eurasiens ou Estasiens, étaient comme des animaux inconnus. On ne les voyait littéralement jamais, si ce n'était sous l'aspect de prisonniers et, même alors, on n'en avait jamais qu'une vision fugitive. Personne ne savait non plus ce qu'il advenait d'eux. On ne connaissait que le sort de ceux qui étaient pendus comme criminels de guerre. Les autres disparaissaient simplement. Ils étaient probablement envoyés dans des camps de travail.

Aux ronds visages mongols avaient succédé des visages d'un type plus européen, sales, couverts de barbe et épuisés. Au-dessus de pommettes broussailleuses, les yeux plongeaient leur éclair dans ceux de Winston, parfois avec une étrange intensité, puis se détournaient. Le convoi tirait à sa fin. Dans le dernier camion, Winston put voir un homme âgé, au visage recouvert d'une masse de poils gris, qui se tenait debout, les mains croisées en avant, comme s'il était habitué à les avoir attachées. Il était presque temps que Winston et la fille se séparent. Mais au dernier moment, pendant qu'ils étaient encore cernés par la foule, la main de la fille chercha celle de Winston et la pressa rapidement.

Cela ne dura pas dix secondes, et cependant il sembla à Winston que leurs mains étaient restées longtemps jointes. Il eut le temps d'étudier tous les détails de sa main. Il explora les doigts longs, les ongles bombés, les paumes durcies par le travail avec ses lignes calleuses, et la chair lisse sous le poignet. Pour l'avoir simplement touchée, il pourrait la reconnaître en la voyant.

Il pensa au même instant qu'il ne connaissait pas la couleur des yeux de la fille. Ils étaient probablement bruns. Mais les gens qui ont des cheveux noirs ont parfois les yeux bleus. Tourner la tête et la regarder eût été une inconcevable folie. Les mains nouées l'une à l'autre, invisibles parmi les corps serrés, ils regardaient droit devant eux, et ce furent, au lieu des yeux de la fille, les yeux du prisonnier âgé qui, enfouis dans un nid de barbe, se fixèrent lugubres sur Winston.

II

Winston retrouva son chemin le long du sentier, à travers des taches d'ombre et de lumière. Là où les buissons s'écartaient, il marchait d'un pas allongé dans des flaques d'or. À sa gauche, sous les arbres, le sol était couvert d'un voile de jacinthes. On sentait sur la peau la caresse de l'air. C'était le deux mai. De quelque part, au fond du bois épais, venait le roucoulement des ramiers.

Il était un peu en avance. Il n'y avait pas eu de difficulté pour le voyage et la fille était si évidemment expérimentée qu'il était moins effrayé qu'il eût dû l'être normalement. On pouvait probablement se fier à elle pour trouver un endroit sûr. On ne pouvait en général présumer que l'on se trouvait plus en sécurité à la campagne qu'à Londres. Il n'y avait naturellement pas de télécrans. Mais il y avait toujours le danger de microphones cachés par lesquels la voix peut être enregistrée et reconnue. Il n'était pas facile, en outre, de voyager seul sans attirer l'attention. Pour des distances inférieures à une centaine de kilomètres, il n'était pas nécessaire de faire viser son passeport, mais il y avait parfois des patrouilles qui rôdaient du côté des gares, examinaient les papiers de tous les membres du Parti qu'elles rencontraient, et posaient des questions embarrassantes. Cependant, aucune patrouille n'était apparue et, sorti de la gare, il s'était assuré en chemin, par de prudents regards jetés en arrière, qu'il n'était pas suivi.

Le train était bondé de prolétaires mis en humeur de vacances par la douceur du temps. La voiture aux sièges de bois dans laquelle il voyagea était plus que remplie par une seule énorme famille qui allait d'une arrière-grand-mère édentée à un bébé d'un mois. Elle allait passer l'après-midi à la campagne, chez des beaux-parents, et essayer d'obtenir, ainsi qu'on l'expliqua ouvertement à Winston, un peu de beurre au marché noir.

Le sentier s'élargit et, en une minute, il arriva au chemin qu'elle lui avait indiqué, simple route à bestiaux, qui plongeait entre les buissons. Il n'avait pas de montre, mais il ne pouvait déjà être trois heures. Les jacinthes étaient si nombreuses qu'il était impossible de ne pas les fouler au pied. Il s'agenouilla et se mit à en cueillir quelques-unes, en partie pour passer le temps, en partie avec l'idée qu'il aimerait avoir une gerbe de fleurs à offrir à la fille quand ils se rencontreraient.

Il avait cueilli un gros bouquet et respirait leur étrange parfum légèrement fade quand un bruit derrière lui le glaça. C'était, à n'en pas douter, le craquement du bois sec sous un pied. Il continua à cueillir des jacinthes. C'est ce qu'il avait de mieux à faire. Ce pouvait être la fille. Il se pouvait aussi qu'il eût été suivi. Regarder autour de lui c'était prendre une attitude coupable. Il cueillit une fleur, puis une autre. Une main s'appuya légèrement sur son épaule.

Il leva les yeux. C'était la fille. Elle secoua la tête, lui enjoignant ainsi de rester silencieux, puis écarta les branches et le précéda sur le chemin étroit de la forêt. Visiblement, elle était déjà venue là, car elle évitait les fondrières comme si elle en avait l'habitude.

Winston suivit, le bouquet de fleurs serré dans la main. Sa première impression fut une impression de soulagement, mais tandis qu'il regardait le corps mince et vigoureux qui se déplaçait devant lui, la ceinture écarlate juste assez serrée pour faire ressortir la courbe des hanches, le sens de sa propre infériorité lui pesa lourdement. Même à ce moment, il lui semblait qu'elle pourrait après tout reculer lorsqu'elle se retournerait et le regarderait. La douceur de l'air et le vert des feuilles le décourageaient. Déjà, sur le chemin qui partait de la gare, il s'était senti sale et rabougri, sous le soleil de mai. Il avait l'impression d'être une créature d'appartement avec, dans les pores, la poussière fuligineuse et la suie de Londres.

Il pensa que, jusqu'alors, elle ne l'avait probablement jamais vu au-dehors, en plein jour. Ils arrivèrent à l'arbre tombé dont elle avait parlé. La fille l'enjamba et écarta les buissons entre lesquels il ne semblait pas y avoir de passage. Quand Winston la rejoignit, il vit qu'ils se trouvaient dans une clairière naturelle, un petit monticule herbeux entouré de jeunes arbres de haute taille qui l'isolaient complètement. La fille s'arrêta et se retourna.

— Nous y sommes, dit-elle.

Il était en face d'elle, à plusieurs pas de distance. Il n'avait pas encore osé se rapprocher d'elle.

— Je ne voulais rien dire dans le sentier, continuat-elle, pour le cas où il y aurait eu un « mikado » caché. Je ne pense pas qu'il y en ait, mais il aurait pu y en avoir. On peut toujours craindre que l'un de ces cochons reconnaisse votre voix. Mais ici, nous sommes en sécurité.

Il n'avait toujours pas le courage de l'approcher. Il répéta stupidement :

— Nous sommes en sécurité ici ?

— Oui. Voyez les arbres.

C'étaient de petits sorbiers qui avaient été abattus, puis avaient repoussé et envoyé une forêt de tiges dont aucune n'était plus grosse qu'un poignet.

— Il n'y a rien d'assez épais pour cacher un « mikado ». En outre, je suis déjà venue ici.

Ils faisaient semblant de converser. Il s'était décidé à se rapprocher d'elle. Elle se tenait devant lui, très droite, avec sur les lèvres un sourire un peu ironique, comme si elle se demandait pourquoi il était si lent à agir. Les jacinthes étaient tombées sur le sol. Elles semblaient être tombées de leur propre volonté. Il lui prit la main.

— Le croiriez-vous ? dit-il, jusqu'à présent, je ne savais pas de quelle couleur étaient vos yeux.

Il remarqua qu'ils étaient bruns, d'un brun plutôt clair et que les cils étaient noirs.

— Maintenant que vous avez vu ce que je suis réellement, pouvez-vous encore supporter de me regarder ?

— Oui. Facilement.

— J'ai trente-neuf ans. J'ai une femme d'avec laquelle je ne puis divorcer. J'ai des varices. J'ai cinq fausses dents.

— Cela ne pourrait pas m'être plus égal, dit-elle.

La minute d'après, il serait difficile de dire lequel en avait pris l'initiative, elle était dans ses bras. Il n'éprouva tout d'abord qu'une impression de complète incrédulité. Le jeune corps était pressé contre le sien, la masse des cheveux noirs était contre son visage et, oui ! elle relevait la tête et il embrassait la large bouche rouge. Elle lui avait entouré le cou de ses bras et l'appelait chéri, amour, bien-aimé. Il l'étendit sur le sol. Elle ne résistait aucunement et il aurait pu faire d'elle ce qu'il voulait. Mais la vérité est qu'il n'éprouvait aucune sensation, sauf celle de simple contact. Tout ce qu'il ressentait, c'était de l'incrédulité et de la fierté. Il était heureux de ce qui se passait, mais n'avait aucun désir physique. C'était trop tôt. Sa jeunesse et sa beauté l'avaient effrayé, ou bien il était trop habitué à vivre sans femme. Il ne savait pas pourquoi il restait froid.

La fille se releva et détacha une jacinthe de ses cheveux. Elle s'assit contre lui, lui entoura la taille de son bras.

— Ne t'inquiète pas, chéri. Nous ne sommes pas pressés. Nous avons tout l'après-midi. Est-ce que ce n'est pas une splendide cachette ? Je l'ai trouvée un jour que je me suis égarée au cours d'une randonnée. S'il venait quelqu'un, on pourrait l'entendre d'une distance de cent mètres...

— Comment vous appelez-vous ? demanda Winston.

— Julia. Je connais votre nom. C'est Winston. Winston Smith.

— Comment l'avez-vous appris ?

— Je crois, chéri, que j'ai plus d'adresse que vous pour découvrir les choses. Dites-moi, qu'avez-vous pensé de moi avant le jour où je vous ai remis mon bout de billet ?

Il ne fut nullement tenté de lui mentir. Commencer par avouer le pire était même une sorte d'holocauste à l'amour.

— Je détestais vous voir, répondit-il. J'aurais voulu vous enlever et vous tuer. Il y a deux semaines, j'ai sérieusement songé à vous écraser la tête sous un pavé. Si vous voulez réellement savoir, j'imaginais que

162

vous aviez quelque chose à voir avec la Police de la Pensée.

La fille rit joyeusement. Elle prenait évidemment cette déclaration pour un tribut à la perfection de son déguisement.

— La Police de la Pensée ? Vous n'avez pas réellement pensé cela ?

— Eh bien, peut-être pas exactement. Mais, à cause de votre apparence générale, simplement parce que vous êtes jeune, fraîche et saine, vous comprenez, je pensais que, probablement...

— Vous pensiez que j'étais un membre loyal du Parti, pure en paroles, et en actes. Bannières, processions, slogans, jeux, sorties collectives... toute la marmelade. Et vous pensiez que si j'avais le quart d'une occasion, je vous dénoncerais comme criminel par la pensée et vous ferais tuer ?

— Oui, quelque chose comme cela. Un grand nombre de jeunes filles sont ainsi, vous savez.

— C'est cette maudite ceinture qui en est cause, dit-elle en arrachant de sa taille la ceinture rouge de la Ligue Anti-Sexe des Juniors et en la lançant sur une branche.

Puis, comme si de toucher sa ceinture lui avait rappelé quelque chose, elle fouilla la poche de sa blouse et en tira une petite tablette de chocolat. Elle la cassa en deux et en donna une part à Winston. Avant même qu'il l'eût prise, le parfum lui avait indiqué qu'il ne s'agissait pas de chocolat ordinaire. Celui-ci était sombre et brillant, enveloppé de papier d'étain. Le chocolat était normalement une substance friable d'un brun terne qui avait, autant qu'on pouvait le décrire, le goût de la fumée d'un feu de détritus. Mais il était arrivé à Winston, il ne savait quand, de goûter à du chocolat semblable à celui que Julia venait de lui donner. La première bouffée du parfum de ce chocolat avait éveillé en lui un souvenir qu'il ne pouvait fixer, mais qui était puissant et troublant.

— Où avez-vous eu cela ? demanda-t-il.

— Marché noir, répondit-elle avec indifférence. À voir les choses, je suis bien cette sorte de fille. Je suis bonne aux jeux. Aux Espions, j'étais chef de groupe. Trois soirs par semaine, je fais du travail supplémentaire pour la Ligue Anti-Sexe des Juniors. J'ai passé des heures et des heures à afficher leurs saloperies dans tout Londres. Dans les processions, je porte toujours un coin de bannière. Je parais toujours de bonne humeur et je n'esquive jamais une corvée. Il faut toujours hurler avec les loups, voilà ce que je pense. C'est la seule manière d'être en sécurité.

Le premier fragment de chocolat avait fondu sur la langue de Winston. Il avait un goût délicieux. Mais il y avait toujours ce souvenir qui tournait aux limites de sa conscience, quelque chose ressenti fortement, mais irréductible à une forme définie, comme un objet vu du coin de l'œil. Il l'écarta, conscient seulement qu'il s'agissait du souvenir d'un acte qu'il aurait aimé annuler, mais qu'il ne pouvait annuler.

— Vous êtes très jeune, dit-il. Vous avez dix ou quinze ans de moins que moi. Que pouvez-vous trouver de séduisant dans un homme comme moi ?

— C'est quelque chose dans votre visage. J'ai pensé que je pouvais courir ma chance. Je suis habile à dépister les gens qui n'en sont pas. Dès que je vous ai vu, j'ai su que vous étiez contre *lui*.

Lui, apparemment, désignait le Parti, et surtout le Parti intérieur dont elle parlait ouvertement avec une haine ironique qui mettait Winston mal à l'aise, bien qu'il sût que s'il y avait un lieu où ils pouvaient être en sécurité, c'était celui où ils se trouvaient. Quelque chose l'étonnait en elle. C'était la grossièreté de son langage. Les membres du Parti étaient censés ne pas jurer et Winston lui-même jurait rarement, en tout cas pas tout haut. Julia, elle, semblait incapable de parler du Parti, spécialement du Parti intérieur, sans employer le genre de mots que l'on voit écrits à la craie dans les ruelles suintantes. Il ne détestait pas cela. Ce n'était qu'un symptôme de sa révolte contre le Parti et ses procédés. Cela semblait en quelque sorte naturel et sain, comme l'éternuement d'un cheval à l'odeur d'un foin mauvais.

Ils avaient laissé la clairière et erraient à travers des taches d'ombre et de lumière. Ils mettaient chacun le bras autour de la taille de l'autre dès qu'il y avait assez de place pour marcher deux de front. Il remarqua combien sa taille paraissait plus souple maintenant qu'elle avait enlevé la ceinture. Leurs voix ne s'élevaient pas au-dessus du chuchotement. Hors de la clairière, avait dit Julia, il valait mieux y aller doucement. Ils atteignirent la limite du petit bois. Elle l'arrêta.

— Ne sortez pas à découvert. Il pourrait y avoir quelqu'un qui surveille. Nous sommes en sécurité si nous restons derrière les branches.

Ils étaient debout à l'ombre d'un buisson de noisetiers. Ils sentaient sur leurs visages les rayons encore chauds du soleil qui s'infiltraient à travers d'innombrables feuilles. Winston regarda le champ qui s'étendait plus loin et reçut un choc étrange et lent. Il le reconnaissait. Il l'avait déjà vu. C'était un ancien pâturage tondu de près où s'élevaient çà et là des taupinières et que traversait un sentier sinueux. Dans la haie inégale qui était en face, les branches des ormeaux se balançaient imperceptiblement dans la brise, et leurs feuilles se déplaçaient faiblement, en masses denses comme une chevelure de femme. Quelque part tout près, sûrement, mais caché à la vue, il devait y avoir un ruisseau formant des étangs verts où nageaient des poissons d'or ?

— N'y a-t-il pas un ruisseau quelque part près d'ici ? chuchota-t-il.

— C'est vrai. Il y a un ruisseau. Il est exactement au bord du champ voisin. Il y a des poissons, dedans. De grands, de gros poissons. On peut les voir flotter. Ils font marcher leur queue dans les étangs qui sont sous les saules.

— C'est presque le Pays Doré, murmura-t-il.

— Le Pays Doré ?

— Ce n'est rien. Ce n'est rien. Un paysage que j'ai parfois vu en rêve.

— Regardez, chuchota Julia.

Une grive s'était posée sur une branche à moins de cinq mètres, presque au niveau de leurs visages. Peut-être ne les avait-elle pas vus. Elle était au soleil, eux à l'ombre. Elle ouvrit les ailes, les replia ensuite soigneusement, baissa la tête un moment comme pour rendre hommage au soleil, puis se mit à déverser un flot d'harmonie. Dans le silence de l'après-midi, l'ampleur de la voix était surprenante. Winston et Julia s'accrochèrent l'un à l'autre, fascinés. La musique continuait, encore et encore, minute après minute, avec des variations étonnantes qui ne se répétaient jamais, comme si l'oiseau, délibérément, voulait montrer sa virtuosité. Parfois il s'arrêtait quelques secondes, ouvrait les ailes et les refermait, gonflait son jabot tacheté et, de nouveau, faisait éclater son chant.

Winston le regardait avec un vague respect. Pour qui, pour quoi cet oiseau chantait-il ? Aucun compagnon, aucun rival ne le regardait. Qu'est-ce qui le

166

poussait à se poser au bord d'un bois solitaire et à verser sa musique dans le néant ?

Il se demanda si, après tout, il n'y aurait pas un microphone caché quelque part à côté. Julia et lui n'avaient parlé qu'en chuchotant. Il n'enregistrerait pas ce qu'ils avaient dit, mais il enregistrerait le chant de la grive. À l'autre extrémité de l'instrument, peut-être quelque petit homme scarabée écoutait intensément, écoutait *cela*.

Mais le flot de musique balaya par degrés de son esprit toute préoccupation. C'était comme une substance liquide qui se déversait sur lui et se mêlait à la lumière du soleil filtrant à travers les feuilles. Il cessa de penser et se contenta de sentir. La taille de la fille était douce et chaude au creux de son bras. Il la tourna vers lui et ils se trouvèrent poitrine contre poitrine. Le corps de Julia semblait se fondre dans le sien. Il fléchissait partout comme de l'eau sous les mains. Leurs bouches s'attachèrent l'une à l'autre. C'était tout à fait différent des durs baisers qu'ils avaient échangés plus tôt. Quand ils séparèrent leurs bouches, tous deux soupirèrent profondément. L'oiseau prit peur et s'envola dans un claquement d'ailes.

Winston approcha ses lèvres de l'oreille de Julia.

— Maintenant, chuchota-t-il.

— Pas ici, répondit-elle en chuchotant aussi. Venez sous le couvert. C'est plus sûr.

Ils se faufilèrent rapidement jusqu'à la clairière en faisant parfois craquer des branches mortes. Quand ils furent à l'intérieur de l'anneau de jeunes arbres, elle se retourna et le regarda. Leur respiration à tous deux était précipitée, mais au coin de la bouche de Julia, le sourire était revenu. Elle le regarda un instant puis chercha la fermeture-Éclair de sa combinaison.

Ensuite, oui ! ce fut presque comme dans le rêve

de Winston. D'un geste presque aussi rapide qu'il l'avait imaginé, elle avait arraché ses vêtements et quand elle les jeta de côté, ce fut avec le même geste magnifique qui semblait anéantir toute une civilisation. Son corps blanc étincelait au soleil, mais, durant un instant, il ne regarda pas son corps. Ses yeux étaient retenus par le visage couvert de taches de rousseur et par le demi-sourire hardi. Il s'agenouilla devant elle et prit ses mains dans les siennes.

— As-tu déjà fait cela ?

— Naturellement. Des centaines de fois... Allons ! Des vingtaines de fois, de toute façon.

— Avec des membres du Parti ?

— Oui. Toujours avec des membres du Parti.

— Avec des membres du Parti intérieur ?

— Pas avec ces cochons, non. Mais il y en a des tas qui voudraient, s'ils avaient le quart d'une chance. Ils ne sont pas les petits saints qu'ils veulent se faire croire !

Le cœur de Winston bondit. Elle l'avait fait des vingtaines de fois. Il aurait voulu que ce fût des centaines, des milliers de fois. Tout ce qui laissait entrevoir une corruption l'emplissait toujours d'un espoir fou. Qui sait ? Peut-être le Parti était-il pourri en dessous ? Peut-être son culte de l'abnégation et de l'énergie n'était-il simplement qu'une comédie destinée à cacher son iniquité ? Si Winston avait pu leur donner à tous la lèpre ou la syphilis, comme il l'aurait fait de bon cœur ! N'importe quoi qui pût pourrir, affaiblir, miner. Il l'attira vers le sol et ils se trouvèrent à genoux, face à face.

— Écoute. Plus tu as eu d'hommes, plus je t'aime. Comprends-tu cela ?

— Oui. Parfaitement.

— Je hais la pureté. Je hais la bonté. Je ne voudrais

d'aucune vertu nulle part. Je voudrais que tous soient corrompus jusqu'à la moelle. Aimes-tu l'amour ? Je ne veux pas parler simplement de moi, je veux dire l'acte lui-même.

— J'adore cela.

C'était par-dessus tout ce qu'il désirait entendre. Pas simplement l'amour qui s'adresse à une seule personne, mais l'instinct animal, le désir simple et indifférencié. Là était la force qui mettrait le Parti en pièces. Il la pressa sur l'herbe, parmi les jacinthes tombées. Cette fois, il n'y eut aucune difficulté. Le souffle qui gonflait et abaissait leurs poitrines ralentit son rythme et reprit sa cadence normale. Ils se séparèrent dans une sorte d'agréable impuissance. Le soleil semblait être devenu plus chaud. Ils avaient tous deux sommeil. Il chercha la combinaison mise de côté et l'étendit en partie sur elle. Et presque immédiatement ils s'endormirent. Ils dormirent environ une demi-heure.

Winston se réveilla le premier. Il s'assit et regarda le visage couvert de taches, encore calmement endormi, qu'elle avait appuyé sur la paume de sa main. La bouche mise à part, on ne pouvait dire qu'elle fût belle. On voyait une ou deux rides autour des yeux quand on la regardait de près. Les courts cheveux noirs étaient extraordinairement épais et doux. Il pensa qu'il ne savait encore ni son nom, ni son adresse.

Le corps jeune et vigoureux, maintenant abandonné dans le sommeil, éveilla en lui un sentiment de pitié protectrice. Mais la tendresse irréfléchie qu'il avait ressentie pour elle sous le noisetier pendant que la grive chantait n'était pas tout à fait revenue. Il repoussa la combinaison et étudia le flanc doux et blanc. Dans les jours d'antan, pensa-t-il, un homme regardait le corps d'une fille, voyait qu'il était désirable, et l'histoire finissait là. Mais on ne pouvait aujourd'hui avoir d'amour ou de plaisir pur. Aucune émotion n'était pure car elle était mêlée de peur et de haine. Leur embrassement avait été une bataille, leur jouissance une victoire. C'était un coup porté au Parti. C'était un acte politique.

III

— Nous pourrons revenir ici une fois, dit Julia. Généralement, on peut employer une cachette deux fois sans crainte. Mais pas avant un mois ou deux, naturellement.

Dès qu'elle se réveilla, son attitude changea. Elle devint alerte et affairée, se rhabilla, attacha à sa taille la ceinture rouge et se mit à organiser les détails de leur retour chez eux. Elle avait visiblement une intelligence pratique qui faisait défaut à Winston. Elle semblait posséder une connaissance approfondie, emmagasinée au cours d'innombrables sorties en commun, de la campagne qui entourait Londres. La route qu'elle lui indiqua était tout à fait différente de celle par laquelle il était venu et le conduisait à une autre gare.

— Ne jamais retourner chez soi par le chemin par lequel on est venu, dit-elle, comme si elle énonçait un important principe général.

Elle devait partir la première et Winston attendrait une demi-heure avant de la suivre.

Elle lui avait indiqué un endroit où ils pourraient dans quatre jours se rencontrer après le travail. C'était une rue d'un des quartiers pauvres, dans laquelle il y avait un marché découvert, qui était généralement bruyant et bondé de gens. Elle flânerait parmi les étals et ferait semblant de chercher des lacets de souliers et du fil à repriser. Si elle jugeait que la route était libre, elle se moucherait à son approche. Autrement, il devrait passer sans la reconnaître. Mais avec de la chance, au milieu de la foule, ils pourraient parler sans risque un quart d'heure et arranger une autre rencontre.

— Et maintenant, il me faut partir, dit-elle, dès qu'il eut compris ses instructions. J'ai rendez-vous à sept heures et demie. Je dois consacrer deux heures à la Ligue Anti-Sexe des Juniors pour distribuer des prospectus ou autre chose. C'est assommant. Donne-moi un coup de brosse, veux-tu ? Ai-je des brindilles dans les cheveux ? Tu es sûr que non ? Alors au revoir, mon amour, au revoir.

Elle se jeta dans ses bras, l'embrassa presque avec violence. Un instant après, elle écartait les jeunes tiges pour passer et disparaissait presque sans bruit dans le bois.

Il n'avait pas même, au point où il en était, appris son nom et son adresse. Mais cela n'avait aucune importance car il était inconcevable qu'ils pussent jamais se rencontrer sous un toit ou échanger aucune sorte de communication écrite.

Le destin fit qu'ils ne retournèrent jamais à la clairière du bois. Pendant le mois de mai, ils ne réussirent qu'une seule fois à faire réellement l'amour. Ce fut dans un autre lieu secret que connaissait Julia, le beffroi d'une église en ruine dans une contrée presque déserte, où une bombe atomique était tombée trente ans plus tôt. C'était une bonne cachette quand on y était arrivé, mais le voyage était très dangereux. Pour le reste, ils ne pouvaient se rencontrer que dans la rue, en différents endroits chaque soir, et jamais plus d'une demi-heure d'affilée.

Dans la rue, il était d'habitude possible de se parler d'une certaine façon. Tandis qu'ils se laissaient emporter par la foule sur les trottoirs, pas tout à fait de front et sans jamais se regarder, ils poursuivaient une curieuse conversation intermittente qui reprenait et s'interrompait comme le pinceau d'un phare. Elle était soudain coupée d'un silence par l'approche d'un uniforme du Parti ou par la proximité d'un télécran, puis elle reprenait quelques minutes plus tard au milieu d'une phrase, pour s'interrompre ensuite brusquement quand ils se séparaient à l'endroit convenu et continuer presque sans introduction le lendemain.

Julia paraissait tout à fait habituée à ce genre de conversation, qu'elle appelait « parler par acomptes ». Elle était aussi étonnamment habile à parler sans bouger les lèvres. Une fois seulement, au cours d'un mois de rencontres journalières, ils s'arrangèrent pour échanger un baiser. Ils descendaient en silence une rue transversale (Julia ne parlait jamais hors des rues principales), quand il se produisit un grondement assourdissant. La terre trembla, l'air s'obscurcit, et Winston se retrouva couché sur le côté, meurtri et terrifié. Une bombe fusée devait être tombée tout près. Il prit soudain conscience du visage de Julia tout près du sien. Il était d'une pâleur de mort, aussi blanc que de la craie. Elle était morte ! Il la serra contre lui et se rendit compte qu'il embrassait un visage vivant et chaud. Mais ses lèvres rencontraient une substance poudreuse. Leurs deux visages étaient couverts d'une épaisse couche de plâtre.

Il y eut des soirs où, arrivés au rendez-vous, ils devaient se croiser, sans un signe, parce qu'une patrouille venait de tourner le coin de la rue, ou qu'un hélicoptère planait au-dessus d'eux. Même si cela avait été moins dangereux, il leur eût été difficile de trouver le temps de se rencontrer. La semaine de travail de Winston était de soixante heures, celle de Julia était même plus longue et leurs jours de liberté variaient suivant la presse du moment et ne coïncidaient pas toujours. Julia, de toute façon, avait rarement une soirée complètement libre. Elle passait un temps incroyable à écouter des conférences, à prendre part à des manifestations, à distribuer de la littérature pour la Ligue Anti-Sexe des Juniors, à préparer des bannières pour la Semaine de la Haine, à faire des collectes pour la campagne d'économie, ou à d'autres activités du même genre. Cela payait, disait-elle. C'était du camouflage. Si on respectait les petites règles, on pouvait briser les grandes. Elle entraîna même Winston à engager encore une autre de ses soirées. Il s'enrôla pour un travail de munitions qui était fait à tour de rôle par des volontaires zélés membres du Parti.

Un soir par semaine, donc, Winston passait quatre heures d'ennui paralysant à visser ensemble de petits bouts de métaux qui étaient probablement des parties de bombes fusées, dans un atelier mal éclairé et plein de courants d'air où le bruit des marteaux se mariait tristement à la musique des télécrans.

Quand ils se rencontrèrent dans le beffroi, les trous de leurs conversations fragmentaires furent comblés. C'était par un après-midi flamboyant. Dans la petite chambre carrée qui était au-dessus des cloches, il y avait un air chaud et stagnant où dominait l'odeur de la fiente des pigeons. Pendant des heures, ils restèrent à parler, assis sur le parquet poussiéreux couvert de brindilles. L'un d'eux se levait de temps en temps

174

pour jeter un coup d'œil par les meurtrières et s'assurer que personne ne venait.

Julia avait vingt-six ans. Elle vivait dans un « foyer » avec trente autres filles. « Toujours dans l'odeur des femmes ! Ce que je déteste les femmes ! » dit-elle entre parenthèses. Elle travaillait, comme il l'avait deviné, aux machines du Commissariat aux Romans, qui écrivaient des romans. Elle aimait son travail qui consistait surtout à alimenter et faire marcher un moteur électrique puissant, mais délicat. Elle n'était pas intelligente mais aimait se servir de ses mains et se sentait à son aise avec les machines. Elle pouvait décrire dans son entier le processus de la composition d'un roman, depuis les directives générales émanant du Comité du plan, jusqu'à la touche finale donnée par l'équipe qui récrivait. Mais le livre obtenu ne l'intéressait pas. Elle n'aimait pas beaucoup la lecture, dit-elle. Les livres étaient seulement un article qu'on devait produire, comme la confiture ou les lacets de souliers.

Elle ne se souvenait de rien avant 1960. La seule personne qu'elle eût jamais connue, qui parlait fréquemment du temps d'avant la Révolution, était un grand-père qui avait disparu quand elle avait huit ans. À l'école, elle avait été capitaine de l'équipe de hockey et avait gagné le prix de gymnastique deux ans de suite. Elle avait été chef de groupe chez les Espions et secrétaire auxiliaire dans la Ligue de la Jeunesse avant d'entrer dans la Ligue Anti-Sexe des Juniors. Elle avait toujours eu une excellente réputation. Elle avait même été choisie, ce qui était la marque infaillible d'une bonne réputation, pour travailler au Pornosec, sous-section du Commissariat aux Romans, qui produisait la pornographie à bon marché que l'on distribuait aux prolétaires. Les gens qui y travaillaient

l'appelaient « boîte à fumier », remarqua-t-elle. Elle
était restée là un an. Elle aidait à la production, en
paquets scellés, de fascicules qui avaient des titres
comme : *Histoires épatantes* ou *Une nuit dans une école
de filles*. Ces fascicules étaient achetés en cachette par
les jeunes prolétaires qui avaient l'impression de faire
quelque chose d'illégal.

— Comment sont ces livres ? demanda Winston
avec curiosité.

— Oh ! affreusement stupides. Barbants comme
tout. Pense, il n'y a que six modèles d'intrigue dont
on interchange les éléments tour à tour. Naturellement, je ne travaillais qu'aux kaléidoscopes. Je n'ai
jamais fait partie de l'escouade de ceux qui récrivent.
Je ne suis pas littéraire, chéri, pas même assez pour
cela.

Winston apprit avec étonnement que, sauf le directeur du Commissariat, tous les travailleurs du Pornosec étaient des femmes. On prétendait que l'instinct
sexuel des hommes étant moins facile à maîtriser que
celui des femmes, ils risquaient beaucoup plus d'être
corrompus par les obscénités qu'ils maniaient.

— Ils n'aiment pas avoir là des femmes mariées,
ajouta-t-elle. On suppose toujours que les filles sont
tellement pures ! En tout cas, il y en a une ici qui ne
l'est pas.

Elle avait eu son premier commerce amoureux à
seize ans avec un membre du Parti âgé de soixante
ans, qui se suicida plus tard pour éviter d'être arrêté.

— C'était une veine, autrement, ils auraient appris
mon nom par lui quand il se serait confessé, ajouta-
t-elle.

Depuis, il y en avait eu divers autres. La vie telle
qu'elle la concevait était tout à fait simple. On voulait
du bon temps. « Eux », c'est-à-dire les gens du Parti,

176

voulaient vous empêcher de l'avoir. On tournait les règles de son mieux. Elle semblait trouver tout aussi naturel qu'« eux » voulussent dérober aux gens leurs plaisirs et que les gens voulussent éviter d'être pris. Elle détestait le Parti et exprimait sa haine par les mots les plus crus. Cependant elle n'en faisait aucune critique générale. Elle ne s'intéressait à la doctrine du Parti que lorsque celle-ci touchait à sa propre vie. Il remarqua qu'elle ne se servait jamais de mots novlangue, sauf ceux qui étaient devenus d'un usage journalier.

Elle n'avait jamais entendu parler de la Fraternité et refusait de croire à son existence. Toute révolte organisée contre le Parti lui paraissait stupide, car elle ne pourrait être qu'un échec. L'acte intelligent était d'agir à l'encontre des règles et de rester quand même vivant.

Winston se demanda vaguement combien il pouvait y en avoir comme elle dans la jeune génération, qui avaient grandi dans le monde de la Révolution, qui ne connaissaient rien d'autre, et acceptaient le Parti comme quelque chose d'inaltérable, comme le ciel. Ils ne se révoltaient pas contre son autorité, mais, simplement, l'évitaient, comme un lapin se soustrait à la poursuite d'un chien.

Ils ne discutèrent pas la possibilité de se marier. C'était une possibilité trop vague pour qu'on prît la peine d'y penser. Aucun comité imaginable ne sanctifierait jamais une telle union, même si Winston avait pu se libérer de Catherine, sa femme. Même en rêve, il n'y avait pas d'espoir.

— Comment était-elle, ta femme ? demanda Julia.

— Elle était... Connais-tu le mot novlangue « *bienpensant* » qui veut dire naturellement orthodoxe, incapable d'une pensée mauvaise ?

— Non. Je ne connais pas le mot, mais je connais assez bien ce genre de personnes.

Il se mit à lui raconter l'histoire de sa vie maritale, mais elle paraissait en connaître curieusement déjà les parties essentielles. Elle lui décrivit, presque comme si elle l'avait vu ou ressenti, le raidissement du corps de Catherine dès qu'il la touchait, et la manière dont elle semblait le repousser de toutes ses forces, même quand ses bras étaient étroitement serrés autour de lui.

Il n'éprouvait aucune difficulté à aborder de tels sujets avec Julia. Catherine, de toute façon, avait depuis longtemps cessé d'être un souvenir pénible. Elle était simplement devenue un souvenir désagréable.

— Je l'aurais supportée, s'il n'y avait pas eu une chose, dit-il.

Il raconta à Julia la petite cérémonie frigide à laquelle Catherine le forçait à prendre part, un soir, chaque semaine.

— Elle détestait cela, mais rien ne pouvait l'empêcher de le faire. Elle avait l'habitude d'appeler cela... mais tu ne devineras jamais.

— Notre devoir envers le Parti, acheva promptement Julia.

— Comment le sais-tu ?

— J'ai été en classe aussi, cher. Il y avait des causeries sur le sexe pour les plus de seize ans, une fois par mois. Il y en avait aussi au Mouvement de la Jeunesse. On vous le rabâche pendant des années. Je crois que cela réussit dans bon nombre de cas. Mais, naturellement, on ne peut jamais dire. Les gens sont de tels hypocrites !

Elle se mit à développer le sujet. Avec Julia, tout revenait à sa propre sexualité. Dès que l'on y touchait d'une façon quelconque, elle était capable d'une grande acuité de jugement. Contrairement à Winston, elle avait saisi le sens caché du puritanisme du Parti. Ce n'était pas seulement parce que l'instinct sexuel se créait un monde à lui hors du contrôle du Parti, qu'il devait, si possible, être détruit. Ce qui était plus important, c'est que la privation sexuelle entraînait l'hystérie, laquelle était désirable, car on pouvait la transformer en fièvre guerrière et en dévotion pour les dirigeants. Julia expliquait ainsi sa pensée :

— Quand on fait l'amour, on brûle son énergie. Après, on se sent heureux et on se moque du reste. Ils ne peuvent admettre que l'on soit ainsi. Ils veulent que l'énergie éclate continuellement. Toutes ces marches et contremarches, ces acclamations, ces drapeaux flottants, sont simplement de l'instinct sexuel aigri. Si l'on était heureux intérieurement, pourquoi s'exciterait-on sur Big Brother, les plans de trois ans, les Deux Minutes de Haine et tout le reste de leurs foutues balivernes ?

Il pensa que c'était tout à fait exact. Il y avait un lien direct entre la chasteté et l'orthodoxie politique. Sinon, comment aurait-on pu maintenir au degré voulu, chez les membres du Parti, la haine et la crédulité folles dont le Parti avait besoin, si l'on n'emmagasinait quelque puissant instinct et ne l'employait comme force motrice ?

L'impulsion sexuelle était dangereuse pour le Parti et le Parti l'avait détournée à son profit. Il avait joué le même jeu avec l'instinct paternel. La famille ne pouvait être réellement abolie et, en vérité, on encourageait les gens à aimer leurs enfants presque à la manière d'autrefois. D'autre part, on poussait systématiquement les enfants contre leurs parents. On leur apprenait à les espionner et à rapporter leurs écarts. La famille, en fait, était devenue une extension de la

Police de la Pensée. C'était un stratagème grâce auquel tous, nuit et jour, étaient entourés d'espions qui les connaissaient intimement.

Son esprit revint brusquement à Catherine. Elle l'aurait indubitablement dénoncé à la Police de la Pensée si elle n'avait été trop stupide pour deviner la non-orthodoxie de ses opinions. Mais ce n'est pas cette pensée qui avait ramené son esprit à Catherine. C'était la chaleur étouffante de l'après-midi qui mouillait son front de sueur. Il se mit à raconter à Julia ce qui était arrivé, ou avait failli arriver, il y avait onze ans, par un lourd après-midi d'été.

C'était trois ou quatre mois après leur mariage. Ils s'étaient égarés au cours d'une sortie collective, quelque part dans le Kent. Ils étaient restés en arrière des autres pendant deux minutes. Ils tournèrent où il ne fallait pas et se trouvèrent arrêtés net par le bord d'une vieille carrière de craie. C'était une pente à pic de dix ou vingt mètres qui se terminait à la base par des rochers. Il n'y avait personne à qui ils auraient pu demander leur chemin. Catherine, dès qu'elle se rendit compte qu'ils s'étaient égarés, fut très mal à son aise. Se trouver éloignée, même pour un instant, de la foule bruyante de la randonnée lui donnait l'impression de mal agir. Elle voulait revenir rapidement en arrière et se mettre à chercher dans une autre direction. Mais Winston, à ce moment, remarqua quelques touffes de lysimaques qui poussaient au-dessous d'eux dans les anfractuosités de la falaise. Il y avait une touffe de deux couleurs, rouge brique et bleu, qui poussaient apparemment sur la même racine. Il n'avait jamais rien vu de ce genre. Il appela Catherine et lui dit de venir voir la touffe.

— Voyez, Catherine ! Regardez ces fleurs. Cette

touffe en bas, près du pied de la falaise. Voyez-vous ? Ces fleurs sont de deux couleurs différentes.

Elle s'était déjà retournée pour partir mais, d'assez mauvaise grâce, elle revint un instant. Elle se pencha même par-dessus la falaise pour voir l'endroit qu'il lui désignait. Il était debout un peu derrière elle et il posa la main sur sa ceinture pour la retenir. Il se rendit soudain compte à ce moment combien ils étaient complètement seuls. Il n'y avait nulle part de créature humaine, pas une feuille ne bougeait, pas même un oiseau n'était éveillé. Dans un endroit comme celui-là, le danger qu'il y eût un microphone caché était minime et, même s'il y en avait eu un, il n'aurait enregistré que des bruissements.

C'était l'heure de l'après-midi la plus chaude, la plus propice au sommeil. Le soleil flamboyait, la sueur perlait au front de Winston. L'idée lui vint alors...

— Pourquoi ne lui as-tu pas donné une bonne poussée ? dit Julia. Je l'aurais fait.

— Oui, chérie, tu l'aurais fait. Moi aussi, si j'avais été alors ce que je suis maintenant. Ou peut-être l'aurais-je... je n'en suis pas certain.

— Regrettes-tu de ne pas l'avoir fait ?

Ils étaient assis côte à côte sur le parquet poussiéreux. Il l'attira plus près de lui. La tête de Julia reposait sur son épaule, le parfum agréable de sa chevelure dominait l'odeur de fiente de pigeon. « Elle est jeune, pensa-t-il, elle attend encore quelque chose de la vie. Elle ne comprend pas que pousser par-dessus une falaise quelqu'un qui ne vous convient pas ne résout rien. »

— Cela n'aurait à vrai dire rien changé, dit-il.

— Alors pourquoi regrettes-tu de ne l'avoir pas poussée ?

— Parce que je préfère un positif à un négatif, voilà tout. Au jeu que nous jouons, nous ne pouvons gagner, mais il y a des genres d'échec qui valent mieux que d'autres, rien de plus.

Il sentit l'épaule de Julia qui s'agitait en signe de dénégation. Elle le contredisait toujours quand il disait quelque chose de ce genre. Elle n'acceptait pas que ce fût une loi de la nature que l'individu soit toujours vaincu. Elle aussi, en quelque façon, se rendait compte qu'elle était condamnée, tôt ou tard la Police de la Pensée la prendrait et la tuerait. Mais, d'un autre côté, elle pensait qu'il était possible de bâtir un monde secret dans lequel on pouvait vivre selon ses goûts. Tout ce qui était nécessaire, c'était de la chance, de l'habileté et de l'audace. Elle ne comprenait pas qu'il n'existait point de bonheur, que la seule victoire résidait dans l'avenir, longtemps après la mort et, que du moment que l'on avait déclaré la guerre au Parti, il valait mieux se considérer, tout de suite, comme un cadavre.

— Nous sommes des morts, disait-il.

— Minute ! Nous ne sommes pas encore morts, répondait Julia prosaïquement.

— Pas physiquement. On peut imaginer que nous en avons pour six mois, un an, cinq ans. J'ai peur de la mort. Toi, tu es jeune, tu as probablement plus peur que moi. Évidemment, nous repousserons la mort aussi longtemps que nous serons humains, la vie et la mort seront la même chose.

— Oh ! Des blagues ! Avec qui préfères-tu coucher ? Avec moi, ou avec un squelette ? Est-ce que tu n'es pas content d'être vivant ? Est-ce que tu n'aimes pas sentir que ceci est toi, ceci ta main, ceci ta jambe, que tu es réel, solide, vivant ? Et ça, dis, tu n'aimes pas ça ?

Elle tourna vers lui son buste et appuya contre lui sa poitrine. Il pouvait sentir, à travers la blouse, les seins lourds, mais fermes. Le corps de Julia semblait verser dans le sien un peu de sa jeunesse, de sa vigueur.

— Oui, j'aime cela, répondit-il.

— Alors, cesse de parler de mourir. Et maintenant, écoute, il nous faut fixer notre prochain rendez-vous. Nous pourrons retourner à la clairière du bois. Nous l'avons laissée reposer un bon bout de temps. Mais cette fois, tu t'y rendras par un autre chemin que la dernière fois. J'ai tout combiné. Tu prends le train... Mais, regarde, je vais te le dessiner.

Et, à sa manière pratique, elle racla et amassa un petit carré de poussière. Ensuite, à l'aide d'une brindille prise dans un nid de pigeon, elle se mit à dessiner une carte à même le sol.

IV

Winston jeta un regard circulaire dans la petite chambre râpée qui était au-dessus du magasin de M. Charrington. Le grand lit, près de la fenêtre, était fait, avec des couvertures déchirées et un traversin découvert. La pendule ancienne, au cadran de douze heures, faisait entendre son tic-tac sur la cheminée. Dans un coin, sur la table pliante, le presse-papier de verre qu'il avait acheté lors de sa dernière visite luisait faiblement dans la demi-obscurité. Sur la galerie de la cheminée, il y avait un fourneau à pétrole en étain martelé, une casserole et deux tasses fournis par M. Charrington. Winston alluma le brûleur et mit à bouillir de l'eau et quelques tablettes de saccharine. Les aiguilles de la pendule indiquaient sept, vingt. Il était réellement dix-neuf heures vingt. Elle devait arriver à dix-neuf heures trente.

Folie, folie, lui répétait son cœur. Folie consciente, gratuite, qui mènerait au désastre. De tous les crimes que pouvait commettre un membre du Parti, c'était celui-ci qui pouvait le moins se dissimuler. À la vérité, l'idée l'avait d'abord hanté sous forme d'une vision de presse-papier de verre reflété par la surface de la table. Ainsi qu'il l'avait prévu, M. Charrington n'avait fait aucune difficulté pour louer la chambre. Il était visiblement content de gagner quelques dollars. Il ne fut pas non plus choqué et ne se montra pas agressivement compréhensif quand il fut entendu que Winston désirait la chambre pour des rendez-vous d'amour. Au contraire, son regard se fit lointain, il parla de généralités, d'un air si délicat qu'il donnait l'impression d'être devenu en partie invisible.

L'isolement, dit-il, avait son prix. Chacun désirait disposer d'un endroit où se trouver seul à l'occasion. Cet endroit trouvé, c'était la moindre des politesses que celui qui était au courant gardât pour lui ce qu'il savait. Il ajouta même, avec presque l'air de s'effacer et de cesser d'exister, qu'il y avait deux entrées à la maison, dont l'une par la cour de derrière, qui donnait sur une allée.

Quelqu'un chantait sous la fenêtre. Winston, protégé par le rideau de mousseline, regarda au-dehors. Le soleil de juin était encore haut dans le ciel et, en bas, dans la cour baignée de soleil, une femme aux avant-bras d'un brun rouge, qui portait, attaché à la taille, un tablier en toile à sac, marchait en clopinant entre un baquet à laver et une corde à sécher. Monstrueuse et solide comme une colonne romaine, elle épinglait sur la corde des carrés blancs dans lesquels Winston reconnut des couches de bébé. Dès que sa bouche n'était pas obstruée par des épingles à linge, elle chantait d'une voix puissante de contralto.

Ce n'était qu'un rêve sans espoir.
Il passa comme un soir d'avril, un soir.
Mais un regard, un mot, les rêves ont recommencé.
Ils ont pris mon cœur, ils l'ont emporté.

L'air avait couru dans Londres pendant les dernières semaines. C'était une de ces innombrables chansons, toutes semblables, que la sous-section du Commissariat à la Musique publiait pour les prolétaires. Les paroles de ces chansons étaient composées, sans aucune intervention humaine, par un instrument appelé versificateur. Mais la femme chantait d'une voix si mélodieuse qu'elle transformait en un chant presque agréable la plus horrible stupidité.

Winston pouvait entendre le chant de la femme, le claquement de ses chaussures sur les dalles, les cris des enfants dans la rue et, quelque part dans le lointain, le grondement sourd du trafic de la cité. La chambre paraissait cependant curieusement silencieuse, grâce à l'absence de télécran.

« Folie ! folie ! folie ! » pensa-t-il encore. Il était inconcevable qu'ils pussent fréquenter cet endroit plus de quelques semaines sans être pris. Mais la tentation d'avoir un coin secret qui fût vraiment à eux, qui fût dans une maison, accessible, sous la main, avait été trop forte pour tous deux. Après leur visite au beffroi, il leur avait été impossible, pendant quelque temps, d'organiser des rencontres. En prévision de la Semaine de la Haine, les heures de travail avaient été rigoureusement augmentées. Elle n'aurait lieu que dans plus d'un mois, mais les préparatifs grandioses et compliqués qu'elle exigeait, entraînaient pour tout le monde un surcroît de travail. Finalement, ils s'arrangèrent tous deux pour avoir le même jour un après-midi de liberté. Ils s'étaient entendus pour retourner à la clairière du bois. La veille, ils se rencontrèrent un court instant dans la rue. Comme d'habitude, Winston regardait à peine Julia tandis qu'ils se laissaient emporter par la foule. Mais le bref coup d'œil qu'il lui jeta lui apprit qu'elle était plus pâle que de coutume.

— Rien à faire, murmura-t-elle aussitôt qu'elle

jugea pouvoir parler sans danger. Pour demain, je veux dire.

— Quoi ?

— Demain après-midi, je ne peux pas venir.

— Pourquoi ?

— Oh ! Pour la raison habituelle. C'est venu plus tôt cette fois.

Il fut, pendant un moment, pris d'une violente colère. Pendant ce mois de fréquentation, la nature de son sentiment pour elle avait changé. Au début, il comportait peu de vraie sensualité. Leur premier contact amoureux avait été simplement un acte de volonté. Mais ce fut différent après la deuxième fois. L'odeur de ses cheveux, le goût de sa bouche, le contact de sa peau, semblaient s'être introduits en lui ou dans l'air qui l'entourait. Quand elle dit qu'elle ne pouvait venir, il eut l'impression qu'elle le trompait. Mais juste à cet instant, la foule les poussa l'un contre l'autre et leurs mains se rencontrèrent par hasard. Elle pressa rapidement le bout des doigts de Winston, comme pour solliciter, non son désir, mais son affection. L'idée vint à Winston que, lorsqu'on vivait avec une femme, ce désappointement périodique était un événement normal. Une profonde tendresse, qu'il n'avait pas encore ressentie pour elle, s'empara de lui.

Il aurait voulu qu'ils fussent un couple de mariés de dix ans. Il aurait voulu pouvoir se promener avec elle dans la rue, exactement comme ils le faisaient, mais ouvertement et sans crainte, et parler de choses ordinaires en achetant de petits objets pour leur ménage. Il aurait voulu par-dessus tout avoir un endroit où ils pourraient être seuls sans se sentir obligés de faire l'amour chaque fois qu'ils se rencontraient.

Ce ne fut pas réellement à cet instant, mais à un moment du jour suivant que l'idée lui vint de louer la chambre de M. Charrington. Quand il en parla à Julia, elle accepta avec une promptitude inattendue. Tous deux savaient que c'était une folie. C'était comme s'ils se rapprochaient volontairement de leurs tombes. Tandis qu'il attendait, assis au bord du lit, il pensa une fois de plus aux caves du ministère de l'Amour. Le rythme suivant lequel l'horrible destinée à laquelle ils étaient voués entrait dans la conscience et en sortait, était curieux. Il était là, ce destin, son heure était fixée dans l'avenir. Il précédait la mort aussi sûrement que 99 précède 100. On ne pouvait l'éviter, mais peut-être pouvait-on en reculer l'échéance. Et pourtant, il arrivait que l'on choisisse, par un acte conscient, volontaire, d'écourter l'intervalle par lequel on en était séparé.

Un pas rapide se fit entendre dans l'escalier. Julia fit irruption dans la pièce. Elle portait un sac à outils, en grosse toile brune, dont il l'avait vue chargée, maintes fois, dans les bâtiments du ministère. Il s'élança pour la prendre dans ses bras, mais elle se dégagea assez rapidement, car elle tenait encore le sac à outils.

— Une seconde, dit-elle. Laisse-moi seulement te montrer ce que j'apporte. Tu as apporté de cet immonde café de la Victoire ? Je pensais que tu l'aurais fait. Tu peux le mettre de côté, nous n'en aurons pas besoin. Regarde.

Elle s'agenouilla, ouvrit le sac et en sortit pêle-mêle quelques clefs anglaises et un tournevis qui en remplissaient la partie supérieure. En dessous, il y avait une quantité de paquets bien faits, enveloppés de papier.

Le premier paquet qu'elle passa à Winston provoquait une sensation étrange, mais vaguement familière. Il était plein d'une substance lourde et friable qui cédait quand on y touchait.

— Ce n'est pas du sucre ? demanda-t-il.

— Du vrai sucre. Pas de la saccharine, du sucre. Et voilà une miche de pain, du vrai pain blanc, pas notre horrible substance, et un petit pot de confitures. Et voici une boîte de lait. Mais vois ! Je suis vraiment fière de celui-là. J'ai dû l'envelopper d'un bout de toile à sac parce que...

Mais elle n'avait pas besoin de lui dire pourquoi elle l'avait enveloppé. Le parfum se répandait déjà dans la pièce, un parfum riche et chaud qui semblait être une émanation de sa première enfance, mais qu'on pouvait encore rencontrer. Parfois, avant le claquement d'une porte, il se répandait dans un passage, parfois il se diffusait mystérieusement dans la foule. On le respirait un instant puis on le perdait.

— C'est du café, murmura-t-il, du vrai café.

— C'est le café du Parti intérieur. Il y en a là un kilo entier, dit-elle.

— Comment as-tu fait pour te procurer tout cela ?

— C'est tout des victuailles du Parti intérieur. Ils ne sont privés de rien, ces porcs, de rien. Mais naturellement, les garçons, les serviteurs, les gens chipent des choses et... vois, j'ai aussi un petit paquet de thé.

Winston s'était accroupi près d'elle. Il déchira un coin de paquet et l'ouvrit.

— C'est du vrai thé. Pas des feuilles de mûres.

— Il y a eu dernièrement un arrivage de thé. Ils ont pris l'Inde ou quelque autre pays, dit-elle vaguement. Mais écoute, mon chéri. Je voudrais que tu me tournes le dos pendant trois minutes. Va t'asseoir de l'autre côté du lit. Pas trop près de la fenêtre. Et ne te retourne pas avant que je ne te le dise.

Winston regarda distraitement à travers le rideau

de mousseline. En bas, dans la cour, la femme aux bras rouges évoluait encore entre le baquet et la corde. Elle ôta de sa bouche deux épingles de bois et chanta avec sentiment :

On dit que le temps guérit toute blessure.
On dit que l'on peut toujours oublier.
Mais la vie est toujours là et tout le temps qu'elle dure.
Par la joie ou par les pleurs toujours mon cœur est travaillé.

Elle semblait connaître par cœur toute la rengaine. Sa voix s'élevait dans la douceur de l'air d'été, mélodieuse et chargée d'heureuse mélancolie. On avait l'impression qu'elle eût été parfaitement heureuse, pourvu que le soir de juin fût infini et le nombre de couches inépuisable, heureuse de rester là des milliers d'années à attacher des couches et chanter des stupidités. Winston fut frappé par le fait étrange qu'il n'avait jamais entendu chanter, seul et spontanément, un membre du Parti. Cela aurait paru légèrement non orthodoxe, ce serait une excentricité dangereuse, comme de se parler à soi-même. Peut-être était-ce seulement quand les gens n'étaient pas loin de la famine qu'ils avaient des raisons de chanter.

— Maintenant, tu peux te retourner, dit Julia.

Il se retourna et, pendant une seconde, faillit presque ne pas la reconnaître. Il s'était attendu à la voir nue. Mais elle n'était pas nue. La transformation qu'elle avait opérée était beaucoup plus surprenante que cela. Elle s'était fardé le visage.

Elle avait dû se glisser dans quelque magasin des quartiers prolétaires et acheter un assortiment complet de produits de beauté. Ses lèvres étaient d'un rouge foncé, ses joues étaient fardées, son nez poudré. Il y avait même sous les yeux un soupçon de quelque

190

chose qui les avivait. Ce n'était pas fait très habilement. Mais les références de Winston en la matière ne valaient pas cher. Jamais auparavant il n'avait vu ou imaginé une femme du Parti avec du fard sur le visage. Avec seulement quelques touches de couleur où il fallait, elle était devenue, non seulement beaucoup plus jolie, mais, surtout, beaucoup plus féminine. Ses cheveux courts et sa blouse de jeune garçon ajoutaient plutôt à cet effet. Quand il la prit dans ses bras, une vague de parfum de violette synthétique lui vint aux narines. Il se souvint de la pénombre d'une cuisine en sous-sol et de la bouche caverneuse d'une femme. Elle avait employé exactement le même parfum, mais cela ne semblait pas, en cet instant, avoir d'importance.

— Du parfum aussi ! dit-il.

— Oui, chéri, du parfum aussi. Et sais-tu ce que je vais faire la prochaine fois ? Je vais me procurer une réelle robe de femme et la porter à la place de ces saloperies de culottes. J'aurai des bas de soie et des chaussures à talons hauts. Dans cette pièce, je serai une femme, pas une camarade du Parti.

Ils enlevèrent leurs vêtements et grimpèrent sur l'immense lit de mahogany. C'était la première fois que Winston se déshabillait et se mettait nu en sa présence. Jusqu'alors, il avait été trop honteux de son corps pâle et maigre, des varices en saillie sur ses mollets, de la tache décolorée au-dessus de son cou-de-pied.

Il n'y avait pas de draps, mais la couverture sur laquelle ils s'étendirent était élimée et lisse. Les dimensions et l'élasticité du lit les étonnèrent tous deux.

— C'est certainement plein de punaises, mais qu'importe ! dit Julia.

On ne voyait jamais alors de lit pour deux, sauf chez les prolétaires. Il était arrivé à Winston, pendant son enfance, de dormir dans un lit de ce genre. Julia, autant qu'elle pût s'en souvenir, ne s'était jamais trouvée dans un semblable lit.

Ils dormirent un moment. Quand Winston se réveilla, les aiguilles de la pendule avaient tourné et atteignaient presque le chiffre neuf. Il ne bougea point, parce que, au creux de son bras, la tête de Julia endormie reposait. Une grande partie de son fard était passée sur le visage de Winston et sur le traversin, mais une légère teinte rouge faisait encore ressortir la beauté de sa pommette. Un rayon jaune du soleil couchant tombait au pied du lit et éclairait la cheminée où l'eau bouillait à gros bouillons dans la casserole. Dans la cour, en bas, la femme avait cessé de chanter, mais les cris des enfants dans la rue flottaient assourdis dans la chambre.

Winston se demanda vaguement si, dans le passé aboli, cela avait été un événement normal de dormir dans un lit comme celui-ci, dans la fraîcheur d'un soir d'été, d'être un homme et une femme sans vêtements, de faire l'amour quand on le voulait, de converser sur des sujets que l'on choisissait, de ne sentir aucune obligation de se lever, d'être simplement étendu et d'écouter les sons paisibles de l'extérieur. Sûrement, il n'y avait jamais eu d'époque où cela aurait paru naturel...

Julia se réveilla, se frotta les yeux, se souleva et s'appuya sur un coude pour regarder le fourneau à pétrole.

— La moitié de l'eau s'est évaporée, dit-elle. Je vais tout de suite me lever et faire du café. Nous avons une heure. À quelle heure éteint-on, chez toi ?

— À vingt-trois heures et demie.

— À mon foyer, c'est vingt-trois heures. Mais il nous faudra rentrer plus tôt que cela parce que... Hé ! Dehors, sale bête !

Elle se retourna dans le lit, attrapa un soulier sur le parquet et le lança avec violence dans un angle de la pièce, d'une détente brusque et juvénile du bras, exactement comme il l'avait vue, un matin, lancer le dictionnaire contre Goldstein pendant les Deux Minutes de la Haine.

— Qu'est-ce que c'était ? demanda-t-il surpris.

— Un rat. J'ai vu pointer son sale museau hors de la boiserie. Il y a un trou, là. Mais je lui ai foutu les foies.

— Des rats, murmura Winston. Dans cette chambre !

— Il y en a partout, dit Julia avec indifférence en se recouchant. Nous en avons même dans la cuisine, au foyer. Il y a des parties de Londres où ils fourmillent. Savais-tu qu'ils attaquent les enfants ? Oui, des enfants. Dans certaines rues, les femmes n'osent pas laisser un bébé tout seul deux minutes. Ce sont les grands gros bruns. Et l'horrible, c'est que ces sales bêtes, toujours...

— Tais-toi, dit Winston, les yeux étroitement fermés.

— Chéri ! Tu es devenu tout pâle ! Qu'y a-t-il ? Ce sont les rats qui te donnent mal au cœur ?

— De toutes les horreurs du monde... un rat !

Elle se pressa contre lui, enroula ses membres autour de lui, comme pour le rassurer avec la chaleur de son corps. Il ne rouvrit pas les yeux immédiatement. Il avait eu, pendant quelques minutes, l'impression de revivre un cauchemar qui, au cours des années, revenait de temps en temps. C'était toujours à peu près le même. Il était debout devant un mur d'ombre, et de l'autre côté de ce mur, il y avait quelque chose d'intolérable, quelque chose de trop horrible pour être affronté. Dans son rêve, son sentiment profond était toujours un sentiment de duperie volontaire, car, en fait, il savait ce qu'il y avait derrière le mur d'ombre. Il aurait même pu, d'un effort mortel, comme s'il arrachait un morceau de son propre cœur, tirer la chose en pleine lumière. Il se réveillait toujours sans avoir découvert ce que c'était. Mais cela se rapportait, d'une manière ou d'une autre, à ce qu'allait dire Julia quand il lui avait coupé la parole.

— Excuse-moi, dit-il. Ce n'est rien. Je n'aime pas les rats, c'est tout.

— Ne te tourmente pas, chéri, ces sales brutes de rats n'entreront pas ici. Avant que nous partions, je vais boucher le trou avec un bout de toile à sac et la prochaine fois que nous viendrons, j'apporterai un peu de plâtre et je le fermerai proprement, tu verras.

L'instant de panique aveugle était déjà à moitié oublié. Légèrement honteux de lui-même, Winston s'assit, appuyé au dossier du lit. Julia se leva, enfila sa combinaison et fit le café. L'odeur qui montait de la casserole était si puissante et si excitante qu'ils fermèrent la fenêtre, de peur qu'elle ne fût remarquée par quelqu'un du dehors et qu'elle n'éveillât la curiosité. Ce qui était même meilleur que le goût du café, c'était le velouté donné par le sucre, sensation que Winston, après des années de saccharine, avait presque oubliée.

Une main dans sa poche, l'autre tenant une tartine de confiture, Julia errait dans la pièce. Elle regarda la bibliothèque avec indifférence, indiqua le meilleur moyen de réparer la table pliante, se laissa tomber dans le fauteuil usé pour voir s'il était confortable, regarda l'absurde pendule aux douze chiffres avec un amusement bienveillant. Elle apporta le presse-papier de verre sur le lit pour le voir sous une lumière plus vive. Winston le lui prit des mains, fasciné comme toujours par l'aspect doux et la transparence liquide du verre.

— Que penses-tu que ce soit ? demanda Julia.

— Je ne pense pas que ce soit quelque chose. Je veux dire, je ne pense pas que cela ait jamais été destiné à servir. C'est ce que j'aime en lui. C'est un petit morceau d'Histoire que l'on a oublié de falsifier. C'est un message d'il y a cent ans, si l'on sait comment le lire.

— Et ce tableau, là-haut ? (elle indiquait, de la tête, la gravure sur le mur en face d'elle) est-ce qu'il est vieux d'un siècle ?

— Plus que cela. Deux siècles, peut-être. Il est absolument impossible aujourd'hui de découvrir l'âge de quoi que ce soit.

Elle traversa la pièce.

— Voici l'endroit où cette saloperie de bête a passé le nez, dit-elle, en frappant sur la boiserie immédiatement sous le tableau. — Elle regarda le tableau. — Où ça se tient ? J'ai vu ça quelque part.

— C'est une église, ou tout au moins c'en était une. On l'appelait l'église de Saint-Clément.

Le fragment de refrain que lui avait appris M. Charrington lui revint à l'esprit, et il ajouta, à demi nostalgique : « Oranges et citrons, disent les cloches de Saint-Clément. »

À sa stupéfaction, elle répondit au vers par un vers.

— Tu me dois trois farthings, disent les cloches de Saint-Martin.

— Quand me paieras-tu ? disent les cloches du Vieux Bailey.

— Je ne me souviens pas de la suite. Mais je me

rappelle en tout cas que cela se termine ainsi : « Voici une chandelle pour aller vous coucher, voici un couperet pour vous couper la tête ! »

C'était comme les deux moitiés d'un contreseing. Mais il devait y avoir une autre ligne après « les cloches du Vieux Bailey ». Peut-être pourrait-on l'extraire de la mémoire de M. Charrington, si elle était convenablement excitée.

— Qui t'a appris cela ? demanda-t-il.

— Mon grand-père. Il avait l'habitude de me le répéter quand j'étais petite. Il a été vaporisé quand j'avais huit ans. En tout cas, il disparut. Je me demande ce que c'était, un citron, ajouta-t-elle, sans logique. J'ai vu des oranges. C'est une sorte de fruit rond et jaune, avec une peau épaisse.

— Je me souviens des citrons, dit Winston. Ils étaient très connus entre 1950 et 1959. Ils étaient tellement acides qu'on avait les dents glacées, rien qu'à les sentir.

— Je suis sûre qu'il y a des punaises derrière ce tableau, dit Julia. Je le descendrai un de ces jours et je lui donnerai un bon coup de torchon. Je crois qu'il est presque temps de nous en aller. Il faut que je lave ma figure pour enlever ce fard. Quel ennui ! J'enlèverai ensuite de ton visage le rouge à lèvres.

Winston resta couché quelques minutes encore. La chambre s'assombrissait. Il se tourna vers la lumière et resta étendu, les yeux fixés sur le presse-papier de verre. Il y avait en cet objet une telle profondeur ! Il était pourtant presque aussi transparent que l'air. C'était comme si la surface du verre était une arche du ciel enfermant un monde minuscule avec son atmosphère complète. Il avait l'impression de pouvoir y pénétrer. Il s'imaginait, il ressentait que, pour de bon, il était à l'intérieur du verre, avec le lit de mahogany, la table pliante, la pendule, la gravure ancienne et le presse-papier lui-même. Le presse-papier était la pièce dans laquelle il se trouvait, et le corail était la vie de Julia et la sienne, fixées dans une sorte d'éternité au cœur du cristal.

V

Syme avait disparu. Un matin, il avait été absent de son travail. Quelques personnes sans cervelle commentèrent son absence. Le jour suivant, personne ne mentionna son nom. Le troisième jour, Winston se rendit au vestibule du Commissariat aux Archives pour regarder le tableau des informations. L'une des notices contenait une liste imprimée des membres du Comité des Échecs dont Syme avait fait partie. Cette liste paraissait à peu près semblable à ce qu'elle était auparavant. Rien n'avait été raturé. Mais elle avait un nom en moins. C'était suffisant. Syme avait cessé d'exister, il n'avait jamais existé.

Le temps chauffait dur. Dans le labyrinthe du ministère, les pièces sans fenêtres, dont l'air était conditionné, gardaient leur température normale, mais à l'extérieur, les pavés brûlaient les pieds et la puanteur du métro aux heures d'affluence était horrible. Les préparatifs pour la Semaine de la Haine battaient leur plein et le personnel de tous les ministères faisait des heures supplémentaires.

Processions, réunions, parades militaires, conférences, exhibition d'effigies, spectacles de cinéma, programmes de télécran, tout devait être organisé.

Des tribunes devaient être dressées, des effigies modelées, des slogans inventés, des chansons écrites, des rumeurs mises en circulation, des photographies maquillées. On avait enlevé à la Section de Julia, dans le Commissariat aux Romans, la production des romans. Ce Département sortait maintenant, à une cadence précipitée, une série d'atroces pamphlets. Winston, en plus de son travail habituel, passait de longues heures chaque jour à parcourir d'anciennes collections du *Times* et à changer et embellir des paragraphes concernant les nouvelles qui devaient être commentées dans des discours. Tard dans la nuit, alors qu'une foule de prolétaires bruyants erraient par les rues, la ville avait un curieux air de fébrilité. Les bombes-fusées s'abattaient avec fracas plus souvent que jamais. Parfois, dans le lointain, il y avait d'énormes explosions que personne ne pouvait expliquer et à propos desquelles circulaient de folles rumeurs.

Le nouvel air qui devait être la chanson-thème de la Semaine de la Haine (on l'appelait la chanson de la Haine), avait déjà été composé et on le donnait sans arrêt au télécran. Il avait un rythme d'aboiement sauvage qu'on ne pouvait exactement appeler de la musique, mais qui ressemblait au battement d'un tambour. Quand, chanté par des centaines de voix, il scandait le bruit des pas, il était terrifiant. Les prolétaires s'en étaient entichés et, au milieu de la nuit, il rivalisait dans les rues avec l'air encore populaire « Ce n'est qu'un rêve sans espoir ». Les enfants de Parsons le jouaient de façon insupportable à toutes les heures du jour et de la nuit, sur un peigne et un bout de papier hygiénique. Les soirées de Winston étaient plus occupées que jamais. Des escouades de volontaires, organisées par Parsons, préparaient la rue pour la Semaine de la Haine. Elles cousaient des bannières,

peignaient des affiches, érigeaient des hampes de drapeaux sur les toits, risquaient leur vie pour lancer des
fils par-dessus la rue et accrocher des banderoles.

Parsons se vantait que seul le bloc de la Victoire
déploierait quatre cents mètres de pavoisement. La
chaleur et les travaux manuels lui avaient même
fourni un prétexte pour revenir dans la soirée aux
shorts et aux chemises ouvertes. Il était partout à la
fois à pousser, tirer, scier, clouer, improviser, à réjouir
tout le monde par ses exhortations familières et à
répandre par tous les plis de son corps un stock qui
semblait inépuisable de sueur acide.

Les murs de Londres avaient soudain été couverts
d'une nouvelle affiche. Elle ne portait pas de légende
et représentait simplement la monstrueuse silhouette
de trois ou quatre mètres de haut d'un soldat eurasien
au visage mongol impassible, aux bottes énormes, qui
avançait à grands pas avec, sur la hanche, une mitrailleuse pointée en avant. Sous quelque angle qu'on
regardât l'affiche, la gueule de la mitrailleuse semblait
pointée droit sur vous.

Ces affiches avaient été collées sur tous les espaces
vides des murs et leur nombre dépassait même celles
qui représentaient Big Brother. Les prolétaires, habituellement indifférents à la guerre, étaient excités et
poussés à l'un de leurs périodiques délires patrioti-
ques. Comme pour s'harmoniser avec l'humeur générale, les bombes-fusées avaient tué un nombre de gens
plus grand que d'habitude. L'une d'elles tomba sur
un cinéma bondé de Stepney et ensevelit sous les
décombres plusieurs centaines de victimes. Toute la
population du voisinage sortit pour les funérailles.
Elle forma un long cortège qui dura des heures et fut,
en fait, une manifestation d'indignation. Une autre
bombe tomba dans un terrain abandonné qui servait

de terrain de jeu. Plusieurs douzaines d'enfants furent atteints et mis en pièces. Il y eut d'autres manifestations de colère. On brûla l'effigie de Goldstein. Des centaines d'exemplaires de l'affiche du soldat eurasien furent arrachés et ajoutés aux flammes et un grand nombre de magasins furent pillés dans le tumulte. Puis le bruit courut que des espions dirigeaient les bombes par ondes, et on mit le feu à la maison d'un vieux couple suspect d'être d'origine étrangère. Il périt étouffé.

Dans la pièce qui se trouvait au-dessus du magasin de M. Charrington, Winston et Julia, quand ils pouvaient s'y rendre, se couchaient côte à côte sur le lit sans couvertures, nus sous la fenêtre ouverte pour avoir frais. Le rat n'était jamais revenu, mais les punaises s'étaient hideusement multipliées avec la chaleur. Cela ne semblait pas avoir d'importance. Sale ou propre, la chambre était un paradis.

Quand ils arrivaient, Winston et Julia saupoudraient tout de poivre acheté au marché noir, enlevaient leurs vêtements, faisaient l'amour avec leurs corps en sueur, puis s'endormaient. À leur réveil, ils découvraient que les punaises étaient revenues en masse pour une contre-attaque.

Pendant le mois de juin, ils se rencontrèrent quatre, cinq, six, sept fois. Winston avait perdu l'habitude de boire du gin à n'importe quelle heure. Il semblait n'en avoir plus besoin. Il avait grossi, son ulcère variqueux s'était cicatrisé, ne laissant qu'une tache brune au-dessus du cou-de-pied. Ses quintes de toux matinales s'étaient arrêtées. Le cours de la vie avait cessé d'être intolérable. Il n'était plus tenté de faire des grimaces aux télécrans ou de proférer des jurons à tue-tête. Maintenant qu'ils possédaient tous deux un endroit secret et sûr, il ne leur paraissait même pas pénible de ne pouvoir se rencontrer que rarement et pour deux heures chaque fois. L'important était que cette chambre au-dessus du magasin d'antiquités existât. Savoir qu'elle était là, inviolée, c'était presque s'y trouver. La chambre était un monde, une poche du passé où auraient pu marcher des animaux dont la race était éteinte.

Winston pensait que M. Charrington faisait partie, lui aussi, de la race disparue. Avant de monter, il s'arrêtait d'habitude quelques minutes pour causer avec lui. Le vieillard semblait ne sortir que rarement, ou même jamais et, d'autre part, n'avoir presque aucun client. Il menait une existence de fantôme entre le minuscule magasin et une arrière-cuisine encore plus minuscule où il préparait ses repas. Cette cuisine contenait, entre autres choses, un gramophone incroyablement ancien, muni d'un énorme pavillon. M. Charrington paraissait heureux d'avoir une occasion de parler. Tandis qu'il errait d'un objet à l'autre de son stock sans valeur, le nez long, les lunettes épaisses, les épaules courbées, vêtu d'une veste de velours, il avait toujours vaguement l'air d'être plutôt un collectionneur qu'un commerçant... Il palpait, avec une sorte d'enthousiasme désuet, un fragment ou un autre d'objets sans valeur — le bouchon d'un flacon d'encre de Chine, le couvercle peint d'une tabatière cassée, un médaillon en simili contenant une mèche des cheveux d'un bébé mort depuis longtemps. Il ne demandait jamais à Winston d'acheter. Il se contentait de solliciter son admiration.

Causer avec lui était comme écouter le son d'une boîte à musique usée. Il avait ramené des profondeurs de sa mémoire quelques autres fragments de chansons oubliées. Il y en avait une qui parlait de vingt-quatre merles, dans une autre il était question d'une vache à la corne brisée. Une autre encore racontait la mort du jeune coq Robin. « J'ai pensé que cela pourrait vous intéresser », disait-il avec un petit rire d'excuse chaque fois qu'il produisait un nouveau fragment. Mais il ne se rappelait jamais que quelques vers de chaque chanson.

Winston et Julia savaient tous deux — dans une certaine mesure, ce n'était jamais absent de leurs esprits — que le cours actuel des choses ne pouvait durer longtemps. Il y avait des moments où l'idée d'une mort imminente était aussi palpable que le lit sur lequel ils se couchaient et ils s'accrochaient l'un à l'autre avec une sorte de sensualité désespérée, comme les damnés qui, cinq minutes avant que sonne la pendule, saisissent leur dernière bouchée de plaisir.

Mais il y avait aussi des moments où ils avaient l'illusion non seulement de la sécurité, mais de la permanence. Tant qu'ils se trouvaient dans la chambre, ils avaient tous deux l'impression qu'aucun mal ne pourrait leur advenir. Y arriver était difficile et dangereux, mais la chambre elle-même était un sanctuaire inviolable. C'était comme lorsque Winston avait regardé l'intérieur du presse-papier. Il avait eu l'impression qu'il pourrait pénétrer dans le monde de verre et, qu'une fois là, la marche du temps pourrait être arrêtée.

Ils se laissaient aller à des rêves d'évasion. Leur chance durerait indéfiniment et leur intrigue continuerait, exactement semblable, pendant tout le reste de leur vie naturelle. Catherine mourait et, par des manœuvres habiles, ils réussissaient à se marier. Ou ils se suicidaient ensemble. Ou ils disparaissaient, modifiaient leur apparence pour ne pas être reconnus, apprenant à parler avec l'accent des prolétaires, obtenaient du travail dans une usine et passaient leur vie dans une rue écartée où on ne les découvrait pas.

Tout cela n'avait pas de sens. Ils le savaient tous deux. En réalité, il n'y avait aucun moyen d'évasion. Ils n'avaient même pas l'intention de réaliser le seul plan qui fût praticable, le suicide. S'accrocher jour après jour, semaine après semaine, pour prolonger un présent qui n'avait pas de futur, était un instinct qu'on ne pouvait vaincre, comme on ne peut empêcher les poumons d'aspirer l'air tant qu'il y a de l'air à respirer.

Parfois aussi, ils parlaient de s'engager dans une rébellion active contre le Parti, mais ils ne savaient pas du tout comment commencer. Même si la fabuleuse Fraternité était une réalité, il restait encore la difficulté de trouver le moyen d'en faire partie. Winston fit part à Julia de l'étrange intimité qui existait ou semblait exister, entre O'Brien et lui et de la tentation qui le prenait parfois de se mettre simplement en présence d'O'Brien, de lui annoncer qu'il était l'ennemi du Parti et de lui demander son aide. Assez étrangement, l'impossibilité et la témérité de cet acte ne la frappèrent pas. Elle était habituée à juger des gens par leur visage et il lui semblait naturel que Winston put croire en la loyauté d'O'Brien sur la seule foi d'un éclair des yeux. De plus, elle considérait comme admis que tout le monde, ou presque tout le monde, haïssait en secret le Parti et violerait les règles s'il était possible de le faire sans danger.

Mais elle refusait de croire qu'une opposition vaste et organisée existât ou pût exister. Les histoires sur Goldstein et son armée clandestine, disait-elle, n'étaient qu'un tas de baliverdes que le Parti avait inventées pour des fins personnelles et qu'on devait faire semblant de croire.

Elle avait, un nombre incalculable de fois, lors des rassemblements du Parti, et au cours de manifestations spontanées, demandé en criant à tue-tête, pour des crimes supposés auxquels elle n'ajoutait pas la moindre créance, l'exécution de gens dont elle n'avait jamais entendu les noms. Quand il y avait des procès publics, elle tenait sa place dans les détachements de la Ligue de la Jeunesse qui entouraient les tribunaux du matin au soir et chantaient à intervalles réguliers « Mort aux traîtres ». Pendant les Deux Minutes de la Haine, les insultes qu'elle proférait contre Goldstein dominaient toujours celles des autres. Elle n'avait pourtant qu'une idée très vague de Goldstein et des doctrines qu'il était censé représenter. Elle avait grandi après la Révolution et était trop jeune pour se rappeler les batailles idéologiques de 1950 à 1969. Une chose telle qu'un mouvement politique indépendant dépassait le pouvoir de son imagination et, en tout cas, le Parti était invincible. Il existerait toujours et serait toujours le même. On ne pouvait se révolter contre lui que par une désobéissance secrète ou, au plus, par des actes isolés de violence, comme de tuer quelqu'un ou de lui lancer quelque chose à la tête.

Elle était, par certains côtés, beaucoup plus fine que Winston et beaucoup moins perméable à la propagande du Parti. Il arriva une fois à Winston de parler, à propos d'autre chose, de la guerre contre l'Eurasia. Elle le surprit en disant avec désinvolture qu'à son avis il n'y avait pas de guerre. Les bombes-fusées qui tombaient chaque jour sur Londres étaient probablement lancées par le gouvernement de l'Océania lui-même, « juste pour maintenir les gens dans la peur ». C'était une idée qui, littéralement, n'était jamais venue à Winston. Julia éveilla encore en lui une sorte d'envie lorsqu'elle lui dit que, pendant les Deux Minutes de la Haine, le plus difficile pour elle était de se retenir d'éclater de rire. Mais elle ne mettait en question les enseignements du Parti que lorsqu'ils touchaient, de quelque façon, à sa propre vie. Elle était souvent prête à accepter le mythe officiel, simplement parce que la différence entre la vérité et le mensonge ne lui semblait pas importante.

Elle croyait, par exemple, l'ayant appris à l'école, que le Parti avait inventé les aéroplanes. Winston se souvenait qu'à l'époque où il était, lui, à l'école, vers 1958-59, c'était seulement l'hélicoptère que le Parti prétendait avoir inventé. Une douzaine d'années plus tard, pendant les années de classe de Julia, il prétendait déjà avoir inventé l'aéroplane. Dans une génération, il s'attribuerait l'invention des machines à vapeur. Et quand il lui dit que les aéroplanes existaient avant qu'il fût né et longtemps avant la Révolution, elle trouva le fait sans intérêt aucun. Après tout, quelle importance cela avait-il que ce fût celui-ci ou celui-là qui ait inventé les aéroplanes ?

Ce fut plutôt un choc pour Winston de découvrir, à propos d'une remarque faite par hasard, qu'elle ne se souvenait pas que l'Océania, il y avait quatre ans, était en guerre contre l'Estasia et en paix avec l'Eurasia. Il est vrai qu'elle considérait toute la guerre comme une comédie. Mais elle n'avait apparemment même pas remarqué que le nom de l'ennemi avait changé.

— Je croyais que nous avions toujours été en guerre contre l'Eurasia, dit-elle vaguement.

Winston en fut un peu effrayé. L'invention des aéroplanes était de beaucoup antérieure à sa naissance, mais le nouvel aiguillage donné à la guerre datait de quatre ans seulement, bien après qu'elle eût grandi. Il discuta à ce sujet avec elle pendant peut-être un quart d'heure. À la fin, il réussit à l'obliger à creuser sa mémoire jusqu'à ce qu'elle se souvînt confusément qu'à une époque c'était l'Estasia et non l'Eurasia qui était l'ennemi. Mais la conclusion lui parut encore sans importance.

— Qui s'en soucie ? dit-elle avec impatience. C'est toujours une sale guerre après une autre et on sait que, de toute façon, les nouvelles sont toujours fausses.

Il lui parlait parfois du Commissariat aux Archives et des impudentes falsifications qui s'y perpétraient. De telles pratiques ne semblaient pas l'horrifier. Elle ne sentait pas l'abîme s'ouvrir sous ses pieds à la pensée que des mensonges devenaient des vérités.

Il lui raconta l'histoire de Jones, Aaronson et Rutherford et de l'important fragment de papier qu'il avait une fois tenu entre ses doigts. Elle n'en fut pas très impressionnée. Elle ne saisit pas tout de suite, d'ailleurs, le nœud de l'histoire.

— Étaient-ce tes amis ? demanda-t-elle.

— Non. Je ne les ai jamais connus. C'étaient des membres du Parti intérieur. En outre, ils étaient beaucoup plus âgés que moi. Ils appartenaient à l'ancienne époque, d'avant la Révolution. Je les connaissais tout juste de vue.

— Alors qu'y avait-il là pour te tracasser ? Il y a toujours eu des gens tués, n'est-ce pas ?

Il essaya de lui faire comprendre. C'était un cas exceptionnel. Il ne s'agissait pas seulement du meurtre d'un individu.

— Te rends-tu compte que le passé a été aboli jusqu'à hier ? S'il survit quelque part, c'est dans quelques objets auxquels n'est attaché aucun mot, comme ce bloc de verre sur la table. Déjà, nous ne savons littéralement presque rien de la Révolution et des années qui la précédèrent. Tous les documents ont été détruits ou falsifiés, tous les livres récrits, tous les tableaux repeints. Toutes les statues, les rues, les édifices, ont changé de nom, toutes les dates ont été modifiées. Et le processus continue tous les jours, à chaque minute. L'histoire s'est arrêtée. Rien n'existe qu'un présent éternel dans lequel le Parti a toujours raison. Je sais naturellement que le passé est falsifié, mais il me serait impossible de le prouver, alors même que j'ai personnellement procédé à la falsification. La chose faite, aucune preuve ne subsiste. La seule preuve est à l'intérieur de mon cerveau et je n'ai aucune certitude qu'un autre être humain quelconque partage mes souvenirs. De toute ma vie, il ne m'est arrivé qu'une seule fois de tenir la preuve réelle et concrète. Des années après.

— Et à quoi cela t'avançait-il ?

— À rien, parce que quelques minutes plus tard j'ai jeté le papier. Mais aujourd'hui, si le cas se reproduisait, je garderais le papier.

— Eh bien, pas moi, répondit Julia. Je suis prête à courir des risques, mais pour quelque chose qui en vaut la peine, pas pour des bouts de vieux journaux. Qu'en aurais-tu fait, même si tu l'avais gardé ?

— Pas grand-chose, peut-être, mais c'était une preuve. Elle aurait pu implanter quelques doutes çà et là si j'avais osé la montrer. Je ne pense pas que nous puissions changer quoi que ce soit pendant notre existence. Mais on peut imaginer que de petits nœuds de résistance puissent jaillir çà et là, de petits groupes de gens qui se ligueraient et dont le nombre augmenterait peu à peu. Ils pourraient même laisser après eux quelques documents pour que la génération suivante reprenne leur action au point où ils l'auraient laissée.

— La prochaine génération ne m'intéresse pas, chéri. Ce qui m'intéresse, c'est nous.

— De la taille aux orteils, tu n'es qu'une rebelle, chérie.

Elle trouva la phrase très spirituelle et, ravie, jeta ses bras autour de lui.

Elle ne prêtait pas le moindre intérêt aux ramifications de la doctrine du Parti. Quand il se mettait à parler des principes de l'Angsoc, de la double-pensée, de la mutabilité du passé, de la négation de la réalité objective, et qu'il employait des mots novlangue, elle était ennuyée et confuse et disait qu'elle n'avait jamais fait attention à ces choses. On savait que tout cela n'était que balivernes, alors pourquoi s'en préoccuper ? Elle savait à quel moment applaudir, à quel moment pousser des huées et c'est tout ce qu'il était nécessaire de savoir. Quand il persistait à parler sur de tels sujets, elle avait la déconcertante habitude de s'endormir. Elle était de ces gens qui peuvent s'endormir à n'importe quelle heure et dans n'importe quelle position.

En causant avec elle, Winston se rendit compte à quel point il était facile de présenter l'apparence de l'orthodoxie sans avoir la moindre notion de ce que signifiait l'orthodoxie. Dans un sens, c'est sur les gens incapables de la comprendre que la vision du monde qu'avait le Parti s'imposait avec le plus de succès. On pouvait leur faire accepter les violations les plus flagrantes de la réalité parce qu'ils ne saisissaient jamais entièrement l'énormité de ce qui leur était demandé et n'étaient pas suffisamment intéressés par les événements publics pour remarquer ce qui se passait. Par manque de compréhension, ils restaient sains. Ils avalaient simplement tout, et ce qu'ils avalaient ne leur faisait aucun mal, car cela ne laissait en eux aucun résidu, exactement comme un grain de blé, qui passe dans le corps d'un oiseau sans être digéré.

VI

C'était enfin arrivé. Le message attendu était venu. Il semblait à Winston qu'il avait toute sa vie attendu ce moment.

Il longeait le couloir du ministère et il était presque à l'endroit où Julia lui avait glissé le mot dans la main, quand il s'aperçut que quelqu'un plus corpulent que lui marchait juste derrière lui. La personne, qu'il n'identifiait pas encore, fit entendre une petite toux, prélude évident de ce qu'elle allait dire. Winston s'arrêta brusquement et se retourna. C'était O'Brien.

Ils étaient enfin face à face et il semblait à Winston que son seul désir était de s'enfuir. Sou cœur battait à se rompre. Il aurait été incapable de parler. O'Brien, cependant, continuait à marcher du même pas, sa main un moment posée sur le bras de Winston d'un geste amical, de sorte que tous deux marchèrent côte à côte. Il se mit à parler avec la courtoisie grave et particulière qui le différenciait de la plupart des membres du Parti intérieur.

— J'attendais une occasion de vous parler, dit-il. J'ai lu l'autre jour un de vos articles novlangue dans le *Times*. Vous vous intéressez en érudit au novlangue, je crois ?

Winston avait recouvré une partie de son sang-froid.

— Érudit ? Oh ! À peine, dit-il. Je ne suis qu'un amateur. Ce n'est pas ma partie. Je n'ai jamais rien eu à faire avec l'actuelle construction du langage.

— Mais vous écrivez très élégamment, dit O'Brien. Je ne suis pas seul à le penser. Je parlais récemment à un de vos amis qui est un expert. Son nom m'échappe pour l'instant.

Le cœur de Winston battit de nouveau douloureusement. Il était inconcevable que cette phrase ne se rapportât point à Syme. Mais Syme n'était pas seulement mort, il était aboli, il était un *nonêtre*. Toute évidente référence à lui était mortellement dangereuse. La remarque d'O'Brien devait certainement être comprise comme un signal, un mot de code. En partageant avec Winston un petit crime par la pensée, il avait fait de tous deux des complices.

Ils avaient continué à marcher lentement dans le corridor, mais O'Brien s'arrêta. Avec cette curieuse, désarmante amitié qu'il s'arrangeait pour mettre dans son geste, il équilibra ses lunettes sur son nez. Puis il poursuivit :

— Ce que je voulais surtout vous dire, c'est que, dans votre article, vous avez employé deux mots qui sont périmés. Mais ils ne le sont que depuis peu. Avez-vous vu la dixième édition du dictionnaire novlangue ?

— Non, répondit Winston. Je ne pensais pas qu'elle eût déjà paru. Nous nous servons encore, au Département des Archives, de la neuvième édition.

— La dixième édition ne paraîtra pas avant quelques mois, je crois. Mais quelques exemplaires ont déjà été mis en circulation. J'en ai moi-même un. Peut-être vous intéresserait-il de le voir ?

— Très certainement, répondit Winston qui comprit immédiatement à quoi tendait O'Brien.

— Quelques-unes des nouvelles trouvailles sont très ingénieuses. La réduction du nombre de verbes. C'est cette partie qui vous plaira, je pense. Voyons, vous l'enverrai-je par un messager ? Mais j'oublie invariablement, je crois, toutes les choses de ce genre. Peut-être pourriez-vous passer à mon appartement ? Quand cela vous conviendra. Attendez. Laissez-moi vous donner mon adresse.

Ils étaient debout devant un télécran. D'un geste désinvolte, O'Brien fouilla ses poches et en sortit un petit carnet couvert de cuir et un crayon à encre en or. Immédiatement sous le télécran, dans une posture telle que n'importe qui, à l'autre bout de l'instrument, pouvait lire ce qu'il écrivait, il griffonna une adresse, déchira la page et la tendit à Winston.

— Je suis d'habitude chez moi dans la soirée, dit-il. Si je n'y étais pas, mon domestique vous remettrait le dictionnaire.

Il partit, laissant Winston avec le bout de papier entre les mains. Il n'était pas besoin, cette fois, de le cacher. Néanmoins, Winston étudia soigneusement ce qui y était écrit et, quelques heures plus tard, le jeta, avec un tas d'autres papiers, dans le trou de mémoire.

Ils ne s'étaient parlé que pendant deux minutes au plus. L'épisode ne pouvait avoir qu'une signification. Il n'avait été machiné que pour faire connaître à Winston l'adresse d'O'Brien. C'était nécessaire, car il n'était jamais possible, si on ne le lui demandait directement, de découvrir où vivait quelqu'un. Il n'y avait, en cette matière, de fil d'Ariane d'aucune sorte.

— Si jamais vous vouliez me voir, c'est là que vous me trouveriez.

Voilà ce que lui avait dit O'Brien. Peut-être même y aurait-il un message caché quelque part dans le dictionnaire. Mais, en tout cas, une chose était certaine. La conspiration dont il avait rêvé existait et il en avait atteint la pointe extérieure.

Il savait que tôt ou tard il obéirait aux ordres d'O'Brien. Peut-être serait-ce le lendemain, peut-être serait-ce après un long délai, il l'ignorait. Ce qui arrivait n'était que le résultat d'un processus qui avait commencé depuis des années. Le premier pas avait été une pensée secrète, involontaire. Le deuxième était l'ouverture de son journal. Il avait passé des pensées aux mots et il passait maintenant des mots aux actes. Le dernier pas serait quelque chose qui aurait lieu au ministère de l'Amour. Il l'avait accepté. La fin était impliquée dans le commencement. Mais c'était effrayant. Plus exactement, c'était comme un avant-goût de la mort, c'était comme d'être un peu moins vivant. Même pendant qu'il parlait à O'Brien, alors que le sens des mots le pénétrait, il avait été secoué d'un frisson glacial. Il avait la sensation de marcher dans l'humidité d'une tombe, et qu'il ait toujours su que la tombe était là et qu'elle l'attendait n'améliorait rien.

VII

Winston s'était redressé, les yeux pleins de larmes.
Julia, tout ensommeillée, roula contre lui et murmura
quelque chose qui pouvait être :

— Qu'est-ce que tu as ?

— Je rêvais... commença-t-il.

Mais il s'arrêta net. C'était trop complexe pour être
traduit par des mots. Il y avait le rêve lui-même et il
y avait le souvenir lié à ce rêve, qui s'était glissé dans
son esprit quelques secondes après son réveil.

Il s'allongea, les yeux fermés, encore plongé dans
l'atmosphère du rêve. C'était un rêve vaste et lumineux dans lequel toute sa vie semblait s'étendre
devant lui comme, un soir d'été, un paysage après la
pluie.

Tout s'était passé à l'intérieur du presse-papier en
verre, mais la surface du verre était le dôme du ciel
et, à l'intérieur de ce dôme, tout était plongé dans
une claire et douce lumière qui permettait de voir à
des distances infinies. Le rêve comprenait aussi en
vérité — c'est en quoi en un sens il avait consisté —,
un geste du bras fait par sa mère et répété trente ans
plus tard par la femme juive qu'il avait vue sur le film
d'actualités. Avant que les hélicoptères les réduisent

tous deux en pièces, elle avait essayé d'abriter des balles un petit garçon.

— Sais-tu, dit Winston, que jusqu'à ce moment je croyais avoir tué ma mère ?

— Pourquoi l'as-tu tuée ? demanda Julia presque endormie.

— Je ne l'ai pas tuée. Pas matériellement.

Il s'était rappelé dans son rêve la dernière vision qu'il avait eue de sa mère et, pendant les quelques minutes de son réveil, le faisceau de petits faits qui accompagnaient cette vision lui était revenu à l'esprit. C'était un souvenir qu'il avait volontairement repoussé de sa conscience pendant des années. Il n'était pas certain de la date à laquelle cela s'était passé, mais il ne devait pas avoir moins de dix ans, il en avait peut-être même douze, quand l'événement avait eu lieu.

Son père avait disparu quelque temps auparavant. Combien de temps avant, il ne pouvait se le rappeler. Il se souvenait mieux du tumulte, du malaise qui marquaient cette époque. Les paniques périodiques à propos de raids aériens, la recherche d'un abri dans les stations de métro, les tas de moellons partout, les proclamations inintelligibles affichées à tous les carrefours, les équipes de jeunes en chemises de même couleur, les interminables queues devant les boulangeries, le bruit intermittent du canon dans le lointain et, surtout, le fait qu'il n'y avait jamais assez à manger.

Il se souvenait de longs après-midi passés avec d'autres garçons à fouiller les poubelles et les tas de détritus pour en extraire des nervures de feuilles de chou, des épluchures de pommes de terre, parfois même de vieilles croûtes de pain rassis sur lesquelles ils grattaient soigneusement la cendre. Ils attendaient aussi le passage de camions sur une certaine route.

On savait qu'ils transportaient de la nourriture à bestiaux et que parfois, à la faveur de cahots dans les mauvais passages de la route, ils répandaient des fragments de tourteau.

Quand son père eut disparu, sa mère n'accusa ni surprise ni chagrin violent, mais il y eut en elle un changement soudain. Elle semblait avoir perdu toute énergie. Il était évident, même pour Winston, qu'elle attendait un événement qu'elle savait devoir se produire. Elle faisait tout ce qui était nécessaire, cuisinait, lavait, raccommodait, faisait le lit, balayait le parquet, essuyait la cheminée, toujours très lentement et avec un manque étrange de mouvements superflus, comme un personnage dessiné qui, de sa propre initiative, se mettrait en mouvement. Son corps volumineux et bien proportionné semblait retomber naturellement dans l'immobilité. Des heures et des heures, elle restait assise sur le lit, presque immobile, à nourrir la jeune sœur de Winston, enfant de deux ou trois ans, petite, malade, silencieuse, dont le visage était simiesque à force de minceur. Quelquefois, rarement, elle prenait Winston dans ses bras et le serrait contre elle longtemps sans rien dire. Il comprenait, en dépit de sa jeunesse et de son égoïsme, que ce geste était en quelque sorte lié à l'événement, mais lequel ? qui devait survenir.

Il se souvenait de la pièce dans laquelle ils vivaient, une pièce sombre, sentant le renfermé, qui paraissait à moitié remplie par un lit recouvert d'une courte-pointe blanche. Il y avait un fourneau à gaz dans la galerie de la cheminée, une étagère où l'on gardait la nourriture et, à l'extérieur, sur le palier, un évier de faïence brune commun à plusieurs pièces.

Il se souvenait du corps sculptural de sa mère courbé sur le fourneau à gaz pour remuer quelque chose dans la casserole. Il se souvenait surtout de sa faim presque continuelle et des batailles féroces et sordides au moment des repas. Il ne cessait d'adresser des reproches à sa mère et de lui demander pourquoi il n'y avait pas plus de nourriture. Il criait et tempêtait contre elle. (Il se souvenait même des différents tons de sa voix qui commençait à muer prématurément et explosait parfois d'une façon particulière.) Ou bien, il essayait une hypocrite note pathétique pour obtenir plus que sa part. Sa mère était tout à fait prête à lui donner plus que sa part. Elle considérait comme admis que lui, le « garçon », reçût la plus grosse portion. Mais quelque quantité qu'elle lui donnât, il en réclamait invariablement davantage. À chaque repas, elle le suppliait de ne pas être égoïste, de se rappeler que sa petite sœur était malade et avait besoin, elle aussi, de nourriture. Mais c'était inutile. Il criait de rage quand elle s'arrêtait de le servir, il essayait de lui arracher la casserole et la cuiller des mains, il s'appropriait des morceaux dans l'assiette de sa sœur. Il savait qu'il affamait sa mère et sa sœur, mais il ne pouvait s'en empêcher. Il sentait même qu'il avait le droit de le faire. La faim qui lui faisait crier les entrailles semblait le justifier. Entre les repas, si sa mère ne montait pas la garde, il puisait continuellement dans la misérable réserve de nourriture qui était sur l'étagère.

Un jour, on distribua une ration de chocolat. Il n'y en avait pas eu depuis des semaines et des mois. Winston se souvenait clairement du précieux petit morceau de chocolat. C'était une tablette de deux onces (on parlait encore d'onces à cette époque) à partager entre eux trois. Il était évident qu'elle devait être divisée en trois parts égales. Winston, comme s'il écoutait quelqu'un d'autre, s'entendit soudain demander d'une voix mugissante la tablette entière pour lui seul.

Sa mère lui dit de ne pas être gourmand. Il y eut une longue discussion avec des reproches de part et d'autre, des cris, des gémissements, des pleurs, des remontrances, des marchés. Sa minuscule petite sœur, qui s'accrochait à sa mère des deux mains, exactement comme un petit de singe, était assise et, de ses grands yeux tristes, le regardait par-dessus l'épaule de sa mère. À la fin, celle-ci cassa les trois quarts de la tablette et les donna à Winston. L'autre quart fut pour la petite sœur. La petite fille s'en empara et la fixa d'un air morne. Elle ne savait peut-être pas ce que c'était. Winston la regarda un moment puis, d'un bond rapide et soudain, arracha le chocolat d'entre les mains de sa sœur et s'enfuit vers la porte.

— Winston ! Winston ! appela sa mère. Reviens, rends son chocolat à ta sœur.

Il s'arrêta mais ne revint pas. Les yeux anxieux de sa mère était fixés sur son visage. Même à ce moment-là, elle pensait à l'événement, il ne savait lequel, qui était sur le point de se produire. Sa sœur, consciente d'avoir été frustrée de quelque chose, avait poussé une faible plainte. Sa mère entoura l'enfant de son bras et lui pressa le visage contre sa poitrine. Quelque chose lui dit que sa sœur était mourante. Il se retourna et s'envola dans l'escalier avec le chocolat qui lui collait aux doigts.

Il ne revit jamais sa mère. Après avoir dévoré le chocolat, il se sentit quelque peu honteux de lui-même et traîna par les rues pendant plusieurs heures, jusqu'à ce que la faim le ramenât à la maison.

Quand il rentra, sa mère avait disparu. À cette époque, c'était un événement déjà normal. Rien n'avait disparu de la pièce, sauf sa mère et sa sœur. On n'avait pris aucun vêtement, pas même le manteau de sa mère. Il n'avait, à ce jour, aucune certitude de la mort de sa mère. Il était très possible qu'elle eût été simplement envoyée dans un camp de travail. Quant à sa sœur, elle pouvait avoir été versée, comme le fut Winston lui-même, dans une des colonies d'enfants sans foyer (on les appelait Centres de Conversion) qui s'étaient développées à la faveur des guerres civiles. Ou on l'avait peut-être envoyée au camp de travail avec sa mère. Ou bien encore on l'avait simplement laissée mourir n'importe où.

Le rêve était encore très net dans l'esprit de Winston, surtout le geste du bras, enveloppant, protecteur, dans lequel la complète signification de ce rêve semblait contenue. Son esprit se tourna vers un autre rêve qu'il avait eu deux mois auparavant.

Exactement comme sa mère était assise sur le petit lit sale recouvert d'un couvre-pied blanc, l'enfant agrippée à elle, il l'avait vue assise dans un navire qui sombrait, loin au-dessous de lui. Elle s'enfonçait de plus en plus à chaque minute, mais levait encore les yeux vers lui, à travers l'eau qui s'assombrissait.

Il raconta à Julia l'histoire de la disparition de sa mère. Sans ouvrir les yeux, elle se retourna et s'installa dans une position confortable.

— Je crois que tu étais un sale petit cochon dans ce temps-là, dit-elle indistinctement. Tous les enfants sont des cochons.

— Oui. Mais le sens réel de l'histoire...

Il était évident, à sa respiration, qu'elle s'endormait encore. Il aurait aimé continuer à parler de sa mère. D'après ce qu'il pouvait s'en rappeler, il ne pensait pas qu'elle eût été une femme extraordinaire, encore moins une femme intelligente. Elle possédait cependant une sorte de noblesse, de pureté, simplement parce que les règles auxquelles elle obéissait lui étaient personnelles. Ses sentiments lui étaient propres et ne pouvaient être changés de l'extérieur. Elle n'aurait pas pensé qu'une action inefficace est, par là, dépourvue de signification. Quand on aimait, on aimait, et quand on n'avait rien d'autre à donner, on donnait son amour. Quand le dernier morceau de chocolat avait été enlevé, la mère avait serré l'enfant dans ses bras. C'était un geste inutile, qui ne changeait rien, qui ne produisait pas plus de chocolat, qui n'empêchait pas la mort de l'enfant ou la sienne, mais il lui semblait naturel de le faire. La femme réfugiée du bateau avait aussi couvert le petit garçon de son bras, qui n'était pas plus efficace contre les balles qu'une feuille de papier.

Le Parti avait commis le crime de persuader que les impulsions naturelles, les sentiments naturels étaient sans valeur, alors qu'il dérobait en même temps à l'individu tout pouvoir sur le monde matériel. Quand on se trouvait entre les griffes du Parti, ce que l'on sentait ou ne sentait pas, ce que l'on faisait ou se retenait de faire n'avait littéralement aucune importance. On disparaissait et personne n'entendait plus parler de vous, de vos actes. Vous étiez aspiré hors du cours de l'Histoire.

Les gens de deux générations auparavant n'essayaient pas de changer l'Histoire. Ils étaient dirigés par leur fidélité à des règles personnelles qu'ils ne mettaient pas en question. Ce qui importait, c'étaient les relations individuelles, et un geste absolument inefficace, un baiser, une larme, un mot dit à un mourant, pouvaient avoir en eux-mêmes leur signification.

Winston pensa soudain que les prolétaires étaient demeurés dans cette condition. Ils n'étaient pas fidèles à un Parti, un pays ou une idée, ils étaient fidèles l'un à l'autre. Pour la première fois de sa vie, il ne méprisa pas les prolétaires et ne pensa pas à eux simplement comme à une force inerte qui un jour naîtrait à la vie et régénérerait le monde. Les prolétaires étaient restés humains. Ils ne s'étaient pas durcis intérieurement. Ils avaient retenu les émotions primitives qu'il avait, lui, à réapprendre par un effort conscient. À cette pensée, il se souvint, sans soulagement apparent, d'avoir, il y avait quelques semaines, vu sur le pavé une main arrachée, et de l'avoir poussée du pied dans le caniveau comme s'il s'agissait d'un trognon de chou.

— Les prolétaires sont des êtres humains, dit-il tout haut. Nous ne sommes pas des humains.

— Pourquoi ? demanda Julia, qui était de nouveau réveillée.

Il réfléchit un instant.

— Est-ce qu'il t'est jamais venu à l'idée, dit-il, que le mieux que nous ayons à faire est simplement de nous en aller d'ici avant qu'il soit trop tard et de ne jamais nous revoir.

— Oui, chéri. J'y ai pensé, plusieurs fois, mais je ne le ferai tout de même pas.

— Nous avons eu de la chance, dit-il, mais ça ne peut pas durer beaucoup plus longtemps. Tu es jeune, tu parais normale et innocente. Si tu te tiens à distance de gens comme moi, tu peux vivre encore cinquante ans.

— Non. J'ai réfléchi à tout cela. Ce que tu fais, je le fais. Mais ne sois pas si déprimé. Je m'entends assez à rester en vie.

— Il se peut que nous restions ensemble encore six mois, peut-être un an, on ne sait pas, mais au bout du compte, nous sommes certains d'être séparés. Est-ce que tu te rends compte à quel point nous serons seuls ? Quand ils se seront emparés de nous, nous ne pourrons rien, absolument rien l'un pour l'autre. Si je me confesse, ils te fusilleront. Si je ne me confesse pas, ils te fusilleront de la même façon. Quoi que je dise, quoi que je fasse, et même si je me retiens de parler, rien ne retardera ta mort de cinq minutes. Aucun de nous deux ne saura si l'autre est vivant ou mort. Nous serons absolument démunis, absolument désarmés. La seule chose qui importe, c'est que nous ne nous trahissions pas l'un l'autre, mais, au fond, rien ne changera rien.

— Pour ce qui est de la confession, dit-elle, nous nous confesserons, c'est sûr. Tout le monde se confesse. On ne peut pas faire autrement. Ils vous torturent.

— Je ne parle pas de confession. Se confesser n'est pas trahir. Ce que l'on dit ou fait ne compte pas. Seuls les sentiments comptent. S'ils peuvent m'amener à cesser de t'aimer, là sera la vraie trahison.

Elle considéra la question.

— Ils ne le peuvent pas, dit-elle finalement. C'est la seule chose qu'ils ne puissent faire. Ils peuvent nous faire dire n'importe quoi, absolument *n'importe quoi*, mais ils ne peuvent nous le faire croire. Ils ne peuvent entrer en nous.

— Non, dit-il avec un peu d'espoir. Non. C'est bien vrai. Ils ne peuvent entrer en nous. Si l'on peut sentir qu'il vaut la peine de rester humain, même s'il ne doit rien en résulter, on les a battus.

Il pensa au télécran et à son oreille toujours ouverte. Ils pouvaient vous espionner nuit et jour, mais si l'on ne perdait pas la tête, on pouvait les déjouer. Malgré toute leur intelligence, ils ne s'étaient jamais rendus maîtres du secret qui permettrait de découvrir ce que pense un autre homme. Peut-être cela était-il moins vrai quand on se trouvait entre leurs mains. On ne savait pas ce qui se passait au ministère de l'Amour, mais on pouvait le deviner ; tortures, drogues, enregistrement des réactions nerveuses par des appareils sensibles, usure graduelle de la résistance par le manque de sommeil, la solitude et les interrogatoires continuels. Les faits, en tout cas, ne pouvaient être dissimulés. Ils étaient découverts par des enquêtes, on vous en arrachait l'aveu par la torture.

Mais si le but poursuivi était, non de rester vivant, mais de rester humain, qu'importait, en fin de compte, la découverte des faits ? On ne pouvait changer les sentiments. Même soi-même, on ne pouvait pas les changer, l'eût-on désiré. Le Parti pouvait mettre à nu les plus petits détails de tout ce que l'on avait dit ou pensé, mais les profondeurs de votre cœur, dont les mouvements étaient mystérieux, même pour vous, demeuraient inviolables.

VIII

Ils l'avaient fait, à la fin. Ils l'avaient fait.

La pièce dans laquelle ils se trouvaient était longue et éclairée d'une lumière douce. La voix diminuée du télécran n'était plus qu'un murmure bas. La richesse du tapis bleu sombre donnait, quand on marchait, l'impression du velours. À l'extrémité de la pièce, O'Brien, assis à une table, sous une lampe à abat-jour vert, avait, de chaque côté de lui, un monceau de papiers. Il n'avait pas pris la peine de lever les yeux quand le domestique avait introduit Winston et Julia.

Le cœur de Winston battait si fort qu'il se demandait s'il pourrait parler. « Ils l'avaient fait, ils l'avaient fait. » C'est tout ce qu'il pouvait penser. Cela avait été un acte imprudent de venir là, et une pure folie d'arriver ensemble, bien qu'à la vérité ils fussent venus par des chemins différents et ne se soient rencontrés qu'à la porte d'O'Brien. Mais de marcher seulement dans un tel lieu demandait un effort des nerfs.

Ce n'était qu'en de très rares occasions qu'on voyait l'intérieur d'appartements de membres du Parti intérieur ou même que l'on pénétrait dans le quartier de la ville où ils vivaient. L'atmosphère géné-

224

rale de l'énorme bloc d'appartements, la richesse et les vastes dimensions de tout ce qui s'y trouvait, les odeurs non familières de la bonne nourriture et du bon tabac, les ascenseurs silencieux et incroyablement rapides qui montaient et descendaient sans secousses, les serviteurs en veste blanche qui se dépêchaient çà et là, tout était intimidant.

Quoiqu'il eût un bon prétexte pour venir là, Winston était hanté à chaque pas par la crainte qu'un garde en uniforme noir n'apparaisse soudain à un détour, ne lui demande ses papiers et ne lui ordonne de sortir. Le domestique d'O'Brien, cependant, les avait reçus tous deux sans hésitation. C'était un petit homme aux cheveux noirs, vêtu d'une veste blanche, qui avait un visage en forme de losange, absolument sans expression, qui pouvait être un visage de Chinois.

Dans le passage à travers lequel il les conduisit, le parquet était couvert d'un épais tapis. Les murs étaient couverts d'un papier crème, les lambris étaient blancs, le tout d'une propreté exquise. Cela aussi était intimidant. Winston ne pouvait se rappeler avoir jamais vu un couloir dont les murs ne fussent pas salis par le frottement des corps.

O'Brien avait entre les mains un bout de papier et semblait l'étudier attentivement. Son lourd visage, penché de telle sorte qu'on pouvait voir la ligne de son nez, paraissait à la fois formidable et intelligent. Pendant peut-être vingt secondes, il resta assis sans bouger. Puis il rapprocha de lui le phonoscript et lança un message dans le jargon hybride des ministères :

Item un virgule cinq virgule sept approuvés entièrement stop suggestion contenue item six absolument ridicule frisant crimepensée annuler stop interrompre construction

sage d'abord avoir estimations plus complètes machinerie
aérienne stop fin message.

Il se leva délibérément de sa chaise et s'avança vers
eux d'un pas assourdi par le tapis. Un peu de l'atmosphère officielle semblait s'être détachée de lui en
même temps que les mots novlangue, mais son
expression était plus sombre que de coutume, comme
s'il n'était pas content d'être dérangé.

La terreur que ressentait Winston fut soudain traversée par une pointe d'embarras. Il lui parut tout à
fait possible qu'il eût simplement commis une stupide erreur. Quelle preuve réelle avait-il, en effet,
qu'O'Brien fût une sorte de conspirateur politique ?
Rien qu'un éclair des yeux et une unique remarque
équivoque. Hors cela, il n'y avait que ses propres
secrètes suppositions fondées sur un rêve. Il ne pouvait même pas se rabattre sur le prétexte qu'il était
venu emprunter le dictionnaire car, dans ce cas, la
présence de Julia ne s'expliquait pas.

O'Brien, en passant devant le télécran, parut frappé
d'une idée. Il s'arrêta, se tourna et pressa un bouton
sur le mur. Il y eut un bruit sec et aigu. La voix s'était
arrêtée.

Julia laissa échapper un petit cri, une sorte de cri
de surprise. Même dans sa panique, Winston fut trop
abasourdi pour pouvoir tenir sa langue.

— Vous pouvez le fermer ! s'exclama-t-il.

— Oui, répondit O'Brien. Nous pouvons le fermer.
Nous avons ce privilège.

Il était maintenant devant eux. Sa carrure solide
dominait celle des deux autres et l'expression de son
visage était encore indéchiffrable. Il attendait, avec
quelque rigidité, que Winston parlât. Mais sur quel
sujet ? Même alors, on pouvait parfaitement conce-

voir qu'il était simplement un homme occupé qui se demandait avec irritation pourquoi on l'avait interrompu. Personne ne parlait. Après l'arrêt du télécran, un silence de mort parut régner dans la pièce. Les secondes passaient, énormes. Winston, avec difficulté, continua à tenir les yeux fixés sur ceux de O'Brien. Le visage sombre s'adoucit alors soudain en ce qui aurait pu être une ébauche de sourire. De son geste caractéristique, O'Brien ajusta ses lunettes sur son nez.

— Le dirai-je, ou voulez-vous le dire ? demanda-t-il.

— Je le dirai, répondit promptement Winston. Cette chose est-elle réellement fermée ?

— Oui. Tout est fermé. Nous sommes seuls.

— Nous sommes venus ici parce que...

Il s'arrêta, réalisant pour la première fois le manque de précision de ses propres motifs. Comme il ne savait pas, en fait, quelle sorte d'aide il attendait d'O'Brien, il ne lui était pas facile de dire pourquoi il était venu. Il poursuivit, conscient que ce qu'il disait devait avoir un son faible et prétentieux.

— Nous croyons qu'il existe une sorte de conspiration, de secrète organisation qui travaille contre le Parti, et que vous en êtes un des membres. Nous désirons nous joindre à cette organisation et travailler pour elle. Nous sommes des ennemis du Parti. Nous ne croyons pas aux principes de l'Angsoc. Nous sommes des criminels par la pensée. Nous commettons l'adultère. Je vous dis cela parce que nous voulons nous mettre à votre merci. Si vous désirez que nous nous accusions d'une autre façon, nous sommes prêts.

Winston s'arrêta et regarda par-dessus son épaule avec la sensation que la porte s'était ouverte. En effet, le petit serviteur au visage jaune était entré sans frapper. Winston vit qu'il portait un plateau sur lequel se trouvaient des verres et une carafe.

— Martin est des nôtres, dit O'Brien impassible. Par ici les verres, Martin. Déposez-les sur la table ronde. Assez de chaises ? Alors nous ferions aussi bien de nous asseoir confortablement pour parler. Apportez une chaise pour vous, Martin. Nous allons parler affaires. Vous pouvez, pendant dix minutes, cesser d'être un domestique.

Le petit homme s'assit, tout à fait à son aise, et cependant avec encore l'air d'un serviteur, l'air d'un valet jouissant d'un privilège. Winston le regarda du coin de l'œil. Il comprit que l'homme jouait une partie qui engageait toute sa vie et qu'il estimait dangereux d'abandonner, même pour un instant, la personnalité qu'il avait adoptée.

O'Brien saisit la carafe par le col et emplit les verres d'un liquide rouge foncé. Ce geste éveilla chez Winston le souvenir confus de quelque chose qu'il avait vu il y avait longtemps sur un mur ou une palissade, une grande bouteille faite de becs électriques, qui semblait s'élever et s'abaisser et verser son contenu dans un verre. Vue de dessus, la substance paraissait presque noire, mais dans la carafe, elle luisait comme un rubis. Elle avait une odeur aigre-douce. Il vit Julia prendre son verre et le flairer avec une franche curiosité.

— Cela s'appelle du vin, dit O'Brien avec un faible sourire. Vous le connaissez par les livres, sans doute. Je crains qu'il n'y en ait pas beaucoup qui aille au Parti extérieur. — Son visage reprit son expression solennelle et il leva son verre. — Je pense qu'il est bon de commencer par porter un toast. À Notre Chef, Emmanuel Goldstein.

Winston prit son verre avec une certaine avidité.

Le vin était un breuvage qu'il connaissait par ses lectures et dont il rêvait. Comme le presse-papier de verre ou les bouts-rimés que M. Charrington se rappelait à demi, il appartenait à un passé romantique disparu, le vieux temps, comme il l'appelait en secret. Il avait toujours pensé, il ne savait pourquoi, que le vin était excessivement sucré, comme la confiture de mûres, et qu'il avait un effet immédiatement enivrant. En réalité, quand il en vint à l'avaler, il fut tout à fait désappointé. En réalité, après avoir bu du gin pendant des années, c'est à peine s'il était capable de sentir le goût du vin. Il posa le verre vide.

— Il existe donc quelqu'un qui est Goldstein ? demanda-t-il.

— Oui. Il existe et il est vivant. Où, je ne sais.

— Et la conspiration ? L'organisation ? Est-elle réelle ? Elle n'est pas simplement une invention de la Police de la Pensée ?

— Non, elle est réelle. Nous l'appelons la Fraternité. Vous n'en apprendrez jamais beaucoup plus sur la Fraternité, hors qu'elle existe et que vous en faites partie. J'y reviendrai tout à l'heure. » — Il regarda sa montre. — Il est imprudent, même pour les membres du Parti intérieur, de fermer le télécran plus d'une demi-heure. Vous n'auriez pas dû venir ensemble et il vous faudra partir séparément. Vous, camarade, dit-il en inclinant la tête dans la direction de Julia, vous allez partir la première. Nous avons environ vingt minutes à notre disposition. Vous comprenez que je dois commencer par vous poser certaines questions. Qu'êtes-vous préparés à faire en général ?

— Tout ce dont nous sommes capables, répondit Winston.

O'Brien s'était légèrement retourné sur sa chaise, de sorte qu'il faisait face à Winston. Il ignora presque

Julia, tenant pour convenu que Winston pouvait parler en son nom. Ses paupières battirent un moment sur ses yeux. Il se mit à poser des questions d'une voix basse, sans expression, comme si c'était une routine, une sorte de catéchisme, dont il connaissait déjà la plupart des réponses.

— Êtes-vous prêts à donner vos vies ?

— Oui.

— Êtes-vous prêts à tuer ?

— Oui.

— À commettre des actes de sabotage pouvant entraîner la mort de centaines d'innocents ?

— Oui.

— À trahir votre pays auprès de puissances étrangères ?

— Oui.

— Vous êtes prêts à tromper, à faire des faux, à extorquer, à corrompre les esprits des enfants, à distribuer les drogues qui font naître des habitudes, à encourager la prostitution, à propager les maladies vénériennes, à faire tout ce qui est susceptible de causer la démoralisation du Parti et de l'affaiblir ?

— Oui.

— Si votre intérêt exigeait, par exemple, que de l'acide sulfurique fût jeté au visage d'un enfant seriez-vous prêts à le faire ?

— Oui.

— Êtes-vous prêts à perdre votre identité et à vivre le reste de votre existence comme garçon de café ou docker ?

— Oui.

— Êtes-vous prêts à vous suicider si nous vous l'ordonnons et quand nous vous l'ordonnerons ?

— Oui.

— Êtes-vous prêts, tous deux, à vous séparer et à ne jamais vous revoir ?

— Non ! jeta Julia.

Il sembla à Winston qu'un long moment s'écoulait avant qu'il pût répondre. Un instant même, il crut être privé du pouvoir de parler. Sa langue s'agitait sans émettre de son. Elle commençait les premières syllabes d'un mot, puis d'un autre, recommençait encore et encore. Il ne savait pas, avant qu'il l'eût dit, quel mot il allait prononcer.

— Non ! dit-il enfin.

— Vous faites bien de me le faire savoir, dit O'Brien. Il est nécessaire que nous sachions tout.

Il se tourna vers Julia et ajouta, d'une voix un peu plus expressive :

— Comprenez-vous que, même s'il survit, ce sera peut-être sous l'aspect d'une personne différente ? Nous pouvons être obligés de lui donner une autre identité. Son visage, ses gestes, la forme de ses mains, la couleur de ses cheveux, même sa voix, seraient différents. Et vous-même pourrez être devenue une personne différente. Nos chirurgiens peuvent changer les gens et les rendre absolument méconnaissables. Il arrive que ce soit nécessaire. Nous faisons même parfois l'amputation d'un membre.

Winston ne put s'empêcher de lancer de côté un autre regard au visage mongolien de Martin. Il ne put voir aucune cicatrice. Julia avait un peu pâli, ce qui fit ressortir ses taches de rousseur, mais elle affronta bravement O'Brien. Elle murmura quelque chose qui ressemblait à un assentiment.

— Bien. Ainsi, c'est réglé.

Il y avait sur la table une boîte de cigarettes en argent. O'Brien, d'un air quelque peu absent, la poussa vers eux. Il en prit une lui-même, puis se leva et se mit à marcher lentement de long en large comme si, debout, il pouvait mieux réfléchir. C'étaient de très bonnes cigarettes très épaisses et bien tassées, au papier d'une douceur soyeuse non familière. O'Brien regarda encore sa montre-bracelet.

— Vous feriez mieux de retourner à l'office, Martin. Je tournerai le bouton du télécran dans un quart d'heure. Regardez bien les visages de ces camarades avant de vous en aller. Vous les reverrez. Moi, peut-être pas.

Les yeux noirs du petit homme, exactement comme ils l'avaient fait à la porte d'entrée, vacillèrent en regardant leurs visages. Il classait leur aspect dans sa mémoire, mais il n'éprouvait pour eux aucun intérêt, ou du moins ne paraissait en éprouver aucun.

Winston se dit qu'un visage synthétique était peut-être incapable de changer d'expression. Sans parler ni faire aucune sorte de salutation, Martin se retira en fermant silencieusement la porte derrière lui. O'Brien arpentait la pièce, une main dans la poche de sa combinaison noire, l'autre tenant sa cigarette.

— Vous comprenez, dit-il, que vous lutterez dans l'obscurité. Vous serez toujours dans l'obscurité. Vous recevrez des ordres et y obéirez sans savoir pourquoi. Je vous enverrai plus tard un livre dans lequel vous étudierez la vraie nature de la société dans laquelle nous vivons et la tactique par laquelle nous la détruirons. Quand vous aurez lu ce livre, vous serez tout à fait membres de la Fraternité. Mais entre les fins générales pour lesquelles nous luttons et les devoirs immédiats du moment, vous ne saurez jamais rien. Je vous dis que la Fraternité existe, mais je ne peux vous dire si elle comprend une centaine de membres ou dix millions. Pour ce que vous en connaîtrez personnellement, vous ne serez jamais capables de dire si elle comprend même une douzaine de membres. Vous aurez des contacts avec trois ou quatre personnes qui seront remplacées de temps en temps au fur et à mesure de leur disparition. Comme ceci est votre premier contact, il sera maintenu. Les ordres que vous recevrez viendront de moi. Si nous jugeons nécessaire de communiquer avec vous, ce sera par l'entremise de Martin. Quand vous serez finalement pris, vous vous confesserez. C'est inévitable. Mais, mis à part vos propres actes, vous aurez très peu à confesser. Vous ne pourrez trahir qu'une poignée de gens sans importance. Vous ne me trahirez probablement même pas. D'ici là, je serai peut-être mort, ou je serai devenu une personne différente, avec un visage différent.

Il continuait à marcher de long en large sur le tapis épais. En dépit de sa corpulence, il y avait une grâce remarquable dans ses mouvements. Elle se manifestait même dans le geste avec lequel il mettait sa main dans sa poche ou roulait une cigarette. Plus même que de face, il donnait une impression de sûreté de soi et d'intelligence teintée d'ironie. Quelle que pût être son ardeur, il n'avait rien du fanatique mû par une idée fixe. Quand il parlait de meurtre, de suicide, de maladie vénérienne, de membres amputés et de visages modifiés, c'était avec un léger accent de persiflage. « C'est inévitable, semblait dire sa voix. C'est ce que nous devons faire sans fléchir. Mais ce n'est pas ce que nous ferons quand la vie vaudra de nouveau la peine d'être vécue. »

Une vague d'admiration, presque de dévotion à l'adresse d'O'Brien afflua en Winston. Il avait pour l'instant oublié la silhouette symbolique de Goldstein. Quand on regardait les épaules puissantes d'O'Brien et son visage aux traits grossiers, si laid et pourtant tellement civilisé, il était impossible de croire qu'il pourrait être défait. Il n'y avait pas de stratagème à la hauteur duquel il ne fût pas, de danger qu'il ne pût prévoir. Même Julia semblait impressionnée. Elle avait laissé tomber sa cigarette de sa bouche et écoutait attentivement. O'Brien poursuivit :

— Vous devez avoir entendu des rumeurs sur l'existence de la Fraternité. Sans doute vous en êtes-vous formé une image qui vous est personnelle. Vous avez probablement imaginé une puissante organisation clandestine de conspirateurs qui se rencontrent secrètement dans des caves, qui griffonnent des messages sur les murs, qui se reconnaissent mutuellement par des mots de passe ou par des mouvements spéciaux de la main. Il n'existe rien de ce genre. Les membres de la Fraternité n'ont aucun moyen de se reconnaître et un membre ne peut connaître l'identité que de très peu d'autres. Goldstein lui-même, s'il tombait entre les mains de la Police de la Pensée, ne pourrait leur donner une liste complète des membres ou aucune information qui pourrait les amener à avoir une liste complète. Une telle liste n'existe pas. La Fraternité ne peut être anéantie parce qu'elle n'est pas une organisation, dans le sens ordinaire du terme. Rien ne relie ses membres, sinon une idée qui est indestructible. Vous n'aurez jamais, pour vous soutenir, que cette idée. Vous n'aurez aucun camarade et aucun encouragement. À la fin, quand vous serez pris, vous ne recevrez aucune aide. Nous n'aidons jamais nos membres, jamais. S'il est absolument nécessaire que quelqu'un garde le silence, nous pouvons tout au plus introduire parfois en cachette une lame de rasoir dans la cellule d'un prisonnier. Il faudra vous habituer à vivre sans obtenir de résultats et sans espoir. Vous travaillerez un bout de temps, vous serez pris, vous

vous confesserez et vous mourrez. Ce sont les seuls résultats que vous verrez jamais. Il n'y a aucune possibilité pour qu'un changement perceptible ait lieu pendant la durée de notre existence. Nous sommes des morts. Notre seule vie réelle est dans l'avenir. Nous prendrons part à cet avenir sous forme de poignées de poussière et d'esquilles d'os. Mais à quelle distance de nous peut être ce futur, il est impossible de le savoir. Ce peut être un millier d'années. Actuellement, rien n'est possible, sauf d'étendre petit à petit la surface du jugement sain. Nous ne pouvons agir de concert. Nous pouvons seulement diffuser nos connaissances d'individu à individu, de génération en génération. En face de la Police de la Pensée, il n'y a pas d'autre voie.

Il s'arrêta et regarda sa montre pour la troisième fois.

— Il est presque temps que vous partiez, camarade, dit-il à Julia. Attendez. Le carafon est encore à moitié plein.

Il remplit les verres et, prenant le sien par le pied, l'éleva.

— À quoi devons-nous boire, cette fois ? dit-il avec toujours la même légère teinte d'ironie. À la confusion de la Police de la Pensée ? À la mort de Big Brother ? À l'humanité ? À l'avenir ?

— Au passé, répondit Winston.

— Le passé est plus important, consentit O'Brien gravement.

Ils vidèrent leurs verres et un moment après Julia se leva pour partir. O'Brien prit sur un secrétaire une petite boîte et tendit à Julia une tablette blanche et plate qu'il lui dit de mettre sur sa langue. Il était important de ne pas sortir avec l'odeur de vin sur soi. Les employés de l'ascenseur étaient très observateurs.

Sitôt que la porte se referma sur Julia, il sembla oublier son existence. Il fit encore quelques pas dans la pièce, puis s'arrêta.

— Il y a des détails à régler, dit-il. Je présume que vous avez un endroit quelconque où vous cacher ?

Winston parla de la pièce qui était au-dessus de la boutique de M. Charrington.

— Pour l'instant, cela suffira. Plus tard, nous arrangerons quelque chose d'autre pour vous. Il est important de changer fréquemment de cachette. Entretemps, je vous enverrai un exemplaire du *livre*. — Même O'Brien, remarqua Winston, semblait prononcer ce mot comme s'il était en italique. — Le livre de Goldstein, je veux dire, aussitôt que possible. Il faudra peut-être quelques jours pour que j'en obtienne un. Il n'en existe pas beaucoup, comme vous pouvez l'imaginer. La Police de la Pensée les pourchasse et les détruit presque aussi rapidement que nous pouvons les sortir. Cela importe très peu. Le livre est indestructible. Si le dernier exemplaire était détruit, nous pourrions le reproduire presque mot pour mot. Apportez-vous une serviette pour travailler ?

— En général, oui.

— Comment est-elle ?

— Noire. Très usée. À deux courroies.

— Noire, deux courroies, très usée. Bon. Un jour proche, je ne peux vous donner de date, un des messages que l'on vous envoie pour votre travail contiendra un matin une coquille et vous aurez à réclamer une autre copie. Le lendemain vous irez travailler sans votre serviette. À un moment de la journée, dans la rue, un homme vous touchera le bras et vous dira : « Je crois que vous avez laissé tomber votre serviette. » Celle qu'il vous donnera contiendra un exemplaire du livre de Goldstein. Vous le retournerez avant quatorze jours.

Ils gardèrent un moment le silence.

— Il reste encore deux minutes avant que vous ayez à partir, dit O'Brien. Nous nous rencontrerons encore, si nous devons nous rencontrer...

Winston leva vers lui les yeux.

— Là où il n'y a plus de ténèbres... continua-t-il en hésitant.

O'Brien acquiesça sans manifester de surprise.

— Là où il n'y a plus de ténèbres, répéta-t-il, comme s'il avait reconnu l'allusion. Et entre-temps, y a-t-il quelque chose que vous désiriez dire avant de partir ? Un message ? Une question ?

Winston réfléchit. Il ne semblait pas y avoir d'autre question qu'il voulût poser. Encore moins sentait-il le désir d'émettre des généralités ronflantes. Au lieu de penser à quelque chose qui se rapporterait directement à O'Brien ou à la Fraternité, il lui vint à l'esprit une sorte de tableau composite de la sombre chambre dans laquelle sa mère avait passé ses derniers jours, de la petite pièce au-dessus du magasin de M. Charrington, du presse-papier de verre et de la gravure sur acier dans son cadre de bois de rose. Presque au hasard, il dit :

— Avez-vous jamais entendu une vieille chanson qui commence ainsi :

« Oranges et citrons, disent les cloches de Saint-Clément ? »

O'Brien acquiesça. Avec une sorte de courtoisie grave, il compléta la strophe :

Oranges et citrons, disent les cloches de Saint-Clément,
Tu me dois trois farthings, disent les cloches de Saint-
[Martin,

Quand me paieras-tu ? disent les cloches du Vieux Bailey,
Quand je serai riche, disent les cloches de Shoreditch.

— Vous saviez la dernière ligne ! dit Winston.

— Oui, je savais la dernière ligne. Et maintenant, je crois qu'il est temps que vous partiez. Vous feriez mieux de me laisser vous donner une de ces tablettes.

Quand Winston se leva, O'Brien tendit la main. Sa poigne puissante serra la main de Winston jusqu'aux os. À la porte, Winston se retourna, mais O'Brien semblait déjà en train de le rejeter de son esprit. Il attendait, sa main sur le bouton qui commandait le télécran. Winston put voir dans le fond la table à écrire avec sa lampe à abat-jour vert, le phonoscript et les corbeilles à télégrammes bourrées de papiers. L'incident était clos. « Dans trente secondes, se dit-il, O'Brien aurait repris, pour le service du Parti, son important travail interrompu. »

IX

Winston était gélatineux de fatigue. Gélatineux était le mot juste, qui lui était spontanément venu à l'esprit. Son corps lui semblait avoir, non seulement la faiblesse de la gelée, mais son aspect translucide. Il avait l'impression que s'il levait la main, il pourrait voir la lumière à travers elle. Tout le sang et toute la lymphe de son corps avaient été drainés par une énorme débauche de travail, ne laissant qu'une frêle structure de nerfs, d'os et de peau. Toutes ses sensations semblaient amplifiées. Sa combinaison lui irritait les épaules, le pavé lui chatouillait les pieds, même ouvrir et fermer la main demandait un effort qui faisait craquer les jointures.

Il avait, en cinq jours, travaillé plus de quatre-vingt-dix heures. Tous les autres du ministère en avaient fait autant. Maintenant, c'était fini, et il n'avait littéralement rien à faire, aucun travail d'aucune sorte pour le Parti, jusqu'au lendemain matin. Il pourrait passer six heures dans la cachette et neuf dans son propre lit.

Par un doux après-midi ensoleillé, il remontait lentement une rue sale en direction du magasin de M. Charrington. Il tenait l'œil ouvert pour surveiller les patrouilles, mais, sans raison, il était convaincu que cet après-midi-là il n'y avait aucun danger que quelqu'un vienne le gêner. La lourde serviette qu'il portait lui cognait le genou à chaque pas et faisait monter et descendre, dans la peau de sa jambe, une sensation de fourmillement. Dans la serviette était placé *le livre* qu'il possédait depuis six jours, et qu'il n'avait pourtant pas ouvert ni même regardé.

Au sixième jour de la Semaine de la Haine, après les processions, les discours, les cris, les chants, les bannières, les affiches, les films, les effigies de cire, le roulement des tambours, le glapissement des trompettes, le bruit de pas des défilés en marche, le grincement des chenilles de tanks, le mugissement des groupes d'aéroplanes, le grondement des canons, après six jours de tout cela, alors que le grand orgasme palpitait vers son point culminant, que la haine générale contre l'Eurasia s'était échauffée et en était arrivée à un délire tel que si la foule avait pu mettre la main sur les deux mille criminels eurasiens qu'on devait pendre en public le dernier jour de la semaine, elle les aurait certainement mis en pièces ; juste à ce moment, on annonça qu'après tout l'Océania n'était pas en guerre contre l'Eurasia. L'Océania était en guerre contre l'Estasia. L'Eurasia était un allié.

Il n'y eut naturellement aucune déclaration d'un changement quelconque. On apprit simplement, partout à la fois, avec une extrême soudaineté, que l'ennemi c'était l'Estasia et non l'Eurasia.

Winston prenait part à une manifestation dans l'un des squares du centre de Londres quand la nouvelle fut connue. C'était la nuit. Les visages et les bannières rouges étaient éclairés d'un flot de lumière blafarde. Le square était bondé de plusieurs milliers de personnes dont un groupe d'environ un millier d'écoliers revêtus de l'uniforme des Espions. Sur une plate-forme drapée de rouge, un orateur du Parti intérieur, un petit homme maigre aux longs bras disproportionnés, au crâne large et chauve sur lequel étaient disséminées quelques rares mèches raides, haranguait la foule. C'était une petite silhouette de baudruche hygiénique, contorsionnée par la haine. Une de ses mains s'agrippait au tube du microphone tandis que l'autre, énorme et menaçante au bout d'un bras osseux, déchirait l'air au-dessus de sa tête.

Sa voix, rendue métallique par les haut-parleurs, faisait retentir les mots d'une interminable liste d'atrocités, de massacres, de déportations, de pillages, de viols, de tortures de prisonniers, de bombardements de civils, de propagande mensongère, d'agressions injustes, de traités violés. Il était presque impossible de l'écouter sans être d'abord convaincu, puis affolé. La fureur de la foule croissait à chaque instant et la voix de l'orateur était noyée dans un hurlement de bête sauvage qui jaillissait involontairement des milliers de gosiers. Les glapissements les plus sauvages venaient des écoliers.

L'orateur parlait depuis peut-être vingt minutes quand un messager monta en toute hâte sur la plate-forme et lui glissa dans la main un bout de papier. Il le déplia et le lut sans interrompre son discours. Rien ne changea de sa voix ou de ses gestes ou du contenu de ce qu'il disait mais les noms, soudain, furent différents. Sans que rien fût dit, une vague de compréhension parcourut la foule. L'Océania était en guerre contre l'Estasia ! Il y eut, le moment d'après, une terrible commotion. Les bannières et les affiches qui décoraient le square tombaient toutes à faux. Presque la moitié d'entre elles montraient des visages de l'ennemi actuel. C'était du sabotage ! Les agents de Goldstein étaient passés par là. Il y eut un interlude tumultueux au cours duquel les affiches furent arrachées des murs, les bannières réduites en lambeaux et piétinées. Les Espions accomplirent des prodiges d'activité en grimpant jusqu'au faîte des toits pour couper les banderoles qui flottaient sur les cheminées. Mais en deux ou trois minutes, tout était terminé.

L'orateur, qui étreignait encore le tube du microphone, les épaules courbées en avant, la main libre déchirant l'air, avait sans interruption continué son discours. Une minute après, les sauvages hurlements de rage éclataient de nouveau dans la foule. La Haine continuait exactement comme auparavant, sauf que la cible avait été changée.

Ce qui impressionna Winston quand il y repensa, c'est que l'orateur avait passé d'une ligne politique à une autre exactement au milieu d'une phrase, non seulement sans arrêter, mais sans même changer de syntaxe.

À ce moment-là, Winston avait eu d'autres sujets de préoccupation. C'est pendant le désordre du moment, pendant que les affiches étaient déchirées et jetées, qu'un homme dont il ne vit pas le visage lui avait frappé l'épaule et dit : « Pardon, je crois que vous avez laissé tomber votre serviette. »

Il prit la serviette d'un geste distrait, sans mot dire. Il savait qu'il faudrait attendre quelques jours avant qu'il eût la possibilité de l'ouvrir. Dès la fin de la manifestation, il se rendit tout droit au ministère, bien qu'il fût près de vingt-trois heures. L'équipe entière du ministère avait fait comme lui. Les ordres que déjà émettaient les télécrans pour les rappeler à leurs postes étaient à peine nécessaires.

L'Océania était en guerre contre l'Estasia. L'Océania avait donc toujours été en guerre contre l'Estasia. Une grande partie de la littérature politique de cinq années était maintenant complètement surannée. Exposés et récits de toutes sortes, journaux, livres, pamphlets, films, disques, photographies, tout devait être rectifié, à une vitesse éclair. Bien qu'aucune directive n'eût jamais été formulée, on savait que les chefs du Commissariat entendaient qu'avant une semaine ne demeure nulle part aucune mention de la guerre contre l'Eurasia et de l'alliance avec l'Estasia.

Le travail était écrasant, d'autant plus que les procédés qu'il impliquait ne pouvaient être appelés de leurs vrais noms. Au Commissariat aux Archives, tout le monde travaillait dix-huit heures sur vingt-quatre, avec deux intervalles de trois heures de sommeil hâtif. Des matelas furent montés des caves et étalés dans tous les couloirs. Les repas consistaient en sandwiches, et du café de la Victoire était apporté sur des chariots roulants par des gens de la cantine.

Chaque fois que Winston s'arrêtait pour un de ses tours de sommeil, il tâchait de ne pas laisser de travail à faire sur son bureau. Mais lorsqu'il se traînait, les yeux collants et malades, vers sa cabine, c'était pour trouver une autre pluie de cylindres de papier qui recouvraient le bureau comme un monceau de neige et commençaient à s'abattre sur le parquet. Si bien que le premier travail était toujours de les entasser en une pile assez régulière pour avoir la place de travailler. Le pire était que le travail n'était pas du tout purement mécanique. Souvent, il suffisait simplement de substituer un nom à un autre, mais tout rapport détaillé d'événements demandait de l'attention et de l'imagination. Les connaissances géographiques mêmes, nécessaires pour transférer la guerre d'une partie du monde dans une autre, étaient considérables.

Au troisième jour, il avait des maux d'yeux insupportables et il lui fallait essuyer ses verres à chaque instant. C'était comme de lutter contre une tâche physique écrasante, quelque chose qu'on aurait le droit de refuser, mais que l'on était néanmoins nerveusement anxieux d'accomplir. Autant qu'il pût s'en souvenir, Winston n'était pas troublé par le fait que tous les mots qu'il murmurait au phonoscript, tous les traits de son crayon à encre étaient des mensonges délibérés. Il était aussi désireux que n'importe qui dans le Département, que la falsification fût parfaite.

Le sixième jour au matin, l'écoulement des cylindres ralentit. Pendant près d'une demi-heure, rien ne sortit du tube, puis il y eut un autre cylindre, puis plus rien. Partout, au même moment, le travail ralentit. Un profond et secret soupir fut exhalé dans tout le Commissariat. Une œuvre importante, dont on ne pourrait jamais parler, venait d'être achevée. Il était maintenant impossible à aucun être humain de prouver par des documents qu'il y avait jamais eu une guerre contre l'Eurasia.

À douze heures, il fut annoncé de façon inattendue que tous les employés du ministère étaient libres jusqu'au lendemain matin.

Winston portait encore la serviette qui contenait *le livre*. Elle était restée entre ses pieds pendant qu'il travaillait et sous son corps pendant qu'il dormait. Il rentra chez lui, se rasa, et s'endormit presque dans le bain, bien que l'eau fût à peine plus que tiède.

Avec une sorte de voluptueux grincement de ses articulations, il monta l'escalier au-dessus du magasin de M. Charrington. Il était fatigué, mais n'avait plus sommeil. Il ouvrit la fenêtre, alluma le petit fourneau à pétrole sale et posa dessus une casserole d'eau pour le café. Julia arriverait bientôt. D'ici là, il y avait *le livre*. Il s'assit dans le fauteuil usé et défit les courroies de la serviette.

C'était un lourd volume noir, relié par un amateur, sans nom ni titre sur la couverture. L'impression paraissait légèrement irrégulière. Les pages étaient usées sur les bords et se séparaient facilement, comme si le livre avait passé entre beaucoup de mains. Sur la page de garde, il y avait l'inscription suivante :

THÉORIE ET PRATIQUE
DU COLLECTIVISME OLIGARCHIQUE
par
Emmanuel Goldstein

Winston commença à lire :

CHAPITRE I
L'IGNORANCE C'EST LA FORCE

Au cours des époques historiques, et probablement depuis la fin de l'âge néolithique, il y eut dans le monde trois classes : la classe supérieure, la classe moyenne, la classe inférieure. Elles ont été subdivisées de beaucoup de façons, elles ont porté d'innombrables noms différents, la proportion du nombre d'individus que comportait chacune, aussi bien que leur attitude les unes vis-à-vis des autres ont varié d'âge en âge. Mais la structure essentielle de la société n'a jamais varié. Même après d'énormes poussées et des changements apparemment irrévocables, la même structure s'est toujours rétablie, exactement comme un gyroscope reprend toujours son équilibre, aussi loin qu'on le pousse d'un côté ou de l'autre.

Les buts de ces trois groupes sont absolument inconciliables.

Winston s'arrêta de lire, surtout pour jouir du fait qu'il était en train de lire, dans le confort et la sécurité. Il était seul. Pas de télécran, pas d'oreille au trou de la serrure, pas d'impulsion nerveuse le poussant à regarder par-dessus son épaule ou à couvrir la page de sa main. L'air doux de l'été se jouait contre son visage. De quelque part, au loin, arrivaient des cris affaiblis d'enfants. Dans la chambre elle-même, il n'y avait aucun bruit, sauf la voix d'insecte de l'horloge. Il s'enfonça plus profondément dans le fauteuil et posa ses pieds sur le garde-feu. C'était le bonheur, c'était l'éternité.

Soudain, comme on fait parfois d'un livre dont on sait qu'en fin de compte on lira et relira tous les mots, il l'ouvrit à une page et se trouva au chapitre III. Il continua à lire :

CHAPITRE III
LA GUERRE C'EST LA PAIX

La division du monde en trois grands États principaux est un événement qui pouvait être et, en vérité, était prévu avant le milieu du vingtième siècle. Avant l'absorption de l'Europe par la Russie et de l'Empire britannique par les États-Unis, deux des trois puissances actuelles, l'Eurasia et l'Océania, étaient déjà effectivement constituées. La troisième, l'Estasia, n'émergea comme unité distincte qu'après une autre décennie de luttes confuses. Les frontières entre les trois super-États sont, en quelques endroits, arbitraires. En d'autres, elles varient suivant la fortune de la guerre, mais elles suivent en général les tracés géographiques.

L'Eurasia comprend toute la partie nord du continent européen et asiatique, du Portugal au détroit de Behring.

L'Océania comprend les Amériques, les îles de l'Atlantique, y compris les îles Britanniques, l'Australie et le Sud de l'Afrique.

L'Estasia, plus petite que les autres, et avec une frontière occidentale moins nette, comprend la Chine et les contrées méridionales de la Chine, les îles du Japon et une portion importante, mais variable, de la Mandchourie, de la Mongolie et du Tibet.

Groupés d'une façon ou d'une autre, ces trois super-États sont en guerre d'une façon permanente depuis vingt-cinq ans. La guerre, cependant, n'est plus la lutte désespérée jusqu'à l'anéantissement qu'elle était dans les premières décennies du vingtième siècle. C'est une lutte dont les buts sont limités, entre combattants incapables de se détruire l'un l'autre, qui n'ont pas de raison matérielle de se battre et ne sont divisés par aucune différence idéologique véritable. Cela ne veut pas dire que la conduite de la guerre ou l'attitude dominante en face d'elle soit moins sanguinaire ou plus chevaleresque. Au contraire, l'hystérie guerrière est continue et universelle dans tous les pays, et le viol, le pillage, le meurtre d'enfants, la mise en esclavage des populations, les représailles contre les prisonniers qui vont même jusqu'à les faire bouillir ou à les enterrer vivants, sont considérés comme normaux. Commis par des partisans et non par l'ennemi, ce sont des actes méritoires.

Mais, dans un sens matériel, la guerre engage un

très petit nombre de gens qui sont surtout des spécialistes très entraînés et, comparativement, cause peu de morts. La lutte, quand il y en a une, a lieu sur les vagues frontières dont l'homme moyen peut seulement deviner l'emplacement, ou autour des Forteresses flottantes qui gardent les points stratégiques des routes maritimes. Dans les centres civilisés, la guerre signifie surtout une diminution continuelle des produits de consommation et la chute, parfois, d'une bombe-fusée qui peut causer quelques vingtaines de morts.

La guerre a, en fait, changé de caractère. Plus exactement, l'ordre d'importance des raisons pour lesquelles la guerre est engagée a changé. Des motifs qui existaient déjà, mais dans une faible mesure, lors des grandes guerres du début du XXe siècle sont maintenant devenus essentiels. Ils sont ouvertement reconnus et l'on agit en conséquence d'après eux.

Pour comprendre la nature de la présente guerre, car en dépit des regroupements qui se succèdent à peu d'intervalle, *c'est toujours la même guerre*, on doit réaliser d'abord qu'il est impossible qu'elle soit décisive. Aucun des trois super-États ne pourrait être définitivement conquis, même par les deux autres. Les forces sont trop également partagées, les défenses naturelles trop formidables.

L'Eurasia est protégée par ses vastes étendues de terre, l'Océania par la largeur de l'Atlantique et du Pacifique, l'Estasia par la fécondité et l'habileté de ses habitants.

En deuxième lieu il n'y a plus, au sens matériel, de raison pour se battre. Avec l'établissement des économies intérieures dans lesquelles la production et la consommation sont engrenées l'une dans l'autre, la lutte pour les marchés, qui était l'une des principales causes des guerres antérieures, a disparu. La compétition pour les matières premières n'est plus une question de vie ou de mort. Dans tous les cas, chacun des trois super-États est si vaste qu'il peut obtenir à l'intérieur de ses frontières presque tous les matériaux qui lui sont nécessaires.

Pour autant que la guerre ait un but directement économique, c'est une guerre engagée pour la puissance de la main-d'œuvre.

Entre les frontières des trois super-États, dont aucun ne parvient à le posséder en permanence, s'étend un quadrilatère approximatif dont les sommets sont à Tanger, Brazzaville, Darwin et Hong-Kong, et qui contient environ un cinquième de la population du globe. C'est pour la possession de ces régions surpeuplées et du pôle glacé du Nord que les trois puissances sont constamment en guerre. En pratique, aucune puissance ne régit jamais la surface entière de l'espace disputé. Des portions de cette surface changent constamment de main et c'est la volonté de s'emparer d'un fragment ou d'un autre de ces pays par une soudaine trahison qui dicte les changements sans fin des groupements.

Tous les territoires disputés contiennent des minéraux de valeur et quelques-uns fournissent d'importants produits végétaux comme le caoutchouc, dont il est nécessaire, dans les pays plus froids, de faire la synthèse, par des méthodes comparativement onéreuses. Mais ils contiennent surtout une réserve inépuisable de main-d'œuvre à bon marché. La puissance qui régit l'Afrique équatoriale ou les contrées du Moyen-Orient ou l'Inde du Sud, ou l'archipel Indonésien, dispose de vingtaines ou de centaines de millions de coolies qui travaillent durement pour des salaires de famine.

Les habitants de ces pays, réduits plus ou moins ouvertement à l'état d'esclaves, passent continuellement d'un conquérant à un autre. Ils sont employés, comme une quantité donnée de charbon ou d'huile humains, à produire plus d'armes, à s'emparer de plus de territoires et à posséder une plus grande puissance de main-d'œuvre pour produire plus d'armes, pour s'emparer de plus de territoires, et ainsi de suite indéfiniment.

Il est à noter que la lutte ne dépasse jamais réellement les limites des surfaces disputées. Les frontières de l'Eurasia reculent et avancent entre le bassin du Congo et le rivage nord de la Méditerranée. Les îles de l'océan Indien et du Pacifique sont constamment prises et reprises par l'Océania ou par l'Estasia. En Mongolie, la ligne qui sépare l'Eurasia de l'Estasia n'est jamais stable. Autour du pôle, les trois puissances revendiquent de vastes territoires qui sont en fait, en grande partie, inhabités et inexplorés. Mais le niveau de puissance reste toujours approximativement équivalent, et le territoire qui forme le cœur de chaque super-État demeure toujours inviolé.

Qui plus est, le travail des peuples exploités autour de l'Équateur n'est pas réellement nécessaire à l'économie mondiale. Il n'ajoute rien à la richesse du monde, puisque tout ce qu'il produit est utilisé à des fins de guerre. Lorsqu'on livre une guerre, c'est toujours pour être en meilleure position pour livrer une autre guerre. Par leur travail, les populations esclaves permettent de hâter la marche de l'éternelle guerre. Mais si elles n'existaient pas, la structure de la société et le processus par lequel elle se maintient ne seraient pas essentiellement différents.

Le but primordial de la guerre moderne (en accord avec les principes de la double-pensée, ce but est en même temps reconnu et non reconnu par les cerveaux directeurs du Parti intérieur) est de consommer entièrement les produits de la machine sans élever le niveau général de la vie.

Depuis la fin du XIXe siècle, le problème de l'utilisation du surplus des produits de consommation a été latent dans la société industrielle. Actuellement, alors que peu d'êtres humains ont suffisamment à manger, ce problème n'est évidemment pas urgent, et il pourrait ne pas le devenir, alors même qu'aucun procédé artificiel de destruction n'aurait été mis en œuvre.

Le monde d'aujourd'hui est un monde nu, affamé, dilapidé, comparé au monde qui existait avant 1914, et encore plus si on le compare à l'avenir qu'imaginaient les gens de cette époque.

Dans les premières années du XXe siècle, la vision d'une société future, incroyablement riche, jouissant de loisirs, disciplinée et efficiente, un monde aseptisé et étincelant de verre, d'acier, de béton d'un blanc de neige, faisait partie de la conscience de tous les gens qui avaient des lettres. La science et la technologie se développaient avec une prodigieuse rapidité et il semblait naturel de présumer qu'elles continueraient à se développer. Cela ne se produisit pas, en partie, à cause de l'appauvrissement qu'entraîna une longue série de guerres et de révolutions, en partie parce que le progrès scientifique et technique dépendait d'habitudes de pensée empiriques qui ne pouvaient survivre dans une société strictement enrégimentée.

Le monde est, dans son ensemble, plus primitif aujourd'hui qu'il ne l'était il y a cinquante ans. Certains territoires arriérés se sont civilisés et divers appareils, toujours par quelque côté en relation avec la guerre et l'espionnage policier, ont été perfectionnés, mais les expériences et les inventions se sont en grande partie arrêtées. De plus, les ravages de la guerre atomique de l'époque 1950 n'ont jamais été entièrement réparés. Néanmoins, les dangers inhérents à la machine sont toujours présents.

Dès le moment de la parution de la première machine, il fut évident, pour tous les gens qui réfléchissaient, que la nécessité du travail de l'homme et, en conséquence, dans une grande mesure, de l'inégalité humaine, avait disparu. Si la machine était délibérément employée dans ce but, la faim, le surmenage, la malpropreté, l'ignorance et la maladie pourraient être éliminées après quelques générations. En effet, alors qu'elle n'était pas employée dans cette intention, la machine, en produisant des richesses qu'il était parfois impossible de distribuer, éleva réellement de beaucoup, par une sorte de processus automatique, le niveau moyen de vie des humains, pendant une période d'environ cinquante ans, à la fin du XIXᵉ siècle et au début du XXᵉ.

Mais il était aussi évident qu'un accroissement général de la richesse menaçait d'amener la destruction, était vraiment, en un sens, la destruction d'une société hiérarchisée.

Dans un monde dans lequel le nombre d'heures de travail serait court, où chacun aurait suffisamment de nourriture, vivrait dans une maison munie d'une salle de bains et d'un réfrigérateur, posséderait une automobile ou même un aéroplane, la plus évidente, et peut-être la plus importante forme d'inégalité aurait déjà disparu. Devenue générale, la richesse ne conférerait plus aucune distinction.

Il était possible, sans aucun doute, d'imaginer une société dans laquelle la *richesse* dans le sens de possessions personnelles et de luxe serait également distribuée, tandis que le *savoir* resterait entre les mains d'une petite caste privilégiée. Mais, dans la pratique, une telle société ne pourrait demeurer longtemps stable.

Si tous, en effet, jouissaient de la même façon de loisirs et de sécurité, la grande masse d'êtres humains qui est normalement abrutie par la pauvreté pourrait s'instruire et apprendre à réfléchir par elle-même, elle s'apercevrait alors tôt ou tard que la minorité privilégiée n'a aucune raison d'être, et la balaierait. En résumé, une société hiérarchisée n'était possible que sur la base de la pauvreté et de l'ignorance.

Revenir à la période agricole du passé, comme l'ont rêvé certains penseurs du début du XXᵉ siècle, n'était pas une solution pratique. Elle s'opposait à la tendance à la mécanisation devenue quasi instinctive dans le monde entier. De plus, une contrée qui serait arriérée industriellement, serait impuissante au point de vue militaire et serait vite dominée, directement ou indirectement, par ses rivaux plus avancés.

Maintenir les masses dans la pauvreté en restreignant la production n'était pas non plus une solution satisfaisante. Cette solution fut appliquée sur une large échelle durant la phase finale du capitalisme, en gros entre 1920 et 1940. On laissa stagner l'économie d'un grand nombre de pays, des terres furent laissées en jachère, on n'ajouta pas au capital-équipement et de grandes masses de population furent empêchées de travailler. La charité d'État les maintenait à moitié en vie.

Mais cette situation, elle aussi, entraînait la faiblesse militaire, et comme les privations qu'elle infligeait étaient visiblement inutiles, elle rendait l'opposition inévitable.

Le problème était de faire tourner les roues de

l'industrie sans accroître la richesse réelle du monde. Des marchandises devaient être produites, mais non distribuées. En pratique, le seul moyen d'y arriver était de faire continuellement la guerre.

L'acte essentiel de la guerre est la destruction, pas nécessairement de vies humaines, mais des produits du travail humain. La guerre est le moyen de briser, de verser dans la stratosphère, ou de faire sombrer dans les profondeurs de la mer, les matériaux qui, autrement, pourraient être employés à donner trop de confort aux masses et, partant, trop d'intelligence en fin de compte. Même quand les armes de guerre ne sont pas réellement détruites, leur manufacture est encore un moyen facile de dépenser la puissance de travail sans rien produire qui puisse être consommé. Une Forteresse flottante, par exemple, a immobilisé pour sa construction, la main-d'œuvre qui aurait pu construire plusieurs centaines de cargos. Plus tard, alors qu'elle n'a apporté aucun bénéfice matériel, à personne, elle est déclarée surannée et envoyée à la ferraille. Avec une dépense plus énorme de main-d'œuvre, une autre Forteresse flottante est alors construite.

En principe, l'effort de guerre est toujours organisé de façon à dévorer le surplus qui pourrait exister après que les justes besoins de la population sont satisfaits.

En pratique, les justes besoins vitaux de la population sont toujours sous-estimés. Le résultat est que, d'une façon chronique, la moitié de ce qui est nécessaire pour vivre manque toujours. Mais cela est considéré comme un avantage. C'est par une politique délibérée que l'on maintient tout le monde, y compris même les groupes favorisés, au bord de la privation. Un état général de pénurie accroît en effet l'importance des petits privilèges et magnifie la distinction entre un groupe et un autre.

D'après les standards des premières années du XX⁰ siècle, les membres mêmes du Parti intérieur mènent une vie austère et laborieuse. Néanmoins, le peu de confort dont ils jouissent, leurs appartements larges et bien meublés, la solide texture de leurs vêtements, la bonne qualité de leur nourriture, de leur boisson, de leur tabac, leurs deux ou trois domestiques, leurs voitures ou leurs hélicoptères personnels, les placent dans un monde différent de celui d'un membre du Parti extérieur. Et les membres du Parti extérieur ont des avantages similaires, comparativement aux masses déshéritées que nous appelons les prolétaires.

L'atmosphère sociale est celle d'une cité assiégée dans laquelle la possession d'un morceau de viande de cheval constitue la différence entre la richesse et la pauvreté. En même temps, la conscience d'être en guerre, et par conséquent en danger, fait que la possession de tout le pouvoir par une petite caste semble être la condition naturelle et inévitable de survie.

La guerre, comme on le verra, non seulement accomplit les destructions nécessaires, mais les accomplit d'une façon acceptable psychologiquement. Il serait en principe très simple de gaspiller le surplus de travail du monde en construisant des temples et des pyramides, en creusant des trous et en les rebouchant, en produisant même de grandes quantités de marchandises auxquelles on mettrait le feu. Ceci suffirait sur le plan économique, mais la base psychologique d'une société hiérarchisée n'y gagnerait rien. Ce qui intervient ici, ce n'est pas la morale des masses dont l'attitude est sans importance tant qu'elles sont fermement maintenues dans le travail, mais la morale du Parti lui-même.

On demande au membre, même le plus humble du

Parti, d'être compétent, industrieux et même intelligent dans d'étroites limites. Il est de plus nécessaire qu'il soit un fanatique crédule et ignorant, dont les caractéristiques dominantes sont la crainte, la haine, l'humeur flagorneuse et le triomphe orgiaque.

En d'autres mots, il est nécessaire qu'il ait la mentalité appropriée à l'état de guerre. Peu importe que la guerre soit réellement déclarée et, puisque aucune victoire décisive n'est possible, peu importe qu'elle soit victorieuse ou non. Tout ce qui est nécessaire, c'est que l'état de guerre existe.

La systématisation de l'intelligence que requiert le Parti de ses membres et qui est plus facilement réalisée dans une atmosphère de guerre, est maintenant presque universelle, mais plus le rang est élevé, plus marquée devient cette spécialisation.

C'est précisément dans le Parti intérieur que l'hystérie de guerre et la haine de l'ennemi sont les plus fortes. Dans son rôle d'administrateur, il est souvent nécessaire à un membre du Parti intérieur de savoir qu'un paragraphe ou un autre des nouvelles de la guerre est faux et il lui arrive souvent de savoir que la guerre entière est apocryphe, soit qu'elle n'existe pas, soit que les motifs pour lesquels elle est déclarée soient tout à fait différents de ceux que l'on fait connaître. Mais une telle connaissance est neutralisée par la technique de la *doublepensée*. Entre-temps, aucun membre du Parti intérieur n'est un instant ébranlé dans sa conviction mystique que la guerre est réelle et qu'elle doit se terminer victorieusement pour l'Océania qui restera maîtresse incontestée du monde entier.

Tous les membres du Parti intérieur croient à cette conquête comme à un article de foi. Elle sera réalisée, soit par l'acquisition graduelle de territoires, ce qui permettra de construire une puissance d'une écrasante supériorité, soit par la découverte d'une arme nouvelle contre laquelle il n'y aura pas de défense.

La recherche de nouvelles armes se poursuit sans arrêt. Elle est l'une des rares activités restantes dans lesquelles le type d'esprit inventif ou spéculatif peut trouver un exutoire. Actuellement, la science, dans le sens ancien du mot, a presque cessé d'exister dans l'Océania. Il n'y a pas de mot pour *science* en novlangue. La méthode empirique de la pensée sur laquelle sont fondées toutes les réalisations du passé, est opposée aux principes les plus essentiels de l'Angsoc. Les progrès techniques eux-mêmes ne se produisent que lorsqu'ils peuvent, d'une façon quelconque, servir à diminuer la liberté humaine. Dans tous les arts utilitaires, le monde piétine ou recule. Les champs sont cultivés avec des charrues tirées par des chevaux, tandis que les livres sont écrits à la machine. Mais dans les matières d'une importance vitale — ce qui veut dire, en fait, la guerre et l'espionnage policier — l'approche empirique est encore encouragée ou, du moins, tolérée.

Les deux buts du Parti sont de conquérir toute la surface de la terre et d'éteindre une fois pour toutes les possibilités d'une pensée indépendante. Il y a, en conséquence, deux grands problèmes que le Parti a la charge de résoudre : l'un est le moyen de découvrir, contre sa volonté, ce que pense un autre être humain, l'autre est le moyen de tuer plusieurs centaines de millions de gens en quelques secondes, sans qu'ils en soient avertis. Dans la mesure où continue la recherche scientifique, cela est son principal objet.

Le savant d'aujourd'hui est, soit une mixture de psychologue et d'inquisiteur qui étudie avec une extraordinaire minutie la signification des expressions du visage, des gestes, des tons de la voix, et expérimente les effets, pour l'obtention de la vérité, des drogues, des chocs thérapeutiques, de l'hypnose, de la torture physique, soit un chimiste, un physicien ou un biologiste, intéressé seulement par les branches de sa spécialité qui se rapportent à la suppression de la vie.

Dans les vastes laboratoires du ministère de la Paix, et dans les centres d'expériences cachés dans les forêts brésiliennes, ou dans le désert australien, ou dans les îles perdues de l'Antarctique, des équipes d'experts sont infatigablement au travail.

Quelques-uns s'occupent d'établir les plans des guerres futures ; d'autres inventent des bombes-fusées de plus en plus grosses, des explosifs de plus en plus puissants, des blindages de plus en plus impénétrables ; d'autres recherchent des gaz nouveaux et plus mortels ou des poisons solubles que l'on pourrait produire en quantité suffisante pour détruire la végétation de continents entiers, ou encore des espèces de germes de maladie immunisés contre tous les antidotes possibles ; d'autres travaillent à la fabrication d'un véhicule qui pourrait circuler sous terre comme un sous-marin sous l'eau, ou pour construire un aéroplane aussi indépendant de sa base qu'un navire à voiles ; d'autres explorent les possibilités même les plus lointaines, comme de concentrer les rayons du soleil à travers des lentilles suspendues à des milliers de kilomètres dans l'espace, ou bien de produire des tremblements de terre artificiels ou des raz de marée, en agissant sur la chaleur du centre de la terre.

Mais aucun de ces projets n'approche jamais de la réalisation et aucun des trois super-États ne gagne jamais sur les autres une avance significative.

Le plus remarquable est que les trois puissances

possèdent déjà, dans la bombe atomique, une arme beaucoup plus puissante que celles que leurs recherches actuelles sont susceptibles de découvrir. Bien que le Parti, suivant son habitude, revendique l'honneur de cette invention, les bombes atomiques apparurent dès l'époque 1940-1949 et furent pour la première fois employées sur une large échelle environ dix ans plus tard. Une centaine de bombes furent alors lâchées sur les centres industriels, surtout dans la Russie d'Europe, l'Ouest européen et l'Amérique du Nord.

Elles avaient pour but de convaincre les groupes dirigeants de tous les pays que quelques bombes atomiques de plus entraîneraient la fin de la société organisée et, partant, de leur propre puissance.

Ensuite, bien qu'aucun accord formel ne fût jamais passé ou qu'on y fît même allusion, il n'y eut plus de lâchers de bombes. Les trois puissances continuent simplement à produire des bombes atomiques et à les emmagasiner en attendant une occasion décisive qu'elles croient toutes devoir se produire tôt ou tard.

En attendant, l'art de la guerre est resté stationnaire pendant trente ou quarante ans. Les hélicoptères sont plus employés qu'ils ne l'étaient anciennement, les bombardiers ont été en grande partie supplantés par des projectiles à propulseurs, et le fragile et mobile cuirassé a été remplacé par la Forteresse flottante qu'il est presque impossible de couler. Mais autrement, il y a eu peu de perfectionnements. Le tank, le sous-marin, la torpille, la mitrailleuse, même le fusil et la grenade à main sont encore employés. Et, en dépit des interminables massacres rapportés par la presse et les télécrans, les batailles désespérées des guerres antérieures au cours desquelles des centaines de milliers ou même de millions d'hommes étaient tués en quelques semaines ne se sont jamais répétées.

Aucun des trois super-États ne tente jamais un mouvement qui impliquerait le risque d'une défaite sérieuse. Quand une opération d'envergure est entreprise, c'est généralement une attaque par surprise contre un allié.

La stratégie que les trois puissances suivent toutes trois, ou prétendent suivre, est la même. Le plan est, par une combinaison de luttes, de marches, de coups de force au moment opportun, d'acquérir un anneau de bases encerclant complètement l'un ou l'autre des États d'un rival, puis de signer un pacte d'amitié avec ce rival et de rester avec lui en termes de paix assez longtemps pour endormir sa suspicion. Pendant ce temps, des fusées chargées de bombes atomiques seraient amoncelées à tous les points stratégiques. Finalement, elles seraient toutes allumées simultanément et leurs effets seraient si dévastateurs qu'ils rendraient impossible toute représaille. Il serait temps alors de risquer un pacte d'amitié avec la puissance mondiale restante, en vue d'une autre attaque.

Ce plan, il est à peine besoin de le dire, est un simple rêve éveillé impossible à réaliser. De plus, il n'y a jamais aucune bataille, sauf dans les territoires disputés autour de l'Équateur et du Pôle. Aucune invasion de territoire ennemi n'est jamais entreprise. C'est ce qui explique qu'en certains endroits les frontières entre les super-États soient arbitraires. L'Eurasia, par exemple, pourrait aisément conquérir les îles Britanniques qui, géographiquement, font partie de l'Europe. D'un autre côté, il serait possible à l'Océania de pousser ses frontières jusqu'au Rhin, ou même jusqu'à la Vistule. Mais ce serait violer le principe suivi par tous, bien que jamais formulé, de l'intégrité culturelle.

Si l'Océania conquérait les territoires connus à une époque sous les noms de France et d'Allemagne, il lui faudrait, ou en exterminer les habitants, tâche d'une grande difficulté matérielle, ou assimiler une population d'environ cent millions d'habitants qui, en ce qui concerne le développement technique, sont approximativement au niveau océanien.

Le problème est le même pour les trois super-États. Il est absolument nécessaire à leur structure qu'ils n'aient aucun contact avec l'étranger sauf, dans une mesure limitée, avec les prisonniers de guerre et les esclaves de couleur. Même l'allié officiel du moment est toujours regardé avec une sombre suspicion. Mis à part les prisonniers de guerre, le citoyen ordinaire de l'Océania ne pose jamais les yeux sur un citoyen de l'Eurasia ou de l'Estasia et on lui défend d'étudier les langues étrangères.

Si les contacts avec les étrangers lui étaient permis, il découvrirait que ce sont des créatures semblables à lui-même et que la plus grande partie de ce qu'on lui a raconté d'eux est fausse. Le monde fermé, scellé, dans lequel il vit, serait brisé, et la crainte, la haine, la certitude de son bon droit, desquelles dépend sa morale, pourraient disparaître.

Il est par conséquent admis de tous les côtés que, si souvent que la Perse, l'Égypte, Java ou Ceylan puissent changer de mains, les frontières principales ne doivent jamais être franchies que par des bombes.

En dessous de tout cela, il est un fait, jamais exprimé tout haut, mais tacitement compris, et qui inspire la conduite de chacun, c'est que les conditions de vie dans les trois super-États sont sensiblement les mêmes. Dans l'Océania, la philosophie dominante

s'appelle l'Angsoc, en Eurasia, elle s'appelle Néo-Bolchevisme, en Estasia, elle est désignée par un mot
chinois habituellement traduit par *Culte de la Mort*,
mais qui serait peut-être mieux rendu par *Oblitération
du Moi*.

On ne permet pas au citoyen de l'Océania de savoir
quoi que ce soit de la doctrine des deux autres philosophies. Mais on lui enseigne à les exécrer et à les
considérer comme des outrages barbares à la morale
et au sens commun. En vérité, les trois philosophies
se distinguent à peine l'une de l'autre et les systèmes
sociaux qu'elles supportent ne se distinguent pas du
tout.

Il y a partout la même structure pyramidale, le
même culte d'un chef semi-divin, le même système
économique existant par et pour une guerre continuelle. Il s'ensuit que les trois super-États, non seulement ne peuvent se conquérir l'un l'autre, mais ne
tireraient aucun avantage de leur conquête. Au
contraire, tant qu'ils restent en conflit, ils se soutiennent l'un l'autre comme trois gerbes de blé.

Comme d'habitude, les groupes directeurs des trois
puissances sont, et en même temps ne sont pas au
courant de ce qu'ils font. Leur vie est consacrée à la
conquête du monde, mais ils savent aussi qu'il est
nécessaire que la guerre continue indéfiniment et sans
victoire. Pendant ce temps, le fait qu'il n'y ait aucun
danger de conquête rend possible la négation de la
réalité qui est la caractéristique spéciale de l'Angsoc
et des systèmes de pensée qui lui sont rivaux. Il est
ici nécessaire de répéter ce qui a été dit ci-dessus,
c'est qu'en devenant continuelle la guerre a changé
de caractère fondamental.

Anciennement, une guerre, par définition presque,
était quelque chose qui, tôt ou tard prenait fin,

d'habitude par une victoire ou une défaite décisive. Anciennement aussi, la guerre était un des principaux instruments par lesquels les sociétés humaines étaient maintenues en contact avec la réalité physique. Tous les chefs, à toutes les époques, ont essayé d'imposer à leurs adeptes une fausse vue du monde, mais ils ne pouvaient se permettre d'encourager aucune illusion qui tendrait à diminuer l'efficacité militaire. Aussi longtemps que la défaite signifiait perte de l'indépendance ou quelque autre résultat généralement tenu pour indésirable, les précautions contre la défaite devaient être sérieuses. Les faits matériels ne devaient pas être ignorés. Dans la philosophie, la religion, l'éthique ou la politique, deux et deux peuvent faire cinq, mais quand le chiffre un désigne un fusil ou un aéroplane, deux et deux doivent faire quatre. Les nations inefficientes sont toujours tôt ou tard conquises et la lutte pour l'efficience est ennemie des illusions.

De plus, il est nécessaire, pour être efficient, d'être capable de recevoir les leçons du passé, ce qui signifiait avoir une idée absolument précise des événements du passé. Journaux et livres d'histoire étaient naturellement toujours enjolivés et influencés, mais le genre de falsification actuellement pratiqué aurait été impossible. La guerre était une sauvegarde, même de la santé et, dans la mesure où les classes dirigeantes étaient affectées, c'était, probablement, la plus sûre des sauvegardes. Tant que les guerres pouvaient se gagner ou se perdre, aucune classe dirigeante ne pouvait être entièrement irresponsable.

Mais quand la guerre devient littéralement continuelle, elle cesse aussi d'être dangereuse. Il n'y a plus de nécessité militaire quand la guerre est permanente. Le progrès peut s'arrêter et les faits les plus patents

263

peuvent être niés ou négligés. Comme nous l'avons vu, les recherches que l'on pourrait appeler scientifiques sont encore poursuivies, en vue de la guerre, mais elles sont essentiellement du domaine du rêve, et leur échec à fournir des résultats n'a aucune importance. L'efficience, même l'efficience militaire, n'est plus nécessaire. En Océania, sauf la Police de la Pensée, rien n'est efficient. Depuis que chacun des trois super-États est imprenable, chacun est en effet un univers séparé, à l'intérieur duquel peuvent être pratiquées, en toute sécurité, presque toutes les perversions de la pensée.

La réalité n'exerce sa pression qu'à travers les besoins de la vie de tous les jours, le besoin de manger et de boire, d'avoir un abri et des vêtements, d'éviter d'avaler du poison ou de passer par les fenêtres du dernier étage, et ainsi de suite. Entre la vie et la mort, entre le plaisir et la peine physique, il y a encore une distinction, mais c'est tout.

Coupé de tout contact avec le monde extérieur et avec le passé, le citoyen d'Océania est comme un homme des espaces interstellaires qui n'a aucun moyen de savoir quelle direction monte et laquelle descend. Les dirigeants d'un tel État sont absolus, plus que n'ont jamais pu l'être les Pharaons ou les Césars. Ils sont obligés d'empêcher leurs adeptes de mourir d'inanition en nombre assez grand pour être un inconvénient, et ils sont obligés de s'en tenir au même bas niveau de technique militaire que leurs rivaux, mais ce minimum réalisé, ils peuvent déformer la réalité et lui donner la forme qu'ils choisissent.

La guerre donc, si nous la jugeons sur le modèle des guerres antérieures, est une simple imposture. Elle ressemble aux batailles entre certains ruminants dont les cornes sont plantées à un angle tel qu'ils sont incapables de se blesser l'un l'autre. Mais, bien qu'irréelle, elle n'est pas sans signification. Elle dévore le surplus des produits de consommation et elle aide à préserver l'atmosphère mentale spéciale dont a besoin une société hiérarchisée.

Ainsi qu'on le verra, la guerre est une affaire purement intérieure. Anciennement, les groupes dirigeants de tous les pays, bien qu'il leur fût possible de reconnaître leur intérêt commun et, par conséquent, de limiter les dégâts de la guerre, luttaient réellement les uns contre les autres, et celui qui était victorieux pillait toujours le vaincu. De nos jours, ils ne luttent pas du tout les uns contre les autres. La guerre est engagée par chaque groupe dirigeant contre ses propres sujets et l'objet de la guerre n'est pas de faire ou d'empêcher des conquêtes de territoires, mais de maintenir intacte la structure de la société.

Le mot « guerre », lui-même, est devenu erroné. Il serait probablement plus exact de dire qu'en devenant continue, la guerre a cessé d'exister. La pression particulière qu'elle a exercée sur les êtres humains entre l'âge néolithique et le début du vingtième siècle a disparu et a été remplacée par quelque chose de tout à fait différent. L'effet aurait été exactement le même si les trois super-États, au lieu de se battre l'un contre l'autre, s'entendaient pour vivre dans une paix perpétuelle, chacun inviolé à l'intérieur de ses frontières. Dans ce cas, en effet, chacun serait encore un univers clos libéré à jamais de l'influence assoupissante du danger extérieur. Une paix qui serait vraiment permanente serait exactement comme une guerre permanente. Cela, bien que la majorité des membres du Parti ne le comprenne que dans un sens superficiel, est la signification profonde du slogan du Parti : *La guerre, c'est la Paix.*

Winston arrêta un moment sa lecture. Quelque part, dans le lointain, tonna une bombe-fusée. La félicité qu'il éprouvait à être seul avec le livre défendu, dans une pièce sans télécran, n'était pas épuisée. La solitude et la sécurité étaient des sensations mêlées en quelque sorte à la fatigue de son corps, au moelleux du fauteuil, au contact de la faible brise qui entrait par la fenêtre et se jouait sur son visage.

Le livre le passionnait ou, plus exactement, le rassurait. Dans un sens, il ne lui apprenait rien de nouveau, mais il n'en était que plus attrayant. Il disait ce que lui, Winston, aurait dit, s'il lui avait été possible d'ordonner ses pensées éparses. Il était le produit d'un cerveau semblable au sien mais beaucoup plus puissant, plus systématique, moins dominé par la crainte.

« Les meilleurs livres, se dit-il, sont ceux qui racontent ce que l'on sait déjà. »

Il revenait au chapitre I quand il entendit le pas de Julia dans l'escalier et se leva de son fauteuil pour aller au-devant d'elle. Elle déposa sur le parquet son sac à outils brun et se jeta dans les bras de Winston. Il y avait plus d'une semaine qu'ils ne s'étaient vus.

— J'ai le *livre,* dit-il, quand ils se séparèrent.

— Oh ! tu l'as ? Bien, dit-elle, sans montrer beaucoup d'intérêt.

Presque immédiatement elle s'agenouilla devant le fourneau à pétrole pour faire le café.

Ils ne revinrent sur ce sujet qu'après être restés au lit une demi-heure. La soirée était juste assez fraîche pour qu'il fût nécessaire de remonter le couvre-pied. D'en bas venaient le bruit familier des chansons et le claquement des bottes sur les pavés. La femme aux bras rouge brique que Winston avait vue là lors de sa première visite était presque à demeure dans la cour. Il semblait qu'elle passât toutes les heures du jour à marcher dans un sens ou dans l'autre entre le baquet à laver et la corde à linge. Tantôt elle fermait la bouche sur des épingles à linge, tantôt elle faisait éclater un chant lascif.

Julia s'était installée sur le côté et semblait déjà sur le point de s'endormir. Winston allongea le bras pour prendre le livre sur le parquet et s'assit, appuyé au dossier du lit.

— Nous devons le lire, dit-il, toi aussi, tous les membres de la Fraternité doivent le lire.

— Lis-le, dit-elle les yeux fermés. Lis-le tout haut. C'est la meilleure manière. Ainsi, tu pourras me l'expliquer au fur et à mesure.

L'aiguille de la pendule était sur six, ce qui signifiait dix-huit heures. Ils avaient trois ou quatre heures devant eux. Winston appuya le livre sur ses genoux et se mit à lire.

CHAPITRE I

L'IGNORANCE C'EST LA FORCE

Au long des temps historiques, et probablement depuis la fin de l'âge néolithique, le monde a été divisé en trois classes. La classe supérieure, la classe moyenne, la classe inférieure. Elles ont été subdivisées de beaucoup de façons, elles ont porté d'innombrables noms différents, la proportion du nombre d'individus que comportait chacune, aussi bien que leur attitude vis-à-vis les unes des autres ont varié d'âge en âge. Mais la structure essentielle de la société n'a jamais varié. Même après d'énormes poussées et des changements apparemment irrévocables, la même structure s'est toujours rétablie, exactement comme un gyroscope reprend toujours son équilibre, aussi loin qu'on le pousse d'un côté ou de l'autre.

— Julia, es-tu réveillée ? demanda Winston.

— Oui, mon amour. J'écoute. Continue. C'est merveilleux.

Il continua à lire :

Les buts de ces trois groupes sont absolument inconciliables. Le but du groupe supérieur est de rester en place. Celui du groupe moyen, de changer de place avec le groupe supérieur. Le but du groupe inférieur, quand il en a un — car c'est une caractéristique permanente des inférieurs qu'ils sont trop écrasés de travail pour être conscients, d'une façon autre qu'intermittente, d'autre chose que de leur vie de chaque jour — est d'abolir toute distinction et de créer une société dans laquelle tous les hommes seraient égaux.

Ainsi, à travers l'Histoire, une lutte qui est la même dans ses lignes principales se répète sans arrêt. Pendant de longues périodes, la classe supérieure semble être solidement au pouvoir. Mais tôt ou tard, il arrive toujours un moment où elle perd, ou sa foi en elle-même, ou son aptitude à gouverner efficacement, ou les deux. Elle est alors renversée par la classe moyenne qui enrôle à ses côtés la classe inférieure en lui faisant croire qu'elle lutte pour la liberté et la justice.

Sitôt qu'elle a atteint son objectif, la classe moyenne rejette la classe inférieure dans son ancienne servitude et devient elle-même supérieure. Un nouveau groupe moyen se détache alors de l'un des autres groupes, ou des deux, et la lutte recommence.

Des trois groupes, seul le groupe inférieur ne réussit jamais, même temporairement, à atteindre son but. Ce serait une exagération que de dire qu'à travers l'histoire il n'y a eu aucun progrès matériel. Même aujourd'hui, dans une période de déclin, l'être humain moyen jouit de conditions de vie meilleures que celles d'il y a quelques siècles. Mais aucune augmentation de richesse, aucun adoucissement des mœurs, aucune réforme ou révolution n'a jamais rapproché d'un millimètre l'égalité humaine. Du point de vue de la classe inférieure, aucun changement historique n'a jamais signifié beaucoup plus qu'un changement du nom des maîtres.

Vers la fin du XIXᵉ siècle, de nombreux observateurs se rendirent compte de la répétition constante de ce modèle de société. Des écoles de penseurs apparurent alors qui interprétèrent l'histoire comme un processus cyclique et prétendirent démontrer que l'inégalité était une loi inaltérable de la vie humaine.

Cette doctrine, naturellement, avait toujours eu des adhérents, mais il y avait un changement significatif dans la façon dont elle était mise en avant. Dans le passé, la nécessité d'une forme hiérarchisée de société avait été la doctrine spécifique de la classe supérieure. Elle avait été prêchée par les rois et les aristocrates, par les prêtres, hommes de loi et autres qui étaient les parasites des premiers et elle avait été adoucie par des promesses de compensation dans un monde imaginaire, par-delà la tombe. La classe moyenne, tant qu'elle luttait pour le pouvoir, avait toujours employé des termes tels que liberté, justice et fraternité.

Cependant, le concept de la fraternité humaine commença à être attaqué par des gens qui n'occupaient pas encore les postes de commande, mais espéraient y être avant longtemps. Anciennement, la classe moyenne avait fait des révolutions sous la bannière de l'égalité, puis avait établi une nouvelle tyrannie dès que l'ancienne avait été renversée. Les nouveaux groupes moyens proclamèrent à l'avance leur tyrannie.

Le socialisme, une théorie qui apparut au début du XIXᵉ siècle et constituait le dernier anneau de la chaîne de pensée qui remontait aux rébellions d'esclaves de l'antiquité, était encore profondément infecté de l'utopie des siècles passés. Mais dans toutes les variantes du socialisme qui apparurent à partir de 1900 environ, le but d'établir la liberté et l'égalité était de plus en plus ouvertement abandonné.

Les nouveaux mouvements qui se firent connaître dans les années du milieu du siècle, l'Angsoc en Océania, le Néo-Bolchevisme en Eurasia, le Culte de la Mort, comme on l'appelle communément, en Estasia, avaient la volonté consciente de perpétuer la non-liberté et l'inégalité.

Ces nouveaux mouvements naissaient naturellement des anciens. Ils tendaient à conserver les noms de ceux-ci et à payer en paroles un hommage à leur idéologie. Mais leur but à tous était d'arrêter le progrès et d'immobiliser l'histoire à un moment choisi. Le balancement familier du pendule devait se produire une fois de plus, puis s'arrêter. Comme d'habitude, la classe supérieure devait être délogée par la classe moyenne qui deviendrait alors la classe supérieure. Mais cette fois, par une stratégie consciente, cette classe supérieure serait capable de maintenir perpétuellement sa position.

Les nouvelles doctrines naquirent en partie grâce à l'accumulation de connaissances historiques et au développement du sens historique qui existait à peine avant le XIXᵉ siècle. Le mouvement cyclique de l'histoire était alors intelligible, ou paraissait l'être, et s'il était intelligible, il pouvait être changé.

Mais la cause principale et sous-jacente de ces doctrines était que, dès le début du XXᵉ siècle, l'égalité humaine était devenue techniquement possible. Il était encore vrai que les hommes n'étaient pas égaux par leurs dispositions naturelles et que les fonctions devaient être spécialisées en des directions qui favorisaient les uns au détriment des autres. Mais il n'y avait plus aucun besoin réel de distinction de classes ou de différences importantes de richesse.

Dans les périodes antérieures, les distinctions de classes avaient été non seulement inévitables, mais désirables. L'inégalité était le prix de la civilisation. Le cas, cependant, n'était plus le même avec le développement de la production par la machine. Même s'il était encore nécessaire que les êtres humains s'adonnent à des travaux différents, il n'était plus utile qu'ils vivent à des niveaux sociaux ou économiques différents. C'est pourquoi, du point de vue des nouveaux groupes qui étaient sur le point de s'emparer du pouvoir, l'égalité humaine n'était plus un idéal à poursuivre, mais un danger à éviter. Dans les périodes antérieures, quand une société juste et paisible était en fait impossible, il avait été tout à fait facile d'y croire. L'idée d'un paradis terrestre dans lequel les hommes vivraient ensemble dans un état de fraternité, sans lois et sans travail de brute, a hanté l'imagination humaine pendant des milliers d'années. Cette vision a eu une certaine emprise, même sur les groupes qui profitaient réellement de chaque changement historique.

Les héritiers des révolutions françaises, anglaises et américaines ont, en partie, cru à leurs propres phrases sur les droits de l'homme, la liberté d'expression,

271

l'égalité devant la loi, et leur conduite, dans une certaine mesure, a même été influencée par elles.

Mais vers la quatrième décennie du XXᵉ siècle, tous les principaux courants de la pensée politique étaient des courants de doctrine autoritaire. Le paradis terrestre avait été discrédité au moment exact où il devenait réalisable. Toute nouvelle théorie politique, de quelque nom qu'elle s'appelât, ramenait à la hiérarchie et à l'enrégimentation et, dans le général durcissement de perspective qui s'établit vers 1930, des pratiques depuis longtemps abandonnées, parfois depuis des centaines d'années (emprisonnement sans procès, emploi de prisonniers de guerre comme esclaves, exécutions publiques, tortures pour arracher des confessions, usage des otages et déportation de populations entières) non seulement redevinrent courantes, mais furent tolérées et même défendues par des gens qui se considéraient comme éclairés et progressistes.

C'est seulement après une décennie de guerres internationales, de guerres civiles, de révolutions et contre-révolutions dans toutes les parties du monde, que l'Angsoc et ses rivaux émergèrent sous forme de théories politiques entièrement précisées. Mais elles avaient été annoncées par les systèmes divers, généralement nommés totalitaires, qui étaient apparus plus tôt dans le siècle, et les lignes principales du monde qui devait émerger du chaos régnant étaient depuis longtemps visibles.

La nouvelle aristocratie était constituée, pour la plus grande part, de bureaucrates, de savants, de techniciens, d'organisateurs de syndicats, d'experts en publicité, de sociologues, de professeurs, de journalistes et de politiciens professionnels. Ces gens, qui sortaient de la classe moyenne salariée et des rangs supérieurs de la classe ouvrière, avaient été formés et réunis par le monde stérile du monopole industriel et du gouvernement centralisé. Comparés aux groupes d'opposition des âges passés, ils étaient moins avares, moins tentés par le luxe ; plus avides de puissance pure et, surtout, plus conscients de ce qu'ils faisaient, et plus résolus à écraser l'opposition.

Cette dernière différence était essentielle. En comparaison de ce qui existe aujourd'hui, toutes les tyrannies du passé s'exerçaient sans entrain et étaient inefficientes. Les groupes dirigeants étaient toujours, dans une certaine mesure, contaminés par les idées libérales, et étaient heureux de lâcher partout la bride, de ne considérer que l'acte patent, de se désintéresser de ce que pensaient leurs sujets. L'Église catholique du Moyen Age elle-même, se montrait tolérante, comparée aux standards modernes.

La raison en est, en partie, que, dans le passé, aucun gouvernement n'avait le pouvoir de maintenir ses citoyens sous une surveillance constante. L'invention de l'imprimerie, cependant, permit de diriger plus facilement l'opinion publique. Le film et la radio y aidèrent encore plus. Avec le développement de la télévision et le perfectionnement technique qui rendit possibles, sur le même instrument, la réception et la transmission simultanées, ce fut la fin de la vie privée.

Tout citoyen, ou au moins tout citoyen assez important pour valoir la peine d'être surveillé, put être tenu vingt-quatre heures par jour sous les yeux de la police, dans le bruit de la propagande officielle, tandis que tous les autres moyens de communication étaient coupés. La possibilité d'imposer, non seulement une complète obéissance à la volonté de l'État, mais une complète uniformité d'opinion sur tous les sujets, existait pour la première fois.

Après la période révolutionnaire qui se place entre

1950 et 1969, la société se regroupa, comme toujours, en classe supérieure, classe moyenne et classe inférieure. Mais le nouveau groupe supérieur, contrairement à tous ses prédécesseurs, n'agissait pas seulement suivant son instinct. Il savait ce qui était nécessaire pour sauvegarder sa position.

On avait depuis longtemps reconnu que la seule base sûre de l'oligarchie est le collectivisme. La richesse et les privilèges sont plus facilement défendus quand on les possède ensemble. Ce que l'on a appelé l'« abolition de la propriété privée » signifiait, en fait, la concentration de la propriété entre beaucoup moins de mains qu'auparavant, mais avec cette différence que les nouveaux propriétaires formaient un groupe au lieu d'être une masse d'individus.

Aucun membre du Parti ne possède, individuellement, quoi que ce soit, sauf d'insignifiants objets personnels. Collectivement, le Parti possède tout en Océania, car il contrôle tout et dispose des produits comme il l'entend.

Dans les années qui suivirent la Révolution, il était possible d'atteindre ce poste de commande presque sans rencontrer d'opposition, car le système tout entier était représenté comme un acte de collectivisation. Il avait toujours été entendu que si la classe capitaliste était expropriée, le socialisme devait lui succéder et, indubitablement, les capitalistes avaient été expropriés. Manufactures, mines, terres, maisons, transports, on leur avait tout enlevé, et puisque ces biens n'étaient plus propriété privée, il s'ensuivait qu'ils devaient être propriété publique.

L'Angsoc, qui est sorti du mouvement socialiste primitif et a hérité de sa phraséologie, a, en fait, exécuté le principal article du programme socialiste, avec le résultat, prévu et voulu, que l'inégalité économique a été rendue permanente.

Mais les problèmes que pose la volonté de rendre permanente une société hiérarchisée vont plus loin. Pour un groupe dirigeant, il n'y a que quatre manières de perdre le pouvoir. Il peut, soit être conquis de l'extérieur, soit gouverner si mal que les masses se révoltent, soit laisser se former un groupe moyen fort et mécontent, soit perdre sa confiance en lui-même et sa volonté de gouverner.

Ces causes n'opèrent pas seule chacune et, en général, toutes quatre sont présentes à un degré quelconque. Une classe dirigeante qui pourrait se défendre contre tous ces dangers resterait au pouvoir d'une façon permanente. En fin de compte, le facteur décisif est l'attitude mentale de la classe dirigeante elle-même.

Après la moitié du siècle actuel, le premier danger avait en réalité disparu. Chacune des trois puissances qui, maintenant, se partagent le monde, est, en fait, invincible, et ne pourrait ne plus l'être qu'après de lents changements démographiques qu'un gouvernement aux pouvoirs étendus peut aisément éviter.

Le second danger n'est, lui aussi, que théorique. Les masses ne se révoltent jamais de leur propre mouvement, et elles ne se révoltent jamais par le seul fait qu'elles sont opprimées. Aussi longtemps qu'elles n'ont pas d'élément de comparaison, elles ne se rendent jamais compte qu'elles sont opprimées.

Les crises économiques du passé étaient absolument inutiles et on ne les laisse plus se produire, mais d'autres désorganisations également importantes peuvent survenir, et surviennent, sans avoir de résultat politique, car il n'y a aucun moyen de formuler un mécontentement. Quant au problème de la surproduction, qui est latent dans notre société depuis le développement de la technique par la machine, il est résolu par le stratagème de la guerre continue (voir chapitre III) qui sert aussi à amener le moral public au degré nécessaire.

Du point de vue de nos gouvernants actuels, par conséquent, les seuls dangers réels seraient : la scission d'avec les groupes existants d'un nouveau groupe de gens capables, occupants des postes inférieurs à leurs capacités, avides de pouvoir ; le développement du libéralisme et du scepticisme dans leurs propres rangs.

Le problème est donc un problème d'éducation. Il porte sur la façon de modeler continuellement, et la conscience du groupe directeur, et celle du groupe exécutant plus nombreux qui vient après lui. La conscience des masses n'a besoin d'être influencée que dans un sens négatif.

On pourrait de ces données inférer, si on ne la connaissait déjà, la structure générale de la société océanienne. Au sommet de la pyramide est placé Big Brother.

Big Brother est infaillible et tout-puissant. Tout succès, toute réalisation, toute victoire, toute découverte scientifique, toute connaissance, toute sagesse, tout bonheur, toute vertu, sont considérés comme émanant directement de sa direction et de son inspiration. Personne n'a jamais vu Big Brother. Il est un visage sur les journaux, une voix au télécran. Nous pouvons, en toute lucidité, être sûrs qu'il ne mourra jamais et, déjà, il y a une grande incertitude au sujet de la date de sa naissance. Big Brother est le masque sous lequel le Parti choisit de se montrer au monde. Sa fonction est d'agir comme un point de concentration pour l'amour, la crainte et le respect, émotions plus facilement ressenties pour un individu que pour une organisation.

En dessous de Big Brother vient le Parti intérieur, dont le nombre est de six millions, soit un peu moins de deux pour cent de la population de l'Océania. En dessous du Parti intérieur vient le Parti extérieur qui, si le Parti intérieur est considéré comme le *cerveau* de l'État, peut justement être comparé aux *mains* de l'État.

Après le Parti extérieur viennent les masses amorphes que nous désignons généralement sous le nom de prolétaires et qui comptent peut-être quinze pour cent de la population. Dans l'échelle de notre classification, les prolétaires sont placés au degré le plus bas. Les populations esclaves des terres équatoriales, en effet, qui passent constamment d'un conquérant à un autre, ne constituent pas un groupe permanent et nécessaire de la structure générale.

L'appartenance à ces trois groupes n'est, en principe, pas héréditaire. Un enfant d'un membre du Parti intérieur n'est pas, en théorie, né dans le Parti intérieur. L'admission à l'une ou l'autre branche du Parti se fait par examen, à l'âge de seize ans.

Il n'y a non plus aucune discrimination sociale ni aucune domination marquée d'une province sur une autre. Aux rangs les plus élevés du Parti, on trouve des Juifs, des Nègres, des Sud-Américains de pur sang indien, et les administrateurs d'un territoire sont toujours choisis parmi les habitants de ce territoire. Les habitants n'ont, dans aucune partie de l'Océania, le sentiment d'être une population coloniale gouvernée par une lointaine capitale et leur chef titulaire est quelqu'un dont personne ne connaît le siège. Sauf que l'anglais est sa principale langue courante et le novlangue sa langue officielle, l'Océania n'est centralisée d'aucune manière. Ses dirigeants ne sont pas unis par les liens du sang, mais par leur adhésion à une doctrine commune.

Il est vrai que notre société est stratifiée, et très rigidement stratifiée, en des lignes qui, à première vue, paraissent être des lignes héréditaires. Il y a beaucoup moins de mouvements de va-et-vient entre les différents groupes qu'il n'y en a eu à l'époque du capitalisme, ou même aux périodes préindustrielles.

Entre les deux branches du Parti, il y a un certain nombre d'échanges, dans la limite où il est nécessaire d'exclure du Parti intérieur les faibles, et de rendre inoffensifs, en les faisant monter, des membres ambitieux du Parti extérieur. En pratique, l'accès au grade qui permet de devenir membre du Parti n'est pas ouvert aux prolétaires. Les plus doués, qui pourraient peut-être former des noyaux de mécontents, sont simplement repérés par la Police de la Pensée et éliminés.

Mais cet état de choses n'est pas nécessairement permanent, il n'est pas non plus une question de principe. Le Parti n'est pas une classe, dans le sens ancien du mot. Il ne vise pas à transmettre le pouvoir à ses enfants, parce qu'ils sont ses enfants, et s'il n'y avait pas d'autre moyen de maintenir au sommet les gens les plus capables, il serait parfaitement prêt à recruter une génération entièrement nouvelle dans les rangs du prolétariat.

Pendant les années cruciales, le fait que le Parti n'était pas un corps héréditaire fit beaucoup pour neutraliser l'opposition. Le socialiste d'ancien modèle, qui avait été entraîné à lutter contre le « privilège de classe », supposait que ce qui n'est pas héréditaire ne peut être permanent. Il ne voyait pas que la continuité d'une oligarchie n'a pas besoin d'être physique, il ne s'arrêtait pas non plus à réfléchir que les aristocraties héréditaires n'ont jamais vécu longtemps, tandis que les organisations fondées sur l'adoption, comme l'Église catholique par exemple, ont parfois duré des centaines ou des milliers d'années.

L'essentiel de la règle oligarchique n'est pas l'héritage de père en fils, mais la persistance d'une certaine vue du monde et d'un certain mode de vie imposée par les morts aux vivants. Un groupe directeur est un groupe directeur aussi longtemps qu'il peut nommer ses successeurs. Le Parti ne s'occupe pas de perpétuer son sang, mais de se perpétuer lui-même. Il n'est pas important de savoir qui détient le pouvoir, pourvu que la structure hiérarchique demeure toujours la même.

Les croyances, habitudes, goûts, émotions, attitudes mentales qui caractérisent notre époque, sont destinés à soutenir la mystique du Parti et à empêcher que ne soit perçue la vraie nature de la société actuelle. Une rébellion matérielle, ou un mouvement préliminaire en vue d'une rébellion, sont actuellement impossibles. Il n'y a rien à craindre des prolétaires. Laissés à eux-mêmes, ils continueront, de génération en génération et de siècle en siècle, à travailler, procréer et mourir, non seulement sans ressentir aucune tentation de se révolter, mais sans avoir le pouvoir de comprendre que le monde pourrait être autre que ce qu'il est. Ils ne deviendraient dangereux que si le progrès de la technique industrielle exigeait qu'on leur donne une instruction plus élevée. Mais comme les rivalités militaires et commerciales n'ont plus d'importance, le niveau de l'éducation populaire décline. On considère qu'il est indifférent de savoir quelles opinions les masses soutiennent ou ne soutiennent pas. On peut leur octroyer la liberté intellectuelle, car elles n'ont pas d'intelligence. Mais on ne peut tolérer chez un membre du Parti le plus petit écart d'opinion, sur le sujet le plus futile.

De sa naissance à sa mort, un membre du Parti vit sous l'œil de la Police de la Pensée. Même quand il est seul, il ne peut jamais être certain d'être réellement seul. Où qu'il se trouve, endormi ou éveillé, au travail ou au repos, au bain ou au lit, il peut être inspecté sans avertissement et sans savoir qu'on l'inspecte. Rien de ce qu'il fait n'est indifférent. Ses amitiés, ses distractions, son attitude vis-à-vis de sa femme et de ses enfants, l'expression de son visage quand il est seul, les mots qu'il marmonne dans son sommeil, même les mouvements caractéristiques de son corps, tout est jalousement examiné de près.

Non seulement tout réel méfait, mais toute excentricité, quelque bénigne qu'elle soit, tout changement d'habitude, toute particularité nerveuse qui pourrait être le symptôme d'une lutte intérieure, sont détectés à coup sûr. Il n'a, dans aucune direction, la liberté de choisir. D'autre part, ses actes ne sont pas déterminés par des lois, ou du moins par des lois claires. Les pensées et actions qui, lorsqu'elles sont surprises, entraînent une mort certaine, ne sont pas formellement défendues et les éternelles épurations, les arrestations, tortures, emprisonnements et vaporisations ne sont pas infligés comme punitions pour des crimes réellement commis. Ce sont simplement des moyens d'anéantir des gens qui pourraient peut-être, à un moment quelconque, dévier.

On exige d'un membre du Parti, non seulement qu'il ait des opinions convenables, mais des instincts convenables. Nombre des croyances et attitudes exigées de lui ne sont pas clairement spécifiées, et ne pourraient être clairement spécifiées sans mettre à nu les contradictions inhérentes à l'Angsoc. S'il est naturellement orthodoxe (en novlangue : *bien-pensant*), il saura, en toutes circonstances, sans réfléchir, quelle croyance est la vraie, quelle émotion est désirable. Mais en tout cas, l'entraînement mental minutieux auquel il est soumis pendant son enfance, et qui tourne autour des mots novlangue *arrêtducrime*, *blancnoir*, et *doublepensée*, le rend incapable de réfléchir et de vouloir réfléchir trop profondément.

On attend d'un membre du Parti qu'il n'éprouve aucune émotion d'ordre privé et que son enthousiasme ne se relâche jamais. Il est censé vivre dans une continuelle frénésie de haine contre les ennemis étrangers et les traîtres de l'intérieur, de satisfaction triomphale pour les victoires, d'humilité devant la puissance et la sagesse du Parti. Les mécontentements causés par la vie nue, insatisfaisante, sont délibérément canalisés et dissipés par des stratagèmes comme les Deux Minutes de la Haine. Les spéculations qui pourraient peut-être amener une attitude sceptique ou rebelle, sont tuées d'avance par la discipline intérieure acquise dans sa jeunesse.

La première et la plus simple phase de la discipline qui peut être enseignée, même à de jeunes enfants, s'appelle en novlangue *arrêtducrime*. L'*arrêtducrime*, c'est la faculté de s'arrêter net, comme par instinct, au seuil d'une pensée dangereuse. Il inclut le pouvoir de ne pas saisir les analogies, de ne pas percevoir les erreurs de logique, de ne pas comprendre les arguments les plus simples, s'ils sont contre l'Angsoc. Il comprend aussi le pouvoir d'éprouver de l'ennui ou du dégoût pour toute suite d'idées capable de mener dans une direction hérétique. *Arrêtducrime*, en résumé, signifie stupidité protectrice.

Mais la stupidité ne suffit pas. Au contraire,

l'orthodoxie, dans son sens plein, exige de chacun un contrôle de ses processus mentaux aussi complet que celui d'un acrobate sur son corps. La société océanienne repose, en fin de compte, sur la croyance que Big Brother est omnipotent et le Parti infaillible. Mais comme, en réalité, Big Brother n'est pas omnipotent, et que le Parti n'est pas infaillible, une inlassable flexibilité des faits est à chaque instant nécessaire.

Le mot clef ici est *noirblanc*. Ce mot, comme beaucoup de mots novlangue, a deux sens contradictoires. Appliqué à un adversaire, il désigne l'habitude de prétendre avec impudence que le noir est blanc, contrairement aux faits évidents. Appliqué à un membre du Parti, il désigne la volonté loyale de dire que le noir est blanc, quand la discipline du Parti l'exige. Mais il désigne aussi l'aptitude à *croire* que le noir est blanc, et, plus, à *savoir* que le noir est blanc, et à oublier que l'on n'a jamais cru autre chose. Cette aptitude exige un continuel changement du passé, que rend possible le système mental qui réellement embrasse tout le reste et qui est connu en novlangue sous le nom de *doublepensée*.

Le changement du passé est nécessaire pour deux raisons dont l'une est subsidiaire et, pour ainsi dire, préventive. Le membre du Parti, comme le prolétaire, tolère les conditions présentes en partie parce qu'il n'a pas de terme de comparaison. Il doit être coupé du passé, exactement comme il doit être coupé d'avec les pays étrangers car il est nécessaire qu'il croie vivre dans des conditions meilleures que celles dans lesquelles vivaient ses ancêtres et qu'il pense que le niveau moyen du confort matériel s'élève constamment.

Mais la plus importante raison qu'a le Parti de rajuster le passé est, de loin, la nécessité de sauvegarder son infaillibilité. Ce n'est pas seulement pour montrer que les prédictions du Parti sont dans tous les cas exactes, que les discours statistiques et rapports de toutes sortes doivent être constamment remaniés selon les besoins du jour. C'est aussi que le Parti ne peut admettre un changement de doctrine ou de ligne politique. Changer de décision, ou même de politique est un aveu de faiblesse.

Si, par exemple, l'Eurasia ou l'Estasia, peu importe lequel, est l'ennemi du jour, ce pays doit toujours avoir été l'ennemi, et si les faits disent autre chose, les faits doivent être modifiés. Aussi l'histoire est-elle continuellement récrite. Cette falsification du passé au jour le jour, exécutée par le ministère de la Vérité, est aussi nécessaire à la stabilité du régime que le travail de répression et d'espionnage réalisé par le ministère de l'Amour.

La mutabilité du passé est le principe de base de l'Angsoc. Les événements passés, prétend-on, n'ont pas d'existence objective et ne survivent que par les documents et la mémoire des hommes. Mais comme le Parti a le contrôle complet de tous les documents et de l'esprit de ses membres, il s'ensuit que le passé est ce que le Parti veut qu'il soit. Il s'ensuit aussi que le passé, bien que plastique, n'a jamais, en aucune circonstance particulière, été changé. Car lorsqu'il a été recréé dans la forme exigée par le moment, cette nouvelle version, quelle qu'elle soit, est alors le passé et aucun passé différent ne peut avoir jamais existé. Cela est encore vrai même lorsque, comme il arrive souvent, un événement devient méconnaissable pour avoir été modifié plusieurs fois au cours d'une année. Le Parti est, à tous les instants, en possession de la vérité absolue, et l'absolu ne peut avoir jamais été différent de ce qu'il est.

Le contrôle du passé dépend surtout de la discipline de la mémoire. S'assurer que tous les documents s'accordent avec l'orthodoxie du moment n'est qu'un acte mécanique. Il est aussi nécessaire de se *rappeler* que les événements se sont déroulés de la manière désirée. Et s'il faut rajuster ses souvenirs ou altérer des documents, il est alors nécessaire *d'oublier* que l'on a agi ainsi. La manière de s'y prendre peut être apprise comme toute autre technique mentale. Elle est en effet étudiée par la majorité des membres du Parti et, certainement, par tous ceux qui sont intelligents aussi bien qu'orthodoxes. En novlangue, cela s'appelle *doublepensée*, mais la doublepensée comprend aussi beaucoup de significations.

La doublepensée est le pouvoir de garder à l'esprit simultanément deux croyances contradictoires, et de les accepter toutes deux. Un intellectuel du Parti sait dans quel sens ses souvenirs doivent être modifiés. Il sait, par conséquent, qu'il joue avec la réalité, mais, par l'exercice de la doublepensée, il se persuade que la réalité n'est pas violée. Le processus doit être conscient, autrement il ne pourrait être réalisé avec une précision suffisante, mais il doit aussi être inconscient. Sinon, il apporterait avec lui une impression de falsification et, partant, de culpabilité.

La doublepensée se place au cœur même de l'Angsoc, puisque l'acte essentiel du Parti est d'employer la duperie consciente, tout en retenant la fermeté d'intention qui va de pair avec l'honnêteté véritable. Dire des mensonges délibérés tout en y croyant sincèrement, oublier tous les faits devenus gênants puis, lorsque c'est nécessaire, les tirer de l'oubli pour seulement le laps de temps utile, nier l'existence d'une réalité objective alors qu'on tient compte de la réalité qu'on nie, tout cela est d'une indispensable nécessité.

Pour se servir même du mot doublepensée, il est

nécessaire d'user de la dualité de la pensée, car employer le mot, c'est admettre que l'on modifie la réalité. Par un nouvel acte de doublepensée, on efface cette connaissance, et ainsi de suite indéfiniment, avec le mensonge toujours en avance d'un bond sur la vérité.

Enfin, c'est par le moyen de la doublepensée que le Parti a pu et, pour autant que nous le sachions, pourra, pendant des milliers d'années, arrêter le cours de l'Histoire.

Toutes les oligarchies du passé ont perdu le pouvoir, soit parce qu'elles se sont ossifiées, soit parce que leur énergie a diminué. Ou bien elles deviennent stupides et arrogantes, n'arrivent pas à s'adapter aux circonstances nouvelles et sont renversées ; ou elles deviennent libérales et lâches, font des concessions alors qu'elles devraient employer la force, et sont encore renversées. Elles tombent, donc, ou parce qu'elles sont conscientes, ou parce qu'elles sont inconscientes.

L'œuvre du Parti est d'avoir produit un système mental dans lequel les deux états peuvent coexister. La domination du Parti n'aurait pu être rendue permanente sur aucune autre base intellectuelle. Pour diriger et continuer à diriger, il faut être capable de modifier le sens de la réalité. Le secret de la domination est d'allier la foi en sa propre infaillibilité à l'aptitude à recevoir les leçons du passé.

Il est à peine besoin de dire que les plus subtils praticiens de la doublepensée sont ceux qui l'inventèrent et qui savent qu'elle est un vaste système de duperie mentale. Dans notre société, ceux qui ont la connaissance la plus complète de ce qui se passe, sont aussi ceux qui sont les plus éloignés de voir le monde tel qu'il est. En général, plus vaste est la compréhension, plus profonde est l'illusion. Le plus intelligent est le moins normal.

Le fait que l'hystérie de guerre croît en intensité au fur et à mesure que l'on monte l'échelle sociale illustre ce qui précède. Ceux dont l'attitude en face de la guerre est la plus proche d'une attitude rationnelle sont les peuples sujets des territoires disputés. Pour ces peuples, la guerre est simplement une continuelle calamité qui, comme une vague de fond, va et vient en les balayant. Il leur est complètement indifférent de savoir de quel côté est le gagnant. Un changement de direction veut simplement dire pour eux le même travail qu'auparavant, pour de nouveaux maîtres qui les traiteront exactement comme les anciens.

Les travailleurs légèrement plus favorisés que nous appelons les prolétaires ne sont que par intermittences conscients de la guerre. On peut, quand c'est nécessaire, exciter en eux une frénésie de crainte et de haine, mais laissés à eux-mêmes, ils sont capables d'oublier pendant de longues périodes que le pays est en guerre.

C'est dans les rangs du Parti, surtout du Parti intérieur, que l'on trouve le véritable enthousiasme guerrier. Ce sont ceux qui la savent impossible qui croient le plus fermement à la conquête du monde. Cet enchaînement spécial des contraires (savoir et ignorance, cynisme et fanatisme) est un des principaux traits qui distinguent la société océanienne. L'idéologie officielle abonde en contradictions, même quand elles n'ont aucune raison pratique d'exister.

Ainsi, le Parti rejette et diffame tous les principes qui furent à l'origine du mouvement socialiste, mais il prétend agir ainsi au nom du socialisme. Il prêche, envers la classe ouvrière, un mépris dont, depuis des siècles, il n'y a pas d'exemple, mais il revêt ses membres d'un uniforme qui, à une époque, appartenait aux travailleurs manuels, et qu'il a adopté pour cette raison. Il mine systématiquement la solidarité familiale, mais il baptise son chef d'un nom qui est un appel direct au sentiment de loyauté familiale.

Les noms mêmes des quatre ministères qui nous dirigent font ressortir une sorte d'impudence dans le renversement délibéré des faits. Le ministère de la Paix s'occupe de la guerre, celui de la Vérité, des mensonges, celui de l'Amour, de la torture, celui de l'Abondance, de la famine. Ces contradictions ne sont pas accidentelles, elles ne résultent pas non plus d'une hypocrisie ordinaire, elles sont des exercices délibérés de doublepensée.

Ce n'est en effet qu'en conciliant des contraires que le pouvoir peut être indéfiniment retenu. L'ancien cycle ne pouvait être brisé d'aucune autre façon. Pour que l'égalité humaine soit à jamais écartée, pour que les grands, comme nous les avons appelés, gardent perpétuellement leurs places, la condition mentale dominante doit être la folie dirigée.

Mais il y a une question que nous avons jusqu'ici presque ignorée. Pourquoi l'égalité humaine doit-elle être évitée ? En supposant que le mécanisme du processus ait été exactement décrit, quel est le motif de cet effort considérable et précis pour figer l'histoire à un moment particulier ?

Nous atteignons ici au secret central. Comme nous l'avons vu, la mystique du Parti, et surtout du Parti intérieur, dépend de la doublepensée. Mais c'est plus profondément que gît le motif originel, l'instinct jamais discuté qui conduisit d'abord à s'emparer du pouvoir, puis fit naître la doublepensée, la Police de la Pensée, la guerre continuelle et tous les autres attirails nécessaires. Ce motif consiste en réalité...

Winston prit conscience du silence, comme on devient conscient d'un nouveau son. Il lui sembla que, depuis un moment, Julia était bien immobile. Elle était couchée sur le côté, nue jusqu'à la taille, la main sous la joue, et une boucle noire lui tombait sur les yeux. Sa poitrine se soulevait et s'abaissait lentement et régulièrement.

— Julia !

Pas de réponse.

— Julia, tu dors ?

Pas de réponse. Elle était endormie. Il ferma le livre, le déposa soigneusement sur le parquet, se coucha et tira la couverture sur eux deux.

Il pensa qu'il n'avait pas encore appris l'ultime secret. Il comprenait *comment*, il ne comprenait pas *pourquoi*. Le chapitre I, comme le chapitre III, ne lui avait en réalité rien appris qu'il ne sût auparavant. Il avait simplement systématisé le savoir qu'il possédait déjà. Mais après l'avoir lu, sa certitude de ne pas être fou était plus forte. Il y avait la vérité, il y avait le mensonge, et si l'on s'accrochait à la vérité, même contre le monde entier, on n'était pas fou.

Un rayon jaune et oblique du soleil couchant entra par la fenêtre et tomba sur l'oreiller. Il ferma les yeux. Le soleil sur son visage, et le corps lisse de la fille qui touchait le sien, lui donnaient une sensation puissante, reposante, de confiance. Il était en sécurité, tout allait bien. Il s'endormit en murmurant : « Il ne peut y avoir de statistique de la santé mentale », avec l'impression que cette remarque contenait une profonde sagesse.

X

Quand il se réveilla, ce fut avec l'impression d'avoir dormi longtemps, mais un regard à la pendule démodée lui apprit qu'il n'était que vingt heures trente. Il resta un moment à sommeiller, puis l'habituelle chanson, chantée à pleins poumons, monta de la cour :

Ce n'était qu'un rêve sans espoir,
il passa comme un jour d'avril,
mais un regard et un mot, et les rêves qu'ils éveillent,
tordent encore les fibres de mon cœur !

La ritournelle semblait encore en vogue. On l'entendait par toute la ville. Elle tenait plus longtemps que la chanson de la Haine. Julia se réveilla au bruit, s'étira voluptueusement et sortit du lit.

— J'ai faim, dit-elle. Faisons encore un peu de café. Zut ! Le fourneau s'est éteint et l'eau est froide. — Elle prit le fourneau et le secoua. — Il n'y a plus de pétrole.

— Le vieux Charrington nous en donnera, je pense.

— C'est bizarre, je m'étais assurée qu'il était rempli. Elle ajouta :

— Je vais m'habiller. Il me semble qu'il fait plus froid.

Winston se leva aussi et s'habilla. La voix infatigable continuait à chanter :

> *On dit que le temps apaise toute douleur,*
> *on dit que tout peut s'oublier,*
> *mais les sourires et les pleurs, par-delà les années,*
> *tordent encore les fibres de mon cœur.*

Quand il eut attaché la ceinture de sa combinaison, il alla à la fenêtre. Le soleil devait descendre derrière les maisons. Il n'éclairait plus la cour. Les pavés étaient humides comme s'ils venaient d'être lavés et Winston avait l'impression que le ciel avait été lavé aussi, tellement le bleu était frais et pâle entre les cheminées. La femme, infatigable, allait et venait, s'emplissait la bouche d'épingles, les enlevait, chantait, puis restait silencieuse, épinglait toujours plus de couches, encore et encore.

Il se demanda si elle lavait pour gagner sa vie ou était simplement l'esclave de vingt ou trente petits-enfants. Julia était venue près de lui. Ils regardaient ensemble, avec une sorte de fascination, la robuste silhouette d'en bas. Winston, frappé par l'attitude caractéristique de la femme, bras épais levés pour atteindre la corde, puissante croupe saillante de jument, se rendit compte, pour la première fois, qu'elle était belle. Il ne lui était jamais venu à l'idée que le corps d'une femme de cinquante ans, épanoui en des dimensions monstrueuses par les maternités, puis endurci, rendu rugueux par le travail jusqu'à être d'un grain plus grossier que celui d'un navet trop mûr, pouvait être beau. Mais il était beau. Et, après tout, pourquoi ne le serait-il pas ? Le corps solide et informe, comme un bloc de granit, et la peau rouge et rugueuse, avaient le même rapport avec le corps d'une fille que le fruit de l'églantier avec une rose. Pourquoi le fruit serait-il tenu pour inférieur à la fleur ?

— Elle est belle, murmura-t-il.

— Elle a bien un mètre d'une hanche à l'autre, facilement, dit Julia.

— C'est son style de beauté, répondit Winston.

Il entourait facilement de son bras la souple taille de Julia. De la hanche au genou, son flanc était contre le sien. Aucun enfant ne naîtrait jamais d'eux. C'était la seule chose qu'ils ne pourraient jamais faire. Ils ne pourraient transmettre le secret, d'un esprit à l'autre, que par les mots. La femme d'en bas n'avait pas d'esprit, elle n'avait que des bras forts, un cœur ardent, un ventre fertile. Il se demanda à combien d'enfants elle pouvait avoir donné naissance. Facilement à une quinzaine. Elle avait eu sa floraison momentanée. Une année, peut-être, elle avait eu la beauté d'une rose sauvage, puis elle avait soudain grossi comme un fruit fertilisé et elle était devenue dure, rouge et rugueuse. Sa vie s'était passée à blanchir, brosser, repriser, cuisiner, balayer, polir, raccommoder, frotter, blanchir, d'abord pour ses enfants, puis pour ses petits-enfants, pendant trente ans d'affilée. Au bout des trente ans, elle chantait encore.

Le respect mystique que Winston éprouvait à son égard était mêlé à l'aspect du ciel pâle et sans nuages qui s'étendait au loin derrière les cheminées. Winston pensa qu'il était étrange que tout le monde partageât le même ciel, en Estasia et en Eurasia, comme en Océania. Et les gens qui vivaient sous le ciel étaient tous semblables. C'était partout, dans le monde entier, des centaines ou des milliers de millions de gens s'ignorant les uns les autres, séparés par des murs de haine et de mensonges, et cependant presque exactement les mêmes, des gens qui n'avaient jamais appris à penser, mais qui emmagasinaient dans leurs cœurs, leurs ventres et leurs muscles, la force qui, un jour, bouleverserait le monde.

S'il y avait un espoir, il était chez les prolétaires. Sans avoir lu la fin du livre, Winston savait que ce devait être le message final de Goldstein. L'avenir appartenait aux prolétaires. Mais pouvait-on être certain que le monde qu'ils construiraient quand leur heure viendrait, ne serait pas aussi étranger à lui, Winston Smith, que le monde du Parti ? Oui, car ce serait du moins un monde sain. Là où il y a égalité, il peut y avoir santé. Tôt ou tard, la force deviendrait consciente et agirait. Les prolétaires étaient immortels. On ne pouvait en douter, quand on regardait la vaillante silhouette de la cour. À la fin, l'heure de leur réveil sonnerait. Et jusqu'à ce moment, même s'il n'arrivait que dans deux mille ans, ils resteraient vivants, malgré les intempéries, comme des oiseaux, transmettant d'un corps à l'autre la vitalité que le Parti ne pouvait partager et ne pouvait tuer.

— Te souviens-tu, demanda-t-il, de la grive qui chantait pour nous, le premier jour, à la lisière du bois ?

— Elle ne chantait pas pour nous, répondit Julia, elle chantait pour se faire plaisir à elle-même. Non, pas même cela. Elle chantait, tout simplement.

Les oiseaux chantaient, les prolétaires chantaient, le Parti ne chantait pas. Partout, dans le monde, à Londres et à New York, en Afrique et au Brésil et dans les contrées mystérieuses et défendues par-delà les frontières, dans les rues de Paris et de Berlin, dans les villages de l'interminable plaine russe, dans les bazars de la Chine et du Japon, partout se dressait la même silhouette, solide et invincible, monstrueuse à force de travail et d'enfantement, qui peinait de sa naissance à sa mort, mais chantait encore. De ces reins puissants, une race d'êtres conscients devait un jour sortir. On était des morts, l'avenir leur appartenait. Mais on pouvait partager ce futur en gardant l'esprit vivant comme ils gardaient le corps et en transmettant la doctrine secrète que deux et deux font quatre.

— Nous sommes des morts, dit-il.

— Nous sommes des morts, répéta Julia obéissante.

— Vous êtes des morts, dit une voix de fer derrière eux.

Ils se séparèrent brusquement. Winston était glacé jusqu'aux entrailles. Il pouvait voir, tout autour des iris, le blanc des yeux de Julia, dont le visage était devenu d'un blanc de lait. La tache de rouge qu'elle avait encore sur chaque joue ressortait crûment, presque comme si elle n'était pas reliée à la peau.

— Vous êtes des morts, répéta la voix de fer.

— Il était derrière le tableau, souffla Julia.

— Il était derrière le tableau, dit la voix. Restez où vous êtes. Ne faites aucun mouvement jusqu'à ce que je vous l'ordonne.

Ça y était, ça y était à la fin. Ils ne pouvaient rien faire que rester debout à se regarder dans les yeux. Se sauver en courant, s'enfuir de la maison avant qu'il fût trop tard, une telle idée ne leur vint pas. On ne pouvait penser à désobéir à la voix de fer qui venait du mur. Il y eut un claquement, comme si un loquet avait été tourné et un bruit de verre cassé. Le tableau était tombé sur le parquet, découvrant le télécran.

— Maintenant, ils peuvent nous voir, dit Julia.

— Maintenant, nous pouvons vous voir, dit la voix. Debout au milieu de la chambre. Dos à dos. Les mains croisées derrière la tête. Sans vous toucher.

Ils ne se touchaient pas. Mais il semblait à Winston qu'il pouvait sentir trembler le corps de Julia. Ou peut-être était-ce le tremblement du sien. Il pouvait à peine empêcher ses dents de claquer. Ses genoux, eux, échappaient à sa volonté. Il y avait en bas, à l'intérieur et à l'extérieur de la maison, un bruit de bottes. La cour paraissait pleine d'hommes. Le chant de la femme s'était brusquement arrêté. Il y eut un long bruit de roulement, comme si le baquet avait été lancé à travers la cour, puis une confusion de cris de colère qui se termina par un cri de douleur.

— La maison est cernée, dit Winston.

— La maison est cernée, dit la voix.

Il entendit Julia serrer les dents.

— Je suppose que nous ferions aussi bien de nous dire adieu, dit-elle.

— Vous feriez aussi bien de vous dire adieu, dit la voix.

Alors, une autre voix, tout à fait différente, la voix claire d'un homme cultivé, que Winston eut l'impression d'avoir déjà entendue, intervint :

— Et à propos, pendant que nous en sommes à ce sujet, voici une chandelle pour aller vous coucher, voici un couperet pour couper votre tête !

Quelque chose s'écrasa sur le lit, derrière Winston. Le haut d'une échelle avait été poussé à travers la fenêtre et avait fait tomber le cadre. Quelqu'un grimpait par là. On entendit le bruit des bottes qui montaient l'escalier. La pièce fut remplie d'hommes solides, en uniforme noir, chaussés de bottes ferrées et munis de matraques.

Winston ne tremblait plus. Il bougeait à peine. même les yeux. Une seule chose comptait, rester immobile ; rester immobile et ne pas leur fournir de prétexte pour vous battre. Un homme à la mâchoire de boxeur, dont la bouche ne formait qu'un trait, s'arrêta devant lui en balançant pensivement sa matraque entre le pouce et l'index. Winston rencontra son regard. L'impression de nudité qu'il ressentait, avec les mains derrière la tête et le visage et le corps exposés tout entiers, était presque insupportable. L'homme sortit un bout de langue blanche, lécha l'endroit où auraient dû se trouver ses lèvres, puis passa. Il y eut un nouveau fracas. Quelqu'un avait pris sur la table le presse-papier de verre et le réduisait en miettes contre la pierre du foyer.

Le fragment de corail, une fleur minuscule et plissée, comme un bouton de rose en sucre sur un gâteau, roula sur le tapis. « Combien, pensa Winston, combien il avait toujours été petit ! » Il y eut un halètement et le bruit d'un coup derrière lui et il reçut sur la jambe un violent coup de pied qui lui fit presque perdre l'équilibre. Un des hommes avait lancé à Julia un coup de poing en plein plexus solaire qui l'avait fait se plier en deux comme une règle de poche. Étendue sur le parquet, elle s'efforçait de retrouver son souffle. Winston n'osa tourner la tête, même d'un millimètre, mais le visage livide, haletant, venait parfois dans l'angle de sa vision. Même à travers sa terreur, il lui semblait sentir la douleur dans son propre corps, la douleur mortelle qui était cependant moins urgente que la lutte pour reprendre son souffle. Il savait ce qu'elle devait ressentir, la souffrance terrible, torturante, qui ne vous quitte pas, mais à laquelle on ne peut penser encore, car il est nécessaire avant tout de pouvoir respirer.

Deux des hommes la saisirent par les genoux et les épaules et l'emportèrent hors de la pièce, comme un sac. Winston entrevit rapidement son visage, retourné vers le bas, jaune et contorsionné, les yeux fermés, une tache rouge sur chaque joue. Et c'est la dernière vision qu'il eut d'elle.

Il était debout, immobile comme un mort. Personne ne l'avait encore frappé. Des pensées qui venaient d'elles-mêmes, mais qui paraissaient absolument sans intérêt, commencèrent à lui traverser l'esprit. Il se demanda si on avait pris M. Charrington. Il se demanda ce qu'on avait fait à la femme de la cour. Il remarqua qu'il avait une forte envie d'uriner et s'en étonna, car il n'y avait que deux ou trois heures qu'il avait uriné. Il vit que l'aiguille de la pendule indiquait le chiffre neuf, ce qui signifiait vingt et une heures. Mais la lumière semblait trop vive. Est-ce qu'à vingt et une heures la lumière ne diminuait pas, par les soirs d'août? Il se demanda si, après tout, Julia et lui ne s'étaient pas trompés d'heure, s'ils n'avaient pas dormi pendant que l'aiguille faisait le tour du cadran, et pensé qu'il était vingt heures trente alors qu'en réalité on était au lendemain matin huit heures trente. Mais il ne suivit pas plus loin le fil de cette idée. Ce n'était pas intéressant.

Il y eut sur le palier un pas plus léger. M. Charrington entra. Le maintien des hommes en uniforme noir se fit soudain plus modéré. L'aspect de M. Charrington avait aussi changé.

— Ramassez ces morceaux, dit-il brièvement.

Un homme se baissa pour obéir. L'accent faubourien avait disparu. Winston comprit soudain quelle voix il avait entendue au télécran il y avait quelques minutes. M. Charrington portait encore sa vieille jaquette de velours, mais ses cheveux, qui avaient été presque blancs, étaient devenus noirs. Il ne portait pas non plus de lunettes. Il lança un seul coup d'œil aigu à Winston, comme pour vérifier son identité, puis ne fit plus attention à lui. Il était reconnaissable, mais il n'était plus le même individu. Son corps s'était redressé et semblait avoir grossi. Son visage n'avait subi que de minuscules modifications, mais elles avaient opéré une transformation complète. Les sourcils noirs étaient moins touffus, les rides étaient effacées, toutes les lignes du visage semblaient avoir changé. Même le nez semblait plus court. C'était le visage froid et vigilant d'un homme d'environ trente-cinq ans. Winston pensa que, pour la première fois de sa vie, il regardait, en connaissance de cause, un membre de la Police de la Pensée.

TROISIÈME PARTIE

I

Winston ignorait où il se trouvait. Probablement au ministère de l'Amour, mais il n'y avait aucun moyen de s'en assurer. Il était dans une cellule au plafond élevé, sans fenêtres, aux murs blancs de porcelaine brillante. Des lampes dissimulées l'emplissaient d'une froide lumière et Winston entendait un bourdonnement lent et continu qui, pensa-t-il, avait probablement un rapport avec la fourniture de l'air. Un banc, qui était une sorte d'étagère juste assez large pour s'asseoir, faisait le tour de la pièce, coupé seulement par la porte et, au fond de la pièce, par un seau hygiénique qui n'avait pas de siège en bois.

Il y avait quatre télécrans, un dans chaque mur. Winston sentait au ventre une douleur sourde. Elle ne l'avait pas quitté depuis qu'on l'avait jeté dans un fourgon fermé et emporté. Mais il avait faim aussi, une sorte de faim malsaine qui le rongeait. Il pouvait y avoir vingt-quatre heures qu'il n'avait mangé, peut-être trente-six. Il ne savait toujours pas et probablement ne saurait jamais, si c'était le matin ou le soir qu'on l'avait arrêté. Depuis son arrestation, il n'avait rien eu à manger.

Il était assis, les mains croisées sur les genoux, aussi

immobile qu'il le pouvait, sur le banc étroit. Il avait déjà appris à rester assis sans bouger. Quand il faisait un mouvement inattendu, on criait sur lui, du télécran. Mais son désir de nourriture augmentait et le dominait. Ce qu'il désirait par-dessus tout, c'était un morceau de pain. Il avait dans l'idée qu'il y avait quelques miettes de pain dans la poche de sa combinaison. Il était même possible — il le pensait parce que de temps en temps quelque chose semblait lui chatouiller la jambe, — qu'il y eût là un morceau de croûte qu'il pourrait saisir. À la fin, la tentation de s'en assurer l'emporta sur sa crainte. Il glissa une main dans sa poche.

— Smith ! glapit une voix au télécran. 6079 Smith W ! Dans les cellules, les mains doivent rester hors des poches !

Il s'immobilisa de nouveau, les mains croisées sur les genoux. Avant d'être amené là, il avait été conduit à un autre endroit qui devait être une prison ordinaire ou un cachot temporaire employé par les patrouilles. Il ne savait pas combien de temps il y était resté. Quelques heures, de toute façon. Sans pendule et sans lumière solaire, il est difficile d'évaluer le temps.

C'était un endroit bruyant, qui sentait mauvais. Il avait été placé dans une cellule analogue à celle où il se trouvait actuellement, mais qui était ignoblement sale et toujours remplie de dix ou quinze personnes. C'étaient, en majorité, des criminels ordinaires, mais, parmi eux, il y avait quelques prisonniers politiques.

Il était resté assis, silencieux, adossé au mur, bousculé par des corps sales, trop préoccupé par sa peur et son mal au ventre pour s'intéresser beaucoup à ce qui l'entourait. Il avait cependant noté l'étonnante différence entre le maintien des prisonniers du Parti et celui des autres. Les prisonniers du Parti étaient toujours silencieux et terrifiés, mais les criminels ordinaires ne semblaient avoir peur de personne. Ils vociféraient des insultes à l'adresse des gardes, luttaient férocement quand leurs effets étaient saisis, écrivaient des mots obscènes sur le parquet, mangeaient de la nourriture passée en fraude qu'ils tiraient de mystérieuses cachettes dans leurs vêtements, criaient même contre le télécran quand il essayait de restaurer l'ordre. Quelques-uns semblaient en bons termes avec les gardes, les appelaient par des surnoms et essayaient, par des cajoleries, de se faire passer des cigarettes par le trou d'espion de la porte. Les gardes, aussi, montraient envers les criminels ordinaires une certaine indulgence, même quand ils devaient les traiter durement. On parlait beaucoup des camps de travaux forcés où de nombreux prisonniers s'attendaient à être envoyés. Tout allait « très bien » dans les camps, aussi longtemps que l'on avait de bonnes relations et que l'on connaissait les ficelles. Il y avait la corruption, le favoritisme et les dissipations de toutes sortes, il y avait l'homosexualité et la prostitution, il y avait même l'alcool illicite obtenu par la distillation des pommes de terre. On ne donnait les postes de confiance qu'aux criminels communs, spécialement aux gangsters et aux meurtriers qui formaient une sorte d'aristocratie. Toutes les besognes rebutantes étaient faites par les criminels politiques.

Il y avait un va-et-vient constant de prisonniers de tous modèles : colporteurs de drogues, voleurs, bandits, vendeurs du marché noir, ivrognes, prostituées. Quelques-uns des ivrognes étaient si violents que les autres prisonniers devaient s'unir pour les maîtriser.

Une femme énorme, épave d'environ soixante ans, aux grandes mamelles ballottantes, aux épaisses boucles de cheveux blancs défaits, fut apportée hurlante et frappant du pied par quatre gardes qui la tenaient chacun par un bout. Ils lui arrachèrent les bottes avec lesquelles elle avait essayé de les frapper et la jetèrent dans le giron de Winston qui en eut les fémurs presque brisés. La femme se redressa et les poursuivit de cris de « sales bâtards ! ». Remarquant alors qu'elle était assise sur quelque chose qui n'était pas plat, elle glissa des genoux de Winston sur le banc.

— Pardon, chéri, dit-elle. Je m'serais pas assise sur toi, c'est ces animaux qui m'ont mise là. Ils savent pas traiter les dames, pas ? — Elle s'arrêta, se tapota la poitrine et rota. — Pardon, dit-elle. J'suis pas tout à fait dans mon assiette.

Elle se pencha en avant et vomit copieusement sur le parquet.

— Ça va mieux, dit-elle en se rejetant en arrière, les yeux fermés. Faut jamais garder ça, je t'dis. Faut le sortir pendant qu'c'est comme frais sur l'estomac.

Elle reprenait vie. Elle se tourna pour jeter un autre regard à Winston et parut se toquer immédiatement de lui. Elle entoura l'épaule de Winston de son bras énorme et l'attira à elle, lui soufflant au visage une odeur de bière et de vomissure.

— Comment qu'tu t'appelles, chéri ? demanda-t-elle.

— Smith, répondit Winston.

— Smith ? répéta la femme. Ça c'est drôle. J'm'appelle Smith aussi. Eh bien, ajouta-t-elle avec sentiment, j'pourrais être ta mère !

« Elle pourrait être ma mère », pensa Winston. Elle avait à peu près l'âge et le physique voulus et il était probable que les gens changeaient quelque peu après vingt ans de travaux forcés.

Personne d'autre ne lui avait parlé. Les criminels ordinaires ignoraient dans une surprenante mesure

les prisonniers du Parti. Ils les appelaient « les Polits »
avec une sorte de mépris indifférent. Les prisonniers
du Parti paraissaient terrifiés de parler à qui que ce
soit et, surtout, de se parler entre eux. Une fois seulement, alors que deux membres du Parti, deux femmes, étaient serrées l'une contre l'autre sur le banc,
il surprit, dans le vacarme des voix, quelques mots
rapidement chuchotés et, en particulier, une allusion
à quelque chose appelé « salle un-ho-un », qu'il ne
comprit pas.

Il pouvait y avoir deux ou trois heures qu'on l'avait
apporté là. La douleur sourde de son ventre était
continuelle, mais parfois elle s'atténuait, parfois elle
empirait, et le champ de sa pensée s'étendait ou se
rétrécissait suivant le même rythme. Quand elle augmentait, il ne pensait qu'à la douleur elle-même et à
son besoin de nourriture. Quand elle s'atténuait, il
était pris de panique. Il y avait des moments où il
imaginait ce qui devait lui arriver avec une telle intensité, que son cœur battait au galop et que sa respiration s'arrêtait. Il sentait les coups de matraque sur ses
épaules et de bottes ferrées sur ses tibias. Il se voyait
lui-même rampant sur le sol et criant grâce de sa
bouche aux dents cassées. Il pensait à peine à Julia.
Il ne pouvait fixer son esprit sur elle.

Il l'aimait et ne la trahirait pas, mais ce n'était
qu'un fait, qu'il connaissait ; comme il connaissait les
règles de l'arithmétique. Il ne sentait aucun amour
pour elle et se demandait même à peine ce qu'elle
devenait. Il pensait plus souvent à O'Brien, avec un
espoir vacillant. O'Brien devait savoir qu'il avait été
arrêté. La Fraternité, avait-il dit, n'essayait jamais de
sauver ses membres. Mais il y avait la lame de rasoir.
On lui enverrait une lame de rasoir si on pouvait. Il
y aurait peut-être cinq secondes avant que les gardes

puissent se précipiter dans la cellule. La lame lui mordrait la chair avec une froideur brûlante et les doigts mêmes qui la tenaient seraient coupés jusqu'à l'os.

Tout revenait à son corps malade qui se recroquevillait en tremblant devant la moindre souffrance. Il n'était pas certain de pouvoir se servir de la lame de rasoir, même s'il en avait l'occasion. Il était plus naturel de vivre chaque moment en acceptant dix minutes supplémentaires d'existence même avec la certitude que la torture était au bout.

Il essayait parfois de compter le nombre de carreaux de porcelaine des murs de la cellule. Cela aurait été facile s'il n'en perdait toujours le compte à un point ou à un autre. Il se demandait plus souvent où et à quelle heure du jour il se trouvait. Parfois, il avait la certitude qu'il faisait grand jour au-dehors. L'instant suivant, il était également certain qu'il faisait un noir d'encre. Il sentait instinctivement qu'en ce lieu la lumière ne serait jamais éteinte. C'était l'endroit où il n'y avait pas d'obscurité. Il comprenait maintenant pourquoi O'Brien avait semblé reconnaître l'allusion. Au ministère de l'Amour, il n'y avait pas de fenêtres. Sa cellule pouvait être au cœur de l'édifice ou contre le mur extérieur. Elle pouvait se trouver dix étages sous le sol ou trente au-dessus. Il se déplaçait lui-même mentalement d'un lieu à un autre et essayait de déterminer par ses sensations s'il était haut perché dans l'air ou profondément enterré.

Il y eut au-dehors un piétinement de bottes. La porte d'acier s'ouvrit avec un son métallique. Un jeune officier, luisant de cuir verni, nette silhouette en uniforme noir dont le visage pâle, aux traits précis, était comme un masque de cire, entra rapidement. Il ordonna aux gardes d'amener le prisonnier qu'ils conduisaient. Le poète Ampleforth se traîna dans la cellule. La porte se referma avec le même bruit métallique.

Il fit un ou deux mouvements incertains à droite et à gauche, comme s'il pensait qu'il y eût une autre porte pour s'en aller, puis il se mit à marcher dans la cellule de long en large. Il n'avait pas encore remarqué la présence de Winston. Ses yeux troubles étaient fixés sur le mur à un mètre environ au-dessus du niveau de la tête de Winston. Il n'avait pas de chaussures. Des orteils longs et sales passaient par les trous de ses chaussettes. Il y avait aussi plusieurs jours qu'il ne s'était rasé. Une barbe drue lui couvrait le visage jusqu'aux pommettes et lui donnait un air apache qui ne s'harmonisait pas avec sa grande carcasse faible et ses mouvements nerveux.

Winston se réveilla un peu de sa léthargie. Il fallait parler à Ampleforth et risquer le glapissement du télécran. Ampleforth était peut-être même porteur de la lame de rasoir.

— Ampleforth ! dit-il.

Il n'y eut pas de cri au télécran. Ampleforth s'arrêta avec un faible sursaut. Son regard se posa lentement sur Winston.

— Ah ! Smith ! dit-il. Vous aussi !

— Pourquoi vous a-t-on mis dedans ?

— Pour vous dire la vérité... — Il s'assit gauchement sur le banc en face de Winston. — Il n'y a qu'un crime, n'est-ce pas ? dit-il.

— Et vous l'avez commis ?

— Apparemment.

Il se posa la main sur le front et se pressa les tempes un moment comme s'il essayait de rappeler ses souvenirs.

— Ce sont des choses qui arrivent, commença-t-il vaguement. J'ai pu trouver une raison, une raison possible, ce qui est sans doute une indiscrétion. Nous sortions une édition définitive des poèmes de Kipling. J'ai laissé le mot « God » à la fin d'un vers. Je ne pouvais faire autrement, ajouta-t-il presque avec indignation en relevant le visage pour regarder Winston. Il était impossible de changer le vers. La rime était « rod ». Savez-vous qu'il n'y a que douze rimes en « rod » dans toute la langue ? Je me suis raclé les méninges pendant des jours, il n'y a pas d'autre rime.

L'expression de son visage changea. Son air contrarié disparut et il parut un moment presque content. Une sorte de chaleur intellectuelle, la joie du pédant qui a découvert un fait inutile, brilla à travers sa barbe sale et emmêlée.

— Vous êtes-vous jamais rendu compte, demanda-t-il, que toute l'histoire de la poésie anglaise a été déterminée par le fait que la langue anglaise manque de rimes ?

Non. Cette idée particulière n'était jamais venue à Winston. Vu les circonstances, elle ne le frappa d'ailleurs pas comme particulièrement importante ou intéressante.

— Savez-vous quelle heure il est ? demanda-t-il.

Ampleforth parut de nouveau surpris.

— J'y ai à peine pensé, dit-il. Ils m'ont arrêté... il y a peut-être deux jours, ou trois. — Son regard fit rapidement le tour des murs, comme s'il s'attendait à trouver une fenêtre quelque part. — Ici, il n'y a aucune différence entre la nuit et le jour. Je ne vois pas comment on peut calculer l'heure ici.

Ils causèrent à bâtons rompus pendant quelques minutes puis, sans raison apparente, un glapissement du télécran leur ordonna de rester silencieux. Winston demeura calmement assis, les mains croisées. Ampleforth, trop grand pour être à son aise sur le banc étroit, se tournait et se retournait, les mains jointes tantôt autour d'un genou, tantôt autour de l'autre. Le télécran lui aboya de se tenir immobile. Le temps passait. Vingt minutes, une heure, il était difficile d'en juger. Une fois encore, il y eut un bruit de bottes à l'extérieur. Les entrailles de Winston se contractèrent. Bientôt, bientôt, peut-être dans cinq minutes, peut-être tout de suite, le piétinement des bottes signifierait que son tour était venu.

La porte s'ouvrit. Le jeune officier au visage glacé entra dans la cellule. D'un bref mouvement de la main, il indiqua Ampleforth.

— Salle 101, dit-il.

Ampleforth sortit lourdement entre les gardes, le visage vaguement troublé, mais incompréhensif.

Un long moment, sembla-t-il, passa. La douleur s'était ravivée au ventre de Winston. Son esprit allait à la dérive autour de la même piste, comme une balle qui retomberait toujours dans la même série d'encoches. Il n'avait que six pensées : la douleur au ventre, un morceau de pain, le sang et les hurlements, O'Brien, Julia, la lame de rasoir. Un nouveau spasme lui tordit les entrailles, les lourdes bottes approchaient.

Quand la porte s'ouvrit, le courant d'air fit pénétrer une puissante odeur de sueur refroidie. Parsons entra dans la cellule. Il portait un short kaki et une chemise de sport.

Cette fois, Winston fut surpris jusqu'à s'oublier.

— Vous ici ! dit-il.

Parsons lui lança un coup d'œil qui n'indiquait ni intérêt ni surprise mais seulement de la souffrance. Il se mit à arpenter la pièce d'une démarche saccadée, incapable évidemment de rester immobile. Chaque fois qu'il redressait ses genoux rondelets, on les voyait trembler. Ses yeux écarquillés avaient un regard fixe, comme s'il ne pouvait s'empêcher de regarder quelque chose au loin.

— Pourquoi êtes-vous ici ? demanda Winston.

— Crime-par-la-pensée ! répondit Parsons, presque en pleurnichant.

Le son de sa voix impliquait tout de suite un aveu complet de sa culpabilité et une sorte d'horreur incrédule qu'un tel mot pût lui être appliqué. Il s'arrêta devant Winston et se mit à en appeler à lui avec véhémence.

— Vous ne pensez pas qu'on va me fusiller, vieux ? On ne fusille pas quelqu'un qui n'a pas réellement fait quelque chose ? Seulement des idées, qu'on ne peut empêcher de venir. Je sais qu'ils donnent un bon avertissement. Oh ! J'ai confiance en eux pour cela ! Mais ils tiendront compte de mes services, n'est-ce pas ? Vous savez quelle sorte de type j'étais. Pas un mauvais bougre, dans mon genre. Pas intellectuel, bien sûr, mais adroit. J'essayais de faire de mon mieux pour le Parti, n'est-ce pas ? Je m'en tirerai avec cinq ans, ne croyez-vous pas ? Ou peut-être dix ans ? Un type comme moi peut se rendre assez utile dans un camp de travail. Ils ne me tueront pas pour avoir quitté le droit chemin juste une fois ?

— Êtes-vous coupable ? demanda Winston.

— Bien sûr, je suis coupable ! cria Parsons avec un coup d'œil servile au télécran. Vous ne pensez pas que le Parti arrêterait un innocent, n'est-ce pas ?

Son visage de grenouille se calma et prit même une légère expression de dévotion hypocrite.

— Le crime-par-la-pensée est une terrible chose, vieux, dit-il sentencieusement. Il est insidieux. Il s'empare de vous sans que vous le sachiez. Savez-vous comment il s'est emparé de moi ? Dans mon sommeil. Oui, c'est un fait. J'étais là, à me surmener, à essayer de faire mon boulot, sans savoir que j'avais dans l'esprit un mauvais levain. Et je me suis mis à parler en dormant. Savez-vous ce qu'ils m'ont entendu dire ?

Il baissa la voix, comme quelqu'un obligé, pour des raisons médicales, de dire une obscénité.

— À bas Big Brother ! Oui, j'ai dit cela ! Et je l'ai répété maintes et maintes fois, paraît-il. Entre nous, je suis content qu'ils m'aient pris avant que cela aille plus loin. Savez-vous ce que je leur dirai quand je serai devant le tribunal ? Merci, vais-je dire, merci de m'avoir sauvé avant qu'il soit trop tard.

— Qui vous a dénoncé ? demanda Winston.

— C'est ma petite fille, répondit Parsons avec une sorte d'orgueil mélancolique. Elle écoutait par le trou de la serrure. Elle a entendu ce que je disais et, dès le lendemain, elle filait chez les gardes. Fort, pour une gamine de sept ans, pas ? Je ne lui en garde aucune rancune. En fait, je suis fier d'elle. Cela montre en tout cas que je l'ai élevée dans les bons principes.

Il fit encore quelques pas de long en large d'une démarche saccadée et jeta plusieurs fois un coup d'œil d'envie à la cuvette hygiénique puis soudain, il baissa son short et se mit nu.

— Pardon, vieux, dit-il. Je ne peux m'en empêcher. C'est l'attente.

Il laissa tomber son lourd postérieur sur la cuvette. Winston se couvrit le visage de ses mains.

— Smith ! glapit la voix du télécran. 6079 Smith W ! Découvrez votre figure. Pas de visages couverts dans les cellules !

Winston se découvrit le visage. Parsons se servit de la cuvette bruyamment et abondamment. Il se trouva que la bonde était défectueuse, et la cellule pua largement pendant des heures.

Parsons fut emmené. D'autres prisonniers vinrent

et repartirent, mystérieusement. L'une, une femme, fut envoyée dans la « Salle 101 » et Winston remarqua qu'elle parut se ratatiner et changer de couleur quand elle entendit ces mots.

Il vint un moment où, s'il avait été amené un matin, ce devait être l'après-midi. Mais s'il avait été amené l'après-midi, ce devait être minuit. Il y avait dans la cellule six prisonniers, hommes et femmes. Tous étaient assis immobiles. En face de Winston se trouvait un homme au visage sans menton, tout en dents, exactement comme un gros rongeur inoffensif. Ses joues grasses et tachetées étaient si gonflées à la base qu'on pouvait difficilement ne pas imaginer qu'il avait, rangées là, de petites réserves de nourriture. Ses pâles yeux gris erraient timidement d'un visage à l'autre et se détournaient rapidement quand ils rencontraient un regard.

La porte s'ouvrit, et un autre prisonnier, dont l'aspect fit frissonner Winston, fut introduit. C'était un homme ordinaire, d'aspect misérable, qui pouvait avoir été un ingénieur où un technicien quelconque. Mais ce qui surprenait, c'était la maigreur de son visage. Il était comme un squelette. La bouche et les yeux, à cause de sa minceur, semblaient d'une largeur disproportionnée et les yeux paraissaient pleins d'une haine meurtrière, inapaisable, contre quelqu'un ou quelque chose.

L'homme s'assit sur le banc à peu de distance de Winston. Winston ne le regarda plus, mais le visage squelettique et tourmenté était aussi vivant dans son esprit que s'il l'avait eu sous les yeux. Il comprit soudain de quoi il s'agissait. L'homme mourait de faim. La même pensée sembla frapper en même temps tout le monde dans la cellule. Tout autour de la pièce, il y eut un faible mouvement sur le banc. Les yeux de l'homme sans menton ne cessaient de se diriger vers l'homme au visage de squelette et de se détourner d'un air coupable puis, cédant à une irrésistible attraction, de revenir à l'homme. Il commença par s'agiter sur son siège. À la fin il se leva, traversa la cellule d'une démarche lourde de canard, fouilla dans la poche de sa combinaison et, d'un air confus, tendit à l'homme au visage de squelette un morceau de pain sale.

Il y eut au télécran un hurlement furieux et assourdissant. L'homme sans menton revint en bondissant sur ses pas. L'homme au visage de squelette avait rapidement lancé ses mains en arrière, comme pour montrer au monde entier qu'il refusait le don.

— Bumstead ! hurla la voix. 2713 Bumstead ! Laissez tomber le morceau de pain.

L'homme sans menton laissa tomber le bout de pain sur le sol.

— Restez debout là où vous êtes, reprit la voix. Face à la porte. Ne faites aucun mouvement.

L'homme sans menton obéit. Ses larges joues gonflées tremblaient irrésistiblement. La porte s'ouvrit avec un claquement. Le jeune officier entra et se plaça de côté. Derrière lui émergea un garde court et trapu, aux bras et aux épaules énormes. Il s'arrêta devant l'homme sans menton puis, à un signal de l'officier, laissa tomber un terrible coup, renforcé de tout le poids de son corps, en plein sur la bouche de l'homme sans menton. La force du coup sembla, en l'assommant, presque le vider du parquet. Son corps fut lancé à travers la cellule et s'arrêta contre la cuvette du water. Il resta un moment étendu, comme anéanti, tandis que du sang, d'un rouge foncé, lui sortait de la bouche et du nez. Il poussa un très faible gémissement ou glapissement, qui semblait inconscient.

Puis il se tourna et se releva en trébuchant sur les mains et les genoux. Dans un ruisseau de sang et de salive, les deux moitiés d'un dentier lui tombèrent de la bouche.

Les prisonniers étaient restés assis, absolument immobiles, les mains croisées sur les genoux. L'homme sans menton grimpa jusqu'à sa place. Au bas d'un côté de son visage, la chair devenait bleue. Sa bouche s'était enflée en une masse informe couleur cerise, creusée en son milieu d'un trou noir. De temps en temps, un peu de sang coulait goutte à goutte sur le haut de sa combinaison. Le regard de ses yeux gris flottait encore d'un visage à l'autre d'un air plus coupable que jamais, comme s'il essayait de découvrir jusqu'à quel point les autres le méprisaient pour l'humiliation qu'on lui avait infligée.

La porte s'ouvrit. D'un geste bref, l'officier désigna l'homme au visage de squelette.

— Salle 101, dit-il.

Il y eut un halètement et une agitation à côté de Winston. L'homme s'était jeté sur le parquet à genoux et les mains jointes.

— Camarade officier ! cria-t-il. Vous n'allez pas me conduire là ? Est-ce que je ne vous ai pas déjà tout dit ? Que voulez-vous savoir d'autre ? Il n'y a rien que je ne veuille vous confesser, rien ! Dites-moi seulement ce que vous voulez. Je le confesserai tout de suite ! Écrivez-le et je signerai n'importe quoi ! Pas la salle 101 !

— Salle 101, répéta l'officier.

Le visage de l'homme, déjà très pâle, prit une teinte que Winston n'aurait pas crue possible. C'était d'une manière précise, indubitable, une nuance verte.

— Faites-moi n'importe quoi, cria-t-il. Vous m'avez affamé pendant des semaines. Finissez-en et laissez-moi mourir. Fusillez-moi, pendez-moi. Condamnez-moi à vingt-cinq ans. Y a-t-il quelqu'un d'autre que vous désiriez que je trahisse ? Dites seulement qui c'est et je dirai tout ce que vous voudrez. Cela m'est égal, qui c'est, et ce que vous lui ferez aussi. J'ai une femme et trois enfants. L'aîné n'a pas six ans. Vous pouvez les prendre tous et leur couper la gorge sous mes yeux, je resterai là et je regarderai. Mais pas la salle 101 !

— Salle 101 ! dit l'officier.

L'homme, comme un fou, regarda les autres autour de lui, comme s'il pensait qu'il pourrait mettre à sa place une autre victime. Ses yeux s'arrêtèrent sur le visage écrasé de l'homme sans menton. Il tendit un bras maigre.

— C'est celui-là que vous devez prendre, pas moi ! cria-t-il. Vous n'avez pas entendu, quand on lui a défoncé la gueule, ce qu'il a dit. Donnez-moi une chance et je vous le répéterai mot pour mot. C'est lui qui est contre le Parti, pas moi !

Les gardes s'avancèrent. La voix de l'homme s'éleva et devint déchirante.

— Vous ne l'avez pas entendu ! répéta-t-il. Le télécran ne marchait pas. C'est lui, votre homme ! Prenez-le, pas moi !

Les deux robustes gardes s'étaient arrêtés pour le prendre par les bras, mais il se jeta sur le parquet et s'agrippa à l'un des pieds de fer qui supportaient le banc. Il avait poussé un hurlement sans nom, comme un animal. Les gardes le saisirent pour l'arracher au banc, mais il s'accrocha avec une force étonnante. Pendant peut-être vingt secondes, ils le tirèrent de toutes leurs forces. Les prisonniers étaient assis, immobiles, les mains croisées sur les genoux, le regard fixé droit devant eux. Le hurlement s'arrêta. L'homme économisait son souffle pour s'accrocher. Il y eut alors une autre sorte de cri. D'un coup de son pied botté, un garde lui avait cassé les doigts d'une main. Ils le traînèrent et le mirent debout.

— Salle 101, dit l'officier.

L'homme fut emmené, trébuchant, tête basse, frottant sa main écrasée, toute sa combativité épuisée.

Un long temps s'écoula. Si l'homme au visage squelettique avait été emmené à minuit, on était au matin. S'il avait été emmené le matin, on était à l'après-midi. Winston était seul. Il était seul depuis des heures. La souffrance éprouvée à rester assis sur le banc étroit était telle que souvent il se levait et marchait, sans recevoir de blâme du télécran. Le morceau de pain se trouvait encore là où l'homme sans menton l'avait laissé tomber. Il fallait au début un grand effort à Winston pour ne pas le regarder, mais la faim faisait maintenant place à la soif. Sa bouche était pâteuse et avait mauvais goût. Le bourdonnement et la constante lumière blanche produisaient une sorte de faiblesse, une sensation de vide dans sa tête. Il se levait parce que la souffrance de ses os n'était plus supportable, puis, presque tout de suite, il se rasseyait parce qu'il avait trop le vertige pour être sûr de tenir sur ses pieds.

Dès qu'il pouvait dominer un peu ses sensations, la terreur réapparaissait. Parfois, avec un espoir qui allait s'affaiblissant, il pensait à O'Brien et à la lame de rasoir. Peut-être la lame de rasoir arriverait-elle cachée dans la nourriture, s'il était jamais nourri. Plus confusément, il pensait à Julia. Quelque part, elle souffrait, peut-être beaucoup plus intensément que lui. Il se pouvait qu'elle fût, à l'instant même, en train de hurler de douleur. Il pensa : « Si je pouvais, en doublant ma propre souffrance, sauver Julia, le ferais-je ? Oui, je le ferais. » Mais ce n'était qu'une décision intellectuelle, prise parce qu'il savait qu'il devait la prendre. Il ne la sentait pas. Dans ce lieu, on ne sentait que la peine et la prescience de la peine. Était-il possible, en outre, quand on souffrait réellement, de désirer, pour quelque raison que ce fût, que la douleur augmente ? Mais il n'était pas encore possible de répondre à cette question.

Les bottes approchaient de nouveau. La porte s'ouvrit. O'Brien entra. Winston se dressa sur ses pieds. Le choc de cette visite lui avait enlevé toute prudence. Pour la première fois, depuis de nombreuses années, il oublia la présence du télécran.

— Ils vous ont pris aussi ! cria-t-il.

— Ils m'ont pris depuis longtemps ! dit O'Brien presque à regret, avec une douce ironie.

Il s'écarta. Derrière lui émergea un garde au large torse, muni d'une longue matraque noire.

— Vous le saviez, Winston, dit O'Brien. Ne vous mentez pas à vous-même. Vous le saviez, vous l'avez toujours su.

Oui, il le voyait maintenant, il l'avait toujours su. Mais il n'avait pas le temps d'y réfléchir. Tout ce qu'il avait d'yeux était pour la matraque que tenait la main du garde. Elle pouvait tomber n'importe où, sur le sommet de la tête, sur le bout de l'oreille, sur le bras, sur l'épaule...

L'épaule ! Il s'était effondré sur les genoux, presque paralysé, tenant de son autre main son épaule blessée. Tout avait explosé dans une lumière jaune. Inconcevable. Inconcevable qu'un seul coup pût causer une telle souffrance ! La lumière s'éclaircit et il put voir les deux autres qui le regardaient. Le garde riait de ses contorsions. Une question, en tout cas, avait trouvé sa réponse. Jamais, pour aucune raison au monde, on ne pouvait désirer un accroissement de douleur. De la douleur on ne pouvait désirer qu'une chose, qu'elle s'arrête. Rien au monde n'était aussi pénible qu'une souffrance physique. « Devant la douleur, il n'y a pas de héros, aucun héros », se répéta-t-il, tandis qu'il se tordait sur le parquet, étreignant sans raison son bras gauche estropié.

II

Winston était couché sur quelque chose qui lui donnait l'impression d'être un lit de camp, sauf qu'il était plus élevé au-dessus du sol. Winston était attaché de telle façon qu'il ne pouvait bouger. Une lumière, qui semblait plus forte que d'habitude, lui tombait sur le visage. O'Brien était debout à côté de lui et le regardait attentivement. De l'autre côté se tenait un homme en veste blanche qui tenait une seringue hypodermique.

Même après que ses yeux se fussent ouverts, Winston ne prit conscience de ce qui l'entourait que graduellement. Il avait l'impression de venir d'un monde tout à fait différent, d'un monde immergé profondément au-dessous de celui-ci, et d'entrer dans la salle en nageant. Il ne savait pas combien de temps il était resté immergé. Depuis le moment de son arrestation, il n'avait vu ni la lumière du jour, ni l'obscurité. En outre, la suite de ses souvenirs n'était pas continue. Il y avait eu des instants où la conscience, même le genre de conscience que l'on a dans le sommeil, s'était arrêtée net et avait reparu après un intervalle vide. Mais étaient-ce des jours, des semaines, ou seulement des secondes d'intervalle, il n'y avait aucun moyen de le savoir.

Le cauchemar avait commencé avec ce premier coup sur l'épaule. Il devait comprendre plus tard que tout ce qui lui advint alors n'était qu'un préliminaire, une routine de l'interrogatoire à laquelle presque tous les prisonniers étaient soumis.

Il y avait une longue liste de crimes, espionnage, sabotage et le reste que tout le monde, naturellement, devait confesser. La confession était une formalité, mais la torture était réelle. Combien de fois il avait été battu, combien de temps les coups avaient duré, il ne s'en souvenait pas. Il y avait toujours contre lui à la fois cinq ou six hommes en noir. Parfois c'étaient les poings, parfois les matraques, parfois les verges d'acier, parfois les bottes. Il lui arrivait de se rouler sur le sol, sans honte, comme un animal, en se tordant de côté et d'autre, dans un effort interminable et sans espoir pour esquiver les coups de pieds. Il s'attirait simplement plus et encore plus de coups, dans les côtes, au ventre, sur les épaules, sur les tibias, à l'aine, aux testicules, sur le coccyx. La torture se prolongeait parfois si longtemps qu'il lui semblait que le fait cruel, inique, impardonnable, n'était pas que les gardes continuassent à le battre, mais qu'il ne pût se forcer à perdre connaissance. Il y avait des moments où son courage l'abandonnait à un point tel qu'il se mettait à crier grâce avant même que les coups ne commencent ; des moments où la seule vue d'un poing qui reculait pour prendre son élan suffisait à lui faire confesser un flot de crimes réels et imaginaires. Il y avait d'autres moments où il commençait avec la résolution de ne rien confesser, où chaque mot devait lui être arraché entre des halètements de douleur, et il y avait des instants où il essayait faiblement d'un compromis, où il se disait : « Je vais me confesser mais pas encore. Je vais tenir jusqu'à ce que la souffrance devienne insupportable. Trois coups de pieds de plus, deux coups de plus, puis je leur dirai ce qu'ils veulent. »

Il était parfois battu au point qu'il pouvait à peine se redresser, puis il était jeté comme un sac de pommes de terre sur le sol de pierre d'une cellule. On le laissait récupérer ses forces quelques heures, puis on l'emmenait et on le battait encore.

Il y avait aussi des périodes plus longues de rétablissement. Il s'en souvenait confusément car il les passait surtout dans la stupeur et le sommeil. Il se souvenait d'une cellule où il y avait un lit de bois, sorte d'étagère qui sortait du mur, une cuvette d'étain, des repas de soupe chaude et de pain, parfois du café. Il se souvenait d'un coiffeur hargneux qui vint le raser et le tondre et d'hommes à l'air affairé, antipathiques, vêtus de vestes blanches, qui lui prenaient le pouls, lui tapotaient les articulations pour étudier ses réflexes, lui relevaient les paupières, le palpaient de doigts durs pour trouver les os cassés, et lui enfonçaient des aiguilles dans les bras pour le faire dormir.

Les passages à tabac se firent moins fréquents et devinrent surtout une menace, une horreur à laquelle il pourrait être renvoyé si ses réponses n'étaient pas satisfaisantes. Ceux qui l'interrogeaient maintenant n'étaient pas des brutes en uniforme noir, mais des intellectuels du Parti, de petits hommes rondelets aux gestes vifs et aux lunettes brillantes, qui le travaillaient pendant des périodes qui duraient (il le pensait, mais ne pouvait en être sûr) dix ou douze heures d'affilée. Ces autres questionneurs veillaient à ce qu'il souffrît constamment d'une légère douleur, mais ce n'était pas surtout sur la souffrance qu'ils comptaient. Ils le giflaient, lui tordaient les oreilles, lui tiraient les cheveux, l'obligeaient à se tenir debout sur un pied, lui refusaient la permission d'uriner, l'aveuglaient par une lumière éblouissante, jusqu'à ce que l'eau lui coulât des yeux. Mais leur but était simplement de l'humilier et d'annihiler son pouvoir de discussion et de raisonnement. Leur arme réelle était cet interrogatoire sans pitié qui se poursuivait sans arrêt heure après heure, qui le prenait en défaut, lui tendait des pièges, dénaturait tout ce qu'il disait, le convainquait à chaque pas de mensonge et de contradiction, jusqu'à ce qu'il se mît à pleurer, autant de honte que de fatigue nerveuse.

Il lui arrivait de pleurer une demi-douzaine de fois dans une seule session. Ses bourreaux, la plupart du temps, vociféraient qu'il voulait les tromper et menaçaient à chaque hésitation de le livrer de nouveau aux gardes. Mais parfois ils changeaient soudain de ton, lui donnaient du « camarade », en appelaient à lui au nom de l'Angsoc et de Big Brother et lui demandaient tristement si, même en cet instant, il ne lui restait aucune loyauté envers le Parti qui pût le pousser à désirer défaire le mal qu'il avait fait. Quand, après des heures d'interrogatoire, son courage s'en allait en lambeaux, même cet appel pouvait le réduire à un larmoiement hypocrite. En fin de compte, les voix grondeuses l'abattirent plus complètement que les bottes et les poings des gardes. Il devint simplement une bouche qui prononçait, une main qui signait tout ce qu'on lui demandait. Son seul souci était de deviner ce qu'on voulait qu'il confessât, et de le confesser rapidement, avant que les brimades ne recommencent.

Il confessa l'assassinat de membres éminents du Parti, la distribution de pamphlets séditieux, le détournement de fonds publics, la vente de secrets militaires, les sabotages de toutes sortes. Il confessa avoir été un espion à la solde du gouvernement estasien depuis 1968. Il confessa qu'il était un religieux, un admirateur du capitalisme et un inverti. Il confessa avoir tué sa femme, bien qu'il sût, et ses interrogateurs devaient le savoir aussi, que sa femme était encore vivante. Il confessa avoir été pendant des années personnellement en contact avec Goldstein et avoir été membre d'une organisation clandestine qui comptait presque tous les êtres humains qu'il eût jamais connus. Il était plus facile de tout confesser et d'accuser tout le monde. En outre, tout, en un sens, était vrai. Il était vrai qu'il avait été l'ennemi du Parti et, aux yeux du Parti, il n'y avait pas de distinction entre la pensée et l'acte.

Winston avait aussi des souvenirs d'un autre genre. Ils se dressaient dans son esprit sans lien entre eux, comme des tableaux entourés d'ombre.

Il se trouvait dans une cellule qui pouvait avoir été sombre ou claire, car il ne pouvait rien voir qu'une paire d'yeux. Il y avait tout près une sorte d'instrument dont le tic-tac était lent et régulier. Les yeux devinrent plus grands et plus lumineux. Il se détacha soudain de son siège, flotta, plongea dans les yeux et fut englouti.

Il était attaché à une chaise entourée de cadrans, sous une lumière aveuglante. Un homme vêtu d'une blouse blanche lisait les chiffres des cadrans. Il y eut un piétinement de lourdes bottes au-dehors. La porte s'ouvrit en claquant. L'officier au visage de cire entra, suivi de deux gardes.

— Salle 101, dit l'officier.

L'homme à la blouse blanche ne se retourna pas. Il ne regarda pas non plus Winston. Il ne regardait que les cadrans.

Il roulait dans un immense couloir d'un kilomètre de long, plein d'une glorieuse lumière dorée. Il se tordait de rire et se confessait à haute voix en criant à tue-tête. Il confessait tout, même les choses qu'il avait réussi à garder secrètes sous la torture. Il racontait l'histoire entière de sa vie à un auditeur qui la connaissait déjà. Il y avait près de lui les gardes, les autres questionneurs, les hommes en blouse blanche, O'Brien, Julia, M. Charrington. Tous descendaient le corridor en roulant et se tordaient de rire. Une chose terrifiante, que l'avenir gardait en réserve, avait en quelque sorte été laissée de côté et ne s'était pas produite. Tout allait bien, il n'y avait plus de souffrance, le plus petit détail de sa vie était mis à nu, compris, pardonné.

Il se levait précipitamment de son lit de planches, à peu près certain d'avoir entendu la voix d'O'Brien. Pendant tout son interrogatoire, bien qu'il ne l'eût jamais vu, il avait eu l'impression qu'O'Brien était à ses côtés, juste hors de sa vue. C'était O'Brien qui dirigeait tout. C'était O'Brien qui lançait les gardes sur lui, et qui les empêchait de le tuer. C'était lui qui décidait à quel moment on devait le faire crier de souffrance, à quel moment on devait lui laisser un répit, quand on devait le nourrir, quand on devait le laisser dormir, quand on devait lui injecter des drogues dans le bras. C'était lui qui posait les questions et suggérait les réponses. Il était le tortionnaire, le protecteur. Il était l'inquisiteur, il était l'ami. Une fois, Winston ne pouvait se rappeler si c'était pendant un sommeil artificiel ou normal, ou même à un moment où il était éveillé, une voix murmura à son oreille : « Ne vous inquiétez pas, Winston, vous êtes entre mes mains. Depuis sept ans, je vous surveille. Maintenant, l'instant critique est arrivé. Je vous sauverai, je vous rendrai parfait. » Winston n'était pas certain que ce fût la voix d'O'Brien, mais c'était la même voix qui lui avait dit dans un autre rêve, sept ans plus tôt : « Nous nous rencontrerons là où il n'y a pas de ténèbres. »

Il ne se souvenait d'aucune conclusion à son interrogatoire. Il y eut une période d'obscurité, puis la cellule, ou la pièce, dans laquelle il se trouvait alors s'était graduellement matérialisée autour de lui.

Il était presque à plat sur le dos, et dans l'impossibilité de bouger. Son corps était retenu par tous les points essentiels. Même sa tête était, il ne savait comment, saisie par-derrière. O'Brien laissait tomber sur lui un regard grave et plutôt triste. Son visage, vu d'en dessous, paraissait grossier et usé, avec des poches sous les yeux et des rides de fatigue qui allaient du nez au menton. Il était plus âgé que Winston l'avait pensé, il avait peut-être quarante-huit ou cinquante ans. Il avait sous la main un cadran dont le sommet portait un levier et la surface un cercle de chiffres.

— Je vous ai dit, prononça O'Brien, que si nous nous rencontrions de nouveau, ce serait ici.

— Oui, répondit Winston.

Sans aucun avertissement qu'un léger mouvement de la main d'O'Brien, une vague de douleur envahit le corps de Winston. C'était une souffrance effrayante parce qu'il ne pouvait voir ce qui lui arrivait et il avait l'impression qu'une blessure mortelle lui était infligée. Il ne savait si la chose se passait réellement ou si l'effet était produit électriquement. Mais son corps était violemment tordu et déformé, ses articulations lentement déchirées et séparées. Bien que la souffrance lui eût fait perler la sueur au front, le pire était la crainte que son épine dorsale ne se casse. Il serra les dents et respira profondément par le nez, en essayant de rester silencieux aussi longtemps que possible.

— Vous avez peur, dit O'Brien qui lui surveillait le visage, que quelque chose ne se brise bientôt. Vous craignez spécialement pour votre épine dorsale. Vous avez une image mentale des vertèbres qui se brisent et se séparent et de la moelle qui s'en écoule. C'est à cela que vous pensez, n'est-ce pas, Winston ?

Winston ne répondit pas. O'Brien ramena en arrière le levier du cadran. La vague de douleur se retira presque aussi vite qu'elle était venue.

— Nous étions à quarante, dit O'Brien. Vous pouvez voir que les chiffres du cadran vont jusqu'à cent. Voulez-vous vous rappeler, au cours de notre entretien, que j'ai le pouvoir de vous faire souffrir à n'importe quel moment et au degré que j'aurai choisi ? Si vous me dites un seul mensonge ou essayez de tergiverser d'une manière quelconque, ou même tombez au-dessous du niveau habituel de votre intelligence, vous crierez de souffrance, instantanément. Comprenez-vous ?

— Oui, répondit Winston.

L'attitude d'O'Brien devint moins sévère. Il replaça pensivement ses lunettes et fit un pas ou deux de long en large. Quand il parla, ce fut d'une voix aimable et patiente. Il avait l'air d'un docteur, d'un professeur, même d'un prêtre, désireux d'expliquer et de persuader plutôt que de punir.

— Je me donne du mal pour vous, Winston, parce que vous en valez la peine. Vous savez parfaitement ce que vous avez. Vous le savez depuis des années, bien que vous ayez lutté contre cette certitude. Vous êtes dérangé mentalement. Vous souffrez d'un défaut de mémoire. Vous êtes incapable de vous souvenir d'événements réels et vous vous persuadez que vous vous souvenez d'autres événements qui ne se sont jamais produits. Heureusement, cela se guérit. Vous ne vous êtes jamais guéri, parce que vous ne l'avez pas voulu. Il y avait un petit effort de volonté que vous n'étiez pas prêt à faire. Même actuellement, je m'en rends bien compte, vous vous accrochez à votre maladie avec l'impression qu'elle est une vertu. Prenons maintenant un exemple. Avec quelle puissance l'Océania est-elle en guerre en ce moment ?

— Quand j'ai été arrêté, l'Océania était en guerre avec l'Estasia.

— Avec l'Estasia. Bon. Et l'Océania a toujours été en guerre avec l'Estasia, n'est-ce pas ?

Winston retint son souffle. Il ouvrit la bouche pour parler mais ne parla pas. Il ne pouvait éloigner ses yeux du cadran.

— La vérité, je vous prie, Winston. *Votre* vérité. Dites-moi ce que vous croyez vous rappeler.

— Je me rappelle qu'une semaine seulement avant mon arrestation, nous n'étions pas du tout en guerre avec l'Estasia. Nous étions les alliés de l'Estasia. La guerre était contre l'Eurasia. Elle durait depuis quatre ans. Avant cela...

O'Brien l'arrêta d'un mouvement de la main.

— Un autre exemple, dit-il. Il y a quelques années, vous avez eu une très sérieuse illusion, en vérité. Vous avez cru que trois hommes, trois hommes à un moment membres du Parti, nommés Jones, Aaronson et Rutherford, des hommes qui ont été exécutés pour trahison et sabotage après avoir fait une confession aussi complète que possible, n'étaient pas coupables des crimes dont ils étaient accusés. Vous croyiez avoir vu un document indiscutable prouvant que leurs confessions étaient fausses. Il y avait une certaine photographie à propos de laquelle vous aviez une hallucination. Vous croyiez l'avoir réellement tenue entre vos mains. C'était une photographie comme celle-ci.

Un bout rectangulaire de journal était apparu entre les doigts d'O'Brien. Il resta dans le champ de vision de Winston pendant peut-être cinq secondes. C'était une photographie, et il n'était pas question de discuter son identité. C'était la photographie. C'était une autre copie de la photographie de Jones, Aaronson et Rutherford à la délégation du Parti à New York, qu'il avait possédée onze ans auparavant et qu'il avait promptement détruite. Un instant seulement, il l'eut sous les yeux, un instant seulement, puis elle disparut de sa vue. Mais il l'avait vue ! Sans aucun doute, il l'avait vue. Il fit un effort d'une violence désespérée pour se tordre et libérer la moitié supérieure de son corps. Il lui fut impossible de se mouvoir, dans aucune direction, même d'un centimètre. Il avait même pour l'instant oublié le cadran. Tout ce qu'il désirait, c'était tenir de nouveau la photographie entre ses doigts, ou au moins la voir.

— Elle existe ! cria-t-il.

— Non ! répondit O'Brien.

O'Brien traversa la pièce. Il y avait un trou de mémoire dans le mur d'en face. Il souleva le grillage. Invisible, le frêle bout de papier tournoyait, emporté par le courant d'air chaud et disparaissait dans un rapide flamboiement. O'Brien s'éloigna du mur.

— Des cendres ! dit-il. Pas même des cendres identifiables, de la poussière. Elle n'existe pas. Elle n'a jamais existé.

— Mais elle existe encore ! Elle doit exister ! Elle existe dans la mémoire ! Dans la mienne ! Dans la vôtre !

— Je ne m'en souviens pas, dit O'Brien.

Le cœur de Winston défaillit. C'était de la double-pensée. Il avait une mortelle sensation d'impuissance. S'il avait pu être certain qu'O'Brien mentait, cela aurait été sans importance. Mais il était parfaitement possible qu'O'Brien eût, réellement, oublié la photographie. Et s'il en était ainsi, il devait avoir déjà oublié qu'il avait nié s'en souvenir et oublié l'acte d'oublier. Comment être sûr que c'était de la simple supercherie ? Peut-être cette folle dislocation de l'esprit pouvait-elle réellement se produire. C'est par cette idée que Winston était vaincu.

O'Brien le regardait en réfléchissant. Il avait, plus que jamais, l'air d'un professeur qui se donne du mal pour un enfant égaré, mais qui promet.

— Il y a un slogan du Parti qui se rapporte à la maîtrise du passé, dit-il. Répétez-le, je vous prie.

— Qui commande le passé commande l'avenir ; qui commande le présent commande le passé, répéta Winston obéissant.

— Qui commande le présent commande le passé, dit O'Brien en faisant de la tête une lente approbation. Est-ce votre opinion, Winston, que le passé a une existence réelle ?

De nouveau, le sentiment de son impuissance s'abattit sur Winston. Son regard vacilla dans la direction du cadran. Non seulement il ne savait lequel de « oui » ou de « non » le sauverait de la souffrance, mais il ne savait même pas quelle réponse il croyait être la vraie.

O'Brien sourit faiblement.

— Vous n'êtes pas métaphysicien, Winston, dit-il. Jusqu'à présent, vous n'avez jamais pensé à ce que signifiait le mot existence. Je vais poser la question avec plus de précision. Est-ce que le passé existe d'une façon concrète, dans l'espace ? Y a-t-il quelque part, ou ailleurs, un monde d'objets solides où le passé continue à se manifester ?

— Non.

— Où le passé existe-t-il donc, s'il existe ?

— Dans les documents. Il est consigné.

— Dans les documents. Et... ?

— Dans l'esprit. Dans la mémoire des hommes.

— Dans la mémoire. Très bien. Nous le Parti, nous avons le contrôle de tous les documents et de toutes les mémoires. Nous avons donc le contrôle du passé, n'est-ce pas ?

— Mais comment pouvez-vous empêcher les gens de se souvenir ? cria Winston, oubliant encore momentanément le cadran. C'est involontaire. C'est indépendant de chacun. Comment pouvez-vous contrôler la mémoire ? Vous n'avez pas contrôlé la mienne !

L'attitude de O'Brien devint encore sévère. Il posa la main sur le cadran.

— Non, dit-il. C'est vous qui ne l'avez pas dirigée. C'est ce qui vous a conduit ici. Vous êtes ici parce que vous avez manqué d'humilité, de discipline personnelle. Vous n'avez pas fait l'acte de soumission dont le prix est la santé mentale. Vous avez préféré être un fou, un minus habens. L'esprit discipliné peut seul voir la réalité, Winston. Vous croyez que la réalité est objective, extérieure, qu'elle existe par elle-même. Vous croyez aussi que la nature de la réalité est évidente en elle-même. Quand vous vous illusionnez et croyez voir quelque chose, vous pensez que tout le monde voit la même chose que vous. Mais je vous dis, Winston, que la réalité n'est pas extérieure. La réalité existe dans l'esprit humain et nulle part ailleurs. Pas dans l'esprit d'un individu, qui peut se tromper et, en tout cas, périt bientôt. Elle n'existe que dans l'esprit du Parti, qui est collectif et immortel. Ce que le Parti tient pour vrai est la vérité. Il est impossible de voir la réalité si on ne regarde avec les yeux du Parti. Voilà le fait que vous devez rapprendre,

Winston. Il exige un acte de destruction personnelle, un effort de volonté. Vous devez vous humilier pour acquérir la santé mentale.

Il s'arrêta un instant, comme pour permettre à ce qu'il avait dit de pénétrer.

— Vous rappelez-vous, continua-t-il, avoir écrit dans votre journal : « La liberté est la liberté de dire que deux et deux font quatre ? »

— Oui, dit Winston.

O'Brien présenta à Winston le dos de sa main gauche levée. Le pouce était caché, les quatre doigts étendus.

— Combien est-ce que je vous montre de doigts, Winston ?

— Quatre.

Le mot se termina par un halètement de douleur. L'aiguille du cadran était montée à cinquante-cinq. La sueur jaillie de son corps avait recouvert Winston tout entier. L'air lui déchirait les poumons et ressortait en gémissements profonds qu'il ne pouvait arrêter, même en serrant les dents. O'Brien le surveillait, quatre doigts levés. Il ramena le levier en arrière. Cette fois, la souffrance ne s'apaisa que légèrement.

— Combien de doigts, Winston ?

— Quatre.

L'aiguille monta à soixante.

— Combien de doigts, Winston ?

— Quatre ! Quatre ! Que puis-je dire d'autre ? Quatre !

L'aiguille avait dû monter encore, il ne la regardait pas. Le visage lourd et sévère et les quatre doigts emplissaient le champ de sa vision. Les doigts étaient dressés devant ses yeux comme des piliers énormes, indistincts, qui semblaient vibrer. Mais il y en avait indubitablement quatre.

— Combien de doigts, Winston ?

— Cinq ! Cinq ! Cinq !

— Non, Winston, c'est inutile. Vous mentez. Vous pensez encore qu'il y en a quatre. Combien de doigts, s'il vous plaît ?

— Quatre ! Cinq ! Quatre ! Tout ce que vous voudrez. Mais arrêtez cela ! Arrêtez cette douleur !

Il fut soudain assis, le bras d'O'Brien autour de ses épaules. Il avait peut-être perdu connaissance quelques secondes. Les liens qui le retenaient couché s'étaient détachés. Il avait très froid, il frissonnait sans pouvoir s'arrêter, ses dents claquaient, des larmes lui roulaient sur les joues. Il s'accrocha un moment à O'Brien comme un enfant, étrangement réconforté par le bras lourd autour de ses épaules. Il avait l'impression qu'O'Brien était son protecteur, que la souffrance était quelque chose qui venait de quelque autre source extérieure et que c'était O'Brien qui l'en sauverait.

— Vous êtes un étudiant lent d'esprit, Winston, dit O'Brien gentiment.

— Comment puis-je l'empêcher ? dit-il en pleurnichant. Comment puis-je m'empêcher de voir ce qui est devant mes yeux ? Deux et deux font quatre.

— Parfois, Winston. Parfois ils font cinq. Parfois ils font trois. Parfois ils font tout à la fois. Il faut essayer plus fort. Il n'est pas facile de devenir sensé.

Il étendit Winston sur le lit. L'étreinte se resserra autour de ses membres, mais la vague de souffrance s'était retirée et le tremblement s'était arrêté, le laissant seulement faible et glacé.

O'Brien fit un signe de la tête à l'homme en veste blanche qui était resté immobile pendant qu'il agissait.

L'homme à la veste blanche se baissa et regarda de

près les yeux de Winston, lui prit le pouls, appuya l'oreille contre sa poitrine, tapota çà et là, puis fit un signe d'assentiment à O'Brien.

— Encore, dit O'Brien.

La douleur envahit le corps de Winston. L'aiguille devait être à soixante-dix, soixante-quinze. Il avait, cette fois, fermé les yeux. Il savait que les doigts étaient toujours là et qu'il y en avait toujours quatre. Tout ce qui importait, c'était de rester en vie jusqu'à la fin de l'accès. Il ne savait plus s'il pleurait ou non. La souffrance diminua. Il ouvrit les yeux. O'Brien avait tiré le levier en arrière.

— Quatre. Je suppose qu'il y en a quatre. Je verrais cinq si je pouvais. J'essaie de voir cinq.

— Qu'est-ce que vous désirez ? Me persuader que vous voyez cinq, ou les voir réellement ?

— Les voir réellement.

— Encore, dit O'Brien.

L'aiguille était peut-être à quatre-vingts, quatre-vingt-dix. Winston ne pouvait se rappeler que par intermittences pourquoi il souffrait. Derrière ses paupières serrées, une forêt de doigts semblaient se mouvoir dans une sorte de danse, entrer et sortir entrelacés, disparaître l'un derrière l'autre, réapparaître encore. Il essayait de les compter, il ne se souvenait pas pourquoi. Il savait seulement qu'il était impossible de les compter, à cause d'une mystérieuse identité entre quatre et cinq. La souffrance s'éteignit une fois de plus. Quand il ouvrit les yeux, ce fut pour constater qu'il voyait encore la même chose. D'innombrables doigts, comme des arbres mobiles, dévalaient à droite et à gauche, se croisant et se recroisant. Il referma les yeux.

— Je montre combien de doigts, Winston ?

— Je ne sais. Je ne sais. Vous me tuerez si vous faites

encore cela. Quatre, cinq, six, en toute honnêteté, je ne sais pas.

— Mieux, dit O'Brien.

Une aiguille adroitement introduite glissa dans son bras. Presque instantanément, une chaleur apaisante et délicieuse se répandit en lui. La souffrance était déjà à moitié oubliée. Il ouvrit les yeux et regarda O'Brien avec reconnaissance. À la vue du visage ridé et lourd, si laid et si intelligent, son cœur sembla se fondre. S'il avait pu bouger, il aurait tendu le bras et posé la main sur le bras de O'Brien. Jamais il ne l'avait aimé si profondément qu'à ce moment, et ce n'était pas seulement parce qu'il avait fait cesser la douleur. L'ancien sentiment, qu'au fond peu importait qu'O'Brien fût un ami ou un ennemi, était revenu. O'Brien était quelqu'un avec qui on pouvait causer. Peut-être ne désirait-on pas tellement être aimé qu'être compris. O'Brien l'avait torturé jusqu'aux limites de la folie et, dans peu de temps, certainement, l'enverrait à la mort. Cela ne changeait rien. Dans un sens, cela pénétrait plus profondément que l'amitié. Ils étaient des intimes. D'une façon ou d'une autre, bien que les mots réels ne seraient peut-être jamais prononcés, il y avait un lieu où ils pourraient se rencontrer et parler. Les yeux d'O'Brien, baissés vers lui, avaient une expression qui faisait penser qu'il avait la même idée. Quand il se mit à parler, ce fut sur le ton aisé d'une conversation.

— Savez-vous où vous êtes, Winston ?

— Je ne sais pas. Je peux deviner. Au ministère de l'Amour.

— Savez-vous depuis combien de temps vous êtes ici ?

— Je ne sais. Des jours, des semaines, des mois... Je pense que c'est depuis des mois.

— Et vous imaginez-vous pourquoi nous amenons les gens ici ?

— Pour qu'ils se confessent.

— Non. Ce n'est pas là le motif. Cherchez encore.

— Pour les punir.

— Non ! s'exclama O'Brien.

Sa voix avait changé d'une façon extraordinaire et son visage était soudain devenu à la fois sévère et animé.

— Non. Pas simplement pour extraire votre confession ou pour vous punir. Dois-je vous dire pourquoi nous vous avons apporté ici ? Pour vous guérir ! Pour vous rendre la santé de l'esprit. Savez-vous, Winston, qu'aucun de ceux que nous amenons dans ce lieu ne nous quitte malade ? Les crimes stupides que vous avez commis ne nous intéressent pas. Le Parti ne s'intéresse pas à l'acte lui-même. Il ne s'occupe que de l'esprit. Nous ne détruisons pas simplement nos ennemis, nous les changeons. Comprenez-vous ce que je veux dire ?

Il était penché au-dessus de Winston. Sa proximité faisait paraître son visage énorme et Winston, qui le voyait d'en dessous, le trouvait hideux. De plus, il était plein d'une sorte d'exaltation, d'une ardeur folle. Le cœur de Winston se serra une fois de plus. Il se serait tapi plus au fond du lit s'il l'avait pu. Il croyait qu'O'Brien, par pur caprice, était sur le point de tourner le cadran. À ce moment, cependant, O'Brien s'éloigna. Il fit quelques pas de long en large. Puis il continua avec moins de véhémence.

— La première chose que vous devez comprendre, c'est qu'il n'y a pas de martyr. Vous avez lu ce qu'étaient les persécutions religieuses du passé. Au Moyen Age, il y eut l'Inquisition. Ce fut un échec. Elle fut établie pour extirper l'hérésie et finit par la perpétuer. Pour chaque hérétique brûlé sur le bûcher, des milliers d'autres se levèrent. Pourquoi ? Parce que l'Inquisition tuait ses ennemis en public et les tuait alors qu'ils étaient encore impénitents. En fait elle les tuait parce qu'ils étaient impénitents. Les hommes mouraient parce qu'ils ne voulaient pas abandonner leur vraie croyance. Naturellement, toute la gloire allait à la victime et toute la honte à l'Inquisition qui la brûlait.

« Plus tard, au XXe siècle, il y eut les totalitaires, comme on les appelait. C'étaient les nazis germains et les communistes russes. Les Russes persécutèrent l'hérésie plus cruellement que ne l'avait fait l'Inquisition, et ils crurent que les fautes du passé les avaient instruits. Ils savaient, en tout cas, que l'on ne doit pas faire des martyrs. Avant d'exposer les victimes dans des procès publics, ils détruisaient délibérément leur dignité. Ils les aplatissaient par la torture et la solitude jusqu'à ce qu'ils fussent des êtres misérables, rampants et méprisables, qui confessaient tout ce qu'on leur mettait à la bouche, qui se couvraient eux-mêmes d'injures, se mettaient à couvert en s'accusant mutuellement, demandaient grâce en pleurnichant. Cependant, après quelques années seulement, on vit se répéter les mêmes effets. Les morts étaient devenus des martyrs et leur dégradation était oubliée. Cette fois encore, pourquoi ?

« En premier lieu, parce que les confessions étaient évidemment extorquées et fausses. Nous ne commettons pas d'erreurs de cette sorte. Toutes les confessions faites ici sont exactes. Nous les rendons exactes et, surtout, nous ne permettons pas aux morts de se lever contre nous. Vous devez cesser de vous imaginer que la postérité vous vengera, Winston. La postérité n'entendra jamais parler de vous. Vous serez gazéifié et versé dans la stratosphère. Rien ne restera de vous. pas un nom sur un registre, pas un souvenir dans un cerveau vivant. Vous serez annihilé, dans le passé comme dans le futur. Vous n'aurez jamais existé. »

« Alors, pourquoi se donner la peine de me torturer ? » pensa Winston dans un moment d'amertume. O'Brien arrêta sa marche, comme si Winston avait pensé tout haut. Son large visage laid se rapprocha, les yeux un peu rétrécis.

— Vous pensez, dit-il, que puisque nous avons l'intention de vous détruire complètement, rien de ce que vous dites ou faites ne peut avoir d'importance, et qu'il n'y a aucune raison pour que nous prenions la peine de vous interroger d'abord ? C'est ce que vous pensez, n'est-ce pas ?

— Oui, dit Winston.

O'Brien sourit légèrement.

— Vous êtes une paille dans l'échantillon, Winston, une tache qui doit être effacée. Est-ce que je ne viens pas de vous dire que nous sommes différents des persécuteurs du passé ? Nous ne nous contentons pas d'une obéissance négative, ni même de la plus abjecte soumission. Quand, finalement, vous vous rendez à nous, ce doit être de votre propre volonté. Nous ne détruisons pas l'hérétique parce qu'il nous résiste. Tant qu'il nous résiste, nous ne le détruisons jamais. Nous le convertissons. Nous captons son âme, nous lui donnons une autre forme. Nous lui enlevons et brûlons tout mal et toute illusion. Nous l'amenons à nous, pas seulement en apparence, mais réellement, de cœur et d'âme. Avant de le tuer, nous en faisons un des nôtres. Il nous est intolérable qu'une pensée erronée puisse exister quelque part dans le monde, quelque secrète et impuissante qu'elle puisse être. Nous ne pouvons permettre aucun écart, même à celui qui est sur le point de mourir. Anciennement, l'hérétique qui marchait au bûcher était encore un hérétique, il proclamait son hérésie, il exultait en elle. La victime des épurations russes elle-même pouvait porter la rébellion enfermée dans son cerveau tandis qu'il descendait l'escalier, dans l'attente de la balle. Nous, nous rendons le cerveau parfait avant de le faire éclater. Le commandement des anciens despotismes était : « Tu ne dois pas. » Le commandement des totalitaires était : « Tu dois. » Notre commandement est : « Tu es. » Aucun de ceux que nous amenons ici ne se dresse plus jamais contre nous. Tous sont entièrement lavés. Même ces trois misérables traîtres en l'innocence desquels vous avez un jour cru — Jones, Aaronson et Rutherford — finalement, nous les avons brisés. J'ai moi-même pris part à leur interrogatoire. Je les ai vus graduellement s'user, gémir, ramper, pleurer et à la fin ce n'était ni de douleur ni de crainte, c'était de repentir. Quand nous en avons eu fini avec eux, ils n'étaient plus que des écorces d'hommes. Il n'y avait plus rien en eux que le regret de ce qu'ils avaient fait et l'amour pour Big Brother. Il était touchant de voir à quel point ils l'aimaient. Ils demandèrent à être rapidement fusillés pour pouvoir mourir alors que leur esprit était encore propre.

La voix d'O'Brien était devenue presque rêveuse. L'exaltation, l'enthousiasme fou marquaient encore son visage. Il ne feint nullement, pensa Winston. Ce n'est pas un hypocrite. Il croit tous les mots qu'il prononce. Ce qui oppressait le plus Winston, c'était la conscience de sa propre infériorité intellectuelle. Il regardait la forme lourde, mais pleine de grâce, qui marchait au hasard de long en large, à l'intérieur ou à l'extérieur du champ de sa vision. O'Brien était un être plus grand que lui de toutes les façons. Toutes les idées qu'il avait jamais eues ou pu avoir, O'Brien les avait depuis longtemps connues, examinées et rejetées. L'esprit d'O'Brien *contenait* l'esprit de Winston. Comment O'Brien pourrait-il, dans ce cas, être fou ? Ce devait être lui, Winston, qui était fou. O'Brien s'arrêta et le regarda. Sa voix avait pris encore un accent de sévérité.

— N'imaginez pas que vous vous sauverez, Winston, quelque complètement que vous vous rendiez à nous. Aucun de ceux qui se sont égarés une fois n'a été épargné. Même si nous voulions vous laisser vivre jusqu'au terme naturel de votre vie, vous ne nous échapperiez encore jamais. Ce qui vous arrive ici vous marquera pour toujours. Comprenez-le d'avance. Nous allons vous écraser jusqu'au point où il n'y a pas de retour. Vous ne guérirez jamais de ce qui vous arrivera, dussiez-vous vivre un millier d'années. Jamais plus vous ne serez capable de sentiments humains ordinaires. Tout sera mort en vous. Vous ne serez plus jamais capable d'amour, d'amitié, de joie de vivre, de rire, de curiosité, de courage, d'intégrité. Vous serez creux. Nous allons vous presser jusqu'à ce que vous soyez vide puis nous vous emplirons de nous-mêmes.

Il s'arrêta et fit signe à l'homme à la veste blanche. Winston se rendit compte qu'un lourd appareil était poussé et placé derrière sa tête. O'Brien s'était assis à côté du lit, de sorte que son visage était presque au niveau de celui de Winston.

— Trois mille, dit-il en s'adressant par-dessus la tête de Winston à l'homme à la veste blanche.

Deux coussinets moelleux, qui paraissaient légèrement humides, furent fixés contre les tempes de Winston. Il trembla. La souffrance allait recommencer, un nouveau genre de souffrance. O'Brien posa sur sa main une main presque rassurante et amicale.

— Cette fois, cela ne vous fera pas souffrir, dit-il. Gardez vos yeux fixés sur les miens.

Il se produisit alors une explosion dévastatrice, ou ce qui lui parut être une explosion, bien que Winston ne fût pas certain qu'il y eut aucun bruit. Il y eut, indubitablement, un éclair aveuglant. Winston n'était pas blessé, il se sentait seulement prostré. Bien qu'il fût déjà couché sur le dos quand cela se passa, il avait l'impression curieuse qu'il se trouvait dans cette position parce qu'il avait été assommé. Un coup terrifiant, indolore, l'avait aplati. Il s'était aussi passé quelque chose dans sa tête. Tandis que ses yeux retrouvaient leur convergence, il se rappela qui il était, où il était, et reconnut le visage qui regardait le sien. Mais il y avait, il ne savait comment, un grand trou vide, comme si on lui avait enlevé un morceau de cerveau.

— Cela ne durera pas, dit O'Brien. Regardez-moi dans les yeux. Avec quel pays l'Océania est-elle en guerre ?

Winston réfléchit. Il savait ce que signifiait Océania et qu'il était lui-même citoyen de l'Océania. Il se souvint aussi de l'Eurasia et de l'Estasia. Mais qui était en guerre et avec qui, il ne s'en souvenait pas. En fait, il n'avait pas conscience qu'il y eût une guerre.

— Je ne me souviens pas.

— L'Océania est en guerre contre l'Estasia. Vous en souvenez-vous, maintenant ?

— Oui.

— L'Océania a toujours été en guerre contre l'Estasia. Depuis le commencement de votre vie, depuis le commencement du Parti, depuis le commencement de l'Histoire, la guerre a continué sans interruption, toujours la même guerre. Vous rappelez-vous cela ?

— Oui.

— Il y a onze ans, vous avez créé une légende au

sujet de trois hommes condamnés à mort pour trahison. Vous prétendiez avoir vu un fragment de papier qui prouvait leur innocence. Ce papier n'a jamais existé. Vous l'avez inventé et vous vous êtes ensuite mis à croire à son existence. Vous vous rappelez maintenant l'instant même où vous l'avez tout d'abord inventé. Est-ce que vous vous en souvenez ?

— Oui.

— Je viens de lever devant vous les doigts de ma main. Vous avez vu cinq doigts. Vous en rappelez-vous ?

— Oui.

O'Brien leva les doigts de sa main gauche en gardant son pouce caché.

— Il y a là cinq doigts. Voyez-vous cinq doigts ?

— Oui.

Et il les vit, pendant une minute fugitive, tandis que dans son esprit le décor changeait. Il vit cinq doigts, et il n'y avait aucune déformation. Puis, tout redevint normal. La vieille peur, la haine et l'étonnement revinrent ensemble. Mais il y avait eu un moment, il ne savait combien de temps, trente secondes, peut-être, de bienheureuse certitude, alors que chaque nouvelle suggestion de O'Brien comblait un espace vide et devenait une vérité absolue, alors que deux et deux auraient pu faire trois aussi bien que cinq si cela avait été nécessaire.

Ce moment s'était effacé avant qu'O'Brien eût baissé la main, mais bien que Winston ne pût le retrouver, il pouvait s'en souvenir, comme on se souvient d'une expérience très nette, ayant eu lieu à une époque reculée de la vie, quand on était, en fait, une personne différente.

— Vous voyez maintenant, dit O'Brien, qu'en tout cas c'est possible.

— Oui, répondit Winston.

O'Brien se releva, l'air satisfait. Winston vit à sa gauche l'homme à la blouse blanche qui brisait une ampoule et tirait en arrière le piston d'une seringue.

O'Brien se tourna vers Winston avec un sourire. Presque comme anciennement, il assura sur son nez l'équilibre de ses lunettes.

— Vous souvenez-vous d'avoir écrit dans votre journal qu'il était indifférent que je sois un ami ou un ennemi, puisque j'étais au moins quelqu'un qui comprenait et à qui on pouvait parler ? Vous aviez raison. J'aime parler avec vous. Votre esprit me plaît. Il ressemblerait au mien s'il n'avait été malade. Avant que nous mettions fin à la séance, vous pouvez me poser quelques questions si vous le désirez.

— N'importe quelle question ?

— N'importe laquelle.

Il vit les yeux de Winston posés sur le cadran.

— Il est éteint. Quelle est votre première question ?

— Qu'avez-vous fait de Julia ?

O'Brien sourit encore.

— Elle vous a donné, Winston. Immédiatement, sans réserve. J'ai rarement vu quelqu'un venir si promptement à nous. Vous la reconnaîtriez à peine. Toute sa rébellion, sa fourberie, sa folie, sa malpropreté d'esprit, tout a été brûlé et effacé. Ce fut une conversion parfaite, un cas de manuel.

— Vous l'avez torturée ?

O'Brien laissa cette question sans réponse.

— Question suivante ? dit-il.

— Big Brother existe-t-il ?

— Naturellement, il existe. Le Parti existe. Big Brother est la personnification du Parti.

— Existe-t-il de la même façon que j'existe ?

— Vous n'existez pas, dit O'Brien.

Une fois encore un sentiment d'impuissance assaillit Winston. Il savait, ou pouvait imaginer les arguments qui prouvaient sa propre non-existence. Mais ils n'avaient pas de sens, c'étaient des jeux de mots. Est-ce que la constatation : « Vous n'existez pas », ne contenait pas une absurdité de logique ? Mais à quoi bon le dire ? Son esprit se contracta à la pensée des arguments fous et indiscutables avec lesquels O'Brien le démolirait.

— Je pense que j'existe, dit-il avec lassitude. Je suis né, je mourrai. J'ai des bras et des jambes, j'occupe un point particulier de l'espace. Aucun autre objet solide ne peut, en même temps que moi occuper le même point. Dans ce sens, Big Brother existe-t-il ?

— Ce sens n'a aucune importance. Big Brother existe.

— Big Brother mourra-t-il jamais ?

— Naturellement non. Comment pourrait-il mourir ?

— La Fraternité existe-t-elle ?

— Cela, Winston, vous ne le saurez jamais. Même si nous décidions de vous libérer après en avoir fini avec vous, et si vous viviez jusqu'à quatre-vingt-dix ans, vous ne sauriez encore pas si la réponse à cette question est Oui ou Non. Tant que vous vivrez, ce sera dans votre esprit une énigme insoluble.

Winston resta silencieux. Sa poitrine s'élevait et s'abaissait un peu plus vite. Il n'avait pas encore posé la question qui lui était tout d'abord venue à l'esprit. Il devait la poser, mais il semblait que sa langue ne voulût pas la prononcer.

Il y eut une ombre d'amusement sur le visage de O'Brien. Ses lunettes elles-mêmes semblaient jeter une lueur ironique. « Il sait, pensa soudain Winston.

Il sait ce que je vais demander. » À cette idée, les mots jaillirent d'eux-mêmes.

— Qu'y a-t-il dans la salle 101 ?

L'expression du visage d'O'Brien ne changea pas. Il répondit sèchement :

— Vous savez ce qu'il y a dans la salle 101, Winston. Tout le monde sait ce qu'il y a dans la salle 101.

Il leva un doigt à l'adresse de l'homme à la veste blanche. Évidemment, la séance se terminait. Une aiguille fut brusquement introduite dans le bras de Winston. Il tomba presque instantanément dans un profond sommeil.

III

— Votre réintégration comporte trois stades. Étudier, comprendre, accepter. Il est temps que vous entriez dans le second stade.

Winston était, comme toujours, couché sur le dos mais, depuis peu, ses liens étaient plus lâches. Ils le retenaient encore au lit, mais il pouvait bouger un peu les genoux, tourner la tête à droite et à gauche, lever les avant-bras. Le cadran, aussi, était devenu moins redoutable. Lorsque son esprit était assez vif, Winston pouvait éviter ses coups. C'était surtout quand il montrait de la stupidité qu'O'Brien poussait le levier. Ils traversaient parfois toute une séance sans que le cadran fût employé. Winston ne se rappelait pas combien il y avait eu de séances. Le processus tout entier semblait s'étendre sur un temps long, indéfini, des semaines peut-être, et les intervalles entre les séances pouvaient avoir été, parfois des jours, parfois une ou deux heures seulement.

— Depuis que vous êtes couché là, dit O'Brien, vous vous êtes souvent demandé, vous m'avez même demandé, pourquoi le ministère de l'Amour devait dépenser pour vous tant de temps et tant de souci. Quand vous étiez libre, vous étiez embarrassé par une question qui, dans son essence, était la même. Vous pouviez saisir le mécanisme de la société dans laquelle vous viviez, mais pas les motifs sous-jacents. Vous rappelez-vous avoir écrit dans votre journal : « Je comprends *comment*, je ne comprends pas *pourquoi ?* » C'est quand vous pensiez à *pourquoi* que vous doutiez de l'équilibre de votre esprit. Vous avez lu le *livre*, le livre de Goldstein, du moins en partie. Vous a-t-il appris quelque chose que vous ne saviez déjà ?

— Vous l'avez lu ? demanda Winston.

— Je l'ai écrit. C'est-à-dire, j'ai participé à sa rédaction. Aucun livre n'est l'œuvre d'un seul individu, comme vous le savez.

— Est-ce vrai, ce qu'il dit ?

— Dans sa partie descriptive, oui. Mais le programme qu'il envisage n'a pas de sens. Une accumulation secrète de connaissances, un élargissement graduel de compréhension, en dernier lieu une rébellion prolétarienne et le renversement du Parti, vous prévoyiez vous-même que c'était ce qu'il dirait. Tout cela n'a pas de sens. Les prolétaires ne se révolteront jamais. Pas dans un millier ni un million d'années. Ils ne le peuvent pas. Je n'ai pas à vous en donner la raison, vous la savez déjà. Si vous avez jamais caressé des rêves de violente insurrection, vous devez les abandonner. La domination du Parti est éternelle. Que ce soit le point de départ de vos réflexions.

Il se rapprocha du lit.

— Éternelle, répéta-t-il. Et maintenant, revenons à la question « comment » et « pourquoi ». Vous comprenez assez bien *comment* le Parti se maintient au pouvoir. Dites-moi maintenant *pourquoi* nous nous accrochons au pouvoir. Pour quel motif voulons-nous le pouvoir ? Allons, parlez, ajouta-t-il, comme Winston demeurait silencieux.

Pendant une minute ou deux, néanmoins, Winston n'ouvrit pas la bouche. Une impression de fatigue l'accablait. La lueur confuse d'enthousiasme fou avait disparu du visage d'O'Brien. Il prévoyait ce que dirait O'Brien. Que le Parti ne cherchait pas le pouvoir en vue de ses propres fins, mais pour le bien de la majorité ; qu'il cherchait le pouvoir parce que, dans l'ensemble, les hommes étaient des créatures frêles et lâches qui ne pouvaient endurer la liberté ni faire face à la vérité, et devaient être dirigés et systématiquement trompés par ceux qui étaient plus forts qu'eux ; que l'espèce humaine avait le choix entre la liberté et le bonheur et que le bonheur valait mieux ; que le Parti était le gardien éternel du faible, la secte qui se vouait au mal pour qu'il en sorte du bien, qui sacrifiait son propre bonheur à celui des autres. Le terrible, pensa Winston, le terrible est que lorsque O'Brien prononçait ces mots, il y croyait. On pouvait le voir à son visage. O'Brien savait tout. Il savait mille fois mieux que Winston ce qu'était le monde en réalité ; dans quelle dégradation vivaient les êtres humains et par quels mensonges et quelle barbarie le Parti les maintenait dans cet état. Il avait tout compris, tout pesé, et cela ne changeait rien. Tout était justifié par le but à atteindre. « Que peut-on, pensa Winston, contre le fou qui est plus intelligent que vous, qui écoute volontiers vos arguments, puis persiste simplement dans sa folie ? »

— Vous nous gouvernez pour notre propre bien, dit-il faiblement. Vous pensez que les êtres humains ne sont pas capables de se diriger eux-mêmes et qu'alors...

Il sursauta et pleura presque. Il avait été traversé d'un élancement douloureux. O'Brien avait poussé le levier du cadran au-dessus de 35...

— C'est stupide, Winston, stupide, dit-il. Vous feriez mieux de ne pas dire de pareilles sottises.

Il recula la manette et continua :

— Je vais vous donner la réponse à ma question. La voici : le Parti recherche le pouvoir pour le pouvoir, exclusivement pour le pouvoir. Le bien des autres ne l'intéresse pas. Il ne recherche ni la richesse, ni le luxe, ni une longue vie, ni le bonheur. Il ne recherche que le pouvoir. Le pur pouvoir. Ce que signifie pouvoir pur, vous le comprendrez tout de suite. Nous différons de toutes les oligarchies du passé en ce que nous savons ce que nous voulons. Toutes les autres, même celles qui nous ressemblent, étaient des poltronnes et des hypocrites.

« Les nazis germains et les communistes russes se rapprochent beaucoup de nous par leur méthode, mais ils n'eurent jamais le courage de reconnaître leurs propres motifs. Ils prétendaient, peut-être même le croyaient-ils, ne s'être emparés du pouvoir qu'à contrecœur, et seulement pour une durée limitée, et que, passé le point critique, il y aurait tout de suite un paradis où les hommes seraient libres et égaux.

« Nous ne sommes pas ainsi. Nous savons que jamais personne ne s'empare du pouvoir avec l'intention d'y renoncer. Le pouvoir n'est pas un moyen, il est une fin. On n'établit pas une dictature pour sauvegarder une révolution. On fait une révolution pour établir une dictature. La persécution a pour objet la persécution. La torture a pour objet la torture. Le pouvoir a pour objet le pouvoir. Commencez-vous maintenant à me comprendre ? »

Winston était frappé, comme il l'avait déjà été, par la fatigue du visage d'O'Brien. Il était fort, musclé et brutal, il était plein d'intelligence et d'une sorte de passion contenue contre laquelle il se sentait impuissant, mais c'était un visage fatigué. Il y avait des poches sous les yeux, la peau s'affaissait sous les pommettes... O'Brien se pencha vers lui, rapprochant volontairement de lui son visage usé.

— Vous pensez, dit-il, que mon visage est vieux et fatigué. Vous pensez que je parle de puissance alors que je ne suis même pas capable d'empêcher le délabrement de mon propre corps. Ne pouvez-vous comprendre, Winston, que l'individu n'est qu'une cellule ? La fatigue de la cellule fait la vigueur de l'organisme. Mourez-vous quand vous vous coupez les ongles ?

Il s'éloigna du lit et se mit à arpenter la pièce de long en large, une main dans sa poche.

— Nous sommes les prêtres du pouvoir, dit-il. Dieu, c'est le pouvoir. Mais actuellement, le pouvoir, pour autant qu'il vous concerne, n'est pour vous qu'un mot. Il est temps que vous ayez une idée de ce que signifie ce mot pouvoir. Vous devez premièrement réaliser que le pouvoir est collectif. L'individu n'a de pouvoir qu'autant qu'il cesse d'être un individu. Vous connaissez le slogan du Parti : « La liberté, c'est l'esclavage. » Vous êtes-vous jamais rendu compte qu'il était réversible ? « L'esclavage, c'est la liberté. » Seul, libre, l'être humain est toujours vaincu. Il doit en être ainsi, puisque le destin de tout être humain est de mourir, ce qui est le plus grand de tous les échecs. Mais s'il peut se soumettre complètement et entièrement, s'il peut échapper à son identité, s'il peut plonger dans le parti jusqu'à *être* le Parti, il est alors tout-puissant et immortel.

« Le second point que vous devez comprendre est que le pouvoir est le pouvoir sur d'autres êtres humains. Sur les corps mais surtout sur les esprits.

Le pouvoir sur la matière, sur la réalité extérieure, comme vous l'appelez, n'est pas important. Notre maîtrise de la matière est déjà absolue. »

Un moment, Winston oublia le cadran. Il fit un violent effort pour s'asseoir et ne réussit qu'à se tordre douloureusement.

— Mais comment pouvez-vous commander à la matière ? éclata-t-il. Vous ne commandez même pas au climat ou à la loi de gravitation. Et il y a les maladies, les souffrances, la mort.

O'Brien le fit taire d'un geste de la main.

— Nous commandons à la matière, puisque nous commandons à l'esprit. La réalité est à l'intérieur du crâne. Vous apprendrez par degrés, Winston. Il n'y a rien que nous ne puissions faire. Invisibilité, lévitation, tout. Je pourrais laisser le parquet et flotter comme une bulle de savon si je le voulais. Je ne le désire pas parce que le Parti ne le désire pas. Il faut vous débarrasser l'esprit de vos idées du XIXᵉ siècle sur les lois de la nature. Nous faisons les lois de la nature.

— Non ! Vous n'êtes même pas les maîtres de cette planète. Que direz-vous de l'Eurasia et de l'Estasia ? Vous ne les avez même pas encore conquises.

— Sans importance. Nous les conquerrons quand cela nous conviendra. Et qu'est-ce que cela changerait si nous le faisions ? Nous pouvons les exclure de l'existence. Le monde, c'est l'Océania.

— Mais le monde lui-même n'est qu'une tache de poussière. Et l'homme est minuscule, impuissant ! Depuis quand existe-t-il ? La terre, pendant des milliers d'années, a été inhabitée.

— Sottise. La terre est aussi vieille que nous, pas plus vieille. Comment pourrait-elle être plus âgée ? Rien n'existe que par la conscience humaine.

— Mais les rochers sont pleins de fossiles d'animaux disparus, de mammouths, de mastodontes, de reptiles énormes qui vécurent sur terre longtemps avant qu'on eût jamais parlé des hommes ?

— Avez-vous jamais vu ces fossiles, Winston ? Naturellement non. Les biologistes du XIXe siècle les ont inventés. Avant l'homme, il n'y avait rien. Après l'homme, s'il pouvait s'éteindre, il n'y aurait rien. *Hors de l'homme, il n'y a rien.*

— Mais l'univers entier est extérieur à nous. Voyez les étoiles ! Quelques-unes sont à un million d'années-lumière de distance. Elles sont à jamais hors de notre atteinte.

— Que sont les étoiles ? dit O'Brien avec indifférence. Des fragments de feu à quelques kilomètres. Nous pourrions les atteindre si nous le voulions. Ou nous pourrions les faire disparaître. La terre est le centre de l'univers. Le soleil et les étoiles tournent autour d'elle.

Winston eut encore un mouvement convulsif. Cette fois, il ne dit rien. O'Brien continua comme s'il répondait à une objection.

— Dans certains cas, évidemment, ce n'est pas vrai. Quand nous naviguons sur l'océan, ou quand nous prédisons une éclipse, il est souvent commode de penser que la terre tourne autour du soleil et que les étoiles sont à des millions de millions de kilomètres. Et puis après ? Supposez-vous qu'il soit au-dessus de notre pouvoir de mettre sur pied un double système d'astronomie ? Les étoiles peuvent être proches ou distantes selon nos besoins. Croyez-vous que nos mathématiciens ne soient pas à la hauteur de cette dualité ? Avez-vous oublié la doublepensée ?

Winston se recroquevilla dans le lit. Quoi qu'il pût dire, une immédiate et fulgurante réponse l'écrasait comme l'aurait fait un gourdin. Il savait cependant qu'il était dans le vrai. Il y avait sûrement quelque manière de démontrer que la croyance que rien n'existe en dehors de l'esprit était fausse. N'avait-on pas, il y avait longtemps, démontré l'erreur de cette théorie ? On la désignait même d'un nom qu'il avait oublié. Un faible sourire retroussa les coins de la bouche d'O'Brien qui le regardait.

— Je vous ai dit, Winston que la métaphysique n'est pas votre fort. Le mot que vous essayez de trouver est solipsisme. Mais vous vous trompez. Ce n'est pas du solipsisme. Ou, si vous voulez, c'est du solipsisme collectif. Tout cela est une digression, ajouta-t-il avec indifférence. Le réel pouvoir, le pouvoir pour lequel nous devons lutter jour et nuit, est le pouvoir, non sur les choses, mais sur les hommes.

Il s'arrêta et reprit un instant l'air du pédagogue qui questionne un élève qui promet :

— Comment un homme s'assure-t-il de son pouvoir sur un autre, Winston ?

Winston réfléchit :

— En le faisant souffrir, répondit-il.

— Exactement. En le faisant souffrir. L'obéissance ne suffit pas. Comment, s'il ne souffre pas, peut-on être certain qu'il obéit, non à sa volonté, mais à la vôtre ? Le pouvoir est d'infliger des souffrances et des humiliations. Le pouvoir est de déchirer l'esprit humain en morceaux que l'on rassemble ensuite sous de nouvelles formes que l'on a choisies. Commencez-vous à voir quelle sorte de monde nous créons ? C'est exactement l'opposé des stupides utopies hédonistes qu'avaient imaginées les anciens réformateurs. Un monde de crainte, de trahison, de tourment. Un monde d'écraseurs et d'écrasés, un monde qui, au fur et à mesure qu'il s'affinera, deviendra plus impitoyable. Le progrès dans notre monde sera le progrès vers plus de souffrance. L'ancienne civilisation prétendait être fondée sur l'amour et la justice. La nôtre est fondée sur la haine. Dans notre monde, il n'y aura pas d'autres émotions que la crainte, la rage, le triomphe et l'humiliation. Nous détruirons tout le reste, tout.

« Nous écrasons déjà les habitudes de pensée qui ont survécu à la Révolution. Nous avons coupé les liens entre l'enfant et les parents, entre l'homme et l'homme, entre l'homme et la femme. Personne n'ose plus se fier à une femme, un enfant ou un ami. Mais plus tard, il n'y aura ni femme ni ami. Les enfants seront à leur naissance enlevés aux mères, comme on enlève leurs œufs aux poules. L'instinct sexuel sera extirpé. La procréation sera une formalité annuelle, comme le renouvellement de la carte d'alimentation. Nous abolirons l'orgasme. Nos neurologistes y travaillent actuellement. Il n'y aura plus de loyauté qu'envers le Parti, il n'y aura plus d'amour que l'amour éprouvé pour Big Brother. Il n'y aura plus de rire que le rire de triomphe provoqué par la défaite d'un ennemi. Il n'y aura ni art, ni littérature, ni science. Quand nous serons tout-puissants, nous n'aurons plus besoin de science. Il n'y aura aucune distinction entre la beauté et la laideur. Il n'y aura ni curiosité, ni joie de vivre. Tous les plaisirs de l'émulation seront détruits. Mais il y aura toujours, n'oubliez pas cela, Winston, il y aura l'ivresse toujours croissante du pouvoir, qui s'affinera de plus en plus. Il y aura toujours, à chaque instant, le frisson de la victoire, la sensation de piétiner un ennemi impuissant. Si vous désirez une image de l'avenir, imaginez une botte piétinant un visage humain... éternellement. »

Il se tut comme s'il attendait une réplique de Winston. Celui-ci essayait encore de se recroqueviller au fond du lit. Il ne pouvait rien dire. Son cœur semblait glacé. O'Brien continua :

— Et souvenez-vous que c'est pour toujours. Le visage à piétiner sera toujours présent. L'hérétique, l'ennemi de la société, existera toujours pour être défait et humilié toujours. Tout ce que vous avez subi depuis que vous êtes entre nos mains, tout cela continuera, et en pire. L'espionnage, les trahisons, les arrêts, les tortures, les exécutions, les disparitions, ne cesseront jamais. Autant qu'un monde de triomphe, ce sera un monde de terreur. Plus le Parti sera puissant, moins il sera tolérant. Plus faible sera l'opposition, plus étroit sera le despotisme. Goldstein et ses hérésies vivront à jamais. Tous les jours, à tous les instants, il sera défait, discrédité, ridiculisé, couvert de crachats. Il survivra cependant toujours.

« Le drame que je joue avec vous depuis sept ans sera joué et rejoué encore génération après génération, sous des formes toujours plus subtiles. Nous aurons toujours l'hérétique, ici, à notre merci, criant de souffrance, brisé, méprisable, et à la fin absolument repentant, sauvé de lui-même, rampant à nos pieds de sa propre volonté.

« Tel est le monde que nous préparons, Winston. Un monde où les victoires succéderont aux victoires et les triomphes aux triomphes ; un monde d'éternelle pression, toujours renouvelée, sur la fibre de la puissance. Vous commencez, je le vois, à réaliser ce que sera ce monde, mais à la fin, vous ferez plus que le comprendre. Vous l'accepterez, vous l'accueillerez avec joie, vous en demanderez une part. »

Winston avait suffisamment recouvré son sang-froid pour parler.

— Vous ne pouvez pas, dit-il faiblement.

— Qu'entendez-vous par là, Winston ?

— Vous ne pourriez créer ce monde que vous venez de décrire. C'est un rêve. Un rêve impossible.

— Pourquoi ?

— Il n'aurait aucune vitalité. Il se désintégrerait. Il se suiciderait.

— Erreur. Vous êtes sous l'impression que la haine est plus épuisante que l'amour. Pourquoi en serait-il ainsi ? Et s'il en était ainsi, quelle différence en résulterait ? Supposez que nous choisissions de nous user nous-mêmes rapidement. Supposez que nous accélérions le cours de la vie humaine de telle sorte que les hommes soient stériles à trente ans. Et puis après ? Ne pouvez-vous comprendre que la mort de l'individu n'est pas la mort ? Le Parti est immortel.

Comme d'habitude, la voix avait vaincu Winston et l'avait réduit à l'impuissance. De plus, il craignait, s'il persistait dans son désaccord, qu'O'Brien ne tournât encore le cadran. Il ne pouvait pourtant rester silencieux. Faiblement, sans arguments, sans aucun soutien que l'horreur inexprimable de ce qu'avait dit O'Brien, il retourna à l'attaque.

— Je ne sais pas. Cela m'est égal. D'une façon ou d'une autre vous échouerez. La vie vous vaincra.

— Nous commandons à la vie, Winston. À tous ses niveaux. Vous vous imaginez qu'il y a quelque chose qui s'appelle la nature humaine qui sera outragé par ce que nous faisons et se retournera contre nous. Mais nous créons la nature humaine. L'homme est infiniment malléable. Peut-être revenez-vous à votre ancienne idée que les prolétaires ou les esclaves se soulèveront et nous renverseront ? Ôtez-vous cela de l'esprit. Ils sont aussi impuissants que des animaux.

L'humanité, c'est le Parti. Les autres sont extérieurs, en dehors de la question.

— Cela m'est égal. À la fin, ils vous battront. Tôt ou tard ils verront ce que vous êtes et vous déchireront.

— Voyez-vous un signe de ce destin, ou une raison pour qu'il se réalise ?

— Non. Je le crois. Je sais que vous tomberez. Il y a quelque chose dans l'univers, je ne sais quoi, un esprit, un principe, que vous n'abattrez jamais.

— Croyez-vous en Dieu, Winston ?

— Non.

— Alors, qu'est-ce que ce principe qui nous vaincra ?

— Je ne sais. L'esprit de l'homme.

— Et vous considérez-vous comme un homme ?

— Oui.

— Si vous êtes un homme, Winston, vous êtes le dernier. Votre espèce est détruite. Nous sommes les héritiers. Comprenez-vous que vous êtes seul ? Vous êtes hors de l'histoire. Vous êtes non-existant.

Ses manières changèrent et il ajouta plus agressivement :

— Et vous vous croyez moralement supérieur à nous, à cause de nos mensonges et de notre cruauté ?

— Oui. Je me considère comme supérieur.

O'Brien se tut. Deux autres voix parlaient. Après un instant, Winston reconnut en l'une d'elles la sienne. C'était un enregistrement de la conversation qu'il avait tenue avec O'Brien, la nuit où il s'était enrôlé dans la Fraternité. Il s'entendit promettre de mentir, voler, falsifier, tuer, d'encourager la morphinomanie, la prostitution, de propager les maladies vénériennes, de lancer du vitriol au visage des enfants. O'Brien fit un léger geste d'impatience, comme pour

356

signifier qu'il était à peine besoin de conclure. Il tourna un bouton, et les voix se turent.

— Levez-vous de ce lit, dit-il.

Les liens se relâchèrent. Winston descendit du lit et se mit debout en chancelant.

— Vous êtes le dernier homme, dit O'Brien, vous êtes le gardien de l'esprit humain. Vous allez vous voir tel que vous êtes. Déshabillez-vous.

Winston défit le bout de cordon qui retenait sa combinaison. La fermeture Éclair en avait depuis longtemps été arrachée. Il ne se rappelait pas si, depuis son arrestation, il avait enlevé, à un moment quelconque, tous ses vêtements à la fois. Sous la combinaison, son corps était entouré de haillons jaunâtres et sales dans lesquels on pouvait à peine reconnaître des sous-vêtements. Tandis qu'il les faisait glisser sur le sol, il vit qu'il y avait un miroir à trois faces à l'autre bout de la pièce. Il s'approcha puis s'arrêta court. Un cri involontaire lui avait échappé.

— Continuez, dit O'Brien. Mettez-vous entre les battants du miroir. Vous aurez ainsi une vue de côté.

Il s'était arrêté parce qu'il était effrayé. Une chose courbée, de couleur grise, squelettique, avançait vers lui. L'apparition était effrayante, et pas seulement parce que Winston savait que c'était sa propre image. Il se rapprocha de la glace. Le visage de la créature, à cause de sa stature courbée, semblait projeté en avant. Un visage lamentable de gibier de potence, un front découvert qui se perdait dans un crâne chauve, un nez de travers et des pommettes écrasées au-dessus desquelles les yeux étaient d'une fixité féroce. Les joues étaient couturées, la bouche rentrée. C'était certainement son propre visage, mais il semblait à Winston que son visage avait plus changé que son esprit. Les émotions qu'il exprimait étaient différentes de celles qu'il ressentait. Il était devenu partiellement chauve. Il avait d'abord cru qu'il avait seulement grisonné, mais c'était la peau de son crâne qui était grise. Son corps, à l'exception de ses mains et de son visage, était entièrement gris, d'une poussière ancienne qui ne pouvait se laver. Il y avait çà et là, sous la poussière, des cicatrices rouges de blessures et, près de son cou-de-pied, l'ulcère variqueux formait une masse enflammée dont la peau s'écaillait.

Mais ce qui était vraiment effrayant, c'était la maigreur de son corps. Le cylindre des côtes était aussi étroit que celui d'un squelette. Les jambes s'étaient tellement amincies que les genoux étaient plus gros que les cuisses. Il comprenait maintenant ce que voulait dire O'Brien par « vue de côté ». La courbure de la colonne vertébrale était étonnante. Les minces épaules projetées en avant faisaient rentrer la poitrine en forme de cavité. Le cou décharné semblait plié en deux sous le poids du crâne. Au jugé, il aurait dit que c'était le corps d'un homme de soixante ans, souffrant d'une maladie pernicieuse.

— Vous avez parfois pensé, dit O'Brien, que mon visage, le visage d'un membre du Parti intérieur, paraissait vieux et usé. Que pensez-vous du vôtre ?

Il saisit l'épaule de Winston et le fit tourner pour l'avoir en face de lui.

— Voyez dans quel état vous êtes, dit-il. Voyez cette crasse malpropre sur tout votre corps. Voyez la poussière entre vos orteils. Voyez cette plaie dégoûtante qui vous prend toute la jambe. Savez-vous que vous puez comme un porc ? Vous avez probablement cessé de le remarquer. Autour de votre biceps, je pourrais, voyez-vous, faire rencontrer mon pouce et mon index. Je pourrais vous casser le cou comme s'il était en verre. Savez-vous que vous avez perdu vingt-cinq kilos depuis que vous êtes entre nos mains ? Même vos cheveux s'en vont par poignées.

Il tira sur la tête de Winston et arracha une touffe de cheveux.

— Ouvrez la bouche. Il reste neuf, dix, onze dents. Combien en aviez-vous quand vous êtes venu à nous ? Et le peu qui vous reste tombe de votre mâchoire. Voyez !

Il saisit, entre son pouce et son index puissants, l'une des dents de devant qui restaient à Winston. Un élancement de douleur traversa la mâchoire de Winston. O'Brien avait déraciné et arraché la dent. Il la jeta dans la cellule.

— Vous pourrissez, dit-il. Vous tombez en morceaux. Qu'est-ce que vous êtes ? Un sac de boue. Maintenant, tournez-vous et regardez-vous dans le miroir. Voyez-vous cette chose en face de vous ? C'est le dernier homme. Si vous êtes un être humain, ceci est l'humanité. Maintenant, rhabillez-vous.

Winston se rhabilla avec des gestes lents et raides. Il n'avait pas, jusqu'à ce moment, remarqué combien il était mince et faible. Une seule pensée occupait son esprit, c'est qu'il devait être dans cet endroit depuis plus longtemps qu'il l'avait imaginé. Subitement, tandis qu'il fixait autour de lui ses misérables haillons, un sentiment de pitié pour son corps en ruine le domina. Avant d'avoir réalisé ce qu'il faisait, il s'était écroulé sur un petit tabouret qui était à côté du lit et avait éclaté en sanglots. Il avait conscience de sa laideur ; de son inélégance — un paquet d'os, dans des sous-vêtements sales, assis à pleurer sous la blanche lumière crue — mais il ne pouvait s'arrêter.

O'Brien posa une main sur son épaule, presque avec bonté.

— Cela ne durera pas éternellement, dit-il. Vous

pourrez vous en sortir quand vous le voudrez. Tout dépend de vous.

— C'est vous qui l'avez fait, dit Winston. Vous qui m'avez réduit en cet état.

— Non, Winston. Vous vous y êtes réduit vous-même. C'est ce que vous avez accepté quand vous vous êtes dressé contre le Parti. Tout était contenu dans ce premier acte. Rien n'est arrivé que vous n'ayez prévu.

Il s'arrêta, puis poursuivit :

— Nous vous avons battu, Winston. Nous vous avons brisé. Vous avez vu ce qu'est votre corps. Votre esprit est dans le même état. Je ne pense pas qu'il puisse rester en vous beaucoup d'orgueil. Vous avez reçu des coups de pied, des coups de fouet et des insultes, vous avez crié de douleur. Vous vous êtes roulé sur le parquet dans votre vomissure et votre sang. Vous avez pleurniché en demandant grâce. Vous avez trahi tout le monde et avoué tout. Pouvez-vous penser à une seule dégradation qui ne vous ait pas été infligée ?

Winston s'était arrêté de pleurer, mais ses yeux étaient encore mouillés. Il les leva vers O'Brien.

— Je n'ai pas trahi Julia, dit-il.

O'Brien le regarda pensivement.

— Non, dit-il, non. C'est parfaitement vrai. Vous n'avez pas trahi Julia.

Le respect particulier, que rien ne semblait pouvoir détruire, qu'il éprouvait à l'égard d'O'Brien, gonfla le cœur de Winston. « Combien il est intelligent ! pensa-t-il. Combien intelligent ! » Jamais O'Brien ne manquait de comprendre ce qu'on lui disait. N'importe qui sur terre aurait tout de suite répondu qu'il avait en réalité trahi Julia. Qu'est-ce qu'on ne lui avait pas en effet arraché, sous la torture ? Il leur avait dit tout ce qu'il savait d'elle, ses habitudes, son caractère, sa vie antérieure. Il avait confessé jusqu'au détail le plus trivial tout ce qui s'était passé à leurs rendez-vous, tout ce qu'il lui avait dit et qu'elle lui avait dit, leurs repas de produits achetés au marché noir, leur adultère, leurs vagues complots contre le Parti, tout. Et cependant, dans le sens dans lequel il entendait le mot, il ne l'avait pas trahie. Il n'avait pas cessé de l'aimer, ses sentiments à son égard étaient restés les mêmes. O'Brien avait compris, sans besoin d'explication, ce qu'il voulait dire.

— Dites-moi, demanda Winston. Quand me fusillera-t-on ?

— Ce peut être dans longtemps, répondit O'Brien. Vous êtes un cas difficile. Mais ne désespérez pas. Tout le monde est guéri tôt ou tard. À la fin, nous vous fusillerons.

IV

Il allait beaucoup mieux. Il devenait chaque jour plus gros et plus fort, s'il était possible de parler de jour. La lumière blanche et le bourdonnement étaient plus que jamais les mêmes, mais la cellule était un peu plus confortable que celles dans lesquelles il s'était trouvé. Il y avait un oreiller et un matelas sur une planche formant lit, et un tabouret pour s'asseoir. On lui avait donné un bain et on lui permettait de se laver assez fréquemment dans une cuvette d'étain. On lui donnait même de l'eau chaude pour se nettoyer. On lui avait donné de nouveaux sous-vêtements et une combinaison propre. On avait pansé son ulcère avec une pommade calmante. Les dents qui lui restaient avaient été enlevées et on lui avait mis un dentier.

Des semaines ou des mois devaient s'être écoulés. Il lui aurait été maintenant possible de tenir le compte des jours s'il avait éprouvé le moindre désir de le faire, car il était maintenant nourri à intervalles qui paraissaient réguliers. On lui donnait, estima-t-il, trois repas en vingt-quatre heures. Il se demandait vaguement parfois si on les lui donnait pendant le jour ou pendant la nuit. La nourriture était très bonne et comportait de la viande un repas sur trois. Il y eut même une fois un paquet de cigarettes. Il n'avait pas d'allumettes, mais le garde silencieux qui lui apportait sa nourriture lui donna du feu. La première fois qu'il essaya de fumer, il fut malade, mais il persévéra et fit longtemps durer son paquet en fumant une moitié de cigarette après chaque repas.

On lui avait donné une ardoise blanche à un coin de laquelle était attaché un bout de crayon. Au début, il ne s'en servit pas. Même réveillé, il était dans une torpeur complète. D'un repas à l'autre, souvent il restait étendu, presque sans bouger, parfois endormi, parfois éveillé et s'abandonnant à de vagues rêveries au cours desquelles ouvrir les yeux était un trop grand effort. Il s'était depuis longtemps habitué à dormir avec une lumière vive sur les yeux. Elle ne le gênait aucunement, mais les rêves étaient plus cohérents. Il rêva beaucoup pendant toute cette période, et c'étaient toujours des rêves heureux.

Il se trouvait dans le Pays Doré. Il était assis au milieu de ruines gigantesques, éclairées par un soleil éclatant, en compagnie de sa mère, de Julia, d'O'Brien. Il ne faisait rien. Il était simplement assis au soleil, à parler de choses paisibles. Les pensées qu'il avait quand il était éveillé concernaient surtout ses rêves. Il semblait avoir perdu le pouvoir de l'effort intellectuel, maintenant que l'aiguillon de la souffrance lui avait été enlevé. Il ne s'ennuyait pas, il n'avait aucun désir de conversation ou de distraction. Être simplement seul, ne pas être battu ou questionné, avoir suffisamment à manger, être propre de la tête aux pieds, c'était tout à fait satisfaisant.

Il en vint graduellement à passer moins de temps à dormir, mais il n'éprouvait encore aucun désir de sortir du lit. Tout ce qui l'intéressait c'était rester calmement étendu et sentir s'amasser les forces en lui. Il se palpait lui-même çà et là pour s'assurer que ce n'était pas une illusion de croire que ses muscles s'arrondissaient et que sa peau se tendait. Finalement, il fut certain qu'il engraissait. Ses cuisses étaient nettement plus grosses que ses genoux.

Ensuite, à regret d'abord, il se mit à faire régulièrement des exercices. En peu de temps, il put parcourir trois kilomètres, qu'il mesurait en arpentant la cellule, et ses épaules courbées se redressèrent. Il essaya des exercices plus difficiles et fut humilié et étonné de découvrir les mouvements qu'il ne pouvait faire. Il ne pouvait accélérer le pas. Il ne pouvait tenir son tabouret à bras tendu. Il ne pouvait rester sur un pied sans tomber. Il s'accroupit sur les talons et constata qu'avec de terribles douleurs aux cuisses et aux mollets, il parvenait tout juste à se mettre debout. Il se coucha à plat ventre et essaya de se relever sur les mains. Ce fut impossible, il ne put se soulever d'un centimètre. Mais après quelques jours (quelques repas de plus), il put réussir même ce mouvement. Il vint un moment où il put le faire six fois de suite. Il se mit à devenir réellement fier de son corps et à caresser l'intermittente certitude que son visage redevenait normal. Ce n'est que lorsqu'il lui arrivait de mettre la main sur son crâne nu qu'il se rappelait le visage couturé, en ruine, qu'il avait regardé dans le miroir.

Son esprit devint plus actif. Assis sur le lit, le dos appuyé au mur, l'ardoise sur les genoux, il entreprit délibérément le travail de se rééduquer.

Il avait capitulé. Il le reconnaissait. En réalité, il le voyait maintenant, il avait été prêt à capituler longtemps avant d'en avoir pris la décision. Dès l'instant où il s'était trouvé à l'intérieur du ministère de l'Amour et, oui, même durant ces minutes au cours desquelles Julia et lui étaient restés impuissants tandis que la voix de fer du télécran leur donnait des ordres, il avait saisi la frivolité, le peu de profondeur de son essai de rébellion contre le pouvoir du Parti.

Il savait maintenant que, depuis sept ans, la Police de la Pensée le surveillait, comme on surveille un hanneton sous une loupe. Il n'y avait aucun acte, aucun mot prononcé à haute voix qu'elle n'eût remarqué, aucune suite d'idées qu'elle n'eût été capable d'inférer. Elle avait même soigneusement replacé le grain de poussière blanchâtre sur la couverture de son journal. On lui avait joué des disques, montré des photographies. Quelques-unes étaient des photographies de Julia et de lui. Oui, même...

Il ne pouvait lutter plus longtemps contre le Parti. En outre, le Parti avait raison. Il devait en être ainsi. Comment pourrait se tromper un cerveau immortel et collectif ? D'après quel modèle extérieur pourrait-on vérifier ses jugements ? La santé était du domaine des statistiques. Apprendre à penser comme ils pensaient était simplement une question d'étude. Mais !...

Entre ses doigts le crayon était épais, peu maniable. Il se mit à écrire les idées qui lui passaient par la tête. Il écrivit d'abord, en grandes majuscules mal faites :

LA LIBERTÉ C'EST L'ESCLAVAGE

puis, presque sans s'arrêter, il écrivit en dessous :

DEUX ET DEUX FONT CINQ

Puis il y eut une sorte de contrainte. Son esprit, comme s'écartant par pudeur d'une idée, paraissait incapable de se concentrer. Il savait qu'il connaissait ce qui suivrait mais, pour le moment, ne pouvait s'en souvenir. Il retrouva la mémoire de ce qu'était cette idée, mais par un raisonnement conscient. Les mots ne vinrent pas d'eux-mêmes. Il écrivit :

DIEU C'EST LE POUVOIR.

Il acceptait tout. Le passé pouvait être modifié. Le passé n'avait jamais été modifié. L'Océania était en guerre contre l'Estasia. L'Océania avait toujours été en guerre contre l'Estasia. Jones, Aaronson et Rutherford étaient coupables des crimes dont ils étaient accusés. Il n'avait jamais vu la photographie qui réfutait l'accusation. Elle n'avait jamais existé. Il l'avait inventée. Il se souvenait d'avoir eu dans sa mémoire des faits qui se contredisaient, mais c'étaient des souvenirs faux, des produits d'autosuggestion. Combien tout était facile ! Il n'y avait qu'à se rendre et le reste suivait... C'était comme de nager contre un courant qui vous envoie rouler en arrière quel que soit l'effort fourni, puis de décider que l'on va se retourner et nager dans le sens du courant au lieu de s'y opposer. Seule, votre propre attitude changeait. Ce qui devait arriver arrivait de toute façon. Il savait à peine pourquoi il s'était jamais révolté. Tout était facile, sauf !...

Tout pouvait être vrai. Ce qu'on appelait lois de la nature n'était qu'absurdités. La loi de la gravitation n'avait pas de sens. « Si je le désirais, avait dit O'Brien, je pourrais m'envoler de ce parquet et flotter comme une bulle de savon ».

Winston étudia cette phrase. S'il pense qu'il flotte au-dessus du parquet et si, en même temps, je pense que je le vois flotter, c'est qu'il flotte.

Soudain, comme un bout d'épave immergée rompt la surface de l'eau, une pensée éclata dans son esprit. « Il ne flotte pas réellement. Nous l'imaginons. C'est de l'hallucination ».

Il repoussa volontairement l'idée. L'erreur était évidente. Elle supposait que quelque part, en dehors de soi, il y avait un monde réel dans lequel des choses réelles se produisaient. Mais comment pourrait-il y avoir un tel monde ? Quelle connaissance avons-nous des choses hors de notre propre esprit ? Tout ce qui se passe est dans l'esprit. Quoi qu'il arrive dans l'esprit arrive réellement.

Il n'eut aucune difficulté à réfuter l'erreur et il n'y avait aucun danger qu'il y succombât. Il se rendit compte, néanmoins, qu'elle n'aurait jamais dû se présenter à lui. L'esprit doit entourer d'un mur sans issue toute pensée dangereuse. Le processus doit être automatique, instinctif. En novlangue, cela s'appelle *arrêtducrime*.

Il s'exerça à l'*arrêtducrime*. Il soumettait à son esprit des propositions : « Le Parti dit que la terre est plate », « le Parti dit que la glace est plus lourde que l'eau », et s'entraînait à ne pas voir ou ne pas comprendre les arguments qui les contredisaient. Ce n'était pas facile. Il y fallait un grand pouvoir de raisonnement et d'improvisation. Les problèmes arithmétiques qui découlaient d'un axiome comme « deux et deux font cinq » étaient hors de la portée de son intelligence. Il fallait aussi une sorte d'athlétisme de l'esprit, le pouvoir tantôt de faire l'usage le plus délicat de la logique, tantôt d'être inconscient des erreurs de logique les plus grossières. La stupidité était aussi nécessaire que l'intelligence et aussi difficile à atteindre.

Une part de son esprit se demandait pendant ce temps quand on le tuerait. « Tout dépend de vous-même », avait dit O'Brien. Mais il savait qu'il n'y avait aucun acte conscient par quoi il aurait pu en rapprocher l'instant. Ce pouvait être dans dix minutes ou dans dix ans. On pouvait l'interner pendant des années. On pouvait l'envoyer dans un camp de travail. On pouvait le relâcher pour quelque temps, comme on le faisait parfois. Il était parfaitement possible qu'avant qu'il fût tué soit joué, de nouveau, le drame de son arrestation et de son interrogatoire.

La seule chose certaine était que la mort ne venait jamais quand on l'attendait. La tradition — la tradition non exprimée, mais que l'on connaissait d'une façon ou d'une autre, bien qu'on n'en entendît jamais parler —, était qu'on vous fusillait par-derrière, toujours à la nuque, sans avertissement, tandis que vous longiez un corridor pour passer d'une cellule à l'autre.

Un jour — mais « un jour » n'était pas l'expression exacte... il n'était pas moins vraisemblable que ce fût au milieu de la nuit —, une fois, il tomba dans une rêverie étrange et heureuse.

Il longeait le corridor et attendait la balle. Il savait que, d'un instant à l'autre, elle viendrait. Tout était arrangé, aplani, concilié. Il n'y avait plus de doute, plus d'argumentation, plus de souffrance, plus de crainte. Il était en bonne santé et fort. Il marchait avec aisance avec une joie du mouvement et la sensation de marcher au soleil. Il ne se trouvait plus dans les étroits couloirs blancs du ministère de l'Amour. Il se trouvait dans l'immense paysage ensoleillé, d'un kilomètre, au long duquel il avait cru marcher au cours d'un délire provoqué par des drogues. Il était dans le Pays Doré. Il marchait dans le sentier qui traversait l'ancien pâturage tondu par les lapins. Il pouvait sentir sous ses pieds le court gazon élastique et, sur son visage, la douce chaleur du soleil. Au bout du champ, les ormeaux se balançaient faiblement et, quelque part plus loin, se trouvait la rivière où, sous les saules, dans des étangs verts, flottaient des poissons d'or.

Il fut soudain frappé d'horreur. Son épine dorsale se mouilla de sueur. Il s'était entendu crier tout haut : « Julia ! Julia ! Julia, mon amour ! Julia ! »

L'hallucination de sa présence s'était, un instant, entièrement emparée de lui. Il lui avait semblé que Julia n'était pas seulement avec lui, mais en lui. C'était comme si elle faisait partie de la texture de sa peau. Il l'avait, à ce moment, beaucoup plus aimée qu'il ne l'avait jamais fait quand ils étaient ensemble, et libres. Il savait aussi que, quelque part, elle était encore vivante et avait besoin de son aide.

Il se recoucha et essaya de se calmer. Combien d'années avait-il ajouté à sa servitude par ce moment de faiblesse ? Il entendrait bientôt le piétinement des bottes au-dehors. Le Parti ne laisserait pas impuni un tel éclat. Il savait maintenant, s'il ne l'avait déjà su, que le pacte passé avec lui était déchiré.

Il obéissait au Parti, mais il haïssait toujours le Parti. Il avait, auparavant, caché un esprit hérétique sous un masque de conformité. Maintenant, il avait reculé d'un pas. Il s'était soumis en esprit, mais il avait espéré garder inviolé le fond de son cœur. Il savait qu'il était dans l'erreur, mais il préférait être dans l'erreur. Ils comprendraient cela, O'Brien le comprendrait. Tout était confessé dans ce seul cri stupide.

Il lui faudrait tout recommencer. Cela pourrait durer des années. Il se passa la main sur le visage, pour essayer de se familiariser avec sa nouvelle forme. Dans les joues, il y avait des sillons profonds. Les pommettes paraissaient aiguës, le nez aplati. En outre, après l'épisode du miroir, on lui avait donné un dentier complet. Il n'était pas facile de garder un visage impénétrable quand on ne savait pas à quoi ressemblait son visage. En tout cas, la seule maîtrise des traits ne suffisait pas. Pour la première fois de sa vie, il comprit que lorsque l'on désirait garder un secret on devait aussi se le cacher à soi-même. On doit savoir qu'il est toujours là, mais il ne faut pas, tant que ce n'est pas nécessaire, le laisser émerger dans la conscience sous une forme identifiable. À partir de ce moment, il allait, non seulement penser juste, mais sentir juste, rêver juste. Et pendant ce temps, il garderait sa haine enfermée en lui comme une boule de matière qui serait une part de lui-même et n'aurait cependant aucun lien avec le reste de lui-même, comme une sorte de kyste.

On déciderait un jour de le fusiller. On ne pouvait savoir à quel instant la balle allait vous frapper mais il devait être possible, quelques secondes auparavant, de le deviner. C'était toujours par-derrière, alors qu'on longeait un corridor. Dix secondes suffiraient. En dix secondes, son monde intérieur pourrait se retourner. Et soudain alors, sans un mot prononcé, sans un arrêt de son pas, sans qu'un muscle de son visage ne bouge, le masque serait jeté et, bang ! les batteries de sa haine lanceraient leur décharge.

La haine le remplirait comme une énorme flamme mugissante et, presque instantanément, bang ! partirait la balle. Trop tard, ou trop tôt. Ils auraient fait éclater son cerveau en morceaux avant de pouvoir le reprendre. La pensée hérétique serait impunie et lui, impénitent, à jamais hors de leur atteinte. En le fusillant, ils creuseraient un trou dans leur propre perfection. Mourir en les haïssant, c'était ça la liberté.

Il ferma les yeux. C'était plus difficile que d'accepter une discipline intellectuelle. C'était une question de dégradation, de mutilation personnelle. Il fallait plonger dans la vase la plus putride. Quelle était, de toutes, la chose la plus horrible, la plus écœurante ?

Il pensa à Big Brother. L'énorme face (comme il la voyait constamment sur des affiches, il ne l'imaginait jamais que large d'un mètre), l'énorme face à l'épaisse moustache noire dont les yeux avaient l'air de vous suivre, sembla se présenter d'elle-même à son esprit. Quels étaient ses véritables sentiments à l'égard de Big Brother ?

Il y eut sur le palier un lourd piétinement de bottée. La porte d'acier tourna et s'ouvrit avec un bruit métallique. O'Brien entra dans la cellule. Derrière lui venaient l'officier au visage de cire et les gardes en uniforme noir.

— Debout ! dit O'Brien. Venez ici !

Winston se mit debout devant lui. O'Brien lui prit les épaules entre ses mains puissantes et le regarda de près.

— Vous avez pensé à me tromper, dit-il. C'est stupide. Redressez-vous. Regardez-moi en face.

Il s'arrêta et continua sur un ton plus aimable :

— Vous vous améliorez. Intellectuellement, il y a très peu de mal en vous. Ce n'est que par la sensibilité que vous n'avez pas progressé. Dites-moi, Winston, et attention ! pas de mensonge ! Vous savez que je puis toujours déceler un mensonge. Dites-moi, quels sont vos véritables sentiments à l'égard de Big Brother ?

— Je le hais.

— Vous le haïssez. Bon. Le moment est donc venu pour vous de franchir le dernier pas. Il faut que vous aimiez Big Brother. Lui obéir n'est pas suffisant. Vous devez l'aimer !

Il relâcha Winston et le poussa légèrement vers les gardes.

— Salle 101, dit-il.

V

À chaque étape de sa détention, Winston avait su, ou cru savoir, dans quelle région de l'énorme édifice sans fenêtres il se trouvait. Il y avait probablement de légères différences dans la pression atmosphérique. Les cellules où les gardes l'avaient battu étaient en souterrain. La pièce où il avait été interrogé par O'Brien était tout en haut, près du toit. L'endroit où il se trouvait actuellement était de plusieurs mètres sous le sol, aussi bas qu'il était possible de s'enfoncer.

Elle était plus grande que la plupart des cellules dans lesquelles il s'était trouvé. Mais il regarda à peine ce qui l'entourait. Tout ce qu'il remarqua, c'est qu'il y avait devant lui deux petites tables, couvertes chacune d'un tapis vert. L'une n'était qu'à un mètre ou deux de lui, l'autre se trouvait plus loin, près de la porte. Il était assis sur une chaise, et si étroitement attaché qu'il ne pouvait même pas bouger la tête. Une sorte de crampon lui prenait la tête par-derrière et l'obligeait à regarder droit devant lui.

Il demeura seul un moment, puis la porte s'ouvrit et O'Brien entra.

— Vous m'avez une fois demandé, dit O'Brien, ce qui se trouvait dans la salle 101. Je vous ai répondu que vous le saviez déjà. Tout le monde le sait. Ce qui se trouve dans la salle 101, c'est la pire chose qui soit au monde.

La porte s'ouvrit encore. Un garde entra qui apportait un objet fait de fil métallique, une boîte ou une corbeille quelconque. Il le déposa sur la table la plus éloignée de Winston. Celui-ci, empêché par la position d'O'Brien, ne pouvait voir ce que c'était.

— La pire chose du monde, poursuivit O'Brien, varie suivant les individus. C'est tantôt être enterré vivant, tantôt brûlé vif, tantôt encore être noyé ou empalé, et il y en a une cinquantaine d'autres qui entraînent la mort. Mais il y a des cas où c'est quelque chose de tout à fait ordinaire, qui ne comporte même pas d'issue fatale.

Il s'était un peu écarté, de sorte que Winston pouvait mieux voir l'objet qui se trouvait sur la table. C'était une cage oblongue de fils métalliques que l'on pouvait tenir par une poignée placée au sommet. Fixé en avant de la cage se trouvait un objet qui ressemblait à un masque d'escrime dont la partie concave serait tournée vers l'extérieur. Bien que cette cage fût placée à trois ou quatre mètres de lui, il pouvait voir qu'elle était divisée dans le sens de la longueur en deux compartiments dans chacun desquels il y avait des créatures. C'étaient des rats.

— Dans votre cas, dit O'Brien, il se trouve que le pire du monde, ce sont les rats.

Une sorte de tremblement avertisseur, une crainte d'il ne savait quoi, avait traversé Winston dès le premier coup d'œil jeté sur la cage. Mais, à ce moment, la signification du masque fixé devant la cage pénétra soudain en lui. Ses entrailles se glacèrent.

— Vous ne pouvez faire cela ! hurla-t-il d'une voix

aiguë et cassée. Vous ne pouvez pas ! Vous ne pouvez pas ! C'est impossible !

— Vous rappelez-vous, dit O'Brien, le moment de panique qui survenait toujours dans vos rêves ? Il y avait devant vous un mur d'ombre et, dans vos oreilles, le bruit d'un mugissement. De l'autre côté du mur, il y avait quelque chose de terrible. Vous saviez ce que c'était, et vous reconnaissiez le savoir, mais vous n'osiez tirer cette connaissance jusqu'à la lumière de votre conscience. De l'autre côté du mur, ce qu'il y avait, c'étaient des rats.

— O'Brien, dit Winston en faisant un effort pour maîtriser sa voix, vous savez que ce n'est pas nécessaire, que voulez-vous que je fasse ?

O'Brien ne répondit pas directement. Quand il parla, ce fut d'un ton professoral qu'il affectait parfois. Il regardait pensivement au loin, comme s'il s'adressait à un auditoire, placé quelque part derrière Winston.

— La souffrance par elle-même, dit-il, ne suffit pas toujours. Il y a des cas où les êtres humains supportent la douleur, même jusqu'à la mort. Mais il y a pour chaque individu quelque chose qu'il ne peut supporter, qu'il ne peut contempler. Il ne s'agit pas de courage ni de lâcheté. Quand on tombe d'une hauteur, ce n'est pas une lâcheté que de se cramponner à une corde. Quand on remonte du fond de l'eau, ce n'est pas une lâcheté que de s'emplir les poumons d'air. C'est simplement un instinct auquel on ne peut désobéir. Il en est ainsi pour vous avec les rats. Vous ne pouvez les supporter. Ils constituent une forme de pression à laquelle vous ne pourriez résister, même si vous le désiriez. Vous ferez ce que l'on exige de vous.

— Mais qu'est-ce donc ? Qu'est-ce ? Comment pourrai-je le faire, si je ne sais ce que c'est ?

O'Brien saisit la cage et s'avançant vers la table qui était plus près de Winston, la déposa avec précaution sur le tapis vert. Winston entendait le sang lui bourdonner aux oreilles. Il avait l'impression d'être absolument seul. Il était au centre d'une vaste plaine vide, un désert plat, desséché par le soleil, à travers lequel tous les sons arrivaient de distances infinies. La cage aux rats était cependant à moins de deux mètres de lui. C'étaient des rats énormes. Ils étaient à l'âge où le museau devient grossier et féroce, où le poil gris tourne au brun.

— Le rat, dit O'Brien en s'adressant toujours à son invisible auditoire, est un carnivore, bien qu'il soit un rongeur. Vous avez dû entendre parler de ce qui se passe dans les quartiers pauvres de la ville. Dans certaines rues, les femmes n'osent, même pour cinq minutes, laisser seul leur bébé dans la maison. Les rats l'attaqueraient certainement. En très peu de temps, ils l'éplucheraient jusqu'aux os. Ils attaquent aussi les malades et les mourants. Ils savent reconnaître, avec une étonnante intelligence, si un homme est impotent.

Il y eut, dans la cage, une explosion de cris perçants. Il sembla à Winston qu'ils lui arrivaient de très loin. Les rats se battaient. Ils essayaient de s'attaquer à travers la cloison. Il entendit aussi un profond gémissement de désespoir. Cela aussi lui parut venir de l'extérieur.

O'Brien prit la cage et pressa quelque chose à l'intérieur. Il y eut un déclic aigu. Winston fit un effort désespéré pour se libérer. C'était impossible. Toutes les parties de son corps, même la tête, étaient immobilisées. O'Brien rapprocha la cage. Elle se trouva alors à moins d'un mètre du visage de Winston.

— J'ai appuyé sur le premier levier, dit O'Brien. Vous comprenez la construction de cette cage. Le masque s'adaptera à votre tête, sans lui laisser aucune échappée. Quand j'appuierai sur cet autre levier, la porte de la cage glissera. Ces brutes affamées s'élanceront comme des balles. Avez-vous déjà vu un rat sauter en l'air ? Ils vous sauteront à la figure et creuseront droit dedans. Parfois ils s'attaquent d'abord aux yeux. Parfois, ils creusent les joues et dévorent la langue.

La cage était plus proche. Elle était fermée à l'intérieur. Winston entendit une succession de cris perçants qui lui parurent provenir d'en haut, au-dessus de sa tête. Mais il lutta furieusement contre sa panique. Réfléchir, même s'il ne restait qu'une demiseconde, réfléchir était le seul espoir.

La répugnante odeur musquée des brutes lui frappa soudain les narines. Une violente nausée le convulsa et il perdit presque connaissance. Tout était devenu noir. Un moment, il fut un fou, un animal hurlant. Cependant il revint de l'obscurité en s'accrochant à une idée. Il n'y avait qu'un moyen, et un seul, de se sauver. Il devait interposer un autre être humain, le corps d'un autre, entre les rats et lui.

Le cercle du masque était assez grand maintenant pour l'empêcher de voir quoi que ce soit d'autre. La porte de treillis était à deux mains de son visage. Les rats savaient maintenant ce qui allait venir. L'un d'eux faisait des sauts. L'autre, un grand-père squameux d'égout, était dressé, ses pattes roses sur les barres, et reniflait férocement. Winston pouvait voir les moustaches et les dents jaunes. Une panique folle s'empara encore de lui. Il était aveugle, impuissant, hébété.

— C'était une punition fréquente dans la Chine impériale, dit O'Brien plus didactique que jamais.

Le masque se posait sur son visage. Le fil lui frotta

la joue. Puis — non, ce n'était pas un soulagement, c'était seulement un espoir, un tout petit bout d'espoir. Trop tard peut-être, trop tard. Mais il avait soudain compris que, dans le monde entier, il n'y avait qu'une personne sur qui il pût transférer sa punition, un seul corps qu'il pût jeter entre les rats et lui. Il cria frénétiquement, à plusieurs reprises :

— Faites-le à Julia ! Faites-le à Julia ! Pas à moi ! Julia ! Ce que vous lui faites m'est égal. Déchirez-lui le visage. Épluchez-la jusqu'aux os. Pas moi ! Julia ! Pas moi !

Il tombait en arrière, dans des profondeurs immenses, loin des rats. Il était encore attaché à la chaise, mais il tombait à travers le parquet, à travers les murs de l'édifice, à travers la terre, les océans, l'atmosphère, dans l'espace sans limite, dans les golfes qui séparaient les étoiles, plus loin, toujours plus loin des rats. Il était à des années-lumière de distance, mais O'Brien était encore debout près de lui. Il sentait encore contre sa joue le contact froid du treillis. À travers l'obscurité qui l'enveloppait, il entendit un autre déclic métallique et comprit que la porte de la cage n'avait pas été ouverte, mais fermée.

VI

Le café du Châtaignier était presque vide. Un rayon
de soleil oblique entrait par la fenêtre et dorait la
surface des tables poussiéreuses. Il était quinze heures, l'heure solitaire. Une musique métallique s'écoulait des télécrans.

Winston était assis dans son coin habituel, le regard
fixé sur son verre vide. De temps en temps, il jetait
un coup d'œil au large visage qui le regardait du mur
d'en face. BIG BROTHER VOUS REGARDE, disait
la légende.

Un garçon, sans attendre la commande, lui remplit
son verre de gin de la Victoire et y fit tomber quelques
gouttes, d'une autre bouteille qu'il agita, dont le bouchon était traversé par un tuyau. C'était de la saccharine parfumée au clou de girofle, spécialité du café.

Winston écoutait le télécran. Il n'en sortait pour
l'instant que de la musique, mais il pouvait y avoir,
d'un moment à l'autre, un bulletin spécial du ministère de la Paix. Les nouvelles du front africain étaient
extrêmement alarmantes. Winston s'en était, d'une
façon intermittente, inquiété tout le jour. Une armée
eurasienne (l'Océania était en guerre avec l'Eurasia,
l'Océania avait toujours été en guerre avec l'Eurasia)

s'avançait en direction du sud à une vitesse terrifiante. Le bulletin de midi n'avait mentionné aucune région précise, mais il était probable que l'embouchure du Congo était déjà un champ de bataille. Brazzaville et Léopoldville étaient en danger. On n'avait pas besoin de regarder une carte pour savoir ce que cela signifiait. Il n'était pas simplement question de perdre l'Afrique centrale. Pour la première fois de la guerre, le territoire de l'Océania lui-même était menacé.

Une violente émotion, pas exactement de la peur, mais une sorte d'excitation indifférenciée, s'élevait en lui comme une flamme, puis s'éteignait. Il cessa de penser à la guerre. Il ne pouvait, ces jours-là, fixer son esprit sur un sujet que pendant quelques minutes. Il prit son verre et le vida d'un trait. Il en eut, comme toujours, un frisson et même un léger haut-le-cœur. Le breuvage était horrible. Les clous de girofle et la saccharine, eux-mêmes plutôt d'un goût répugnant de remède, ne pouvaient déguiser l'odeur d'huile. Le pire de tout était que l'odeur du gin, qui ne le quittait ni jour ni nuit, était inextricablement liée dans son esprit à l'odeur de ces...

Il ne les nommait jamais, même mentalement et, autant que possible, ne se les représentait jamais. Ils étaient quelque chose dont il avait à moitié conscience, qui rôdait près de son visage, une odeur qui s'attachait à ses narines.

Comme le gin lui remontait, il rota entre des lèvres rouges. Il était devenu plus gras depuis qu'on l'avait relâché et avait retrouvé son teint — en vérité, l'avait plus que retrouvé. Ses traits s'étaient épaissis. La peau de son nez et de ses pommettes était d'un rouge vulgaire. Son crâne chauve lui-même était d'un rose trop foncé.

Un garçon, toujours sans avoir reçu d'ordres, apporta le jeu d'échecs et le *Times* du jour, la page tournée au problème d'échecs. Puis, voyant le verre de Winston vide, il apporta la bouteille de gin et le remplit. Il n'était pas nécessaire de donner des ordres. On connaissait ses habitudes. Le jeu d'échecs l'attendait toujours, la table du coin lui était toujours réservée. Même quand le café était plein il avait sa table pour lui seul car personne ne se souciait d'être vu assis trop près de lui. Il ne prenait même pas la peine de compter ses consommations. À intervalles irréguliers, on lui présentait un bout de papier sale qu'on disait être la note, mais il avait l'impression qu'on lui faisait toujours payer moins qu'il ne devait. Peu importait d'ailleurs que ce fût le contraire. Il possédait toujours maintenant beaucoup d'argent. Il occupait même un poste. Une sinécure, plus payée que ne l'avait été son ancien travail.

La musique du télécran s'arrêta et une voix la remplaça. Winston leva la tête pour écouter. Pas de bulletin du front, pourtant. Ce n'était qu'une brève annonce du ministère de l'Abondance. Au trimestre précédent, paraît-il, le quota du dixième plan de trois ans pour les lacets de souliers avait été dépassé de 98 pour 100.

Il examina le problème d'échecs et posa les pièces. C'était un problème qui demandait de l'astuce et mettait en jeu deux cavaliers, « Les blancs jouent et gagnent en deux coups ». Winston leva les yeux vers le portrait de Big Brother. « Les blancs gagnent toujours, pensa-t-il avec une sorte de mysticisme obscur. Toujours, sans exception, il en est ainsi. Depuis le commencement du monde, dans aucun problème d'échecs les noirs n'ont gagné. "Ce jeu ne symbolisait-il pas le triomphe éternel et inéluctable du Bien sur le Mal ? Le visage plein de puissance calme lui rendit son regard". Les blancs font toujours échec et mat. »

La voix du télécran s'arrêta et ajouta sur un ton différent et plus grave : « Vous êtes prié d'écouter à quinze heures et demie une importante déclaration. Quinze heures et demie ! Ce sont des nouvelles de la plus grande importance. Ayez soin de ne pas les manquer. Quinze heures et demie ! » La musique métallique se fit à nouveau entendre.

Le cœur de Winston frémit. C'était le bulletin du front. Un instinct lui disait que c'étaient de mauvaises nouvelles qui arrivaient. Toute la journée, avec de petits sursauts d'excitation, la pensée d'une défaite écrasante en Afrique avait hanté son esprit. Il lui semblait voir réellement l'armée eurasienne traverser en masse la frontière jamais violée jusqu'alors et se déployer dans le sud de l'Afrique comme une colonne de fourmis. Pourquoi n'avait-on pu d'une façon ou d'une autre les prendre à revers ? La ligne de la côte occidentale africaine se détachait nettement dans son esprit. Il prit le cavalier blanc et le déplaça sur le jeu. C'était *là* qu'était le bon endroit. Tandis qu'il voyait dévaler la horde noire vers le sud, il considérait une autre force, mystérieusement rassemblée qui s'implantait sur les arrières de la première et coupait ses communications par mer et par terre.

Winston sentait que sa volonté faisait naître cette autre force. Mais il était nécessaire d'agir rapidement. S'ils obtenaient la domination de toute l'Afrique, s'ils possédaient des champs d'aviation et des bases sous-marines au Cap, ils couperaient l'Océania en deux. Cela pouvait tout signifier : la défaite, l'écrasement, le nouveau partage du monde, la destruction du Parti ! Il respira profondément. Une étrange mixture de sentiments — mais ce n'était pas à proprement parler une mixture, c'étaient plutôt des couches successives de sentiments, dont on ne pouvait dire laquelle était plus profonde —, une étrange mixture de sentiments luttait en lui.

L'accès disparut. Il remit à sa place le cavalier blanc mais ne put, pour le moment, entreprendre une étude sérieuse du problème d'échecs. Ses pensées s'égaraient de nouveau. Presque inconsciemment, il traça du doigt dans la poussière de la table :

$$2 + 2 = 5$$

— Ils ne peuvent pénétrer en vous, avait-elle dit.

Mais ils pouvaient entrer en vous. « Ce qui vous arrive ici vous marquera à jamais », avait dit O'Brien. C'était le mot vrai. Il y avait des choses, vos propres actes, dont on ne pouvait guérir. Quelque chose était tué en vous, brûlé, cautérisé.

Il avait vu Julia, il lui avait parlé. Il n'y avait aucun danger à le faire. Il savait, presque instinctivement, que le Parti ne s'intéressait plus maintenant à ses actes. Il aurait pu s'arranger pour la rencontrer une seconde fois si elle ou lui l'avait désiré. C'était réellement par hasard qu'ils s'étaient rencontrés.

Il se trouvait dans le parc, par un jour de mars froid et piquant alors que la terre est dure comme du fer, toutes les plantes semblent mortes, il n'y a nulle part de boutons, hors ceux de quelques crocus qui ont poussé plus haut que les autres plantes et sont battus par le vent. Les mains gelées et les yeux humides, il marchait à bonne allure quand il la vit à moins de dix mètres de lui. Il vit tout de suite qu'elle avait changé. En quoi ? Il ne put le définir. Ils se croisèrent presque sans se regarder, puis il se retourna et la suivit, sans grand empressement. Il savait pouvoir le faire sans danger, personne ne s'intéressait à eux. Elle ne parlait pas. Elle obliqua à travers la pelouse, comme pour essayer de se débarrasser de lui, puis parut se résigner à sa présence. Ils étaient au milieu d'un bouquet d'arbustes dépouillés de leurs feuilles, qui ne les cachaient ni ne les protégeaient du vent. Ils s'arrêtèrent. Il faisait horriblement froid. Le vent sifflait à travers les rameaux et agitait les rares crocus poussiéreux. Il lui entoura la taille de son bras.

Il n'y avait pas de télécrans, mais il pouvait y avoir des microphones cachés, en outre, on pouvait les voir. Cela n'avait pas d'importance, rien n'avait d'importance. Ils auraient pu se coucher par terre et faire *cela* s'ils l'avaient voulu. Winston se sentit, à cette pensée, glacé d'horreur. Julia ne réagit dans aucun sens à l'étreinte de son bras. Elle n'essaya même pas de se libérer. Il comprit alors ce qui avait changé en elle.

Son visage était plus blême et une longue cicatrice, en partie cachée par les cheveux, lui traversait le front et la tempe. Mais ce n'était pas en cela qu'était le changement. C'était que sa taille avait épaissi et s'était roidie d'une façon étonnante. Il se souvint avoir une fois aidé, après l'explosion d'une bombe-fusée, à sortir un corps des décombres. Il avait été étonné, non seulement du poids incroyable de la chose, mais de sa rigidité et de la difficulté éprouvée à la manier. Cela ressemblait à de la pierre plutôt qu'à de la chair. Le corps de Julia donnait cette impression. Il sembla à Winston que la texture de sa peau devait être aussi tout à fait différente de ce qu'elle avait été.

Il n'essaya pas de l'embrasser et ils ne se parlèrent pas. Tandis qu'ils traversaient la pelouse en sens inverse, elle le regarda en face pour la première fois. Ce ne fut qu'un coup d'œil rapide, plein de mépris et de dégoût. Il se demanda si ce dégoût venait du passé ou s'il était aussi inspiré par son visage boursouflé et les larmes que le vent continuait à faire couler de ses yeux.

Ils s'assirent côte à côte sur deux chaises de fer, mais pas trop près l'un de l'autre. Il vit qu'elle allait parler. Elle avança de quelques centimètres sa chaussure grossière et écrasa du pied un rameau. Il remarqua que ses pieds semblaient s'être élargis.

— Je vous ai trahi ! dit-elle méchamment.

— Je vous ai trahie, répéta-t-il.

Elle lui jeta un autre rapide regard de dégoût.

— Parfois, dit-elle, ils vous menacent de quelque chose, quelque chose qu'on ne peut supporter, à quoi on ne peut même penser. Alors on dit : « Ne me le faites pas, faites-le à quelqu'un d'autre, faites-le à un tel. » On pourrait peut-être prétendre ensuite que ce n'était qu'une ruse, qu'on ne l'a dit que pour faire cesser la torture et qu'on ne le pensait pas réellement. Mais ce n'est pas vrai. Au moment où ça se passe, on le pense. On se dit qu'il n'y a pas d'autre moyen de se sauver et l'on est absolument prêt à se sauver de cette façon. On veut que la chose arrive à l'autre. On se moque pas mal de ce que l'autre souffre. On ne pense qu'à soi.

— On ne pense qu'à soi, répéta-t-il en écho.

— Après, on n'est plus le même envers l'autre.

— Non, dit-il, on n'est plus le même.

Il n'y avait pas, semblait-il, autre chose à dire. Le vent plaquait contre leurs corps leurs minces combinaisons. Ils furent tout de suite gênés de rester assis là, silencieux. En outre, il faisait trop froid pour demeurer immobile. Elle prétexta vaguement d'avoir à prendre le métro et se leva pour partir.

— Nous nous reverrons, dit-il.

— Oui, répondit-elle, nous nous reverrons.

Irrésolu, il la suivit un moment à un pas en arrière. Ils ne parlèrent plus. Elle n'essaya même pas réellement de se débarrasser de lui, mais avança d'un pas juste assez rapide pour éviter de se trouver de front avec lui. Il avait décidé de l'accompagner jusqu'à la station de métro, mais cette manière de traîner dans le froid lui parut soudain inutile et insupportable. Il fut pris d'un désir irrésistible, non pas tellement de s'éloigner de Julia, mais de retourner au café du Châtaignier qui ne lui avait jamais paru si attrayant qu'à ce moment. En une vision nostalgique, il se représentait sa table de coin, le journal, le jeu d'échecs et le gin coulant sans arrêt. Surtout, il y faisait chaud.

L'instant d'après, ce n'était pas absolument fortuit, il se laissa séparer d'elle par un petit groupe de gens. Il essaya sans conviction de la rattraper, puis ralentit, tourna, et prit une direction opposée.

Cinquante mètres plus loin, il se retourna. La rue n'était pas tellement encombrée. Il ne pouvait pourtant déjà plus distinguer Julia. N'importe laquelle de la douzaine de silhouettes qui se dépêchaient pouvait être la sienne. Son corps épaissi, raidi, ne pouvait peut-être plus être reconnu de dos.

« Au moment où ça se passe, avait-elle dit, on le pense. » Il l'avait pensé. Il ne l'avait pas simplement dit. Il l'avait désiré. Il avait désiré que ce fût elle plutôt que lui qu'on livrât aux...

La musique qui s'écoulait du télécran fut changée. Il y eut une note brisée et saccadée, une note jaune. Et puis — mais peut-être n'était-ce pas réel, peut-être n'était-ce qu'un souvenir qui prenait la forme d'un son — une voix chanta :

Sous le châtaignier qui s'étale,
Je t'ai vendu, tu m'as vendue !...

Des larmes lui montèrent aux yeux. Un garçon qui passait remarqua son verre vide et revint avec la bouteille de gin.

Il prit son verre et le flaira. Le breuvage paraissait plus horrible à chaque gorgée. Mais il était devenu l'élément dans lequel il pouvait nager. C'était sa vie, sa mort, sa résurrection. C'était le gin qui, chaque soir, le plongeait dans la stupeur, c'était le gin qui, chaque matin, le faisait revivre. Quand il se réveillait, rarement avant onze heures, les paupières collées, la bouche enflammée, le dos brisé, il lui était impossible même de quitter la position horizontale, si la bouteille et la tasse n'avaient pas été placées près de son lit avant la nuit.

Il restait ensuite assis, pendant les heures du milieu du jour, le visage enluminé, la bouteille à portée de la main, à écouter le télécran.

De quinze heures à la fermeture, il était un pilier du Châtaignier. Personne ne se souciait de ce qu'il faisait. Aucun coup de sifflet ne le réveillait, aucun télécran ne le réprimandait.

Parfois, peut-être deux fois par semaine, il se rendait à un bureau poussiéreux et oublié du ministère de la Vérité et abattait un peu de travail, du moins ce que l'on appelait travail. Il avait été nommé au sous-comité d'une sous-commission qui était née d'un des innombrables comités qui s'occupaient des difficultés secondaires que l'on rencontrait dans la compilation de la onzième édition du dictionnaire novlangue. Ce sous-comité s'occupait de la rédaction de ce que l'on appelait un rapport provisoire. Mais Winston n'avait jamais pu définir avec précision ce qui était rapporté.

C'était quelque chose qui avait trait à la question de l'emplacement des virgules. Devaient-elles être placées à l'intérieur des parenthèses ou à l'extérieur ? Il y avait au comité quatre autres employés semblables à Winston. Parfois ils se rassemblaient puis se séparaient promptement en s'avouant franchement qu'il n'y avait réellement rien à faire. Mais il y avait des jours où ils s'attelaient à leur travail presque avec ardeur, faisaient un étalage extraordinaire des notes qu'ils rédigeaient, et ébauchaient de longs memoranda qui n'étaient jamais terminés ; des jours où la discussion à laquelle ils étaient censés apporter des arguments devenait tout à fait embrouillée et abstruse, provoquait de subtils marchandages sur les définitions, des digressions infinies, des querelles, des menaces même d'en appeler à une autorité supérieure. Mais subitement, leur ardeur les abandonnait et, comme des fantômes qui disparaissent au chant du coq, ils restaient assis autour de la table à se regarder avec des yeux éteints.

Le télécran se tut un moment. Winston releva encore la tête. Le communiqué ! Mais non, c'était simplement la musique qui changeait. Winston avait sous les paupières la carte de l'Afrique. Le mouvement des armées formait un diagramme : une flèche noire verticale lancée à toute vitesse en direction de l'est, à travers la queue de la première. Comme pour se rassurer, Winston leva les yeux vers l'impassible visage de l'affiche. Était-il concevable que la seconde flèche n'existât même pas ?

Son intérêt se relâcha encore. Il but une autre gorgée de gin, saisit le cavalier blanc et essaya de le déplacer. Échec et mat. Mais ce n'était évidemment pas le bon mouvement car...

Un souvenir, qu'il n'avait pas cherché, lui vint à l'esprit. Il vit une chambre éclairée par une chandelle et meublée d'un grand lit recouvert d'une courte-pointe blanche. Lui, alors un garçon de neuf ou dix ans, se trouvait assis sur le parquet. Il agitait un cornet de dés et riait avec excitation. Sa mère, assise en face de lui, riait aussi. Ce devait être environ un mois avant sa disparition. C'était dans un moment de réconciliation. La faim qui rongeait son ventre était momentanément oubliée et l'affection qu'il avait portée à sa mère était revenue pour un instant.

Il se souvenait bien du jour, un jour de grêle et de pluie. L'eau ruisselait sur les vitres et, à l'intérieur, la lumière était trop faible pour permettre de lire. L'ennui des deux enfants dans la chambre sombre et étroite devint insupportable. Winston gémissait et grognait, demandait inutilement de la nourriture, s'agitait dans la pièce, déplaçait tout, frappait sur les lambris, si bien que les voisins protestèrent en cognant sur les murs, tandis que le plus jeune enfant se plaignait par intermittences.

La mère, à la fin, avait dit : « Maintenant, soyez gentils, et je vais acheter un jouet, un beau jouet, qui vous plaira. » Puis elle était allée sous la pluie à une petite boutique voisine qui vendait de tout et ouvrait encore sporadiquement. Elle revint avec une boîte de carton qui contenait un attirail d'échelles et de serpentins. Winston retrouvait encore l'odeur du carton humide. C'était un assortiment misérable. Le carton était craquelé et les minuscules dés de bois étaient si mal taillés qu'ils ne tenaient pas sur leurs côtés. Winston avait regardé le jeu d'un air maussade et sans intérêt. Mais sa mère avait alors allumé un bout de bougie et ils s'étaient assis sur le parquet pour jouer. Bientôt, Winston était follement excité et se tordait de rire à voir les puces grimper les échelles avec espoir puis glisser au bas des serpentins et revenir presque au point de départ. Ils jouèrent huit parties. Chacun en gagna quatre. Sa petite sœur, trop jeune pour comprendre le jeu, était appuyée à un traversin et riait parce que les autres riaient. Pendant un après-midi entier, ils avaient été heureux ensemble, comme dans sa première enfance.

Winston repoussa l'image de son esprit. C'était un souvenir erroné. Il était parfois troublé par des souvenirs erronés. Ils n'avaient pas d'importance, tant qu'on les prenait pour ce qu'ils étaient. Certains événements avaient eu lieu, d'autres non. Il revint au jeu d'échecs et reprit le cavalier blanc. Presque au même instant, il le laissa retomber. Il avait sursauté comme s'il avait été piqué avec une épingle. Un appel de clairon avait fait vibrer l'air. C'était le communiqué. Victoire ! L'appel du clairon annonçait toujours une victoire. Une sorte de frisson électrique se propagea dans le café. Les garçons eux-mêmes avaient sursauté et avaient dressé l'oreille.

L'appel du clairon libéra un énorme volume de bruit. Déjà, au télécran, une voix excitée parlait avec volubilité. Mais elle n'avait pas commencé que déjà elle était presque noyée par les hourras venus de l'extérieur. La nouvelle s'était, comme par magie, propagée le long de toutes les rues.

Winston pouvait entendre juste assez de ce qu'émettait le télécran pour comprendre que tout était arrivé comme il l'avait prévu. Une vaste armada transportée par mer, secrètement rassemblée, un coup soudain sur l'arrière de l'ennemi, la blanche flèche lancée à travers la queue de la noire.

Des fragments de phrases triomphantes traversaient le vacarme : « Vaste manœuvre stratégique — parfaite coordination — défaite complète — un demi-million de prisonniers — complète démoralisation — domination de toute l'Afrique — amène la

guerre à une distance de sa fin que l'on peut évaluer
— Victoire ! la plus grande victoire de l'Histoire de
l'humanité ! Victoire ! Victoire ! Victoire ! »

Les pieds de Winston, sous la table, s'agitaient
convulsivement. Il n'avait pas bougé de son siège,
mais en esprit il courait, il courait de toutes ses forces.
Il était avec la foule au-dehors et s'assourdissait lui-
même de hourras. Il regarda encore le portrait de Big
Brother, le colosse qui chevauchait le monde ! Le roc
contre lequel les hordes asiatiques s'écrasaient elles-
mêmes en vain ! Il pensa que dix minutes auparavant
— oui, dix minutes seulement — il y avait encore de
l'équivoque dans son cœur alors qu'il se demandait
si les nouvelles du front annonceraient la victoire ou
la défaite. Ah ! C'était plus qu'une armée eurasienne
qui avait péri. Depuis le premier jour passé au ministère de l'Amour, il avait beaucoup changé, mais le
changement final, indispensable, qui le guérirait, ne
s'était jamais jusqu'alors produit.

La voix du télécran déversait encore son histoire de
prisonniers, de butin et de carnage, mais le vacarme
extérieur s'était un peu apaisé. Les garçons revenaient
à leur service. L'un d'eux s'approcha de Winston avec
la bouteille de gin. Winston, plongé dans un rêve
heureux, ne faisait aucunement attention à son verre
que l'on remplissait. Il ne courait ni n'applaudissait
plus. Il était de retour au ministère de l'Amour. Tout
était pardonné et son âme était blanche comme neige.
Il se voyait au banc des prévenus. Il confessait tout,
il accusait tout le monde. Il longeait le couloir carrelé
de blanc, avec l'impression de marcher au soleil, un
garde armé derrière lui. La balle longtemps attendue
lui entrait dans la nuque.

Il regarda l'énorme face. Il lui avait fallu quarante
ans pour savoir quelle sorte de sourire se cachait sous

la moustache noire. O cruelle, inutile incompréhension ! Obstiné ! volontairement exilé de la poitrine aimante ! Deux larmes empestées de gin lui coulèrent de chaque côté du nez. Mais il allait bien, tout allait bien.

LA LUTTE ÉTAIT TERMINÉE.
IL AVAIT REMPORTÉ LA VICTOIRE SUR LUI-MÊME.
IL AIMAIT BIG BROTHER.

APPENDICE

LES PRINCIPES DU NOVLANGUE

Le novlangue a été la langue officielle de l'Océania. Il fut inventé pour répondre aux besoins de l'Angsoc, ou socialisme anglais.

En l'an 1984, le novlangue n'était pas la seule langue en usage, que ce fût oralement ou par écrit. Les articles de fond du *Times* étaient écrits en novlangue, mais c'était un tour de force qui ne pouvait être réalisé que par des spécialistes. On comptait que le novlangue aurait finalement supplanté l'ancilangue (nous dirions la langue ordinaire) vers l'année 2050.

Entre-temps, il gagnait régulièrement du terrain. Les membres du Parti avaient de plus en plus tendance à employer des mots et des constructions grammaticales novlangues dans leurs conversations de tous les jours. La version en usage en 1984 et résumée dans les neuvième et dixième éditions du dictionnaire novlangue était une version temporaire qui contenait beaucoup de mots superflus et de formes archaïques qui devaient être supprimés plus tard.

Nous nous occupons ici de la version finale, perfectionnée, telle qu'elle est donnée dans la onzième édition du dictionnaire.

Le but du novlangue était, non seulement de fournir un mode d'expression aux idées générales et aux habitudes mentales des dévots de l'angsoc, mais de rendre impossible tout autre mode de pensée.

Il était entendu que lorsque le novlangue serait une fois pour toutes adopté et que l'ancilangue serait oublié, une idée hérétique — c'est-à-dire une idée s'écartant des principes de l'angsoc — serait littéralement impensable, du moins dans la mesure où la pensée dépend des mots.

Le vocabulaire du novlangue était construit de telle sorte qu'il pût fournir une expression exacte, et souvent très nuancée, aux idées qu'un membre du Parti pouvait, à juste titre, désirer communiquer. Mais il excluait toutes les autres idées et même les possibilités d'y arriver par des méthodes indirectes. L'invention de mots nouveaux, l'élimination surtout des mots indésirables, la suppression dans les mots restants de toute signification secondaire, quelle qu'elle fût, contribuaient à ce résultat.

Ainsi le mot *libre* existait encore en novlangue, mais ne pouvait être employé que dans des phrases comme « le chemin est libre ». Il ne pouvait être employé dans le sens ancien de « liberté politique » ou de « liberté intellectuelle ». Les libertés politique et intellectuelle n'existaient en effet plus, même sous forme de concept. Elles n'avaient donc nécessairement pas de nom.

En dehors du désir de supprimer les mots dont le sens n'était pas orthodoxe, l'appauvrissement du vocabulaire était considéré comme une fin en soi et on ne laissait subsister aucun mot dont on pouvait se passer. Le novlangue était destiné, non à étendre, mais à diminuer le domaine de la pensée, et la réduction au minimum du choix des mots aidait indirectement à atteindre ce but.

Le novlangue était fondé sur la langue que nous connaissons actuellement, bien que beaucoup de phrases novlangues, même celles qui ne contiennent aucun mot nouveau, seraient à peine intelligibles à notre époque.

Les mots novlangues étaient divisés en trois classes distinctes, connues sous les noms de vocabulaire A, vocabulaire B (aussi appelé mots composés) et vocabulaire C. Il sera plus simple de discuter de chaque classe séparément, mais les particularités grammaticales de la langue pourront être traitées dans la partie consacrée au vocabulaire A car les mêmes règles s'appliquent aux trois catégories.

Vocabulaire A. — Le vocabulaire A comprenait les mots nécessaires à la vie de tous les jours, par exemple pour manger, boire, travailler, s'habiller, monter et descendre les escaliers, aller à bicyclette, jardiner, cuisiner, et ainsi de suite... Il était composé presque entièrement de mots que nous possédons déjà, de mots comme : *coup, course, chien, arbre, sucre, maison, champ*. Mais en comparaison avec le vocabulaire actuel, il y en avait un très petit nombre et leur sens était délimité avec beaucoup plus de rigidité. On les avait débarrassés de toute ambiguïté et de toute nuance. Autant que faire se pouvait, un mot novlangue de cette classe était simplement un son *staccato* exprimant un seul concept clairement compris. Il eût été tout à fait impossible d'employer le vocabulaire A à des fins littéraires ou à des discussions politiques ou philosophiques. Il était destiné seulement à exprimer des pensées simples, objectives, se rapportant en général à des objets concrets ou à des actes matériels.

La grammaire novlangue renfermait deux particularités essentielles. La première était une interchangeabilité presque complète des différentes parties du discours. Tous les mots de la langue (en principe, cela s'appliquait même à des mots très abstraits comme *si* ou *quand*) pouvaient être employés comme verbes, noms, adjectifs ou adverbes. Il n'y avait jamais aucune différence entre les formes du verbe et du nom quand ils étaient de la même racine.

Cette règle du semblable entraînait la destruction de beaucoup de formes archaïques. Le mot *pensée* par exemple, n'existait pas en novlangue. Il était remplacé par *penser* qui faisait office à la fois de nom et de verbe. On ne suivait dans ce cas aucun principe étymologique. Parfois c'était le nom originel qui était choisi, d'autres fois, c'était le verbe.

Même lorsqu'un nom et un verbe de signification voisine n'avaient pas de parenté étymologique, l'un ou l'autre était fréquemment supprimé. Il n'existait pas, par exemple, de mot comme *couper*, dont le sens était suffisamment exprimé par le nom-verbe *couteau*.

Les adjectifs étaient formés par l'addition du suffixe *able* au nom-verbe, et les adverbes par l'addition du suffixe *ment* à l'adjectif. Ainsi, l'adjectif correspondant à vérité était *véritable*, l'adverbe, *véritablement*.

On avait conservé certains de nos adjectifs actuels comme *bon, fort, gros, noir, doux*, mais en très petit nombre. On s'en servait peu puisque presque tous les qualificatifs pouvaient être obtenus en ajoutant *able* au nom-verbe.

Aucun des adverbes actuels n'était gardé, sauf un très petit nombre déjà terminés en *ment*. La terminaison *ment* était obligatoire. Le mot *bien*, par exemple, était remplacé par *bonnement*.

De plus, et ceci s'appliquait encore en principe à tous les mots de la langue, n'importe quel mot pouvait prendre la forme négative par l'addition du préfixe *in*. On pouvait en renforcer le sens par l'addition du préfixe *plus*, ou, pour accentuer davantage, du préfixe *doubleplus*. Ainsi *incolore* signifie « pâle », tandis que *pluscolore* et *doublepluscolore* signifient respectivement « très coloré » et « superlativement coloré ».

Il était aussi possible de modifier le sens de presque tous les mots par des préfixes-prépositions tels que *anté, post, haut, bas*, etc.

Grâce à de telles méthodes, on obtint une considérable diminution du vocabulaire. Étant donné par exemple le mot *bon*, on n'a pas besoin du mot mauvais, puisque le sens désiré est également, et, en vérité, mieux exprimé par *inbon*. Il fallait simplement, dans les cas où deux mots formaient une paire naturelle d'antonymes, décider lequel on devait supprimer. *Sombre*, par exemple, pouvait être remplacé par *inclair*, ou *clair* par *insombre*, selon la préférence.

La seconde particularité de la grammaire novlangue était sa régularité. Toutes les désinences, sauf quelques exceptions mentionnées plus loin, obéissaient aux mêmes règles. C'est ainsi que le passé défini et le participe passé de tous les verbes se terminaient indistinctement en *é*. Le passé défini de *voler* était *volé*, celui de *penser* était *pensé* et ainsi de suite. Les formes telles que *nagea, donnât, cueillit, parlèrent,* saisirent, étaient abolies.

Le pluriel était obtenu par l'adjonction de *s* ou *es* dans tous les cas. Le pluriel d'*œil, bœuf, cheval*, était, respectivement, *œils, bœufs, chevals*.

Les adjectifs comparatifs et superlatifs étaient obtenus par l'addition de suffixes invariables. Les vocables dont les désinences demeuraient irrégulières étaient, en tout et pour tout, les pronoms, les relatifs, les adjectifs démonstratifs et les verbes auxiliaires. Ils suivaient les anciennes règles. *Dont*, cependant, avait été supprimé, comme inutile.

Il y eut aussi, dans la formation des mots, certaines irrégularités qui naquirent du besoin d'un parler rapide et facile. Un mot difficile à prononcer ou susceptible d'être mal entendu, était *ipso facto* tenu pour mauvais. En conséquence, on insérait parfois dans le mot des lettres supplémentaires, ou on gardait une forme archaïque, pour des raisons d'euphonie.

Mais cette nécessité semblait se rattacher surtout au vocabulaire B. Nous exposerons clairement plus loin, dans cet essai, les raisons pour lesquelles une si grande importance était attachée à la facilité de la prononciation.

Vocabulaire B. — Le vocabulaire B comprenait des mots formés pour des fins politiques, c'est-à-dire des mots qui, non seulement, dans tous les cas, avaient une signification politique, mais étaient destinés à imposer l'attitude mentale voulue à la personne qui les employait.

Il était difficile, sans une compréhension complète des principes de l'angsoc, d'employer ces mots correctement. On pouvait, dans certains cas, les traduire en ancilangue, ou même par des mots puisés dans le vocabulaire A, mais cette traduction exigeait en général une longue périphrase et impliquait toujours la perte de certaines harmonies.

Les mots B formaient une sorte de sténographie verbale qui entassait en quelques syllabes des séries complètes d'idées, et ils étaient plus justes et plus forts que ceux du langage ordinaire.

Les mots B étaient toujours des mots composés. (On trouvait, naturellement, des mots composés tels que *phonoscript* dans le vocabulaire A, mais ce n'étaient que des abréviations commodes qui n'avaient aucune couleur idéologique spéciale.)

Ils étaient formés de deux mots ou plus, ou de portions de mots, soudés en une forme que l'on pouvait facilement prononcer. L'amalgame obtenu était toujours un nom-verbe dont les désinences suivaient les règles ordinaires. Pour citer un exemple, le mot « bonpensé » signifiait approximativement « orthodoxe » ou, si on voulait le considérer comme un verbe, « penser d'une manière orthodoxe ». Il changeait de désinence comme suit : nom-verbe *bonpensé*, passé et participe passé *bienpensé* ; participe présent : *bonpensant* ; adjectif : *bonpensable* ; nom verbal : *bonpenseur*.

Les mots B n'étaient pas formés suivant un plan étymologique. Les mots dont ils étaient composés pouvaient être n'importe quelle partie du langage. Ils pouvaient être placés dans n'importe quel ordre et mutilés de n'importe quelle façon, pourvu que cet ordre et cette mutilation facilitent leur prononciation et indiquent leur origine.

Dans le mot *crimepensée* par exemple, le mot *pensée* était placé le second, tandis que dans *penséepol* (police de la pensée) il était placé le premier, et le second mot, *police*, avait perdu sa deuxième syllabe. À cause de la difficulté plus grande de sauvegarder l'euphonie, les formes irrégulières étaient plus fréquentes dans le vocabulaire B que dans le vocabulaire A. Ainsi, les formes qualificatives : *Miniver*, *Minipax* et *Miniam* remplaçaient respectivement : Minivéritable, Minipaisible et Miniaimé, simplement parce que *véritable, paisible, aimé*, étaient légèrement difficiles à prononcer. En principe, cependant, tous les mots B devaient recevoir des désinences, et ces désinences variaient exactement suivant les mêmes règles.

Quelques-uns des mots B avaient de fines subtilités de sens à peine intelligibles à ceux qui n'étaient pas familiarisés avec l'ensemble de la langue. Considérons, par exemple, cette phrase typique d'un article de fond du *Times* : *Ancipenseur nesentventre Angsoc*. La traduction la plus courte que l'on puisse donner de cette phrase en ancilangue est : « Ceux dont les idées furent formées avant la Révolution ne peuvent avoir une compréhension pleinement sentie des principes du Socialisme anglais. »

Mais cela n'est pas une traduction exacte. Pour commencer, pour saisir dans son entier le sens de la phrase novlangue citée plus haut, il fallait avoir une idée claire de ce que signifiait *angsoc*. De plus, seule une personne possédant à fond l'angsoc pouvait apprécier toute la force du mot : *sentventre* (sentir par les entrailles) qui impliquait une acceptation aveugle, enthousiaste, difficile à imaginer aujourd'hui ; ou du mot *ancipensée* (pensée ancienne), qui était inextricablement mêlé à l'idée de perversité et de décadence.

Mais la fonction spéciale de certains mots novlangue comme *ancipensée*, n'était pas tellement d'exprimer des idées que d'en détruire. On avait étendu le sens de ces mots, nécessairement peu nombreux, jusqu'à ce qu'ils embrassent des séries entières de mots qui, leur sens étant suffisamment rendu par un seul terme compréhensible, pouvaient alors être effacés et oubliés. La plus grande difficulté à laquelle eurent à faire face les compilateurs du dictionnaire novlangue, ne fut pas d'inventer des mots nouveaux mais, les ayant inventés, de bien s'assurer de leur sens, c'est-à-dire de chercher quelles séries de mots ils supprimaient par leur existence.

Comme nous l'avons vu pour le mot *libre*, des mots qui avaient un sens hérétique étaient parfois conservés pour la commodité qu'ils présentaient, mais ils étaient épurés de toute signification indésirable.

D'innombrables mots comme : *honneur, justice, moralité, internationalisme, démocratie, science, religion,* avaient simplement cessé d'exister. Quelques mots-couvertures les englobaient et, en les englobant, les supprimaient.

Ainsi tous les mots groupés autour des concepts de liberté et d'égalité étaient contenus dans le seul mot *penséecrime*, tandis que tous les mots groupés autour des concepts d'objectivité et de rationalisme étaient contenus dans le seul mot *ancipensée*. Une plus grande précision était dangereuse. Ce qu'on demandait aux membres du Parti, c'était une vue analogue à celle des anciens Hébreux qui savaient — et ne savaient pas grand-chose d'autre — que toutes les nations autres que la leur adoraient de « faux dieux ». Ils n'avaient pas besoin de savoir que ces dieux s'appelaient Baal, Osiris, Moloch, Ashtaroh et ainsi de suite... Moins ils les connaissaient, mieux cela valait pour leur orthodoxie. Ils connaissaient Jéhovah et les commandements de Jéhovah. Ils savaient, par conséquent, que tous les dieux qui avaient d'autres noms et d'autres attributs étaient de faux dieux.

En quelque sorte de la même façon, les membres du Parti savaient ce qui constituait une bonne conduite et, en des termes excessivement vagues et généraux, ils savaient quelles sortes d'écarts étaient possibles. Leur vie sexuelle, par exemple, était minutieusement réglée par les deux mots novlangue : *crimesex* (immoralité sexuelle) et *biensex* (chasteté).

Crimesex concernait les écarts sexuels de toutes sortes. Ce mot englobait la fornication, l'adultère, l'homosexualité et autres perversions et, de plus, la sexualité normale pratiquée pour elle-même. Il n'était pas nécessaire de les énumérer séparément puisqu'ils étaient tous également coupables. Dans le vocabulaire C, qui comprenait les mots techniques et scientifiques, il aurait pu être nécessaire de donner des noms spéciaux à certaines aberrations sexuelles, mais le citoyen ordinaire n'en avait pas besoin. Il savait ce que signifiait *biensex*, c'est-à-dire les rapports normaux entre l'homme et la femme, dans le seul but d'avoir des enfants, et sans plaisir physique de la part de la femme. Tout autre rapport était *crimesex*. Il était rarement possible en novlangue de suivre une pensée non orthodoxe plus loin que la perception qu'elle était non orthodoxe. Au-delà de ce point, les mots n'existaient pas.

Il n'y avait pas de mot, dans le vocabulaire B, qui fût idéologiquement neutre. Un grand nombre d'entre eux étaient des euphémismes. Des mots comme, par exemple : *joiecamp* (camp de travaux forcés) ou *minipax* (ministère de la Paix, c'est-à-dire ministère de la Guerre) signifiaient exactement le contraire de ce qu'ils paraissaient vouloir dire.

D'autre part, quelques mots révélaient une franche et méprisante compréhension de la nature réelle de la société océanienne. Par exemple *prolealiment* qui désignait les spectacles stupides et les nouvelles falsifiées que le Parti délivrait aux masses.

D'autres mots, eux, étaient bivalents et ambigus. Ils sous-entendaient le mot *bien* quand on les appliquait au Parti et le mot *mal* quand on les appliquait aux ennemis du Parti, de plus, il y avait un grand nombre de mots qui, à première vue, paraissaient être de simples abréviations et qui tiraient leur couleur idéologique non de leur signification, mais de leur structure.

On avait, dans la mesure du possible, rassemblé dans le vocabulaire B tous les mots qui avaient ou pouvaient avoir un sens politique quelconque. Les noms des organisations, des groupes de gens, des doctrines, des pays, des institutions, des édifices publics, étaient toujours abrégés en une forme familière, c'est-à-dire en un seul mot qui pouvait facilement se prononcer et dans lequel l'étymologie était gardée par un minimum de syllabes.

Au ministère de la Vérité, par exemple, le Commissariat aux Archives où travaillait Winston s'appelait *Comarch*, le Commissariat aux Romans *Comrom*, le Commissariat aux Téléprogrammes *Télécom* et ainsi de suite.

Ces abréviations n'avaient pas seulement pour but d'économiser le temps. Même dans les premières décennies du XXᵉ siècle, les mots et phrases télescopés avaient été l'un des traits caractéristiques de la langue politique, et l'on avait remarqué que, bien qu'universelle, la tendance à employer de telles abréviations était plus marquée dans les organisations et dans les pays totalitaires. Ainsi les mots : Gestapo, Comintern, Imprecorr, Agitprop. Mais cette habitude, au début, avait été adoptée telle qu'elle se présentait, instinctivement. En novlangue, on l'adoptait dans un dessein conscient.

On remarqua qu'en abrégeant ainsi un mot, on restreignait et changeait subtilement sa signification, car on lui enlevait les associations qui, autrement, y étaient attachées. Les mots « communisme international », par exemple, évoquaient une image composite : Universelle fraternité humaine, drapeaux rouges, barricades, Karl Marx, Commune de Paris, tandis que le mot « Comintern » suggérait simplement une organisation étroite et un corps de doctrine bien défini. Il se référait à un objet presque aussi reconnaissable et limité dans son usage qu'une chaise ou une table. *Comintern* est un mot qui peut être prononcé presque sans réfléchir tandis que *Communisme International* est une phrase sur laquelle on est obligé de s'attarder, au moins momentanément.

De même, les associations provoquées par un mot comme *Miniver* étaient moins nombreuses et plus faciles à contrôler que celles amenées par *ministère de la Vérité*.

Ce résultat était obtenu, non seulement par l'habitude d'abréger chaque fois que possible, mais encore par le soin presque exagéré apporté à rendre les mots aisément prononçables.

Mis à part la précision du sens, l'euphonie, en novlangue, dominait toute autre considération. Les règles de grammaire lui étaient toujours sacrifiées quand c'était nécessaire. Et c'était à juste titre, puisque ce que l'on voulait obtenir, surtout pour des fins politiques, c'étaient des mots abrégés et courts, d'un sens précis, qui pouvaient être rapidement prononcés et éveillaient le minimum d'écho dans l'esprit de celui qui parlait.

Les mots du vocabulaire B gagnaient même en force, du fait qu'ils étaient presque tous semblables. Presque invariablement, ces mots — *bienpensant, minipax, prolealim, crimesex, joiecamp, angsoc, ventresent, penséepol...* — étaient des mots de deux ou trois syllabes dont l'accentuation était également répartie de la première à la dernière syllabe. Leur emploi entraînait une élocution volubile, à la fois martelée et monotone. Et c'était exactement à quoi l'on visait. Le but était de rendre l'élocution autant que possible indépendante de la conscience, spécialement l'élocution traitant de sujets qui ne seraient pas idéologiquement neutres.

Pour la vie de tous les jours, il était évidemment nécessaire, du moins quelquefois de réfléchir avant de parler. Mais un membre du Parti appelé à émettre un jugement politique ou éthique devait être capable de répandre des opinions correctes aussi automatiquement qu'une mitrailleuse sème des balles. Son éducation lui en donnait l'aptitude, le langage lui fournissait un instrument grâce auquel il était presque impossible de se tromper, et la texture des mots, avec leur son rauque et une certaine laideur volontaire, en accord avec l'esprit de l'angsoc, aidait encore davantage à cet automatisme.

Le fait que le choix des mots fût très restreint y aidait

aussi. Comparé au nôtre, le vocabulaire novlangue était minuscule. On imaginait constamment de nouveaux moyens de le réduire. Il différait, en vérité, de presque tous les autres en ceci qu'il s'appauvrissait chaque année au lieu de s'enrichir. Chaque réduction était un gain puisque, moins le choix est étendu, moindre est la tentation de réfléchir.

Enfin, on espérait faire sortir du larynx le langage articulé sans mettre d'aucune façon en jeu les centres plus élevés du cerveau. Ce but était franchement admis dans le mot novlangue : *canelangue*, qui signifie « faire coin-coin comme un canard ». Le mot *canelangue*, comme d'autres mots divers du vocabulaire B, avait un double sens. Pourvu que les opinions émises en canelangue fussent orthodoxes, il ne contenait qu'un compliment, et lorsque le *Times* parlait d'un membre du Parti comme d'un *doubleplusbon canelangue*, il lui adressait un compliment chaleureux qui avait son poids.

Vocabulaire C. — Le vocabulaire C, ajouté aux deux autres, consistait entièrement en termes scientifiques et techniques. Ces termes ressemblaient aux termes scientifiques en usage aujourd'hui et étaient formés avec les mêmes racines. Mais on prenait soin, comme d'habitude, de les définir avec précision et de les débarrasser des significations indésirables. Ils suivaient les mêmes règles grammaticales que les mots des deux autres vocabulaires.

Très peu de mots du vocabulaire C étaient courants dans le langage journalier ou le langage politique. Les travailleurs ou techniciens pouvaient trouver tous les mots dont ils avaient besoin dans la liste consacrée à leur propre spécialité, mais ils avaient rarement plus qu'une connaissance superficielle des mots qui appartenaient aux autres listes. Il y avait peu de mots communs à toutes les listes et il n'existait pas, indépendamment des branches particulières de la science, de vocabulaire exprimant la fonction de la science comme une habitude de l'esprit ou une méthode de pensée. Il n'existait pas, en vérité, de mot pour exprimer *science*, toute signification de ce mot étant déjà suffisamment englobée par le mot *angsoc*.

On voit, par ce qui précède, qu'en novlangue, l'expression des opinions non orthodoxes était presque impossible, au-dessus d'un niveau très bas. On pouvait, naturellement, émettre des hérésies grossières, des sortes de blasphèmes. Il était possible, par exemple, de dire : « Big Brother est inbon. » Mais cette constatation, qui, pour une oreille orthodoxe, n'exprimait qu'une absurdité évidente par elle-même, n'aurait pu être soutenue par une argumentation raisonnée, car les mots nécessaires manquaient.

Les idées contre l'angsoc ne pouvaient être conservées que sous une forme vague, inexprimable en mots, et ne pouvaient être nommées qu'en termes très généraux qui formaient bloc et condamnaient des groupes entiers d'hérésies sans pour cela les définir. On ne pouvait, en fait, se servir du novlangue dans un but non orthodoxe que par une traduction inexacte des mots novlangue en ancilangue. Par exemple la phrase : « Tous les hommes sont égaux » était correcte en novlangue, mais dans la même proportion que la phrase : « Tous les hommes sont roux » serait possible en ancilangue. Elle ne contenait pas d'erreur grammaticale, mais exprimait une erreur palpable, à savoir que tous les hommes seraient égaux en taille, en poids et en force.

En 1984, quand l'ancilangue était encore un mode normal d'expression, le danger théorique existait qu'en employant des mots novlangues on pût se souvenir de leur sens primitif. En pratique, il n'était pas difficile, en s'appuyant solidement sur la *doublepensée*, d'éviter cette confusion. Toutefois, la possibilité même d'une telle erreur aurait disparu avant deux générations.

Une personne dont l'éducation aurait été faite en novlangue seulement, ne saurait pas davantage que *égal* avait un moment eu le sens secondaire de *politiquement égal* ou que *libre* avait un moment signifié *libre politiquement* que, par exemple, une personne qui n'aurait jamais entendu parler d'échecs ne connaîtrait le sens spécial attaché à *reine* et à *tour*. Il y aurait beaucoup de crimes et d'erreurs qu'il serait hors de son pouvoir de commettre, simplement parce qu'ils n'avaient pas de nom et étaient par conséquent inimaginables.

Et l'on pouvait prévoir qu'avec le temps les caractéristiques spéciales du novlangue deviendraient de plus en plus prononcées, car le nombre des mots diminuerait de plus en plus, le sens serait de plus en plus rigide, et la possibilité d'une impropriété de termes diminuerait constamment.

Lorsque l'ancilangue aurait, une fois pour toutes, été supplanté, le dernier lien avec le passé serait tranché. L'Histoire était récrite, mais des fragments de la littérature du passé survivraient çà et là, imparfaitement censurés et, aussi longtemps que l'on gardait l'ancilangue, il était possible de les lire. Mais de tels fragments, même si par hasard ils survivaient, seraient plus tard inintelligibles et intraduisibles.

Il était impossible de traduire en novlangue aucun passage de l'ancilangue, à moins qu'il ne se référât, soit à un processus technique, soit à une très simple action de tous les jours, ou qu'il ne fût, déjà, de tendance orthodoxe (*bienpensant,* par exemple, était destiné à passer tel quel de l'ancilangue au novlangue).

En pratique, cela signifiait qu'aucun livre écrit avant 1960 environ ne pouvait être entièrement traduit. On ne pouvait faire subir à la littérature prérévolutionnaire qu'une traduction idéologique, c'est-à-dire en changer le sens autant que la langue. Prenons comme exemple un passage bien connu de la Déclaration de l'Indépendance :

> « *Nous tenons pour naturellement évidentes les vérités suivantes : Tous les hommes naissent égaux. Ils reçoivent du Créateur certains droits inaliénables, parmi lesquels sont le droit à la vie, le droit à la liberté et le droit à la recherche du bonheur. Pour préserver ces droits, des gouvernements sont constitués qui tiennent leur pouvoir du consentement des gouvernés. Lorsqu'une forme de gouvernement s'oppose à ces fins, le peuple a le droit de changer ce gouvernement ou de l'abolir et d'en instituer un nouveau.* »

Il aurait été absolument impossible de rendre ce passage en novlangue tout en conservant le sens originel. Pour arriver aussi près que possible de ce sens, il faudrait embrasser tout le passage d'un seul mot : *crimepensée.* Une traduction complète ne pourrait être qu'une traduction d'idées dans laquelle les mots de Jefferson seraient changés en un panégyrique du gouvernement absolu.

Une grande partie de la littérature du passé était, en vérité, déjà transformée dans ce sens. Des considérations de prestige rendirent désirable de conserver la mémoire de certaines figures historiques, tout en ralliant leurs œuvres à la philosophie de l'angsoc. On était en train de traduire divers auteurs comme Shakespeare, Milton, Swift, Byron, Dickens et d'autres. Quand ce travail serait achevé, leurs écrits originaux et tout ce qui survivait de la littérature du passé seraient détruits.

Ces traductions exigeaient un travail lent et difficile, et on pensait qu'elles ne seraient pas terminées avant la première ou la seconde décennie du XXIe siècle.

Il y avait aussi un nombre important de livres uniquement utilitaires — indispensables manuels techniques et autres — qui devaient subir le même sort. C'était principalement pour laisser à ce travail de traduction qui devait être préliminaire, le temps de se faire, que l'adoption définitive du novlangue avait été fixée à cette date si tardive : 2050.

DU MÊME AUTEUR

DANS LE VENTRE DE LA BALEINE ET AUTRES ESSAIS, 1931-1943, *Ivréa*

TELS, TELS ÉTAIENT NOS PLAISIRS ET AUTRES ESSAIS, 1944-1949, *Ivréa*

UNE FILLE DE PASTEUR, *Le Serpent à Plumes*

GEORGE ORWELL, CORRESPONDANCE AVEC SON TRADUCTEUR RENÉ-NOËL RAIMBAULT. Correspondance inédite 1934-1935, édition bilingue, *Jean-Michel Place éditeur*

À MA GUISE : CHRONIQUES 1937-1947, *Agone éditeur*

ÉCRITS POLITIQUES (1928-1950) : SUR LE SOCIALISME, LES INTELLECTUELS ET LA DÉMOCRATIE, *Agone éditeur*

Impression Novoprint
à Barcelone, le 6 mars 2012
Dépôt légal : mars 2012
Premier dépôt légal dans la collection : novembre 1972

ISBN 978-2-07-036822-8./Imprimé en Espagne.

243251